JN072450

西郷の首

伊東 潤

角川文庫
22429

目次

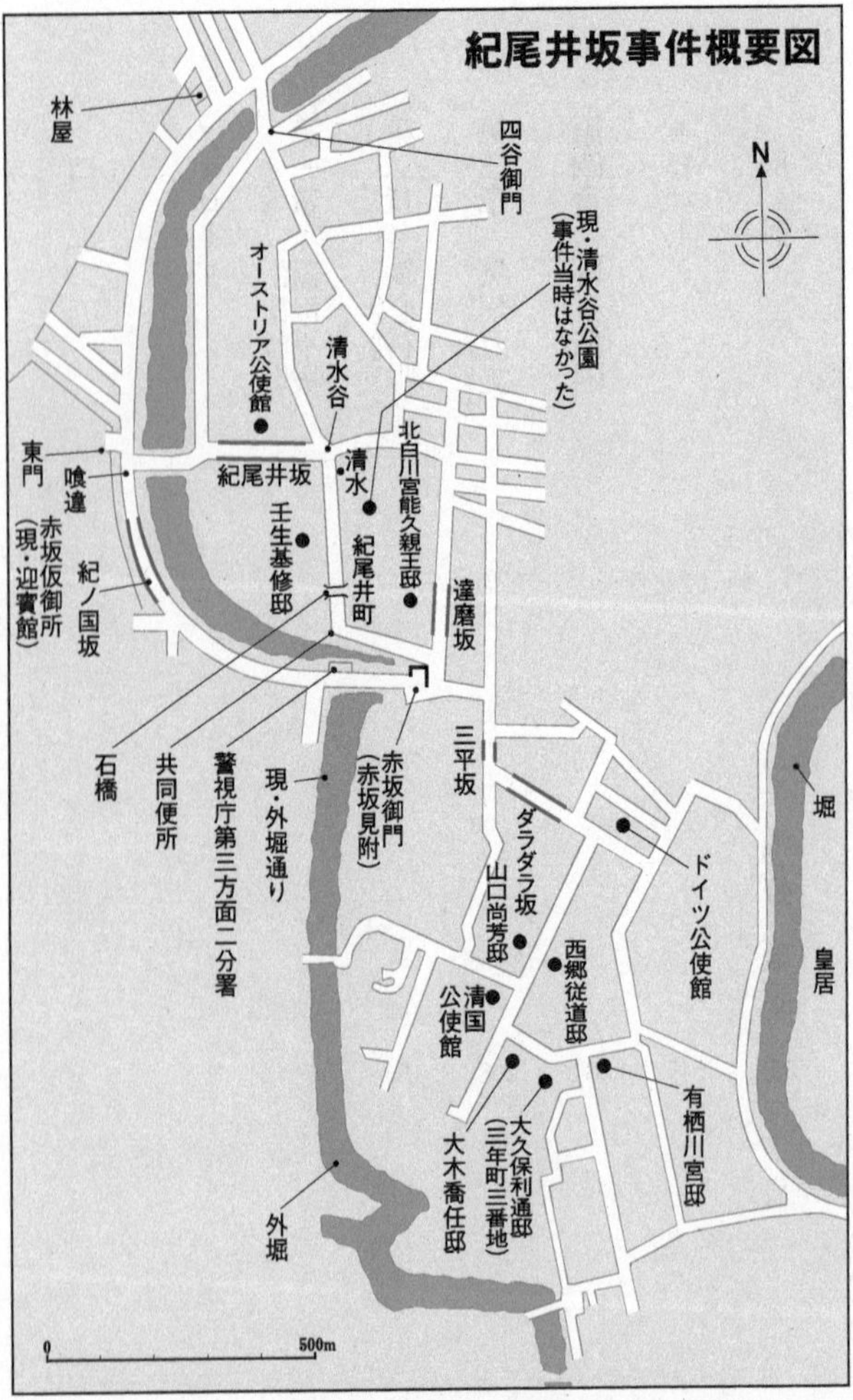

紀尾井坂事件概要図
林屋
四谷御門
N
現・清水谷公園（事件当時はなかった）
オーストリア公使館
清水谷
北白川宮能久親王邸
東門
喰違
紀尾井坂
清水
壬生基修邸
紀尾井町
赤坂仮御所（現・迎賓館）
紀ノ国坂
達磨坂
石橋
共同便所
警視庁第三方面二分署
現・外堀通り
赤坂御門（赤坂見附）
三平坂
堀
ダラダラ坂
ドイツ公使館
山口尚芳邸
西郷従道邸
皇居
清国公使館
大久保利通邸（三年町三番地）
大木喬任邸
有栖川宮邸
外堀
0
500m

プロローグ

朝靄《あさもや》の中、一歩一歩踏みしめながら石畳の坂を上っていくと、左右に立ち並ぶ無数の墓石が、「もう少しだ。がんばれ」と励ましてくれるような気がする。

孫が杖《つえ》に付けてくれた鈴の音が、清冽《せいれつ》な空気の中に響きわたる。数年前に使い始めてから、杖は片時も手放せない相棒になっている。

——あと一息だ。

八十三歳になった今も、足腰には自信がある。だが膝《ひざ》の痛みは容赦なく襲ってくるので、外出時に杖は手放せない。

——酷使しすぎたのだ。

兵士だった頃、何時間でも歩き続けることができた足にも、相応のガタが来ている。

——もう無理をせずともいいんだ。

老人は慈愛の籠《こ》もった眼差《まなざ》しで自らの両足に語り掛けた。この強靭《きょうじん》な足のおかげで、東北を、九州を、そして大陸を駆けめぐり、幾多の危難から身を守ることができた。

快晴の空を見上げ、着物の袖《そで》で額の汗を拭《ぬぐ》うと、老人は再び野田山《のだやま》の山頂を目指して歩み始めた。

――やっと着いたか。

ようやく坂を登りきった老人は、前田《まえだ》家累代の墓所に一礼すると、眺望の開けた丘の縁《へり》まで進み、眼下に広がる金沢《かなざわ》市街を一望した。

ちょうど真東に見える白兀山《しらはげやま》の上に朝日が昇り、金沢の町に垂れ込めていた靄が、晴れ始めているところだった。

かつて整然と軒を連ねていた武家屋敷も、今は数えるほどしかなく、目立つのは近代を象徴するような建物ばかりだ。

――あれが市役所、あれが裁判所、あれが商工省の輸出絹織物検査所、あれが建設途中の三越《みつこし》百貨店、そしてあの欧風のビルヂングが村松《むらまつ》商店か。

兵隊仲間から「三里見通し」と謳《うた》われた視力は衰えていないので、はるか彼方《かなた》まで見渡せる。だがそこから見えるものは、老人が慣れ親しんだものとはほど遠かった。

――みんな、去っていった。

老人がよく知る故郷金沢は、もはやそこにはなかった。同じように、老人がよく知る人々も、その大半は冥府《めいふ》の住人になってしまった。

――それが時の流れというものか。

昭和四年（一九二九）四月七日、野田山の山頂から金沢市街を見下ろしつつ、一人の老人が大きなため息をついた。

第一章　蓋世不抜《がいせいふばつ》

一

靄《もや》が晴れてくると、金沢城下が一望の下に見渡せた。
それを眺めながら、島田一郎朝勇《しまだいちろうともいさみ》は『竹生島《ちくぶしま》』を吟じた。

頃は弥生《やよい》の中端《なかば》なれば
浪もうららに海のおも
霞《かす》みわたれる朝ぼらけ
静かに通ふ船の道
げに面白き時とかや

「おい」と呼び掛けられて振り向くと、千田文次郎登文《せんだぶんじろうのりふみ》が立っていた。
「それは『竹生島』だな」

「うむ」と答えつつ、一郎がその続きを吟じる。

波風しきりに鳴動して
下界の竜神現れ出《い》で
光も輝く金銀珠玉を
かのまれ人に捧《ささ》ぐるけしき
有難かりける奇特かな

文次郎もそれに合わせる。二人は競うように朗々と吟じた。

ようやく『竹生島』全編が終わると、文次郎が笑みを浮かべて言った。

「いい気分だな」

「ああ、歴代藩主様の墓を掃除することで、身も心も清められる。だから気分もよくなるのだ」

二人が立つ野田山には、加賀《かが》前田家の歴代藩主とその正室たちの墓がある。

この日、一郎と文次郎の二人は、足軽の子弟が廻番《まわりばん》で行う墓所の清掃に当たっており、早朝から野田山に来ていた。

「われらが、こうして今あるのも藩主様のおかげだからな」

一郎は振り返ると藩主たちの墓に一礼した。

「そうだ。藩主様あってのわれらだ」

　文次郎もそれに合わせる。

「ところで、そっちは終わったのか」

「ああ、終わった。そっちはどうだ」

　積み上げられた葉や小枝の山を、一郎が顎《あご》で示す。

「見ての通りだ」

　文次郎が背負ってきた籠《かご》の中身を、そこに捨てた。

「初夏の当番は楽でいい。さほど暑くもないし、秋のように落ち葉が多くて一日掛かりにもならぬしな」

「そうだな。夏は暑い上に虫に刺されるし、冬は雪が積もってどうにもならぬからな」

　二人は火打石を取り出すと、集めた葉や小枝に火をつけた。葉や小枝は水気を吸ってなかなか火が回らないが、ようやく薄青色の煙が上り始めた。

「飯にするか」

「そうしよう」

　炎から少し離れた場所に腰を下ろした二人は、柳の枝で編んだ弁当箱を開け、雑穀の握り飯を頬張った。

　小柄でがっしりした体格の一郎と、長身痩軀《そうく》の文次郎は、対照的な体型をしている。

いつも無愛想で何かに怒っているような一郎に対して、常に穏やかで控えめな文次郎は、性格も全くの正反対だった。それでも二人は、幼い頃から共に遊び、共に学んだ親友だ。

「いよいよ、われらも領国の外に出られるのだな」

文次郎がしみじみと言う。

「ああ、しかも京都に行けるとはな」

元治《げんじ》元年（一八六四）四月、十七歳になる一郎と一つ年上の文次郎は、この五日後に金沢を出発する、加賀藩主・前田斉泰《なりやす》の世子《せいし》・慶寧《よしやす》の上洛《じょうらく》行の供をすることになっているからだ。

「京都は騒がしくなっていると聞くが」

文次郎が不安そうな顔をする。

「心配は要らぬ。われらは百万石の加賀前田家だ。われらが行けば、混乱はやむ」

一郎が自信を持って言った。

嘉永《かえい》六年（一八五三）六月、アメリカ合衆国東インド艦隊司令長官のペリーが、四隻の軍艦を率いて江戸《えど》湾に姿を現したことで、日本は国際社会に門戸を開かざるを得なくなる。

老中の阿部《あべ》正弘《まさひろ》は挙国一致体制でこの難題を乗り切るべく、朝廷や外様《とざま》大名にも意見を求めた。ところがこれにより朝廷の権威が高まり、幕政に参与できるという意識を、諸大名に植え付けてしまった。その結果、日本中に鎖国継続か開国かの議論が巻き起こる。

翌嘉永七年、ペリーの再来航により、幕府は日米和親条約を締結せざるを得なくなる。

さらに安政《あんせい》五年（一八五八）、米国総領事のハリスの強い要請により、大老の井伊直弼《いいなおすけ》が勅許《ちょっきょ》を得ずして日米修好通商条約を締結した上、同様の条約を主要四ヵ国と結んだ。これにより幕府に対する批判が高まったため、井伊は大弾圧を敢行する。安政の大獄である。

翌安政六年になると、生糸の輸出が拡大し、同時に諸外国から安価な繊維製品が流れ込み、さらに金銀の交換比率の問題で金の流出に歯止めがなくなり、国内物価は高騰し、庶民生活は逼迫《ひっぱく》した。

そうした最中《さなか》の安政七年（一八六〇）三月、江戸城桜田《さくらだ》門外で井伊大老が殺された。その結果、京都は尊王攘夷《じょうい》派の首魁《しゅかい》である長州《ちょうしゅう》藩に牛耳られ、文久《ぶんきゅう》三年（一八六三）五月十日に攘夷が決行されることになった。

その五月十日、長州藩は攘夷を断行すべく、馬関《ばかん》海峡を通る外国艦船を砲撃した。ところが八月、京都では将軍後見職の一橋慶喜《ひとつばしよしのぶ》を黒幕として、公武合体派の会津《あいづ》藩と薩摩《さつま》藩が手を握り、八月十八日の政変が決行された。この政変によって長州藩は京都から追い落とされることで、時代はさらに混沌《こんとん》としていく。

野田山を下った二人は、清掃道具を番小屋に戻して帰途に就いた。

二人の住む城下の寺町までは徒歩で小半刻《こはんとき》はかかる。それでも特別の許しがない限り、二人は馬に乗ることができない。足軽だからだ。

「そなたはどう思う」

一郎は文次郎に水を向けてみた。

「何のことだ」

「決まっておるではないか。この多難な時代に、わが加賀藩はどうすべきかだ」

「それは、われらの考えることではない。われら足軽が意見を持ったところで、何にもならん」

「そんなことはない。もはや、そういう時代ではないのだ」

嘉永七年の日米和親条約締結後、加賀藩は幕府から江戸近海防衛を申し付けられ、品《しな》川《がわ》や芝《しば》の防備に当たった。これが加賀藩にとって、初めて外圧を身近に感じる機会となった。

同年、加賀藩では西洋式兵学校の壮猶館《そうゆうかん》を創設し、いち早く西洋の軍事技術の導入に取り組み始めた。壮猶館には鉄砲鋳造所や火薬製合所を設け、打木《うつぎ》浜《はま》には台場まで造り、大砲の試射まで行った。西南諸藩には後れを取っているものの、加賀藩の近代化は順調に進んでいた。

そうした藩全体の取り組みとは別に、尊王攘夷派の志士たちも生まれていた。

加賀藩内でも、医師出身の小川幸三《おがわこうぞう》や町人の浅野屋佐平《あさのやさへい》といった草莽《そうもう》が、志士として名を馳《は》せるようになっていた。

一年前に壮猶館の砲術稽古《けいこ》方手伝となった一郎も、そうした時代の空気に影響されるようになっていた。

一方、文次郎は学問好きではない上、割場附足軽という奉行所の使い走りを務めているだけなので、時世の変化に疎い。それでも昨年から、足軽の子弟に歩兵筒を習わせようということになり、藩庁から指名されて壮猶館に通い始めていた。

「そういう時代ではないと申すなら、どういう時代だ」

文次郎が不機嫌そうに問うてきた。

「皆がこの国をどうすべきか論じ合い、お上に対して物申せるようになる時代だ」

「そんな大それたことを言うものではない」

文次郎が左右を見回す。

「何を申すか。今のわれらは力なき草莽だが、いつか幕府さえ動かせる時代が来る」

「おぬしには付き合いきれんな」

文次郎が呆《あき》れたように笑う。

「わしが言ったのではない。与力の方々が仰せになっていたのだ」

「そういう話を真に受けるものではない」

「何を申すか！」

一郎は直情の上に短気なので、すぐ他人と衝突する。むろんその態度は、文次郎に対しても変わらない。一郎はこの竹馬《ちくば》の友と、これまで幾度となく口論や摑《つか》み合いをしてきた。

気づくと二人は、寺町の入口にあたる祇陀寺《ぎだじ》の角で立ち止まり、にらみ合っていた。

「一郎、われらは足軽だ。分をわきまえないと、大変なことになるぞ」

「足軽だからといって、ものを考えてはいけないという決まりはない」

「われらが天下国家を論じたところで、何も変わらぬ」

「いや、変えてみせる」

「この強情者め」

「この剣術屋め」

二人がにらみ合いを続けていると、声が掛かった。

「若い者は威勢がいいな」

「あっ、福岡《ふくおか》さん」

一郎が振り向くと、探索方に所属する福岡惣助《そうすけ》が立っていた。

惣助は家禄《かろく》百七十石の与力身分だが、その学識を認められて藩の探索方となっていた。探索方とは情報収集役のことだ。

ちなみに加賀藩の身分制度は厳格だった。藩主とその親類縁者を除き、最上位にあるのが本多《ほんだ》、長《ちょう》、横山《よこやま》、奥村《おくむら》など「八家《はっか》」または「人持組頭《ひともちぐみがしら》」と呼ばれる重臣たち。続いて「人持組」と呼ばれる六十八家の上級家臣。「平士《へいし》」「平士並」と呼ばれる中級家臣。

「与力」と呼ばれる下級家臣。さらに「御歩《おかち》」「御歩並」と呼ばれる徒士《かち》身分となる。足軽はその下に位置し、さらに下には小者、中間《ちゅうげん》、陸尺《ろくしゃく》と呼ばれる雑役担当がいる。

福岡家は与力に属するので、二人の家より家格は上だが、惣助は分け隔てなく二人に接してくれた。

「これから当家で寄合がある。そなたらも寄っていかんか」

「何の寄合ですか」

文次郎がおずおずと問う。

「昨今の京都の情勢を皆に知らせ、加賀家中をいかなる方向に進めていくかを語り合う」

それだけ言うと、惣助は二人に背を向けて歩き出した。

「行きます」

惣助の後を追う一郎の袖《そで》を、背後から文次郎が摑む。

「まずいのではないか」

「何がまずい」

「いや――」

文次郎が言葉に詰まる。

その時、立ち止まった惣助が振り向くと言った。

「文次郎、そう言えば、そなたの義姉婿《あね》の百三郎《ひゃくさぶろう》も来ると聞いたぞ」

「義兄上《あにうえ》も――」

一瞬、躊躇《ちゅうちょ》した後、文次郎が意を決したように歩き出した。義姉婿の澤田《さわだ》百三郎が来るのなら構わない、と思ったに違いない。

三人は寺町の方に向かわず、犀川《さいがわ》を渡って左に折れ、福岡の家のある長町《ながまち》に向かった。長町は城の西にあり、南にある寺町からさらに小半刻は歩く。

途中、団子屋に寄った惣助は団子を二十本も買い、それを二人に持たせた。

長町は、黄土色の土塀と細い路地が続く閑静な武家屋敷街だ。町を貫くように大野庄《おおのしょう》用水が走っており、絶えることのないその心地よい水音が、長町の象徴となっていた。

「人となり沈毅《ちんき》にして膽略《たんりゃく》(胆略)あり」と謳《うた》われた惣助は、加賀藩内で一目置かれる存在だった。

その仕事柄、諸国の志士と交わることが多く、自然、尊王攘夷思想に感化されていた。そのため加賀藩内の世を憂う者の中で、次第に重きを成すようになっていた。

惣助の家の居間には、すでに十五人ばかりの武士たちが詰めかけていた。彼らの膝《ひざ》の上で三人の子が戯れている。

「おいおい、これをやるから、あっちに行っていろ」

三十四歳になる惣助は一昨年、十八歳になる妻を娶《めと》ったばかりだった。というのも惣助には前妻がいたが、三人目を産んだ時、産後の肥立ちが悪くて亡くなっていたからだ。

「文次郎、何しに来た」

早速、義姉婿の百三郎が目を剝《む》く。

「福岡さんに誘われましたので――」

「子供の来るところではない。さっさと帰れ」

「百三郎、この二人も此度《こたび》の上洛行には付き従うことになる。聞かせた方がよい」

「分かりました」

百三郎は、惣助に頭が上がらない。

その時、惣助の新妻の卯乃《うの》が駆け込んできた。胸には自身の子を抱いている。

「あら、皆さん、すみません。外で遊ぶように言いつけたのですが――」

卯乃は足軽身分の家の出で、一郎や文次郎とは幼馴染《おさななじみ》だった。加賀藩でも身分を超えた婚姻はあるが、与力と足軽の間での婚姻は珍しい。身分になどこだわらない惣助が、卯乃の親に頼み込んで嫁にもらったのだ。

「卯乃、子らを連れていってくれ」

惣助が子供に団子を渡しながら言う。

「申し訳ありません」と言って皆に頭を下げると、卯乃は手際よく子供らを追い立てていった。

――随分と子の扱いがうまくなったな。

一郎が妙なことに感心していると、惣助が咳払《せき》いした。

「それでは皆、聞いてくれ」

その一言で室内が静まる。

「周知の通り、世子様の上洛が五日後に迫った。今日は、この上洛行に付き従う者ばかりを集めたが、此度は常の上洛にならぬやもしれぬ」

「それは、どういう謂《いい》ですか。まさか戦に巻き込まれるとでも――」

杉村寛正《すぎむらかんせい》が目を輝かせて問う。

加賀藩御算用者の嫡男の寛正は、弘化《こうか》元年（一八四四）生まれの二十一歳。壮猶館でも抜群の成績で、将来を嘱望《しょくぼう》されていた。

ちなみに加賀藩独特の職制の算用者は、御歩の下の御歩並という低い地位にあった。その点では、足軽組の一郎や文次郎とさして変わらない。

「まずは、さようなことにならぬとは思うが、京は沸騰している。何があるか分からぬゆえ、軽挙妄動を慎むよう心してほしいのだ」

「お待ちあれ」

陸義猶《くがよしなお》が手を挙げた。天保《てんぽう》十四年（一八四三）生まれの義猶は二十二歳。学識がある上に弁舌が立つため、「御歩」身分の若者たちの理論的指導者になっていた。

「福岡さん、わが藩は鎖港攘夷論と開国貿易論のどちらを取るのですか」

この頃の加賀藩は、御表方《おんおもてかた》と呼ばれる開国貿易論を支持する一派と、御側衆《おそばしゅう》と呼ばれる鎖港攘夷論を唱える一派に分かれていた。御表方は藩政を牛耳る主流派が多く、一方の御側衆は、世子の慶寧の側近を務める若手藩士が多数を占めていた。前年の文久三年（一八六三）五月には、攘夷決行か否かで、両派閥は争闘に及ぶ寸前にまでいった。

惣助によると、同年の八月十八日の政変の際、開国派の筆頭である本多政均《まさちか》に率いられた加賀藩の在京藩兵は、政変を起こした会津・薩摩両藩に加担した。これにより加賀藩は反長州派として期待され、朝廷から再三にわたり、藩主か世子の上洛命令が届くようになった。

その一方、長州藩からも京都留守居役の乃美織江《のみおりえ》が加賀藩邸にやってきて、敵対行動を取らないよう訴えてきた。

これにより双方の板挟みとなった加賀藩は「公武周旋《しゅうせん》」を旗印に、中立的立場から事態の鎮静化を図るつもりでいた。しかし惣助によると、昨今の緊迫した情勢は、それを許さないものになってきているという。

「それゆえ此度の世子様の御上洛は、ただの物見遊山ではない。われら加賀藩の今後を占う上でも重要なものとなる。それゆえ若い者らは非番の時も、軽々しい行動をせぬよう注意してほしいのだ。とくに他藩士や浪士との接触は一切まかりならん」

攘夷思想の信奉者で、他藩士との接触が多い惣助が、自重を促すとは思わなかった。

最後に惣助は、「くれぐれも世子様の『公武周旋』の妨げにならぬようにしてくれ」という言葉で寄合を締めくくった。

二

寄合の帰途、長町をぶらぶらしていると、門構えの立派な屋敷から、姫君が出御するところに出くわした。何かの習い事にでも出向くのだろう。

文次郎と一郎は足軽という身分柄、こうした場に出くわした時は、道脇に控えて頭を少し下げていなければならない。

門を出てくる時にちらりと見えたが、乳母に手を引かれて輿《こし》に乗ったのは、まだあどけない少女だった。紅色の振袖を身に着けたその少女は、花が咲いたような笑みを浮かべていた。

その少女と一瞬、目が合った。少女は、不思議そうな顔をして二人を見つめていた。だがすぐに、お付きの老婆に促されるようにして輿に乗った。やがて少女の乗った輿は、多くの供回りに守られて去っていった。

「人持組の長瀬《ながせ》七左衛門《しちざえもん》殿の娘で、確かきんという名だ」

一郎が口を尖《とが》らせて言う。

加賀藩では、一万石以上の知行を有する八家（人持組頭）が年寄と呼ばれる最高意思決定機関を成し、その下の人持組六十八家の中から優秀な者を家老や若年寄に抜擢《ばってき》し、政務執行機関としていた。長瀬家は六十八家のうちの一つで、当主の七左衛門有忠《ありただ》は藩の要職を歴任している大物だった。

「おぬしは、よく知っているな」

「たまたまだ。長瀬家の嫡男が壮猶館に通っているのでな」

「できはよいのか」

「さほどよくないが、それでも家督を継げば雲の上の人だ」

一郎が憤然として言う。

「おい、声が大きいぞ」

さすがに人持組などの上級家臣が多く住む長町を歩いているので、一郎も口をつぐんだ。だが、そのやり場のない怒りは空気を伝わってくる。

長町を抜けたあたりで、一郎が突然、話し掛けてきた。

「先ほどの話、おぬしはどう思う」

「先ほどの話とは、家柄や門閥で生涯が決まるという話か」

「そうではない。福岡さんの話だ」

一郎が焦《じ》れるように言う。

「思うも何も、われらは世子様や同行する家老衆のご指示に従うだけだ」

「それは分かっている。だが、われらも自覚を持たねばならん」

「何の自覚だ」

「加賀百万石の藩士という自覚だ」

大真面目でそう言う一郎の態度に、文次郎は噴き出しそうになった。

「われらは足軽だぞ」

「そんなことは分かっている。ただな『身分などというものがなくなる世が来る』、と福岡さんは言っていた」

その話は文次郎も聞いていたが、むろん本気にはしていない。だが幼い頃から一郎は、すぐに人の話を信じてしまう。

「一郎よ、身分制度が、そんなに簡単になくなるはずはないだろう。祖父様《じい》も父上もそうだったように、われらも足軽のまま生涯を終える。それは運命《さだめ》のようなものなのだ」

「いかにも、そうかもしれん。だがおぬしのように、何事も『無理だ』『あり得ぬ』と頭から否定し、考えることをやめてしまうのも、どうかと思うのだ」

「そんなことはない。わしだって考えている」

そうは言ってみたものの、一郎の言う通りかもしれないと文次郎は思った。文次郎は生来、何事にも従順だったので、よく大人から可愛がられた。それに反して一郎は、何かとおかしな理屈をこねて大人に反発した。

——だが、その理屈の中にも筋が通っているものがあった。

傍らで聞いていて、一郎の言っていることが正しいと思われることが度々あった。そんな時、理屈で一郎にやり込められた大人は、顔を真っ赤にして「わが家中では、そういうことになっておる」と言ったものだ。家中を持ち出されると、一郎は口惜しげに俯《うつむ》いて何も反論できなかった。

「なあ、文次郎」

犀川に架かる桜橋《さくらばし》で立ち止まると、その流れを眺めつつ一郎が言った。

「これから、とんでもないことが起こる気がする」

「とんでもないことだと」

「ああ、何かこう、世の中がひっくり返るようなことだ」

「そんなことは起こらん。われらにとっては、何も変わらん日々が続く」

「そう思いたければ思え。だが、このまま平穏無事で済むとは思えぬ」

一郎が次第に激してくる。

「考えてもみろ。世界には多くの国がある。そのうちのいくつかは、大きな蒸気船で大海を渡り、日本までやってきたのだ。それだけならまだいい。彼奴《きゃっ》らは天竺《てんじく》（インド）や清《しん》国に上がり込み、その国民を奴隷にしているという」

二人より少し年上の連中の議論の中心は、列強の植民地化を防ぐための海防に尽きた。それがこの頃、攘夷か開国かになり、さらに、朝廷支持（尊王）か幕府支持（公武合体）かに変わりつつある。

「おぬしは、何のために長州藩が騒いでおるか分かるか」

「よく分からん」

文次郎が正直に言う。

「長州藩は天下を取るために、いろいろ策謀をめぐらせておるわけではない。このままでは、この国が諸外国の食い物にされてしまうのではないかと危惧《きぐ》しておるのだ」

「そんなことは知っている」

文次郎にも見栄《みえ》はある。

「こうした時に、われらは何もせずともよいのだろうか」

「では、何をする」

一郎は苛立《いらだ》つように石ころを拾うと、川面《かわも》に投げた。波紋が一瞬、広がったが、それは犀川の流れに瞬く間にのみ込まれた。

文次郎が諭すように言う。

「何かしようとしても、今の波紋のように、かき消されるだけだ」

足軽の子にとって堅固な身分制度で縛られた加賀家中では、何をすることもできない。

それを一郎も分かっているのだ。

「分かっている！」

「もうよい。われらは、われらのできることをしよう」

文次郎が一郎の肩を叩《たた》く。

「そうだな」

一郎は小さくうなずくと歩き出した。その背には、いつものような威勢のよさはない。

——致し方なきことなのだ。

それが現実であり、そこからは一歩も踏み出せない。踏み出すには、脱藩するくらいの覚悟が必要になる。

加賀藩の足軽は、長屋ではなく足軽組地と呼ばれる区画の一戸建てに住んでいる。足軽小頭で七十坪、平足軽で五十坪という広さなので、よほどの大家族でもない限り、一家族が住むのに不自由はない。家々はすべて同じ間取りだが、町人の住む町屋とも違い、それぞれが杉の生垣を回した屋敷構えをしており、庭もある。その点、壁板一枚を隔てただけの長屋に住む他藩の足軽とは格段の差があった。

加賀藩では雄藩の誇りから、こうした足軽の居住環境にまで配慮していた。

足軽組地には、日当たりのいい南端に小頭の家が、それに続くように九棟の平足軽の家が整然と並んでいた。

「ただ今、帰りました」

その一軒の戸を文次郎が開けると、養母のヨネが玄関まで出てきた。

「あら、遅かったですね」

「すみません」

「お勤めご苦労様です。夕餉《ゆうげ》の支度ができていますよ」

もうそんな時間かと思いつつ、文次郎は草鞋《わらじ》を脱いだ。

弘化四年（一八四七）十二月七日、文次郎は金沢城下の石坂五十人町《いっさかごじゅうにんまち》に生まれた。実家は千田家と同じ足軽の笠松《かさまつ》家で、文次郎は四男だった。十六歳の時、千田家の養子となり、千田文次郎となる。養父は仙右衛門《せんえもん》といったが、急死による末期《まつご》養子となったため切米《きりまい》五十俵（約二十石）を三十三俵（約十三石）に減らされた。この知行は加賀藩の足軽でも最下級に属する。

幼い頃から剣術を得意とした文次郎は、五尺七寸（約百七十三センチメートル）のすらりとした長身で、足軽の娘たちが騒ぐほどのいい男だった。

千田家には娘が一人いたが、すでに澤田百三郎の許《もと》に嫁いでいたので、養子入りした時から、文次郎は赤の他人だった養母と同居することになった。

養父母が、一人っ子の娘を澤田百三郎の許に嫁がせた理由は聞いていない。足軽職が世襲制ではなく株として売買可能だったため、夫婦が年老いてから売却し、老後を安楽に暮らそうとでも思ったのかもしれない。

「お風呂《ふろ》を沸かしますか」

「いえ、素振《すぶ》りをしてから真水で行水《ぎょうずい》しますので結構です」

養母のヨネとは同居して一年余になるが、今でも互いに他人行儀が抜けない。

玄関から玄関の間、さらに座敷を通った文次郎は、縁から庭に出た。

足軽の家の間取りは二列構成になっていて、もう一方の列は、流し、茶の間、納戸を経て縁になる。つまり左側が接客空間で、右側が私的空間になっている。玄関は東向きが多く、左側によく日が当たるようにしてある。

縁から庭に出た文次郎は、小さな道具小屋の中に置いている木刀を持ち出すと、日課の素振りを始めた。常の場合、起きてすぐに行うのだが、この日は墓所清掃の廻番だったので、夜明け前に出発せねばならず、後回しになった。

文次郎は学業より武芸を好んだ。幼い頃から、小野派一刀流の達人と謳われた宮崎栄《みやざきえい》五郎《ごろう》の道場に通い、今は代稽古をつけるまでになっている。栄五郎は剣術指南役として家老の奥村家や村井家にも出向いており、文次郎はその助手を務めていた。将来の夢は、栄五郎のような剣術指南役になることだ。

――だがそれも、世が安泰だったらの話だ。

素振りをしながら、文次郎は一郎との会話を思い出していた。

――彼奴の言うように、この世は大きく変わっていくのか。そうなった時、不器用なわしに何ができる。

体が火照ってくると、汗が出てきた。一太刀振り下ろすたびに、自らの筋が躍動するのが分かる。

――養子の身としては、養母に安楽な老後を送ってもらい、家を次代に伝えていかねばならぬ。

文次郎は当然のようにそう思っていた。だがここ一年ほど、そんな考えにも変化が生じていた。

——果たして、それでよいのか。

別の一部が、そんな生き方を否定する。

——いや、わしは足軽だ。分不相応なことを考えてはならぬ。

そうした迷いを振り払うように、文次郎は一心不乱に素振りを続けた。

三

組地の入口で文次郎と別れた一郎が自宅に戻り、黙って玄関の戸を開けると、父の金《きん》助《すけ》が出かけるところだった。

「遅かったな。どこかに寄り道でもしていたのか」

「福岡さんのところに行っていたんです」

元々、血色の悪い金助の顔が青ざめる。

「なぜ、そんなところに行ったのだ」

「途中、道で会い、寄合に誘われたのです。文次郎の義兄上もいらっしゃいました」

「寄合だと。何の寄合だ」

「五日後に迫った世子様の上洛行についてです」

「福岡様は何と言っていた」

「京都では他藩士と交わらず、百万石の藩士として恥ずかしくない振る舞いをせよと」

「そうか。それならよい」

それで安堵《あんど》したのか、金助が草鞋の紐《ひも》を結ぶ。

「だがな、あの方々の話は聞かぬ方がよい。足軽はお勤めをしているだけで十分だ。どうするかは、すべて加賀守《かがのかみ》（藩主斉泰）様と年寄衆が決める」

以前から金助は、尊王攘夷論を主張する福岡らを危険視していた。

「分かっています。それより、父上はどこへ行かれるんですか」

「医者だ」

金助は生来、胃が悪く、今回の上洛行に加わることも不安がっていた。それを察した小頭が、「一郎を連れていく」と言ってくれたので、金助は一行に加わらずに済んだ。

草鞋を脱ぎ、「御免」と言って横をすり抜けようとした一郎の袖を、金助が摑む。

「京都には魔が棲《す》んでいる。くれぐれも気をつけるんだぞ」

「魔、と仰せか」

「そうだ。あの話は覚えているだろう」

「ああ、はい」

金助は若い頃、京都藩邸詰だった時期がある。その時、同じ足軽仲間の一人が立君《たちぎみ》（夜鷹《よたか》）とねんごろになり、心中未遂をしでかした。立君は死に男は生き残ったが、その足軽は「士道不覚悟」とされて斬首《ざんしゅ》刑となり、その一家も離散させられた。

――足軽に「士道不覚悟」もないのだがな。

都合のいい時だけ藩は足軽を武士扱いする。

「帰ってきたら嫁を取らせる」

すでに玄関から出た金助が唐突に言った。

「相手は、源右衛門《げんえもん》のところのおひらだ」

「ちょっと待って下さい。私はまだ十七です。嫁など要りません」

「要るも要らぬもない。武士は妻を娶って初めて一人前になれる」

――われらは足軽ではないか。

そう思ったが、一郎は口をつぐんだ。

「話を進めておく」

そう言い残すと、金助は勢いよく玄関の戸を閉めて出ていった。

一郎は啞然《あぜん》として、その場に立ち尽くしていた。

――嫁などもらったら、父上やその仲間と同じ道を歩むことになる。

一郎は、中江藤樹《なかえとうじゅ》の『翁問答《おきなもんどう》』にある言葉を思い出していた。

「人に生まれて徳を知り、道を行わざれば、人面獣心とて、形は人なれども心は獣と同じこと」

幼少の頃に習ったこの言葉は、一郎の心に深く刻み付けられていた。

――男子は嫁をもらい、子をなし、仕事に精勤するだけでは駄目だ。真の人となるには志を立て、それを実現せねばならぬ。

己の志が奈辺《なへん》にあるのか、具体的には分からない。ただ一郎は、闇雲《やみくも》な情熱に駆られていた。

──早く何かを成し、何者かにならねば。

そうしなければ、いつまで経っても父親の支配下を脱せず、加賀藩足軽という枠組みの中に埋没してしまう。

──そのきっかけが、此度の上洛で摑めればよいのだが。

一郎は、心の底からそれを渇望していた。

島田一郎は嘉永元年（一八四八）、金沢城下の寺町で生まれた。幼少の頃から気が強く、友人と口論の末、「犬の糞《くそ》が食えるか」と言われて本当に食べ、友人たちを驚かせたことがある。

身長は五尺三寸（約百六十センチメートル）ほどしかなかったが、喧嘩《けんか》はめっぽう強かった。その一方、その言動や挙措に威厳があるため、少年たちの間で一目置かれていた。剣術も人並み以上の腕だったが、どちらかといえば学業に秀で、十六歳で壮猶館の砲術稽古方手伝に抜擢された。

「兄上──」

「何だ、治三郎《じさぶろう》か」

座敷で茫然《ぼうぜん》と考え事をしていたので、弟の治三郎が背後にいるのに気づかなかった。

島田家は、父の金助、母のとき、一郎、治三郎の四人家族だ。母のときは一郎にとっては継母で、治三郎は腹違いの弟になる。

一郎の実母のますは諸江屋与吉《もろえやよきち》という商人の娘で、一郎を産んですぐに亡くなっていた。そのため一郎は継母のときに育てられた。

「そんな恐ろしい顔をして、いったい何を考えていたのです」

治三郎も今年で十五になる。そろそろ大人として扱ってもおかしくない。

「まずは、そこに座れ」

二人が八畳の座敷に座ると、やけに狭く感じられる。それだけ二人の体が大きくなっていたのだ。

「そなたは、この家を継ぐ意思があるか」

「突然、何を言うんですか」

「それは、そなたの母上の望みでもあろう」

治三郎は呆気《あっけ》に取られている。

「そうしてくれれば、わしは助かる」

「助かるとは、いったいどういう謂ですか」

「わしは国事に奔走したい」

治三郎が絶句する。

「時代は沸騰している。皆がこの国の先々を憂え、一身を投げ出そうとしている。そんな時に、わしだけがこんなつまらん――、いや、すまん」

　これから家を継がせようとしている弟に、「つまらん仕事」と言うわけにもいかない。

　一郎は正座すると頭を下げた。

「つまり、そなたに家督を継いでもらい、父上と継母上《ははうえ》の面倒を見てもらいたいのだ」

「私には何とも言えません」

　家督の決定権は家父長の金助にある。しかも一郎の品行が極めて悪いとか、体が弱いとかいった理由でもない限り、家督は長子相続が基本となる。

「分かっている。だが心に留めておいてくれ。父上には、わしから上手《うま》く伝えておく」

「父上が嘆きますぞ」

「そんなことはない。父上はわしに厳しく、そなたに優しい。きっと喜ぶはずだ」

「兄上は何も分かっておらぬのですな」

　治三郎がため息をつく。

「どういうことだ」

「父上は兄上の前途を嘱望しています。足軽身分にありながら、兄上はその年で、壮猶館の砲術稽古方手伝になったのですぞ。それだけ兄上は優秀で、父上の期待を一身に背負っているのです」

「そんなことはない」

「いや、父上は、私をどこかに養子入りさせたいと考えています。先日、浄妙寺《じょうみょうじ》の住職様から、そのことを聞きました」

この時代、どこかで養子をほしがっているという話があると、次三男のある家から申し出が殺到した。そうなれば早めに申し出た者が有利になる。足軽以下の場合、その情報が集まるのが各地域の寺社だった。むろん話が成った時、寺社には斡旋料《あっせん》として、多額の謝礼が入るという仕組みだ。

「なぜ、そなたがそれを知っている」

「住職様は、私にも伝わっている話だと思い込み、『養子の口は、なかなかない』と、私に漏らされたのです」

学業も武術も人並み以下の治三郎を、金助はどこかに養子入りさせたいのだ。

「父上は兄上に期待しているから、辛《つら》く当たるのです」

「もうよい」

一郎は治三郎に背を向けると、縁に出て家庭菜園と化した庭を見るともなく見つめた。文次郎の千田家と違い、島田家は四人暮らしなので、庭に家庭菜園でも作らねば、育ち盛りの男子二人の食べるものが足りなくなる。

「兄上――」

背後から涙声が聞こえる。

「私は兄上に憧《あこが》れ、兄上のようになりたいと思ってきた。だが学業でも武術でも、兄上にははるかに及ばぬ。私はできそこないで、養子先も見つからぬ穀《ごく》つぶしだ」

「馬鹿を申すな。人には、それぞれのよさがある」

「兄上には、私の気持ちなど分からぬ」

「そんなことはない。そなたの気持ちは、兄であるわしが一番分かっている」

「兄弟といっても腹違いではないか」

「この馬鹿者が！」

一郎の平手が飛ぶ。

治三郎は、その場に突っ伏して泣き出した。

「すまなかった。愚かな兄を許してくれ」

治三郎を抱き起こそうとしたが、その体は重い。

——知らぬ間に成長していたのだな。

時は分け隔てなく二人にも流れていた。

「治三郎、腹違いだろうが何だろうが、われらは兄弟だ。これからも互いに支え合っていこう」

「それを、本心から申しておるのか」

「当たり前だ」

「それでは、勝手に遠くに行くようなことはすまいな」

一郎が答えに詰まる。国事に奔走するということは、勝手に遠くに行くことだからだ。

「よいか」と言いつつ、一郎が治三郎を抱き起こす。

「何があろうと、わしを信じてくれ」

「兄上——」

その言葉の意味するところを知った治三郎は、それ以上、何も言わなかった。

気づくと、夕日が家庭菜園の茄子《なす》や瓜《うり》を照らしていた。それらは十分に熟れてきており、自らの役割を全うする日、すなわち人の栄養になる日を心待ちにしているように感じられた。

——わしにも、この国のために身を捧げる時が来たのだ。

国事に奔走したいという一郎の気持ちは、さらに堅固なものになっていた。

四

元治元年（一八六四）四月二十八日の七つ（午前四時頃）、世子の慶寧が金沢城を後にした。

この上洛行こそ、加賀藩が動乱の世に乗り出す第一歩となる。

付き従うのは、年寄の奥村伊予守栄通《いよのかみてるみち》と家老の横山外記《げき》を筆頭とする五百人余である。

すでに家老の松平大弐《まつだいらだいに》（康正《やすまさ》）は先触れとして先行しており、畿内《きない》の情勢を刻々と伝えてきていた。それによると京都は平穏で、三条河原町《さんじょうかわらまち》の加賀藩邸に隣接する長州藩邸にも、大きな動きはないという。それでも行列には、いつにない緊張が漂っていた。

この日、一行は金沢から十里ほど南東の松任《まっとう》に宿泊し、翌二十九日、海岸線沿いに小松《こまつ》に出て、敦賀《つるが》から琵琶湖《びわこ》西岸を進み、五月十日の八つ半（午後三時頃）、京都の宿営地となる建仁寺《けんにんじ》に入った。加賀藩には京都藩邸もあるが、すでに京都詰の藩士たちがいるので、建仁寺に宿泊するのが慣例となっていた。

これまで加賀藩には、幾度となく幕府からは江戸出府命令が、朝廷からは上洛命令が出されていたが、藩主の斉泰も世子の慶寧も、病気を理由に断ってきた。そうしたことから、ようやく上洛してみたものの、京都では「今更、何だ」という雰囲気が漂っていた。

翌十一日、慶寧は在京老中や京都所司代を回り、型通りの挨拶《あいさつ》をした。この時、老中の稲葉美濃守正邦《いなばみののかみまさくに》から、将軍の命により「将軍が京都を留守にしている間の京都警衛を申し付ける」と伝えられた。これに対して朝廷筋からも、それを認める言葉を賜った上、父の斉泰を正三位に叙任するという内示を出された。その理由は「国事格別尽力」だという。

昨年の八月十八日の政変以来、幕府と佐幕派が牛耳る朝廷は、慶寧が上洛するや、有無を言わさず自陣営に取り込むべく、こうしたものを用意していたのだ。

また一橋慶喜の意を受け、建仁寺にやってきた公家《くげ》の二条斉敬《にじょうなりゆき》は、加賀藩内にいる「気概の者」、すなわち長州に同情する攘夷論者たちを取り締まるよう命じてきた。

これに気分を害した慶寧は、「参内《さんだい》せよ」という最初の勅命を拒否し、老中には帰国したい旨を伝え、慶喜の面談要請には病を理由に断りを入れた。
それでも滞在を続けた慶寧とその一行は六月、衝撃的な事件に遭遇する。

六月五日、この日が非番の文次郎と一郎は、連れ立って祇園《ぎおん》辺りに出ることにした。すでに京都滞在も一月《ひとつき》近くなり、何度か街には出てみたが、薄給ゆえに芸妓《げいぎ》のいる店などに行くことはできない。それゆえ街中をぶらつき、腹が減ったら、夜店で押し寿司《ずし》を食べるか、奮発して居酒屋で一膳飯《いちぜんめし》をかき込むくらいが関の山だった。京都に来てからは見るもの聞くもの珍しかったが、さすがに滞在が一月ともなると慣れてくる。

――京も金沢も、さほど変わらぬ。

文次郎は、故郷が懐かしくなり始めていた。

「今日は祇園の宵々山《よいよいやま》か。こうして歩くだけというのも退屈だな」

一郎がぼやく。

この日の京の町は笛や太鼓の音がひっきりなしに聞こえ、いつになく人出が多い。

「足留《あしどめ》（外出禁止）にならなかっただけでも、ありがたいではないか」

「まあ、そうだな」

一郎は腕組みし、胸を反らすようにして歩いている。雑踏を歩く時も擦れ違う者に配慮しないので、与太者と肩でも触れ合えば、喧嘩になることもあり得る。

「おい、もう少しその——、歩き方に気をつけんか」

「加賀藩士が道の端をこそこそ歩けるか」

「その加賀藩士というところを大声で言うのはやめろ」

「われらは非番なのだ。堂々としておればよい」

「非番だろうが、喧嘩はご法度《はっと》だ。分かっておるのか」

京都滞在の藩士たちには、喧嘩厳禁の触れが出ていた。それを破れば切腹は免れ難い。かといって与太者に売られた喧嘩を買わずに、民の前で頭でも下げようものなら、それはそれで「士道不覚悟」となり、切腹を命じられる。

——武士というのは難しいものだな。

道行く人の大半が顔見知りの金沢城下と違い、こうして他郷に出てみると、武士の窮屈さがよく分かる。尤《もっと》も二人は足軽なので、何かのいざこざに巻き込まれても、まだ申し開きの余地もある。だが与力以上になれば、有無を言わさず腹を切らされる。

「さて、今日は夜番だ。寿司でも食って帰るとするか」

文次郎の言葉に一郎が応じる。

「そうだ。三条通《さんじょうどおり》に『関東湯』という湯屋があると聞いた。行ってみないか」

確かに半刻ばかりぶらついて汗をかいた。夜番にはまだ間があり、湯屋に行く時間も十分にある。

だが文次郎は、何となく気乗りしなかった。

「その近くには大ぶりの蛸《たこ》が入った押し寿司の屋台も出ているという。そうだ。貸本屋もあるので、『日本外史』でも借りて帰ろう」

一郎の頭の中では、今夜の計画がどんどん膨れ上がっていくようだ。

『日本外史』とは頼山陽《らいさんよう》が書いた史書で、この頃、武士の間でよく読まれていた。

「いや、飯だけ食って帰ろう」

「では、わしだけで行く」

一郎は早くも京都の街に慣れたのか、平気で単独行動をしようとする。だがそれは、やむを得ない場合を除いて避けるようにとの通達もあった。言うまでもなく一郎の身に何か起これば、単独行を許した廉《かど》で、文次郎にも累が及ぶ。

「致し方ない。湯でも浴びるか」

「それがよい」

道行く人に場所を尋ねつつ「関東湯」に着いた二人は、番台で体を洗うための糠袋《ぬかぶくろ》と洗い粉《こ》を買うと、脱衣場で着物を脱いで、ざくろ口をくぐった。

夏なので浴槽につかる前に体を洗うことにし、二人は互いの背を糠袋でこすり合った。

「大身の武士は湯女《ゆな》を、下士は三助を雇うものだがな」

一郎がぼやく。

「致し方ない。われらのように金のない者は、互いに助け合いだ」

「痛い、痛い。もう少し優しくやれ」

「わしは湯女ではないので無理だ」

二人が戯《ざ》れ言を言いながら体を洗っていると、何やら外が騒がしくなってきた。

「何だろう」

「喧嘩か」

急いで着替え、外に出ていく者もいる。

「行ってみるか」

「そうだな」

まだ湯船にはつかっていないが、夏なので入る必要もない。

大急ぎで着物を着て外に出てみると、様子が一変していた。

「どうしたというのだ」

「皆、あっちに走っていくぞ」

どうやら三条小橋《さんじようこばし》の方で、何かあったらしい。

「行ってみよう」と言うと、一郎が駆け出した。

「おい、かかわり合いになるな」と声を掛けつつ、文次郎も後に続く。

湯屋から三条小橋は目と鼻の先だ。

二人が駆けつけると、長柄《ながえ》や大槌《おおづち》を手にした捕方《とりかた》が一軒の旅籠《はたご》を取り巻いている。

——捕り物か。

その店には、「池田屋《いけだや》」と書かれた木製の看板が懸かっている。

どうやら騒ぎは、池田屋の一階と二階で別々に起こっているらしく、中の混乱した様子が、喚《わめ》き声や何かを倒す音で伝わってくる。

――まさか斬り合いか。

その時、町人姿の男が飛び出してきた。男はたちまち捕方に囲まれたが、短刀を振り回し、何とか逃れようとしている。しかし、いくらも行かないうちに手首を打たれ、短刀を叩き落とされた。そのとたん、捕方に取り囲まれて袋叩きにされると、高手小手《たかてこて》に縛り上げられていく。

「何の騒ぎだ」

「分からんが、もう行こう」

その時、裏手から「逃がすな！」という大声が聞こえてきた。

「裏だ。裏に回ろう」

「よせ」という文次郎の言葉を振り切り、一郎が裏に向かった。

池田屋の裏手では、激しい斬り合いが行われていた。浪人らしき風体の男に、浅葱色《あさぎ》のだんだら模様の入った羽織を着た男たちが斬り掛かっている。

――壬生浪《みぶろ》か。

どうやら捕方の中心は、壬生浪と呼ばれる会津藩御預《おあずか》りの浪士たちのようだ。

双方は凄《すさ》まじい気合を上げつつ刃《やいば》をぶつけている。

――これが真剣での斬り合いか。

むろん文次郎も一郎も、本物の斬り合いは初めて見る。

――斬り合いというのは、一瞬で終わると聞いていたが大嘘《おおうそ》だな。

浪人らしき男と壬生浪と呼ばれる市中警護の者との斬り合いは、なかなか終わらない。

そのうち壬生浪が増えて、浪人は万事休すると、池田屋の塀に身をもたせかけて立腹《たちばら》を切った。

断末魔の気合が聞こえ、夜目にも鮮血が噴き出すのが、はっきりと見える。

腕に覚えのある文次郎だが、真剣での斬り合いには恐怖を覚えた。

「おい」

その時、背後から声を掛けられた。

「神妙にいたせ」

「えっ」と言って二人が顔を見合わせる。

「長州の御家中とお見受けする。ご同道いただきたい」

――わしらを長州藩の足軽と間違えておるのか。

その捕方たちは、会津藩の印である「會」と大書された提灯《ちようちん》を手にして迫ってくる。

二人の背後は舟入《ふないり》なので逃げられない。

その時、初めて会津藩と長州藩が、あの小さな旅籠でぶつかり合ったのだと分かった。

「お待ちあれ」

ようやく喉《のど》の奥から声を絞り出せた。

「われらは怪しい者ではない」

「では、なぜここにいる」

事を穏便に済まそうとする文次郎とは裏腹に、一郎が横柄な態度で応じる。

「たまたま通り掛かったのだ」

「では、いずこのご家中か」

その問いには答えられない。加賀藩に迷惑が掛かることも考えられるからだ。

「とにかく怪しい者ではない」

文次郎は、何とかこの場を取り繕おうとした。

だが周囲には、黒山の人だかりができ始めている。

――まずいな。

見物人は捕方を強気にさせる。

「まずは番所まで、ご同道いただきたい」

物頭らしき人物は冷静さを失っていないが、一郎がにべもなく返した。

「それには応じられぬ」

その言葉に会津藩士たちが殺気立つ。背後の見物人たちにも緊張が走る。

ようやく文次郎は、命の危険が迫っていることに気づいた。

――致し方ない。

文次郎が一郎を制するように前に出る。

「われらは、長州藩とはかかわりのない藩の足軽です。たまたま近くを通り掛かり——」

「問答無用！」

後ろの方から声が掛かる。それに一郎が過敏に反応する。

「何が問答無用か。町中でかような騒ぎを引き起こし、何様のつもりだ！」

——もう駄目だ。

ここで抵抗すれば、よくて切腹、悪くて斬首となる。

「神妙にいたせ！」

捕方が半円形を作った。

「おい、相棒」

一郎は全く慌てておらず、文次郎の名を呼ばずに言った。

「何だ」

「腰の物を抜くなよ」

刀を抜いてしまえば、この場を切り抜けたとしても後で切腹になる。

「分かっている」

「では、逃げるか」

そう言うや、凄まじい声を上げつつ一郎が走り出した。

——狂ったか。

その様に圧倒された捕方が、思わず身を引く。その隙を突き、捕方の輪を突破した一郎は闇雲に走っていく。文次郎もその後に続く。

ようやくわれに返った捕方が、何事か喚きながら追ってくる。

文次郎は一郎の背を見ながら懸命に走った。

しばしの間、一郎の背を追いかけていたが、池田屋に向かって駆けてくる群衆によって、一郎の姿は瞬く間にかき消された。それでも人ごみに紛れて、文次郎は何とか逃げおおせた。

その後、何食わぬ顔で建仁寺に戻り、炊場《かしきば》に行くと、すでに一郎は戻っており、米櫃《こめびつ》の底から手で飯をすくっていた。

「一郎、無事だったか」

「当たり前だ」

米櫃を文次郎に渡しながら一郎が言う。

「こいつはえらいことになるぞ」

文次郎も一郎に倣い、米櫃の底の飯をかき出す。

「えらいことだと」

「ああ、世の中がひっくり返る」

「どういうことだ」

「会津藩と壬生浪が長州藩士の会合場所を襲ったのだ。どう考えても大戦《おおいくさ》になる」

飯を食おうとしていた文次郎の手が止まる。

「となると、わが藩は――」

「長州に付くに決まっているだろう」

一郎が当然のように答えた。

五

翌朝早々、足軽への御門留《ごもんどめ》（外出禁止）と与力以上の遠足留《とおあしどめ》（遠隔地への外出禁止）が出された。これにより加賀藩士たちは、建仁寺内か藩邸内にとどまらねばならなくなった。

藩士たちの間では、会津藩が長州藩邸を攻撃するので、加賀藩が軍勢を整えて仲立ちに入るという噂がもっぱらだった。そのため、行李《こうり》から甲冑《かっちゅう》を引き出したり、刀の目釘《めくぎ》を確かめたりする者までいた。

――やるのか。

一郎は、血が逆流するかのような興奮を覚えていた。

これからの見通しを聞くべく、一郎は文次郎を誘って福岡惣助の部屋を訪れた。

「福岡さん、千田と島田です。よろしいですか」

一郎が部屋の外から声を掛ける。

「ああ、そなたらか。入れ」

障子を開けると、福岡は書簡らしきものを書いていた。

「此度は大変なことになりましたね」

「ああ、困ったものだ」

「少し話を聞かせていただけませんか」

「差し障りのない範囲でなら構わぬ」

一郎は遠慮なく座ったが、文次郎はもじもじしている。

「ご迷惑ではありませんか」

「遠慮することはない。そなたらも時局を知っておくことが大切だ」

その言葉に安堵したのか、ようやく文次郎も座に着いた。

「此度のことですが――、われらは双方の仲立ちに入るのでしょうか」

「分からぬな」

方針を決めるのは、世子の慶寧とその幕僚たちなので、惣助が分からないのは当然だった。

「当初、われらは幕府と長州の間を取り持つことと、朝廷の攘夷実行に同意することを旨としていましたが、その方針が変わるのでしょうか」

「そなたは、いつも直截《ちょくせつ》だな」

惣助が苦笑いを漏らす。

「家中の方針はいずこに」

「われらの方針は変わらぬ」

この時の加賀藩は、あくまで孝明《こうめい》天皇の意思が攘夷にあるものと信じていた。つまり「公武周旋」の方針は変わらない。

「では、われらも攘夷を実行するのですか」

「攘夷と言っても、長州のように諸外国の艦船に砲撃を加えるわけではない。すでに開港した港を一つずつ閉じていくよう、幕府を説得していくことになる」

「それが攘夷ですか」

一郎は拍子抜けした。

「われらの目的は夷狄《いてき》と戦うことではない。いったん夷狄を排除し、夷狄と対等に交易できる体制を築いて後、開国の交渉に入るのだ」

そのためには、薩摩藩や佐賀藩が行っているような工業化への道を踏み出さねばならない、と惣助は語った。

「そもそも鎖国をしていて突然、国を開けば、安価な外国製品が流入し、経済は混乱する。となると民の生活は立ち行かなくなる。しかも諸外国は強圧的な態度で、自らに有利な条件で交易しようとするはずだ。それを防ぐための攘夷だ。異人を斬ることが目的ではない」

惣助の言葉は理路整然としていた。

「では、長州藩との関係はどうなされる」

「われらは、かの家中から多くのことを学んだ。これからも、よき関係を続けていきたい。むろん幕府に背くわけではない。双方の仲立ちをし、衝突を避けるようにする」

「しかし此度、幕府のお墨付きを得て京の街を取り締まっている会津藩は、浪士のみならず歴《れっき》とした長州藩士まで殺しました。このまま長州の者たちが泣き寝入りするでしょうか」

長州藩が大挙して上洛してくるというのは、京雀たちのもっぱらの噂だった。

「それは分からん。われらはわれらの力で、京都を戦火から救い、宸襟《しんきん》を安んじ奉《たてまつ》るだけだ」

「われらの力で、都の静謐《せいひつ》を保つのですね」

「そうだ。そのためには長州にも自重してもらわねばならぬ。わしは長州藩の知己に書状を書き、軽挙を慎むよう伝えている」

「そうだったのですか」

惣助は加賀藩士として、冷静に事態に対処しようとしていた。

「文次郎」

惣助に声を掛けられ、文次郎が慌てて顔を上げた。

「何を考えておる」

「いや、その――」

「そなたは政治談議を好まぬはずだ。一郎に連れてこられたからといって、無理に志士のような顔をすることはない」

「は、はい」

　確かに惣助の言うことにも一理ある。

　──親友とはいえ、無理に巻き込むことはできない。

「文次郎、連れてきてすまなかった」

「そんなことはない。わしはわしなりに国事を考えておる」

　文次郎が胸を張る。

「それならよい。だが無理はするな。人には得手不得手というものがある」

　惣助が慈愛の籠《こ》もった眼差《まなざ》しを向けたが、文次郎は憤然として言った。

「ご心配には及びません」

「分かった。そなたらも、己のことは己で始末できる年だ。わしは、とやかく言うつもりはない」

「ご配慮、ありがとうございます」と言って頭を下げた二人が部屋を出ようとすると、その背に声が掛かった。

「実は、二人に頼みたいことがある」

「何なりと」

　二人が座り直すと、しばし躊躇した後、惣助が言った。

「卯乃とわが子らのことだ」

それは、全く予期していない言葉だった。

「わが一身は国事に捧げているので、いつ何時、命を失っても構わぬが、そうなれば妻子が不憫《ふびん》だ」

「尤もなことです」

一郎が膝をにじる。

「もしもわしが死したら、後事を託したいのだ」

二人が顔を見合わせる。

「金の話ではない。わしは大した額は残せなかったが、妻子の生活については、山辺沖《やまのべちゅう》太郎《たろう》と井口義平《いぐちぎへい》に託してある。もしもの場合は、彼奴らが与力仲間から、当面の生活が凌《しの》げるくらいの金を集めてくれるという」

山辺と井口は惣助と同じ与力で、幼い頃からの友人だった。

「では何を――」

「気に掛けてほしいだけだ。とくに一郎は勉学を、文次郎は武術を子らに指南してくれ」

惣助は、子供たちと年齢の近い二人に教育係を務めてほしいのだ。

「分かりました」

文次郎が力強く答える。

確かに文次郎は子供好きで、惣助の子供たちとも、よく遊んでいた。

「福岡さん、あくまで万が一の話ですぞ。福岡さんには加賀藩のため、そして卯乃さんたちのため、生きていてもらわねばなりません」

一郎は、惣助が身の危険を感じていると察した。

「もちろんだ。わしとて無駄に命を捨てるつもりはない。素志を貫徹することこそ、男子の本懐《ほんかい》だからな」

――素志貫徹こそ男子の本懐か。

一郎はその言葉を反芻《はんすう》した。

――つまり、志半ばで倒れるわけにはまいらぬということだ。

「ご無礼仕《つかまつ》ります」と言って一礼すると、二人は部屋を出た。

襖《ふすま》を閉める時にちらりと惣助の方を見ると、惣助は寂しそうな顔でぼんやりしていた。

その顔が、一郎には忘れられなかった。

六

その数日後、静寂に包まれていた建仁寺の境内の方から、複数の喚き声と、ばたばたと長廊を走り回る足音が聞こえてきた。

「何事だ！」

仮設の道場で稽古していた者たちも、稽古をやめて外の様子をうかがった。

稽古に精を出していた文次郎も面を外し、皆の頭の間から外を見た。

いた。

「行ってみるか」と誰かが言い出し、皆で境内に向かった。
境内に着いてみると、藩内の取り締まりに当たる捕吏が、一人の男を後ろ手に縛って
いた。
その男の顔を見た文次郎は愕然《がくぜん》とした。
――まさか、福岡さん。
捕縛されたのは惣助だった。臨時に編制されたとおぼしき捕吏の中には、憤然とした
顔の一郎もいる。
次の瞬間、一郎と目が合った。文次郎はすかさず首を左右に振った。
――何かの誤解だ。福岡さんの罪はすぐに晴れる。軽挙は慎め。
おそらく一郎も、その意を解したに違いない。捕吏の役割を果たすべく、突棒《つくぼう》を構え
て周囲を警戒している。
集まってきた藩士たちの中には、惣助を使って外部の志士たちと連絡を取り合ってい
た堀四郎左衛門《ほりしろうざえもん》や千秋順之助《せんしゅうじゅんのすけ》の顔も見える。
「与力を捕縛するとは、いかなることか！」
堀が大喝したが、捕吏を率いる山森権太郎《やまもりごんたろう》が怒鳴り返した。
「加賀守様の命である。控えよ！」
世子慶寧の上洛行に付き従ったのは、堀や千秋といった攘夷派だけでなく、藩主斉泰
側近の山森をはじめとした開国派もいる。彼らは京都聞番《ききばん》（情報収集役）の藤懸庫太《ふじかけくらた》ら

と連携し、慶寧とその側近たちの暴走を牽制《けんせい》する役目を担わされていた。

「お待ちあれ」

攘夷派の知恵袋の千秋が進み出る。

「いかに加賀守様の命であろうと、世子様に何の断りもなく藩士を捕縛するのは道理に合わぬ。われらに、福岡を捕縛した理由《わけ》をご説明いただきたい」

これまで斉泰は、藩内では殿と呼ばれてきたが、世子慶寧に実質的権限が移譲されつつあるため、その区別を付けるべく、斉泰は加賀守様、慶寧は世子様という呼び方に変わっていた。

「よかろう」

山森は自信満々だ。

「此度の池田屋の一件に絡んで、長州藩士の吉山六郎《よしやまろくろう》という者が会津藩に捕らえられた。その者の懐から出てきたのが福岡の書状だ」

千秋と堀が愕然として顔を見合わせる。

「福岡は藩の許しを得ず、密《ひそ》かに他藩士と交流していたのだ」

仕事柄、他藩士との接触は致し方ないこととはいえ、惣助は不逞《ふてい》浪士と呼ばれる過激派の志士たちとも会っていた。そのため前年末、「屹度叱《きっとしかり》（厳重注意）」を言い渡されていた。

堀が非難するような口調で言う。

「福岡の仕事柄、当然のことだ。それだけで与力を後ろ手に縛るなど、ほかの者に示しがつかぬ」

与力格以上の者たちは、足軽身分の者たちの前で恥をかかされるのを嫌がる。それが誰であろうと、自分たちの権威が落ちてしまうからだ。

「よいか」と言いつつ、山森が声を張り上げる。

「吉山六郎を捕縛した京都守護職から渡された書状によると、こう書かれていた」

山森が勝ち誇ったように書状を読み上げる。

そこには、かつて吉山が密かに金沢に来て自分に会ってくれたことを謝し、さらに「加賀守様と世子様の本心は、いささかも変わらない」、すなわち尊王攘夷の志は長州藩と変わらず、「この考えに反対の者が家中にもいるので、かつて処罰された自分を許し、自由に活動できるようにしてもらえるよう、帥宮《そちのみや》（朝廷内で実力のある親王）を通じて周旋してもらえないか」と書かれていた。

書状を出した時期は明らかに上洛前で、いささかの時差はあるものの、一藩士が自らの行動の自由を得るために、親王から藩主に働きかけてほしいと依頼するのは、藩の指揮命令系統を無視するもので、藩として許し難いことだった。

山森が続ける。

「この書状を会津侯からいただき、それを金沢の加賀守様にお送りしたところ、加賀守様はお怒りになられ、福岡を捕縛した上、すぐに金沢に送り返すよう、ご命じなされたのだ」

千秋と堀が絶句していると、奥から世子の慶寧が姿を現した。

それを見た全員が拝跪《はいき》する。

「いったいどうしたのだ」

慶寧の下問に対し、山森が同様のことを答えた。

それを聞いていた慶寧の顔色が、みるみる変わる。

文政十三年（一八三〇）生まれの慶寧はこの年、三十五歳。聡明《そうめい》さを謳われている慶寧だが、いまだ世子なので、藩主の斉泰に頭が上がらない。

「世子様、お聞き下さい」

千秋がその足元に進み出る。

「福岡の罪が重いのは確か。しかし事がこれだけ切迫している折、様々なことを道理や定めに従って進めることは困難です。福岡にはよく申し聞かせますので、この場は、ひとまずご赦免下さい」

千秋の言を無視して、慶寧が山森に問う。

「加賀守様は、『金沢に連れてこい』と仰せになっているのだな」

「はっ」と言いつつ、斉泰の命令書を懐から取り出した山森は、拝跪の姿勢のまま、捧げ持つようにして慶寧に提出した。

それをじっと読む慶寧の顔に、落胆の色が広がる。

「これでは、加賀守様の命に従うしかあるまい」

「いや、しかし——」

反論しかける千秋を慶寧が制する。

「福岡の処分については、わしも尽力する。とにかく福岡を金沢に送れ」

「恐れながら——」

今度は堀が言上する。

「われらが金沢に戻ってからでないと、加賀守様の側近たちが勝手に公事《くじ》（裁判）を行うことも考えられます。ここはひとまず、こちらで沙汰《さた》すると加賀守様にお伝えし——」

堀は、自分たちが帰る前に惣助が拷問を受けた上、すべてを自白し、死罪に処されることを案じていた。惣助の活動の大半は、堀や千秋の指示によるものだからだ。

「分かっておる。公事は帰ってからとしてもらうよう、わしから加賀守様に書状を書く。以上だ」

そう言うと、慶寧は奥に引き取った。

「堀殿、千秋殿、それでは目付らに福岡を護送させる」

正座させられていた惣助が、捕吏たちによって立たされる。

このまま金沢に向かうらしく、すでに罪人護送用の軍鶏駕籠《しゃもかご》が用意されており、背後に控える目付や横目たちも、笠をかぶり、足には脚絆《きゃはん》を巻いている。

皆が唖然とする中、一行は寺を後にした。

残った捕吏の中には憤然とした顔の一郎もいた。どうやら護送役には指名されなかったようだ。

――これから何が起こるのか。

次から次に起こる変事に、文次郎は戸惑っていた。

この頃、池田屋事件の一報が届いた長州では、藩内が怒りで沸騰していた。すでに慎重派の言葉に耳を傾ける者はなく、遊撃隊総督である来島又兵衛《きじまたべえ》の「率兵上京《そっぺい》」で藩論は統一され、すぐにも上洛軍の編制がなされようとしていた。

京都を舞台にした大戦争が勃発《ぼっぱつ》するのは、もはや避け難かった。

七

元治元年（一八六四）六月、長州藩は「（孝明帝から謹慎を命じられた）藩主父子の冤罪《えんざい》を雪《そそ》ぐ」ことを旗印に、二千余の兵を発した。

一方の幕府は京都防衛のための兵を伏見《ふしみ》まで派遣するよう、加賀藩に要請してきた。

しかし京都出張中の世子慶寧は、幕府の使者に対し、「長州藩が暴発するようなことになれば、即座に兵を出して鎮静に努めるが、今の加賀藩は、朝廷から御所の九口御門外の巡邏《じゅんら》を命じられているので、伏見に出兵することはできない」と突っぱねた。

と言うのも慶寧と加賀藩は、幕府と長州の衝突を避けるべく、水面下で周旋していたからだ。

まず慶寧は、会津藩主で京都守護職に任ぜられている松平容保《かたもり》に親書を送り、長州藩に対する挑発行為を戒めるや、一方の長州藩京都藩邸へは聞番を向かわせ、軽挙を慎むよう説得した。さらに禁裏御守衛総督の一橋慶喜の許には、家老の松平大弐らを派遣して長州藩の免罪を求めた。

しかし加賀藩が必死の周旋に努める間も、三手に分かれた長州藩軍は東進を続け、六月末から七月初旬にかけて、京都を取り巻くように布陣した。

両陣営は一触即発の危機を迎えた。もはや軍事衝突は必然であり、間に入っている形の加賀藩が戦闘に巻き込まれないとも限らない。

どちらにも与《くみ》しないことを基本方針としている加賀藩は、この危機に身の振り方をどうするかで苦慮していた。

そこで出てきたのが退京策である。すなわち慶寧と加賀藩兵が京都から撤退することで、双方と距離を置こうというのだ。

この策に慶寧も同意し、その許しを国元にいる藩主斉泰に求めた。斉泰も致し方なしとなり、慶寧の京都からの退去が決定する。

それを受けた慶寧は幕府の在京老中に根回しし、その許しを得たものの、松平容保が許さない。容保は京都守護職という地位にあり、長州藩に対して一貫して厳しい姿勢を取っていた。

退京できないとなれば長州藩を抑えるしかないとなり、七月八日、慶寧は長州藩京都留守居役の乃美織江を建仁寺に呼び出した。しかし乃美は、「騒乱を起こすつもりは毛頭ない」と繰り返すだけだった。

むろん乃美のような穏健派は、願望としてそう言っているだけで、上洛部隊に対して何の影響力も持たない。要は長州も一枚岩ではないのだ。

そんな時、心労が重なったためか、慶寧が体調を崩してしまう。

これにより側近の堀四郎左衛門や千秋順之助は、「幕府が許可しているのだから、朝命に背くことにならない」と考え、密かに退京の支度に入った。

ところが、そこに再び斉泰から使者が入り、「幕府の指示を確認するように」と申し渡してきた。

その矢先の十七日、幕府から諸藩に長州征討の命が下り、その姿勢が明確になった。つまり幕府は加賀藩の退京を許さず、京都守護職の指揮下に入れというのだ。

そのため京都における加賀藩の藩論は二分された。

——まだ続いているのか。

七月十九日の一番鶏《いちばんどり》が鳴いても、老臣たちは激論を戦わせていた。

前夜から建仁寺内の薪番《たきぎばん》に就いていた一郎は、法堂《はっとう》での議論の声が外にまで聞こえてくるので、落ち着かない一夜を過ごした。

薪番とは、篝火《かがりび》の火が消えないように見て回り、燃え尽きかけている篝火に薪を補充する役のことだ。

――われらが長州に与する姿勢を示せば、幕府方は話し合いに応じるのに。

境内は諸所で焚《た》かれた篝火によって、昼のように明るい。それでも空が白んできたためか、先ほどよりも明るさが衰えたような気がする。

篝火に薪の補充を済ませた一郎が詰所に戻ると、戦支度を整えた杉村寛正と陸義猶がいた。

「お二人は非番のはずですが、どうかなされましたか」

「このような有様で、眠れるわけがなかろう」

杉村が苛立つように言うと、陸も同意する。

「いつ戦端が開かれるか分からぬ。ここにおれば、いち早く様子が分かるからな」

「お偉いさんたちの談議はどうなっておる。そなたなら何か知っておるだろう」

急須《きゅうす》に入った茶を茶碗《ちゃわん》に注ぎつつ、杉村が問う。

「どうやら三つの策に分かれています」

「三つというと」

杉村から渡された茶碗の茶を飲みつつ、陸が問う。

「一つは長州に与して幕府方を威嚇する。もう一つは幕府方に加わって長州を討つ。さらに双方のどちらにも与せず、このまま金沢に帰るというものです」

むろん加賀藩は、長州藩に与して幕府方と戦うまでは考えていない。双方に矛《ほこ》を収めさせるための方策として長州方となるのだ。

「帰るというのは、どういうことだ」

「それは退京策と言いまして、どちらにも与せず、京都から引き退くという策です」

二人が顔を見合わせる。

「お二人は何かご存じで」

「それより、そなたはどうすべきだと思う」

「もちろん長州藩を助けるべきかと」

「事はそう容易ではない」

「と、仰せになりますと――」

「これは聞いた話なのだが」

陸が茶をすすりながら言う。

「堀様たちは長州と図り、帝《みかど》を禁裏から連れ出し、近江《おうみ》の今津《いまづ》に移座奉るつもりらしい。つまり、われらは先に今津に赴き、帝を奉じて今津に駆け込んできた長州を助けるという目論見《もくろみ》だ」

「何と――」

一郎が絶句する。

加賀藩は近江高島郡《たかしま》の今津に飛び地を有しており、そこに帝を迎え、情勢次第で、敦賀から船で長州に行幸していただくつもりでいるというのだ。

「その策配（作戦）を担っていたのが、福岡さんらしいのだ」

「何ですと――」

「だが、それが加賀守様に漏れたらしく、加賀守様はたいそうお怒りらしい」

「つまり福岡さんが、ああしたことになったのは――」

一郎が続く言葉をのみ込む。

福岡惣助は親王を動かして行動の自由を得ようとしていただけではなく、長州藩勢力と連携し、帝を長州に移座しようと画策していたのだ。

陸が熱い茶を一気に飲み下すと言った。

「加賀守様は、いったん退京しろと命じてきたが、そうした謀略を知り、世子様を今津に引かせてはまずいとなり、『幕府の指示を仰ぐように』と変わったらしいのだ」

「国元の取り巻きどもも、あたふたしているに違いない」

杉村が吐き捨てるように付け加える。

「結句、幕府は挙動不審なわれらに、味方するよう命じてきたという次第だ」

「それでは、堀様や千秋様は、長州が首尾よく帝を奪取して今津に来るなら長州に味方し、もしも長州が戦って敗れれば、厳正中立を貫こうというわけですか」

「そういうことだ」

杉村と陸の二人は、一郎より裏事情に精通していた。

「そうした話をどこで聞いたのです」

杉村がにやりとする。

「われらとて木偶《でく》ではない。そのくらい知っておらんと道を誤る」

陸がそこまで言った時だった。突然、腹底に響くような音が空に轟《とどろ》いた。

「まさか、あれは砲声か！」

慌てて詰所の外に出ると、一斉に障子が開いて皆が飛び出してきた。皆は何事か口々に言い合いながら、空を見上げている。すると次第に砲声が激しくなってきた。

——戦が始まったのだ。

興奮して、つい漏らしてしまった小便《ゆばり》が袴《はかま》を濡《ぬ》らす。

時は寅《とら》の下刻（午前四時頃）を回っている。

加賀藩士たちは後に知ることになるが、ちょうどこの頃、伏見街道から京都に入ろうとした長州藩の福原越後《ふくはらえちご》隊と、大垣《おおがき》藩兵の間で戦端が開かれた。

「行こう」

三人が法堂の前まで駆けていくと、重臣や上級家臣たちも広縁に出て外を眺めていた。

そこに、境内の巡邏隊に配されていた文次郎が駆けつけてきた。

「文次郎」

「おう、一郎」

二人はうなずくと空を見上げた。

その時、本坊の方から茶坊主が駆けてきて、世子慶寧がやってくると告げた。法堂の広縁に立っていた重臣たちも、境内に下りて砂利の上に拝跪する。そこに、ゆっくりと慶寧がやってきた。

慶寧の「始まったのか」という問いに、重臣の一人が「おそらく」と答える。

「して、われらの方針はどうなった」

「いまだ結論は出ておりませぬ」

「戦端が開かれたからには、わが藩も巻き込まれる。ここは退くしかあるまい」

「お待ちあれ」

京都聞番筆頭の藤懸庫太が進み出る。

「すでに戦端が開かれたということは、時を経ずして幕府方の使者が参ります。その時、お味方せずに退京するなどと申せば、われらも長州同様、朝敵にされます」

「そんなことはない！」

千秋が進み出る。

「われらは、われらの考えを貫くだけだ」

「それでは、幕命に背くことになります」

「そうではない。いったん今津まで引き、双方の衝突が収まった頃、仲裁に乗り出せばよい」

「果たしてそれは本当でしょうか」

「何を言うか。われらは双方の戦いから距離を置くだけだ」

「では仮に長州が勝ち、帝を奉じて今津にやってきても、中立を貫くと仰せか」

「もうよい」

慶寧がうんざりしたように言う。

「もはや議論している猶予はない。早急に退京しよう」

砲声が近づく中、加賀藩は撤退の支度に掛かった。

――何とも情けないな。

どちらに与するかは別としても、多くの藩が戦闘に参加しているにもかかわらず、加賀藩だけが戦わずして逃げ出すというのだ。

一郎は憤懣《ふんまん》やるかたなかったが、懸命に荷を運び、次々と車に載せては縄掛けした。

やがて砲声は絶え間なく続くようになり、その間に豆を炒《い》るような鉄砲の音も聞こえてきた。

「急げ、急げ！」

物頭が叱咤《しった》する。建仁寺の若い僧まで駆り出されて荷を積んでいる。

その時、三門の方でやり合う声が聞こえてきた。三門は内陣の大手にあたる。

「幕府に加勢しないのなら、貴殿らは朝敵になりますぞ！」

「いや、そうではなく、前々から退京すると決まっていたのです」

居丈高に怒鳴っているのは、「會」と書かれた陣笠をかぶっているので、会津藩の使者と分かる。応対しているのは、京都在番の藤懸だ。

「長州を討った後、われらは、朝敵として貴藩に追っ手を掛けます！」

「まあ、そう仰せにならず――」

藤懸は会津藩の使者を懸命になだめようとしていたが、それを聞いていた者の中には、怒りを抑えられない者もいた。

「聞き捨てならぬお言葉！」

立ち並ぶ者たちの中から、槍術《そうじゅつ》指南役の不破富太郎《ふわとみたろう》が飛び出した。不破は尊王攘夷派の中で、最も強硬派として鳴らしている。

「わが家中を朝敵と申すとは無礼千万！」

「何を言うか。諸藩は京都守護職・松平中将の指揮下にある。その命を無視して退京するとは不届きではないか！」

会津藩の使者も負けていない。

「何だと。抜け！」

不破が腰の物に手を当てる。不破は会津藩と事を構え、長州藩に与する以外の道を断とうとしているのだ。そのためには、腹を切るのも辞さない覚悟なのだろう。

不破をにらみつけていた使者が、口惜しげに言った。

「それがしは使者ゆえ、刃傷に及べばお役目を果たせぬ」

そう言い残すと、使者は肩をそびやかすようにして去っていった。

不破の命を懸けた挑発行為は実を結ばなかった。

「よし、出立するぞ！」

騒ぎが収まると、誰かが大声で言った。

ところが、隊列の先頭が建仁寺の三門を出て外陣に入ったところで、一頭の馬が駆け込んできた。

「何奴！」

先頭を行く警戒役の御歩頭が隊列を止める。

「毛利《もうり》家中に候！」

そう喚くと、使者は馬を飛び降りて拝跪した。

「何事か！」

重役たちが駆けつけてくる。

「毛利家中の小島弥十郎《こじまやじゅうろう》に候。かねての約定通り、ご加勢いただきたい！」

長州藩士の小島は、加賀藩の手筋（交渉役）を担っていた。

「小島殿か」

その時、後方から堀四郎左衛門が駆けつけてきた。

「ああ、堀殿、わが方の戦況至って不利。ぜひご加勢いただきたい」

「それは真か！」

「中立を守っていた薩摩藩が会津藩に与したのです」

「何だと」

堀の顔が蒼白《そうはく》になる。

「堀殿、これはいかなることだ」

佐幕派の重役たちが堀に詰め寄る。

「待たれよ」と言って重役たちをなだめた堀は、小島に向かって言った。

「まずはこちらへ」

「そんな余裕はありません。すぐにご加勢いただきたい」

「いや、そう言われても困ります。とにかくこちらへ」

堀は小島を手近の塔頭《たっちゅう》へと導いた。

「前へ進め！」

堀と小島をその場に残し、隊列が動き出した。

――戦況は長州に不利なのか。

一郎は内心、舌打ちした。

八

その日のうちに、慶寧一行は加賀藩領今津に到着した。

琵琶湖の北西岸にある今津は、竹生島宝厳寺参詣《ちくぶしまほうごんじさんけい》の玄関口として賑《にぎ》わう宿町だ。

この頃になると、長州藩が大敗したという噂が今津にも伝わってきた。琵琶湖西岸は商人の行き来が多く、洛中に住む者たちも続々と避難してきていたので、そうした話がいち早く伝わるのだ。

逃げてきた者たちは、「長州藩の主力はいまだ健在なので、巻き返しに出てくるに違いない。京都は火の海になる」と口々に言う。

どちらに味方するにしても、突然叩き起こされ、京都に戻ることも十分に考えられる。そのため足軽たちは落ち着かない夜を過ごしていた。

しかし翌日の夜、長州藩が京都周辺から撤退していったという情報が入り、戦闘が終わったことが明らかとなった。

今津に四日滞在した世子慶寧一行は二十四日、湖西を北上して海津《かいづ》に入った。そこで藩主の斉泰から書状が届き、年寄の一人の長連恭《ちょうつらやす》に兵を託して送ったので、海津で待つよう命じられた。

連恭が当主の長大隅守《おおすみのかみ》家は、政均が当主の本多播磨守《はりまのかみ》家の五万石に次ぐ三万三千石の石高を有し、八家のうちでも第二位の地位を占める大身だ。しかも長連恭は、本多政均同様の佐幕派だった。その長連恭が兵を率いてくるというのだから、どちらに与するかは明らかだった。

やがて琵琶湖北岸までやってきた長連恭は軍議を催し、「加賀守様の命に従い、長州征討に赴く」と宣言した。
翌日、長連恭は慶寧一行を海津に置いて京都に向かった。
実は、斉泰は慶寧を無視して幕府の在京老中や会津藩に謝罪し、「慶寧は病が重く、やむなく退京させた」と弁明していた。
斉泰は、すべてを慶寧の病に原因があるとして事を収めようとしたが、会津藩からは
「それなら、長州征討に赴くので兵を送られよ」と脅され、やむなく長連恭を派遣したのだ。
これにより加賀藩が朝敵の汚名を着ることはなかったが、斉泰の誇りは深く傷つけら
れ、その怒りは家中の尊攘派に向けられた。
八月十一日、慶寧一行は金沢に向けて海津を出発する。
その夜、家老の一人である松平大弐が切腹して果てた。この混乱の責任を誰かが負わ
ねばならず、事を収めるための切腹をしたのだ。
その二日後、金沢に向かう途次、慶寧は正室急死の一報を聞く。正室の通《つう》はわずか十
八歳で、体は強い方ではなかったものの、急死するほどの病を得ていたわけではない。
その心痛も重なり、慶寧は寝込んでしまった。
一方、八月一日に上洛した長連恭は、長州征討軍に加わるよう老中から命じられ、十
一日に長州に向けて出陣した。しかし長州藩が三家老の首を差し出して恭順したため、
戦わずして引き揚げることになる。

一方、十八日に金沢に帰着した慶寧は、父の斉泰から謹慎処分を言い渡される。藩主から世子に謹慎が言い渡されることはまれで、下手をすると廃嫡ということさえ考えられる。

かくして幕府への恭順という方針で統一された加賀藩では、尊攘派の粛清が始まる。その急先鋒《きゅうせんぽう》となったのが本多政均だった。

政均は、慶寧の学問の師である千秋順之助、槍術指南役の不破富太郎、御附方の大野《おおの》木仲三郎《ぎちゅうざぶろう》、賄方（料理人）の青木新三郎《あおきしんざぶろう》の四名に切腹を命じるや、その手足となって働いていた藩士や町人を厳罰に処した。

また堀四郎左衛門をはじめとする多くの尊攘派も永牢《えいろう》や流罪となり、加賀藩尊攘派は息の根を止められた。

他藩でもこの時期、同様の弾圧はあったものの、せいぜい永牢や流罪で済ませ、後々、長州藩が勢いを取り戻した時、彼らの伝手《つて》で発言力を得ることもできたが、加賀藩の場合、本多政均が頑《かたく》なに厳罰を主張したため、退路を断った形になってしまった。

それが、どれほど藩士たちの将来に影響を及ぼすか、この時、斉泰も本多も気づいていなかった。

「おい、聞いたか！」

一郎が玄関から飛び込んできた。

上半身裸になって素振りをしていた文次郎は、手巾《しゅきん》で汗を拭《ぬぐ》うと、縁から座敷に上がった。

すでに一郎は草鞋を脱ぎ捨て、座敷で胡坐《あぐら》をかいている。

「どうしたというのだ」

「まずは、そこに座れ」

「他人の家だというのに、おぬしは自分の家のようだな」

軽口を叩きながら座に着いたが、この時になって一郎の唇が蒼白になっているのに、
文次郎は気づいた。

「福岡さんがな」と言って、一郎が絶句した。

「福岡さんが、どうしたというのだ」

「死罪を賜った」

「何だと」

文次郎は大きなため息をついたが、半ば予期していたことでもある。

帰郷した時から、年寄の本多政均によって尊攘派の大弾圧が行われるという噂があり、
そうなれば真っ先に責任を問われるのは福岡なのだ。

それでも山辺沖太郎や井口義平といった与力仲間が奔走していたので、一時は「流罪
になる」という噂も囁《ささや》かれていた。

「騒々しいな」

「千秋さんや不破さんらに続いて、福岡さんまで腹を切らされるとはな」

「それが、腹ではないんだ」

「まさか刎首《ふんしゅ》か。与力を刎首刑に処すなど聞いたことがないぞ」

「それも違うんだ」

「では、何だ」

常は肝の据わった一郎の視線が、今日は定まらない。

「文次郎、心して聞け。福岡さんは生胴と決まった」

「い、き、ど、う——、と申したか」

一郎がうなずく。

「生胴とは、あの——」

「そうだ。生きたまま胴を断たれる刑だ」

「馬鹿を申すな。加賀藩始まって以来、与力はおろか足軽にさえ適用されたことのない刑だぞ。何かの間違いではないか」

加賀藩で生胴の刑に処された者は、江戸中期の大盗賊・白銀屋与左衛門《しろがねやよざえもん》しかいない。

「しかも家禄没収の上、家名も断絶だ」

「何ということだ。藩のためによかれと思ってやったことだぞ。どうして福岡さんが、そんな不名誉な刑に処されねばならぬ」

「分からん。山辺さんと井口さんは、『せめて切腹を』という嘆願をしに本多様の役宅まで行ったが、門前払いされたそうだ」

本多政均にとっては、与力など虫けらも同然なのだ。

「それでは卯乃さんや子供たちは――」

一郎が首を左右に振る。とても答えられないといった様子だ。

「福岡さんの家に行こう」

「やめておけ。今は役人たちがいて、中に入れてくれない」

「卯乃さんたちはどうしている」

「実家に戻る支度をしているはずだ」

「とにかく行ってみよう」

「仕方ないな」

二人は福岡の家のある長町に向かった。

福岡の家の門は竹矢来で斜交《はすか》いが組まれ、周囲は厳重に包囲されていた。

「あれは父上か」

その時、一郎の父の金助が警備に就いていることに気づいた。

「お前ら何しに来た」

金助の顔色が変わる。

「様子を見に来ました」

「家に戻っていろ」

「しかし――」

「とにかく、ここに近づくな！」

その時、家の中から卯乃が現れた。その両手には、着物や家財道具が抱えられている。

「すみません。どいて下さい」

卯乃が二人の間をすり抜けようとする。

「卯乃さん、待って下さい。われらは――」

「放っておいて下さい」

周囲の目を気にするようにして、卯乃が駆け去ろうとする。どうやら子供はすでに実家に預け、荷物だけ取りに来たらしい。

「せめて荷物を持たせて下さい」

一郎が卯乃の荷物を持とうとすると、卯乃が激しく頭《かぶり》を振った。

「やめて下さい」

「どうしてですか」

「私は罪人の妻ですよ」

「それがどうしたって言うんです。なあ、文次郎」

「ああ」と言いつつ、一郎に続いて文次郎も荷を持った。

着物の袖で顔を隠すように走る卯乃を守るように、二人は併走した。

「卯乃さん、此度のことは何と言っていいか――」

「もういいんです。主人は覚悟の上でしたから」

擦れ違う人々は卯乃の顔を見ると、驚いたように立ち止まっている。

「お二人は、もう行って下さい」

「そうはいきません」

「お願いです。もう放っておいて」

二人の手から着物の束を奪うと、それで顔を隠すようにして卯乃は行ってしまった。

――卯乃さん、何もしてやれずすまなかった。

様々なことを教えてくれた福岡に恩返しの一つもできず、文次郎は無念だった。

「許せん。絶対に許せん」

「一郎、言葉を慎め」

「分かっている。だがな、これで加賀藩は終わりだ」

時代の流れが尊王攘夷派に傾いているのは明らかで、一度くらいの挫折《ざせつ》で、その運動が下火になるとは思えない。

――本多様ら佐幕派の頑迷固陋《がんめいころう》さが、裏目に出るのは間違いない。

一郎同様、文次郎も加賀藩の将来に一抹の不安を抱いていた。

「一郎、もうそのことは言うな。少しでもお上に盾突くような態度を取れば、ただでは済まされぬぞ」

「分かっている。分かっているが、わしは――」

一郎が口をつぐんだ。だが、その握り締められた拳《こぶし》を見れば、一郎の無念が十分に伝わってくる。

「一郎、この場は耐えるのだ。いつかわれらの出番が来る」

「そうだ。雨の後は必ず晴れる。きっと晴れる！」

一郎が己に言い聞かせるように言った。

九

辰の下刻（午前八時頃）、一郎と文次郎が公事場の番所で名を告げると、そこで待っていた小者が、「それでは行くか」と言って立ち上がった。

小者は足軽より身分は低いが、公事場に勤めているだけあって態度は大きい。

小者に従っていくと、粗末な牢舎が見えてきた。未決囚や重罪人だけが収監されている公事場牢だ。

牢舎は古びているだけでなく、死の臭いが立ち込めていた。

さすがの一郎も足がすくむ。

「ここで待て」

二人が連れてこられたのは、牢役人の詰所のような場所だった。広い土間には竈《かまど》が一つあるだけで、その奥は縁と座敷になっている。

「座れ」とも言われなかったので、土間に立ったまましばらく待っていると、牢役人が四人の小者を引き連れ、こちらにやってきた。小者は尻《しり》を端折《はしょ》り、半棒と呼ばれる三尺（約九十センチメートル）の短杖《たんじょう》を持っている。

牢役人は御歩階級なので、二人が頭を下げると、「千田文次郎と島田一郎だな」と確かめてきた。

「はい」と二人が答えると、牢役人は「念のため、大小を預からせていただく」と言ってきた。

当然のことなので、二人は腰の物を外して小者に渡した。

「よし、連れてこい」

その命に応じた小者二人が牢舎の方に戻っていくと、しばらくして縄掛けされた男を連れてきた。

「福岡さん」

そのやつれ果てた姿に、一郎は初め別人かと思った。

「久しぶりだな」

それでも福岡は笑みを浮かべた。

小者に促された福岡がその場に正座したので、二人もそれに倣った。背後で縄尻を持った小者二人も拝跪する。

「どうだ。驚いたか」

「あっ、はい――」

「藩命に違背した者は、かような仕打ちを受ける」

どうやら福岡は、まともな食事も与えられていないようだ。

「公事場奉行様にお願いし、そなたら二人を呼んでもらった。一つには、そなたらにわしの姿を見てもらいたかったのだ」

「それはまた、どうしてですか」

文次郎が驚いたように問う。

「これが志士の姿だからだ」

「志士の姿と――」

「そうだ。わしは今、己の最も望む姿で死を迎える」

「しかし――」

「分かっている。すでに生胴に処されると聞いた。だがな――」

福岡の顔はやつれ果てているが、その双眸《そうぼう》は爛々《らんらん》と輝いていた。

「人は死に方ではない。それまで、いかに生きたかだ」

「仰せの通りです」

二人が声を合わせる。

「わしは己に与えられた生を精一杯、生き抜いた。この世に思い残すことはない」

福岡の顔には、生きることをあきらめた者だけが持つ清々《すがすが》しさが溢《あふ》れていた。

「唯一気がかりなのは、卯乃と子らのことだ。だがな、卯乃は分かってくれるはずだ。子らもいつか――」

込み上げる思いを堪《こら》えるように唇を結ぶと、福岡は言った。

「分かってくれる」

感極まった一郎が膝をにじる。

「志に殉じることが男子の本懐です。福岡さんは見事、それをやり遂げた。これほどの誉れはありません」

「そう言ってくれるか。だがな――」

福岡が遠くを見るような目をする。

「もう少し、この国の行く末を見定めたかった。それだけが残念だ。だがそのことは、そなたらに託したい。どうかこの国を――」

福岡の声音が強さを帯びる。

「正しい方に導いてくれ」

「分かりました。命に代えても」

一郎が両手をつくと、文次郎もそれに倣った。

「そなたらに教えたいことは山ほどあったが、もはやそれも叶《かな》わぬ。せめてそなたらに最後の願いを託そうと思い、呼んでもらった」

「はっ、何なりと――」

「わしの刑には、二人の介錯人《かいしゃく》が要る」

　生胴は、まず処刑される者の手を胸の後ろで縛ってつるし、足が地に着くか着かない程度まで引き上げる。続いて第一の介錯人が胴を払う。これにより上半身と下半身が切断され、頭の重みで上半身が半回転する。そこで下になった首を第二の介錯人が落とすといった手順で執行される。

　二人の介錯人には、相当の腕が要る。とくに第一の介錯人が胴を分断できないと、上半身が半回転しないため首を落とせず、被処刑者は言語に絶する苦しみを味わうことになる。

「それを、そなたらに頼みたいのだ」

　二人が顔を見合わせる。

「そなたら二人が介錯人である限り、わしは痛みに耐えられる。若い者らに無様な姿を晒《さら》したくはないからな。むろんそれだけではない。そなたらに、志士がいかに死ぬかを見てもらいたいのだ」

　福岡の言葉には、強い意志が感じられた。

「どうだ。やってくれるか」

「もっと腕の立つ方がいらっしゃいます」

　文次郎は明らかに困惑している。

「わしは、この藩の次代を担うそなたらに頼みたい」

――われらは、たかが足軽ではないか。

一郎がそう思ったのを察したかのように、福岡が言った。

「これからの世は、身分を問わず、志を持つ者が頭角を現すようになる。それゆえ、そなたらに介錯人を頼みたいのだ」

そこまで言われては、断るわけにはいかない。

「分かりました」

一郎が先に覚悟を決めた。

「ただ、わが剣の腕は文次郎に劣るので、それがしは第二の介錯人をやらせていただきます」

「文次郎はどうだ。第一の介錯人をやってくれるか」

「それがしには――、それがしにはできません」

「なぜだ」

「胴を一太刀で断つほどの技量を持ち合わせていません」

「それは心配するな。何度か刃を叩き付ければ必ず断てる」

そうなれば凄絶《せいぜつ》な修羅場となる。

「できません」

「わしの最後の頼みでもか」

文次郎は唇を噛《か》み締めて絶句した。

「文次郎、やろう」

大きく息を吸い込むと文次郎が言った。

「軽々しく引き受けられることではない！」

「では、誰が引き受けるというのだ。介錯をもっぱらとする者でも、胴断ちは容易ではない。それだからこそ、福岡さんはわれらに頼んでいるのではないか」

加賀藩にも、徳川《とくがわ》家における山田《やまだ》浅《あさ》右衛《え》門《もん》家のような首斬り役を担う家はある。だがその家の者とて、胴を一刀の下に斬り落とせるかどうかは分からない。

「わしの最後の頼みだ。どうか聞き入れてくれ」

福岡が頭を下げる。

しばしの間、この世の苦しみを一身に背負ったような顔をしていた文次郎だが、肺腑《はいふ》を抉《えぐ》るような声で言った。

「分かりました。やらせていただきます」

「すまぬな。恩に着る」

その時、背後で会話を聞いていた牢役人が咳払いした。

「すみません。これで用は済みました」

福岡がそう言うと、小者二人が近づき、福岡を立ち上がらせた。

「福岡さん、卯乃さんとは――」

文次郎の問いに、福岡はあっさりと「会ってはおらぬし、会うつもりもない」と答えた。

「なぜですか」

「会えば未練となる。わしは会わずに旅立つつもりだ」

「よろしいので」

「いつか、あの世で会えるだろう」

寂しげな笑みを浮かべると、縄尻を取られた福岡は牢舎の方に去っていった。

その場に残った牢役人が厳かに言う。

「刑の執行は、五日後の辰の上刻（午前七時頃）となる。二人は早めに来て支度を整えるように」

「はっ」

そこまで言うと、牢役人が声を潜めた。

「実は、わしも生胴など見たことがない。だがわが家に伝わる話によると、生半可なものではないという。かつて処刑された者は、火付盗賊の類《たぐい》で度胸も据わっていた。だがな――」

牢役人の眉間《みけん》に皺《しわ》が寄る。

「介錯人が胴を一刀両断できず、凄まじい修羅場になったそうだ。それゆえ、そなたらも心して掛かれ。決して取り乱すでないぞ」

二人が息をのむようにしてうなずくと、牢役人は付け加えた。

「今日から処刑執行当日までの五日間、そなたらを非番にする。その間に剣の師匠に相談するなりして、つつがなく事を済ませられるようにせよ」

「承知しました」

二人は深く平伏した。

十

その帰途、二人は押し黙って歩いた。

犀川に架かる桜橋まで来たところで、一郎が小さく呟《つぶや》いた。

「許せん」

「よせ」と、文次郎が反射的に答える。

たった一度とはいえ、二人は福岡家に行き、尊攘派の集会に顔を出している。藩の横目付が商人に化けて、そこらを往来しているかもしれないのだ。

現に義姉婿の澤田百三郎も、公事場に呼び出されて取り調べを受けていた。幸いにしてすぐに釈放されたが、文次郎たちにも声が掛かるかもしれない。

「文次郎、われらは五日間もらった。おぬしはどうする」

「どうするもこうするもない。福岡さんの頼みを聞き入れたのだ。やるしかあるまい」

文次郎には、胴を一刀の下に断ち切る自信などない。

「先ほどの牢役人の話によると、胴断ちは、よほどの腕でも難しいようだな」

「ああ、分かっている」

「何としても一刀両断せねばならない。できるのか」

「やるしかないだろう！」

文次郎が大声を出したので、道行く人々が驚いて顔を向けた。

それを全く気にせず、一郎が苦悩をあらわに問う。

「文次郎、わしらはなぜ、福岡さんを介錯せねばならぬのだ」

「藩命だからだ。それ以外の何物でもない」

「己の考えが藩の方針と一致しない時でも、藩命を聞き入れねばならぬのか」

「扶持《ふち》をもらっている藩士である限り、当たり前だ」

「藩命が間違っていてもか」

「間違っている、だと」

これまで文次郎は、藩命が正しいか正しくないかなど考えたことはなかった。

「そうだ。藩も神仏ではない。間違いもある」

「おい」と言いつつ、文次郎は一郎の肩を摑んだ。

「二度と、そのようなことを口にするな」

「放せ」と言いつつ、一郎が文次郎の手を振り解《ほど》く。

「一郎、おぬしは死にたいのか」

「わしは許せんのだ」

一郎が怒りに肩を震わせる。

「誰のことが許せんのだ」

「本多執政に決まっている」

「許せなければどうする」

「――――」

「許せなければどうする、と聞いている」

「うるさい！」

そう言うと一郎は走り去った。

――一郎、わしだって同じ気持ちだ。だが、われらは堪えるしかないのだ。

文次郎は心中、一郎の背に向かって言った。

文次郎が家に帰ると百三郎が来ていた。

「義兄上、どうかなさったのですか」

悄然《しょうぜん》と首を垂れていた百三郎が、玄関から入ってきた文次郎に気づくと威儀を正した。

「明日、金沢を発《た》つ」

「どこに行かれるのですか」

「流刑地の能登《のと》まで行く」

「義兄上は流刑となったのですか」

「そうではない。堀様の警護役を仰せつかったのだ」

百三郎は、流罪となった堀四郎左衛門を流刑地まで送り届けるよう命じられたという。

堀は加賀藩尊攘派の中心的人物だが、家老の家の出であることと、織田信長《おだのぶなが》や豊臣秀吉《とよとみひでよし》に仕えていた堀秀政《ほりひでまさ》の末裔《まつえい》という由緒ある家柄の出なので、死一等を減じられて能登半島の八ヶ崎《はちがさき》村に流されることになった。

「お送りするだけではない。配所で堀様のお世話をすることになった」

「それは、どれくらいの間ですか」

「一年で交代の者がやってくることになっているが、あてにはならぬ」

その時、台所の方から女の嗚咽《おえつ》が聞こえた。養母ヨネと義姉の糸《いと》に違いない。

「義姉上は――」

「わしも流刑と同じだ。連れていくわけにはまいらぬ」

百三郎は実質的な流刑とされたのだ。

「無事のご帰還を祈念しております。こちらのことはお任せ下さい」

「よろしく頼む」

畏《かしこ》まって軽く頭を下げると、百三郎が問うた。

「そなたは今朝、公事場に出頭したらしいが、何か聞かれたのか」

「雑魚《ざこ》は相手にされません」

「では、何か命じられたのか」

文次郎が福岡の介錯人に指名されたことを告げると、百三郎の顔が青ざめた。

「失敗は許されんぞ。加賀藩士の名誉にかけても一太刀でやれ」

「はい。しかし——」

「自信がないのか」

うなずく文次郎の胸倉を百三郎が摑む。

「しっかりせい！」

「分かっております」

「福岡さんが、そなたの腕を見込んで指名したのを忘れるな」

百三郎が声を震わせる。

「どうか福岡さんを武士として死なせてやってくれ」

「しかと心得ました」

「頼むぞ」と言いつつ幽鬼のように立ち上がった百三郎は、玄関で草鞋を履くと、ふらつきながら外に出ていった。顔を伏せた義姉の糸がそれに続く。

「お勤めをしっかり果たして下さい」

養母のヨネが涙ながらに言う。

「分かりました。義母上《ははうえ》も、どうか息災で——」

ヨネに深く頭を下げると、百三郎は何かを振り切るように去っていった。

「そうか」と言ったきり、師匠の宮崎栄五郎は瞑目《めいもく》して何事か考えていた。その黒々とした美髯《びぜん》には、ところどころ白滝のような線が走っている。すでに栄五郎は齢《よわい》五十を超えていた。

「それがしの腕では、胴を一刀両断することはできません。また修行を積むにしても、処刑の日まで四日しかありません」

「胴を断つのは、わしでも難しい。わが流派である小野派一刀流にも、胴打ちはあっても、胴断ちなどという技はない」

「秘伝にもありませんか」

「ない」と栄五郎がにべもなく答える。

それを聞いた文次郎は悄然と首を垂れた。

「だが胴断ちは剣の腕ではない、と聞いたことがある」

「剣の腕ではないと――」

「気構えが大切だ。つまり満身の気魄《きはく》をもって事に当たれば、断つこともできるという」

「それは真で――」

文次郎としては藁《わら》にもすがる思いだ。

「まずは人の体の説明をしよう」

栄五郎は筆と懐紙を取り出すと、人の体の絵を描いた。

「この臍《へそ》の緒の線を外してはならん。それより上にはあばらがあり、その下には腰骨がある。そこを断とうとすると、どのような名刀でも刃こぼれする」

「つまり、この鳩尾の辺りを断つのであれば、難関は背骨だけですね」

「そうだ。福岡殿は痩《や》せているので、肉を断っても、さほどの抵抗もなく背骨に達する。そこで衝撃があっても、勢いを弱めずに振り切ることだ」

「形はどうします」

「右から左に薙《な》げ」

その後、文次郎と栄五郎は道場で実地に断ち方を検討してみた。藁の像に向かって、木刀を薙ぐ稽古も行った。

栄五郎は、「何事も気魄だ。物怖《ものお》じせず、自信を持ってやり通すのだ」と、繰り返し言った。

十一

番小屋を出た一郎が空を見上げると、どんよりとした雲が低く垂れ込め、今にも雨が降ってきそうな気配だ。

――いよいよ、か。

一郎は胸内に渦巻く感情を押し殺し、文次郎に続いて刑場に入った。

二人だけが鉢巻きを締め、たすき掛けし、袴の尻を端折っているので、介錯人だとすぐに分かる。二人の姿を見た見物人たちがどよめく。

――ようし、やってやる！

視線が集まっていることに気づいた一郎は、腹底に気合を入れた。

公事場には竹矢来が組まれ、すでに福岡惣助は、処刑台の中央の縄からつり下げられていた。

福岡は微動だにせず瞑目している。

刑場の中は静寂に包まれていたが、竹矢来の外には、見物人がひしめいている。その何とも言えない空気が中にも伝わり、次第に体全体が強張《こわば》ってくる。

二人は牢役人から教えられた通り、福岡から二間（約三・六メートル）ほどの距離を置いて拝跪した。

一郎たちが近くに来た気配を感じ取ったのか、福岡が薄く目を開けた。

一郎がわずかに首を上下させると、福岡が「頼むぞ」と言うかのようにうなずく。

その顔からは、一切の感情が読み取れない。

しばらくすると、牢役人たちが厳かに入ってきた。

牢役人は検死役を床几《しょうぎ》に導くと、朗々とした声で、「藩命に反した廉で生胴に処す」と書付を読み上げた。

——それだけのことで、これほどの刑に処されるのか。

一郎は、いたたまれないほどの怒りを抑えていた。切腹ならまだ納得できる。武士にとって切腹は名誉の死であり、従容《しょうよう》として死を迎えることで、その武名も高まる。打首は武士にとって不名誉な刑だが、首の後ろの神経を一瞬にして断ち切るので、痛みを感じる暇もなく死出の旅路に就ける。

——だが生胴だけは許せん。

武士として最も恥ずべき醜態を晒させることで、周囲の見せしめにしたいのは分かるが、それが武家社会そのものの基盤を揺るがしていることに、本多らは気づいていないのだ。

「それでは刑を執行する」

牢役人が柵《さく》際まで下がり、検死役の隣の床几に腰を下ろした。

「介錯人は前へ」

——いよいよだな。

一郎は大きく息を吸い込んだ。

ちらりと横を見ると、文次郎が肩で息をしている。

踏み台を持った小者が福岡の背後に回り、目隠しをしようとした。

「要らぬ」と言って、福岡が首を左右に振る。

それでも牢役人は、福岡に目隠しをするよう小者に目配《めくば》せした。

「やめろ！」

福岡は小者がたじろぐほどの声を上げた。

「最期の時まで、この国の行く末を見守る！」

決然として福岡が言い放つ。

それを聞いた牢役人は、小者に下がるよう合図した。

気づくと空から小雨が降ってきていた。刑場の砂利が瞬く間に濡れ、周囲に土の匂いを漂わせる。雨は見物人も濡らしていたが、誰一人として立ち去る者はいない。

福岡は天の恵みを受けるかのように、心持ち顔を上に向けた。伸び切った福岡の鬢《びん》に付いた水滴が、輝いて見える。

小者が福岡の着物をたくし上げると、骨と皮だけになった腹があらわになった。

腹から見苦しいものがこぼれ落ちるのを防ぐため、処刑の数日前から、福岡は一切の食を断っていたと聞いていたが、まさに腹は骨と皮だけになっていた。

——福岡さん、あと少しの辛抱だ。

牢役人の目配せにより、文次郎が立ち上がる。続いて文次郎は、太刀を抜いて横に控える小者にかざした。桶《おけ》の水を柄杓《ひしゃく》ですくった小者が太刀を清める。

その時、一郎は文次郎の腕が小刻みに震えているのに気づいた。

——文次郎、しっかりせい！

心中、文次郎を叱咤すると、一郎も太刀を抜き、小者に刀身を清めてもらった。

二人は作法通り、前後になって蹲踞《そんきょ》した。

福岡は衰弱しきっているためか、弱々しく目をしばたたかせながら二人を見つめている。

文次郎が立ち上がる。

雨の音だけが聞こえる中、福岡は口端に笑みを浮かべて瞑目した。

——行け。

一郎が心中で促す。

刑場には張り詰めた緊張が満ち、見物人たちの固唾《かたず》をのむ音が聞こえてくるかのようだ。

だが文次郎は、太刀を提げたまま微動だにしない。

——どうした。

牢役人の咳払いが聞こえる。それでも文次郎は動かない。

——文次郎、お前の腕なら大丈夫だ。福岡さんを早く楽にしてやれ。

心中でそう語り掛けても、文次郎は肩で大きく息をして動こうとしない。

「文次郎、どうした」

遂《つい》に小声で問うたが反応はない。

福岡も訝《いぶか》しげな顔をして、視線を文次郎に向けている。

その時、福岡の唇がわずかに動くと、「やれ」という声が聞こえた。

それは文次郎の耳にも入ったのか、文次郎が腰を落とした。

だが、そこからまた動けない。

時が刻一刻と進む。

水を打ったように静まっていた見物人たちの間から、ざわめきが漏れ始めた。

ちらりと牢役人の方を見ると、大きくうなずいている。

――代わりにやれと言うのか。

一郎は愕然とした。

ただ首を落とすだけでも、介錯人は何日も前から、その瞬間に向けて気の力を高めていく。それなくして、介錯という人の命を奪う仕事などできないからだ。

牢役人がもう一度、うなずく。

背後にいる一郎には見えないが、きっと文次郎の顔色は蒼白に違いない。

――よし、やってやる。

一郎は覚悟を決めて、前に立つ文次郎の耳元で囁いた。

「場所を替われ」

「要らぬ」

そう言うと、文次郎が一歩、踏み出した。

福岡がうなずく。

「うおおおっ！」

凄まじい気合と共に太刀風が起こる。

次の瞬間、胴は見事に切断されていた。

――よし！

立ち尽くす文次郎を押しのけるようにして前に出た一郎だったが、恐ろしいことに気づいた。

胴は見事に断ち切られたものの、本来であれば、半回転して後頭部を見せるはずの福岡の上半身が、均衡を保っているのだ。

――どういうことだ！

一瞬、一郎を見て驚いたような顔をした福岡だったが、続いて襲ってきた激痛に耐えられないのか、声を上げようと口を開けた。

――ええい、ままよ！

次の瞬間、一郎は跳躍し、太刀を横に薙いだ。

手応《てごた》えがあった。

――やったか。

福岡の絶叫は聞こえてこない。

しばらくの静寂の後、大きなどよめきが押し寄せてきた。

一郎が恐る恐る振り向くと、福岡の首は見事に落ちていた。

――福岡さん、成仏してくれ。

一郎が左手を顔の前で立てる。その場に立ち尽くしていた文次郎も、それに倣う。

すかさず駆けつけてきた小者が、福岡の首を三方に載せ、検死役の方に運んでいく。

周囲には血だまりができ、一郎も文次郎も血と雨を浴びて凄惨な姿になっていた。

礼式を思い出した二人は、再び縦列となって検死役の前で拝跪した。

「しかと見届けた！」

検死役の声が震える。

続いて牢役人が高らかに宣した。

「これにて閉場とする！」

その言葉と同時に小者たちが走り回り、刑場が片付けられていく。背後なので見えないが、どうやら見物人たちも立ち去っていくようだ。

「千田、島田、大儀であった」

牢役人は二人の労をねぎらうと、検死役を先導するようにして番所に戻っていく。

「文次郎、よくやった」

「おぬしこそな」

「福岡さんの苦しみは一瞬だったに違いない」

「ああ、きっとそうだ」

二人は互いの労をねぎらった。

気づくと雨は本降りとなり、小者が水を撒《ま》くまでもなく、福岡の血を洗い流していっいた。人気《ひとけ》のなくなった刑場に佇《たたず》み、一郎は怒りとも空しさともつかぬ感情を持て余していた。

十二

禁門の変の余波を受けた加賀藩では、謹慎処分を受けた世子慶寧を筆頭に、尊王攘夷派の有為の材が切腹または処刑され、かろうじて一命を助けられた者たちも配流となった。これにより言論は封殺され、藩政の主導権は再び守旧派、すなわち佐幕派の手に握られた。

十月末、文次郎と一郎は再び京都に向かうことになった。いよいよ長州征討が始まるというので、斉泰が増援部隊の派遣を決めたのだ。

馬廻頭の永原甚七郎孝知《ながはらじんしちろうたかとも》に率いられた九百七十五名の加賀藩兵は、十一月初旬、雪の降り始めた加賀を出発した。すでに長連恭の主力部隊は大坂《おおさか》に向かった後なので、永原隊は第二陣として京都に駐屯することになった。

ところが十一月二十九日、禁裏御守衛総督の一橋慶喜から永原の許に使者が入り、近江国の大津に向かうよう伝えてきた。

建仁寺の境内に参集させられ、永原から「天狗党《てんぐとう》征討のために大津に向かう」と告げられると、皆は一様に驚き、顔を見交わした。

「よって明日、十二月朔日《ついたち》の日の出とともに建仁寺を出陣する。怠りなく支度をしておくように」

永原が集まった藩士たちに告げる。それで散会となるや、誰もが左右の者に語り掛けて事態の把握に努めている。

すぐにいくつかの人溜《ひとだま》りができ、それぞれの身分ごとにいる「訳知り者」に質問を浴びせている。

「行こう」と横にいた一郎が肩を叩いた。反射的にその後に続くと、一郎は御歩たちの集まる一団を目指していた。その中心にいるのは、御歩階級随一の事情通・陸義猶だ。

「天狗党とは何なのだ」

誰かが陸義猶に問う。

「天狗党とは、水戸《みと》藩脱藩の浪士たちのことだ」

陸が説明を始めた。

安政年間、横浜《よこはま》が開港されるや、国外から安価《あんか》な綿糸《めんし》や綿織物が流入し、常陸《ひたち》国の木綿栽培農家は壊滅的打撃をこうむった。こうした被害を看過することができず、今年三月、田丸稲之衛門《たまるいなのえもん》を総帥とし、藤田小四郎《ふじたこしろう》を実質的指導者とする水戸藩尊攘派、すなわち天狗党が筑波山《つくばさん》で決起した。

天狗党は幕府軍と干戈《かんか》を交え、これを撃破するものの、一部が暴徒と化したことで民衆の支持を失い、また合流した松平頼徳《よりのり》率いる大発勢《だいはっ》が降伏したことで万事休し、主筋の一橋慶喜へ陳情すべく上洛行を開始した。この時、水戸藩家老の武田耕雲斎《たけだこううんさい》率いる部隊と合体した天狗党は、慶喜の覚えめでたき武田を総大将にいただくことにした。

十一月十六日、上州下仁田《じょうしゅうしもにた》で高崎《たかさき》藩兵を撃破した天狗党は、中山道《なかせんどう》を進み、諏訪《すわ》の和田《わだ》峠で諏訪高島《たかしま》藩や松本《まつもと》藩を破り、さらに西に向かった。

「それで、その天狗党とやらを、なぜわれらが討伐に行くのだ」

「一橋侯が討伐すると決めたからだ」

「一橋侯は本を正せば水戸出身。しかも尊王という点で、天狗党と一致しているではないか」

「陸殿」と言って、一郎が進み出る。

「われらと同じ志を掲げる天狗党を、なぜ討伐せねばならん」

その一言で、輪になって話を聞いていた連中が散っていった。あらぬ疑いを掛けられるのを恐れたのだ。尊攘派粛清の嵐が吹き荒れて以来、御歩以下の者たちの大半は、藩命を奉じること以外、考えていない。

「一郎、言葉を慎め！」

陸が戒めると、陸の兄貴分の杉村寛正がやってきて、一郎の首根っこを摑んだ。

「あっ、放せ！」

「静かにしろ」

すかさず文次郎が杉村と一郎の間に入る。

「申し訳ありません。よく言い聞かせますので、何卒《なにとぞ》お許し下さい」

「今は言葉に気をつけろ」

そう言うと、杉村や陸は取り巻きを引き連れて去っていった。

「一郎、あれほど言ったのに——」

「分かっておる」

「すんでのところで袋叩きに遭うところだったぞ。怪我をしてお役目が果たせなくなったらどうするつもりだ」

穏やかな藩風の加賀藩でも、平士以下の者は荒っぽく、気に入らないことがあれば、足軽など平気で足蹴《あしげ》にされる。

「文次郎、それでも、わしは納得いかんのだ」

「それは皆、同じだ。だがその前に、藩命に従うのが藩士たる者の務めではないか」

「分かっておる。だがな——」

そう言ったきり、一郎は黙ってしまった。

「一郎、まだ天狗党と戦うと決まったわけではない。われらは、われらのお役目を全うしよう」

「ああ、そうだな」

一郎は唇を嚙み締めつつ、矛を収めた。

十二月四日の夜、大津に設けられた征討軍本営に着いた加賀藩永原隊は、軍議の場に招かれた。

その席上、有無を言わさず追討を主張したのは小田原《おだわら》藩だった。中途半端な気持ちで天狗党に相対せば、士気が奮わず、思わぬ後れを取るかもしれないというのだ。これに対して会津藩は、まずは天狗党を説諭し、降伏を促すべしと主張した。

これらの意見に対し、慶喜はどちらとも言わず、加賀藩の意向を永原に問うた。

永原は会津藩の説を支持したものの、「討つ討たぬは、それぞれの裁量に一任すべし」と具申した。議論の結果、加賀藩の提案が通り、戦端を開くか否かは諸藩の隊長に委《ゆだ》ねられることになった。

この時、慶喜は加賀藩を先手《さきて》に指名し、「速やかに軍を発し、先陣の使命を全うせよ」と永原に釘を刺した。慶喜は慶喜で加賀藩の態度に疑問を持っており、踏み絵を踏ませるつもりでいるのだ。

これにより、加賀藩兵が戦端を開く可能性が高まった。天狗党は強力な火器で武装しており、これまでも諸藩の正規部隊を蹴散らしてきている。

永原としては、百万石の誇りに懸けて負けるわけにはいかない。それゆえ、その覚悟のほどを歌に詠み、左腕の袖に縫い込んだ。

おもしろし頭《かしら》も白し老いが身を　越路《こしじ》の雪に骸《かばね》さらさん

すでに五十の坂を越えていた永原は、負ければ死ぬ覚悟で戦いに臨むつもりでいた。

だが、天狗党がどの経路を使って上洛しようとしているのかは分からず、征討軍はしばらく大津にとどまっていた。

六日になり、天狗党が越前《えちぜん》方面に向かったとの一報が入ったことで、征討軍全軍が北方に移動することになった。

九日、諸隊に先駆け、加賀藩永原隊が敦賀に向けて出発する。

その日の夜、永原隊が敦賀に到着すると、先行して探索に行っていた者が戻り、天狗党が今庄宿《いまじょう》にとどまっていると報告してきた。

雪は降り積もり、戦うどころではない状況だったが、十日、永原隊は敦賀を後にした。

豪雪の中、夜になってようやく葉原宿《はんばら》に着くと、探索に行っていた者から、天狗党の先遣隊が半里（約二キロメートル）先の新保宿《しんぼ》に到着したと告げてきた。

この時、同道していた一橋家の探索方が夜襲を勧めたが、永原は雪中行軍で疲れていること、敵の戦力を見極められていないことを理由に断った。しかし戦機は熟してきており、加賀藩兵の間には緊張が高まっていた。

十三

「明日は、いよいよ合戦のようだ」

吹雪の中、本陣から詰所に食料を運んできた一郎が言った。

加賀藩永原隊は、宿の東端にあった農家を借り上げて詰所にしていた。

「誰から聞いた」

あくびをしながら文次郎が問う。

「誰も彼もがそう言っている。何と言っても敵は半里先にいるんだからな」

皆に握り飯を配りつつ、一郎が答える。

その時、突然、外が騒がしくなった。

「敵か！」

詰所にいた面々が立ち上がる。外には二名の張番がおり、何か異常が発生したのだ。

「落ち着いて甲冑を着けろ！」

物頭はそう叫ぶと、外の様子をうかがう。こうした場合、慌てて飛び出すと、敵の攻撃を受けることもあり得るからだ。

「開けて下さい！」

味方の張番の声である。

「敵襲か」

「いえ、敵の使いを捕らえました」

その声に安堵した物頭が戸を開けさせると、横殴りの吹雪の中、敵の使者を間に挟んだ張番二人が立っていた。三人とも蓑《みの》を着けてはいるものの、全身が雪で覆われている。

「よし、その者を渡したら、張番は役所（持ち場）に戻れ」

物頭の指示は的確だ。使者を囮《おとり》にして、敵の侵入部隊が宿に入ることも考えられるからだ。

張番に蹴り込まれるようにして、使者が土間に倒れ込んだ。

「武器は持っておらぬか」

「持っていません」

たまたまそこにいた文次郎と一郎が、使者の体を確かめた。

「笠を取れ」

物頭の命に応じて笠を取ると、剃《そ》り上げられた頭が現れた。

――僧侶《そうりょ》ではないか。

皆が啞然とする中、その若い僧は両手をついて用件を述べた。

「私は美濃《みの》国出身の栄林坊《えいりんぼう》と申します。この度は天狗党の総大将・武田耕雲斎様の命により、使者として遣わされました」

その言葉は明瞭《めいりょう》で、栄林坊と名乗る僧が聡明だと感じられた。

「ここに先触れ状を持ってまいりました。何卒これを大将にお渡し下さい」

「委細あい分かった。そこにいる者たちは、この坊主を本陣に連行し、永原様に書状を渡せ」

物頭が文次郎と一郎を指差す。

指名された二人は、凄まじい吹雪の中、栄林坊を間に挟むようにして本陣に向かった。

その途次、一郎が大声で問うた。

「栄林坊とやら、どうして天狗党に身を投じた」

栄林坊が驚いた顔をする。

「わしのような足軽が、こんなことを聞くのが不思議か」

「いえ、そんなことはありません。本を正せば拙僧とて名もなき孤児の身。赤子の頃、住持に拾われ、昨年まで捨太郎《すてたろう》と名乗って寺男をしていました」

「そうだったのか」

「何か世のために役立ちたいと思い、寺を出ることを考えていたところ、たまたま天狗党の皆様が寺で小休止し、その折に藤田小四郎殿の話を聞き、隊に加えてもらいました」

「藤田小四郎とは――」

「水戸学の泰斗《たいと》、藤田東湖《とうこ》先生のご子息です」

「あの東湖先生の――」

文次郎にはよく分からないが、学問に明るい一郎は、藤田東湖なる人物が誰かを知っているようだ。

「此度の天狗党の決起は、民の困窮を救わんとする志から出たもので、党利党欲、私利私欲から出たものではありません」

「民の困窮だと」

藤田小四郎の受け売りだろうが、栄林坊は開港による弊害を語った。

「夷狄のもたらした綿などにより、関東の物価は高騰し、下々は困窮して命を絶つ者まで出る始末。それらを救うべく、天狗党は決起したのです」

「そんなことが関東でも起こっていたのだな」

それは、文次郎も一郎も知らないことだった。

やがて本陣の灯《あか》りが見えてきた。

三人の影を見つけた本陣の張番が、中に急を知らせている。

「怪しい者ではない。わしだ！」

一郎が喚くと、文次郎も「使者をお連れした。永原様にお取り次ぎいただきたい！」

と叫ぶ。

やがて人が集まってくるや、三人を取り囲むようにして本陣に迎え入れた。

書状を読む永原の顔が次第に険しくなる。

「嘆願、と申すか」

永原が栄林坊に問う。

「はっ、われらは諸侯の誰とも干戈を交えるつもりはなく、ただただ、決起の趣旨を一橋侯に嘆願仕りたき次第。それゆえ道を通していただきたい」

「われらは、一橋侯の命によって出陣してきており、浪士を通行させるわけにはまいらぬ。今は一戦のほかなし」

「何を仰せか。すでにわれらに戦意はなく、貴藩に衷情を訴えんと、こうして頭《こうべ》を垂れているのですぞ」

永原が首を左右に振る。

「禁裏御守衛総督の一橋侯自ら、『天狗党討伐』を期して海津まで出陣してきておられる。この方針に変わりはない」

栄林坊が肩を落とす。

「しかしながら――」

悄然として言葉もない栄林坊に、永原は言った。

「戦意なき者たちをみだりに討伐することは、武門にある者の好んでなすべきところにあらず」

「ということは、お聞き届けいただけるのですか」

栄林坊が顔を上げる。

「そこまでは約束できぬ。ただ大将とお会いし、その話を聞いてからだ」

「ありがたきお言葉」

土間に額《ぬか》を擦り付けつつ、栄林坊が嗚咽を漏らす。

「それでは、すぐに新保宿の本営に戻り、このことを伝えてもよろしいか」

永原が黙ってうなずく。

その時、一礼して外に飛び出そうとする栄林坊の肩に、「待て」と言いつつ一郎が手を置いた。

「永原様、たとえ半里とはいえ、この天候です。万が一、この者が行き倒れになれば一大事となります。ぜひとも随行を仰せ付けいただきたい」

――何だと。

文次郎は唖然とした。

「そなた、名は――」

永原が驚いたように問う。

「島田一郎と申します」

「足軽か」

「はい。足軽に候！」

不敵なばかりに胸を張り、一郎が声を高めた。

「よく気が付いた。そこにいる――」

「はっ、千田文次郎と申します」

「それでは、二人で敵陣までこの者を送り届けよ」

「ははっ」と言って一郎が平伏したので、文次郎もそれに倣わざるを得なかった。

猛吹雪の中、かんじきを履いた足を高く上げては下ろしてを繰り返しつつ、三人は新保宿を目指した。先ほどとは違い、言葉を交わすこともできないほどの横殴りの風が吹き付ける。

やがて、おぼろげな光が見えてきた。

「あれが、われらの本陣です！」

栄林坊が喜びの声を上げる。

――ようやく着いたか。

たった半里の道とはいえ、三人そろって遭難するほどの難路だった。文次郎は天狗党に殺されるかもしれないという心配よりも、何とか生きて敵陣に着いたことに安堵した。

「栄林坊でございます！」

栄林坊が両手を挙げて、天狗党隊士の前にひざまずく。

「この二人は何者か！」

天狗党隊士が腰の物に手を掛ける。

「お待ち下さい。この方たちは加賀藩のご使者です。何卒、お通し下さい」

――何だと。われらは使者ではないぞ。

文次郎は唖然とした。

「これはご無礼仕った。ささ、こちらへ」

一郎は一礼して名乗ると、堂々たる態度で天狗党隊士に従った。

栄林坊と二人は、肝煎《きもいり》(庄屋)の家らしきところに案内されると、笠と蓑を脱ぐよう勧められ、奥の座敷に導かれた。

両刀を預けると、隊士は「ここで、しばしお待ち下さい」と言い残し、どこかに下がっていった。

「おい」と言って、一郎が栄林坊の肩を小突く。

「われらは使者ではないぞ」

「それは重々承知しておりますが、あの場でそう申さなければ、どうなったか分かりません」

戦を前にして気が立っている兵の心情を汲《く》み取り、栄林坊が機転を利かせたらしい。

「では今更、『実は使者ではなく、「われらはただの足軽で、此奴の警護役でした』とでも申すのか。そんなことを言えば愚弄《ぐろう》しているのかと勘繰られ、本当に戦になるかもしれんぞ」

一郎の言は尤もだった。

「ああ、申し訳ありません」

「栄林坊」と、文次郎が重い口を開いた。

「まず真実を述べるのだ」

「待て」と言いつつ、一郎が制する。

「それでは話し合いは決裂する。この場は使者で通そう」

「馬鹿を申すな。後でばれたら、われらは切腹だぞ」

その時、奥から話し声がすると、数人の足音が近づいてきた。

「お待たせいたした」

追い詰められているとは思えないほど、明るい声が響く。

「天狗党輔翼《ほよく》（副将格）の藤田小四郎です」

——これが藤田小四郎か。

二十三歳になる藤田は、眉目《びもく》秀麗な若者だった。

「随分とお若きご使者ですな。して、お名前は」

「島田一郎に候」

「同じく千田文次郎に候。実はわれら——」

「此度の義挙、まさしく武士の鑑《かがみ》！」

一郎が文次郎の言にかぶせてきた。

——此奴、使者で通すつもりだな。

文次郎は、首の皮が一枚になったことを覚《さと》った。

「烈公のご遺志を継ぎ、暴慢の極みにある醜き夷狄を掃討することこそ、武士たる者の務め！」

烈公とは、先般亡くなった慶喜らの父・徳川（水戸）斉昭《なりあき》のことだ。

「しかも微衷《びちゅう》を一橋侯に訴えんがため、千里の山河を越え、立ちはだかる佐幕派諸藩を駆逐したと聞きます。これぞ忠臣の極み！」

一郎は千里と言ったが、実際には水戸から新保宿までは、約二百三十里になる。

藤田が笑みを浮かべて言った。

「硬い話は抜きにしませんか」

「えっ」と言って二人が顔を見合わせる。

藤田こそ志士中の志士だと、勝手に思い込んでいたからだ。

「して栄林坊、首尾はどうであった」

「はっ」と言って膝を進めた栄林坊が、加賀藩の状況を伝える。

「そうか。それはよかった」

藤田の相好が崩れる。

「真にもってありがたきお申し出。この藤田小四郎、謹んでお礼申し上げる」

一郎と文次郎も頭を軽く下げた。

「さて、酒にしたいところですが、それは仕事を終わらせてからにしましょう。まずは永原殿にお会いし、われらの赤心を明かしたいと思います。ご足労ですが、それをお伝えいただき、この栄林坊にご意向を持たせて下され。われらは、すぐにでも参上できるように支度を整えておきます」

「承知しました」

もうこうなっては、使者で通すしかない。

文次郎も腹をくくった。


「という次第で、天狗党の藤田殿は、われらを使者と勘違いいたした次第。そこで使者ではないと申しても、話がややこしくなると思い――」

文次郎が懸命に弁明する。

「つまりそなたらは、使者で押し通したというわけか」

「ははっ」

二人が平伏すると、永原の笑い声が聞こえた。

「致し方ない。それでは使者で通せ」

「よ、よろしいので」

「構わん」と永原がうなずく。

十代の足軽に加賀藩の使者という大任を担わせるなど、前代未聞だった。

「では、栄林坊と共に天狗党本陣に駆けつけ、藤田殿を連れてまいります」

踵《きびす》を返そうとする一郎に永原が言った。

「わしの方から出向く」

この時、永原は「その陳弁を聞くにあたり、彼をわが陣営に招きて会談せんとするは、すこぶる怯懦《きょうだ》なるに似たり。如《し》かずわれより往きて彼を訪《おとな》い、その言わんと欲するところを徴せんにはと」と言ったとされる。

文次郎は永原の言を聞いて感激した。

――これが武士というものだ。

人は自らの立場が強ければ強気になる。しかし永原は逆に下手に出るというのだ。

「では、三人は先に行き、わしの来訪を伝えておくように」

「承知仕った」

再び三人は新保宿へと向かったが、雪はいっそう深くなり、到着は夜明けとなった。

これを聞いた天狗党側は、永原を迎え入れる支度を整え、その来訪を待った。

十四

十二月十二日の深夜、加賀藩馬廻頭の永原甚七郎一行を迎え入れた藤田小四郎は、加賀藩の対応に誠意があることを確認すると、武田耕雲斎のいる部屋に案内した。

「浪人の武田耕雲斎に候」

その初老の男は、少し禿《は》げ上がった頭頂を見せて頭を下げた。「元水戸藩家老」ではなく「浪人」と名乗ったところに、武田の矜持《きょうじ》がうかがえる。

「加賀藩馬廻頭の永原甚七郎に候」と、永原も名乗り返した。

使者とされた一郎と文次郎も、永原の後方に控えさせてもらったので、二人の話を聞くことができた。

「此度は、雪中にもかかわらず、かようなところまで足をお運びいただき恐懼《きょうく》しております」

耕雲斎が丁重に頭を下げる。元水戸藩家老の耕雲斎が、年寄でも家老でもない永原に対してここまで丁重なのは、自らの立場をわきまえているからに違いない。

「何ほどのこともありません。それより水戸からこの地までの長い道のり、まことにもって大儀でござった」

双方の挨拶が終わると、いよいよ協議が開始された。

「すでに書簡で申し上げたことですが、われら加賀藩は一橋侯の命を奉じ、この地まで出張ってまいりました。その命というのは、天狗党が一歩たりとも前に進むことを許さず、もしも進むと仰せなら、一戦のほかなしというものです」

「貴藩のお立場は重々承知しております。しかしながら今般、通行の儀は――」

耕雲斎は攘夷貫徹のために決起したこと、藩内の佐幕派勢力に陥れられたこと、この上洛行がよんどころない事情で始まったことなどを、訥々《とつとつ》とした口調で弁じた。

それに対して永原は、「いかなる言い分があるにせよ、武装したまま禁裏に近づくことを許すわけにはまいりません」と譲らない。

二人の議論は平行線をたどったが、永原が「嘆願書を提出するなら、それを一橋侯に渡す労を執りたい」と告げると、武田も「隊内で吟味いたします」と答え、ようやく結論らしきものが出た。

丑《うし》の上刻（午前二時頃）、永原一行は新保宿を出た。栄林坊は宿の端まで見送りに立ち、何度となく謝意を述べ、加賀藩の提灯が見えなくなるまで見送ってくれた。

横殴りの風が吹き付ける中、永原一行は半刻ほどかけて葉原に戻った。

一郎と文次郎の二人は、永原から翌日の昼まで休みをもらった。

笠や蓑を土間に干すと、二人は、ようやく寝床に横たわることができた。だが、疲れているはずなのに興奮しているためか、なかなか寝つけない。

「おい」と横にいる文次郎に声を掛けると、「何だ」と返してきた。文次郎も寝られないのだ。

「天狗党の方々は、俸禄も地位も妻子眷属《けんぞく》もすべてをなげうち、この国のために決起した。わしはその赤心に打たれた」

「そうだな」

「あれだけ大身だった武田殿は、浪人となってもこの国のために尽くそうとしている。主立つ方々も皆、同じだ」

「ああ、たいしたものだ」

「それに比べて、われらは、わずかばかりの禄を後生大事に孫子《まごこ》の代に伝えていこうとしている。何とさもしい話ではないか。われらも志を持ち——」

文次郎から返事はない。

「おい、聞いているのか」

「聞いておる」

「では、なぜ何も言わぬ」

「おぬしの言葉に同意できぬからだ」

「なぜ同意できぬ」

一郎が半身を起こす。文次郎は両手で手枕し、天井を見つめていた。

「よいか、一郎。そなたは何かといえば志ばかりを持ち出すが、志で飯は食えぬ。先祖から託されたお勤めを滞りなくこなすことで、われらは藩主様から禄をいただいている」

「そんな当たり前の講釈は聞きたくない。今、時代は大きく動こうとしている。そんな時に、われらだけのんびりとしていられるか」

文次郎が突き放すように言う。

「一時の熱に浮かされて軽々しいことをしてどうする。ここは時勢を見極め、隠忍自重すべきだ」

「隠忍自重だと。わしはもう我慢ならぬ。この国のために尽くしているという実感を得たいのだ」

一郎が蓆蒲団《むしろぶとん》を蹴とばす。

「一郎、大人になれ！」

「何だと」

「おぬしの熱は一過性のものだ。ただ何かのために命を燃やしたいだけだろう」

「そんなことはない。自分の熱情を抑えきれないのではなく、この国のために少しでも役立ちたいのだ。天狗党のようにな」

「一郎よ」と文次郎がしみじみと言う。

「おそらく天狗党の方々は斬られる」

「そんなことはない。一橋侯であれば、その赤心を分かって下さる」

「いや、世の中は甘くはない。一橋侯は、幕府に反旗を翻した天狗党を許しはすまい」

実は一郎もそう思っていた。ただ希望的観測を述べたに過ぎない。

「では、われらはこれからどうする」

「どうするもこうするもない。われらは黙々とお役目を果たすだけだ」

そう言うと、文次郎が寝返りを打って背を向けた。

その様子から、「話はこれで終わりだ」という意思を感じ取った一郎は、もう口を開かなかった。

翌十三日は前日までの猛吹雪が嘘のように去り、曇天ながら穏やかな一日となった。

午後になり、耕雲斎の嘆願書と始末書を携えた藤田小四郎らが、葉原の加賀藩本陣にやってきた。

始末書には、水戸藩内で抗争が勃発したことから説き起こし、幕府軍が奸党《かんとう》（諸生党《しょせいとう》）に騙《だま》され、攻撃してくるに及び、このままでは「水戸の正義は滅びてしまい、烈公にも大不忠にあたるので、押して士衆《さむらいしゅう》を率い、ここまでまかり通ってきたのである」と記されていた。此度の行動の大義に触れ、「同穴の戦い」、つまり水戸藩の内訌《ないこう》により「致し方なく、ここまで来た」という理屈である。

これを読んだ永原は、「謝罪」や「反省」の言葉がないことで、幕府を怒らせるのではないかと危惧したが、その嘆願書と始末書を、幕府大目付・滝川《たきがわ》播磨守に届けさせた。

同日夜、使者が持ち帰った滝川の返書には、「天下を揺るがし、賊徒の名をこうむった連中であるから、（嘆願など）取り上げる必要はない」と書かれていた。案に相違せず、滝川を怒らせてしまったのだ。

翌日、同じ書状を読んだ慶喜は、滝川を通じて「早々と手はずを整え、残らず討ち取るように」と、加賀藩に訓令を発した。

戦うか戦わないかは諸藩軍の責任者に任されているにもかかわらず、あまりに横柄な命令だった。

これを無視した永原は十六日、使者を新保宿に送り、幕府大目付の意向を説明し、「詫《わ》び」や「反省」の文言の入った降伏状の作成を要請した。

これに応えた天狗党は早速、降伏状を作成し直す。

十八日、ようやく慶喜に降伏が受け入れられ、翌日から順次、天狗党の武装解除が始まり、二十二日には全隊士七百七十六人の投降が完了した。

この報告を永原から聞いた慶喜は、海津の本営を引き払い、京都への帰途に就いた。だが慶喜から加賀藩への慰労の言葉は一切なかった。

一方、滝川からは「浪士たちを彦根《ひこね》、福井《ふくい》、小浜《おばま》など六藩に分けて預からせよ」と命じてきた。

これに対して永原は、「それでは、かえって浪士たちの怒りを買う。われらが一手に預かる」と言い張る。

これに怒った滝川は、「降人の処置を厳にすべし」と命じてきた。だが永原は、「信義をもって取り扱ってきたものを、束縛禁錮《きんこ》などしては、虚偽をもって降伏せしめたことになる」と返し、要求を突っぱねた。

永原は百万石の威信と武士道を一人で担い、ぎりぎりの交渉を続けていた。もしも何らかの不祥事が生じれば、腹を切る覚悟でいるのは明らかだった。

むろん永原が腹を切れば、加賀藩と幕府の外交問題に発展するのは間違いなく、幕府側の滝川も腹を切る羽目になる。つまり二人は、天狗党を間に置いて互いの度胸を競い合っていたのだ。

結局、永原の意向が全面的に認められ、降伏した天狗党は、加賀藩の手に委ねられることになった。幕府は加賀藩との間に疎隔が生じるのを嫌い、加賀藩の意地に根負けしたのだ。

二十三日から二十五日にかけて、加賀藩は浪士を敦賀に移送していった。

十五

敦賀に連行された浪士たちが、敦賀港に近い本勝寺《ほんしょうじ》、本妙寺《ほんみょうじ》、長遠寺《じょうおんじ》の三寺に収容されると、加賀藩の足軽たちは三人一組とされ、それぞれ天狗党幹部の監視役兼世話役を命じられた。

文次郎と一郎は別の組になり、それぞれ武田耕雲斎と藤田小四郎付きになった。二人とも本勝寺に収容されている。

文次郎が、ほかの二人と連れ立って耕雲斎の許を訪れると、耕雲斎は寺の一室で、机に向かって書き物をしていた。

「ご無礼仕ります」

「ああ、入られよ」

足軽の一人が来訪の目的を告げると、耕雲斎は「お世話になります」と言って丁寧に頭を下げた。かつての身分差からすれば、考えられないことだった。

三人が顔を上げた時、耕雲斎は文次郎に目を留めた。

「そなたは永原殿のご使者ではあるまいか」

「あっ、はい」と答えつつ真実を告げようとした文次郎に、耕雲斎が言った。

「その節は世話になった。そなたらの奔走のおかげで降伏が成り、今こうして心落ち着く日々を送っている」

「それがしは足軽です。あの時は成り行きで使者と名乗ってしまいましたが――」

「もうよい。身分などは、もはやどうでもよいことだ」

耕雲斎の言葉に、残る二人は顔を見合わせている。

「これからの時代は、志ある者が頭角を現さねばならぬ。若い者は志を持ち、自らの信じる道を歩んでいくべきだ。そなたなら、それができそうだ」

「ありがとうございます。それがしはいまだ若輩者ですが、家中のため、いや、この国のため、一身を捧げる覚悟でおります」

文次郎自身、どこまでその覚悟ができているか分からない。ただ若者として、やむにやまれぬ情熱はある。

「よくぞ申した。永原殿といい、そなたといい、加賀藩は諸藩の鑑だ」

「ありがとうございます」

文次郎が平伏すると、訳の分からぬまま二人の足軽もそれに倣った。

「武田様のお世話ができること、この上なき誉れです」

「そう言ってくれるか」

耕雲斎が弱々しくうなずく。

長く厳しい旅は、耕雲斎の体力も気力も蝕《むしば》んでいるのだろう。頰はげっそりとこけ、雪焼けした顔には、幾筋もの皺が走っている。

「わしは、己の考えを正しいと信じてきた。尊王攘夷こそ、この国の進むべき道だと思ってきた。今もその思いは変わらぬ」

耕雲斎が弱々しく目をしばたたかせる。

「だが、こうして志だけのために突っ走ったことで、多くの人々に迷惑をかけた」

「迷惑と仰せか」

「藩の傍輩《ほうばい》はもちろんだが、妻子眷属には申し訳ない思いでいっぱいだ」

予想もしない言葉が耕雲斎の口から出た。

「故郷から届いた知らせによると、わが妻子眷属は獄に下されたという」

耕雲斎の長男と次男は天狗党の上洛行に同行していたが、国元には妻、十一歳の娘、八歳と三歳の男児を残してきていた。それだけではなく長男には、妻、十五歳、十三歳、十歳の息子がおり、入牢させられた妻子眷属は十人を下らない。

「そんな無法な――」

「わしも甘かった。この決起は政治闘争であり、妻子はかかわりがないと信じていた。しかし諸生党（水戸藩佐幕派）は連座責任などと称し、罪もなき者どもを捕まえて獄に下し、塗炭《とたん》の苦しみを味わわせているという」

衛生状態の劣悪な獄に下されるということは、女子供にとって死を意味していた。

「いかに党派闘争が激化しようが、妻子眷属には手を出さない」という武家社会の暗黙の了解を、水戸藩諸生党は軽々と破った。遂に越えてはならない一線を越えたのだ。それは立場が逆になった時、同じ目に遭うことを意味していた。

「わが藩は――」

耕雲斎が眦《まなじり》を決する。

「烈公が身罷《みまか》って以来、藩主あって藩主なき有様になっている」

烈公こと斉昭の死後、第十代水戸藩主となった慶篤《よしあつ》は、長州藩主の毛利敬親《たかちか》（慶親《よしちか》）が「そうせい侯」と呼ばれたのと同じく、「よかろう様」と呼ばれ、お飾り同然の存在だった。

「烈公がご健在であれば、思想的対立は対立として、その累が妻子眷属にまで及ぶことはなかったはずだ」

耕雲斎は肩を落とすと言った。

「わが妻子眷属は殺されるだろう」

「武田様」と、文次郎は思い切って問うてみた。

「もしも決起の前に、武田様の妻子が獄につながれると分かっていたら、武田様は天狗党と行を共にしたでしょうか」

耕雲斎の口端に苦笑いが浮かぶ。

「そなたは、『それでも節に殉じたであろう』とわしが言うのを期待しておるのではないか」

「いいえ、武田様の真意が聞きたいのです」

「そうか」と言ったきり、耕雲斎は黙った。

深い沈黙が漂う。聞こえる音と言えば、軒先から滑り落ちる雪の音だけだ。

「もしも、こうなることが分かっていたなら、別の道を選んだかもしれぬ」

「別の道というと――」

「もう少し漸進《ぜんしん》的な道だ。だが開港による農村の損害を抑えるには、あの機を逃さず決起せねばならなかったのも事実だ」

耕雲斎の中にも迷いや葛藤《かっとう》があることを、文次郎は知った。

「この国のためには『こうするしかなかった』と言い切れる。だがな――」

耕雲斎の目には涙がたまっていた。

「妻子眷属に迷惑を掛けたことも、また事実だ。人としては『こうするしかなかった』とは言い切れぬ」

「ご心痛、お察しいたします」

「志士としての道と人としての道は、常に同じとは限らぬ。時として相反する場合がある。そうした際、どう折り合いを付けていくかで、その者の真価が問われる」

耕雲斎の声が上ずる。

「わしは日々読経し、妻子眷属の冥福《めいふく》を祈っておる」

「まだ皆様は、生きていらっしゃるのでは」

耕雲斎が首を左右に振る。

「そなたは、幕府の威を借りた者の恐ろしさを知らぬのだ」

江戸幕府は二百六十年余にわたり、恐怖政治を布《し》いてきた。それだけ幕府の威は天下に浸透しており、自らが幕府に認められているというだけで、人は残忍になれる。

「たとえ獄を出られたとしても、わが妻子に残されるのは、処刑場への道だけだ」

そこまで言うと、耕雲斎は唇を震わせた。

「実に不憫なことをした」

文次郎には、もはや掛けるべき言葉がなかった。

十六

「島田一郎に候」

「ああ、君か」

藤田小四郎の顔に笑みが広がる。

「確か使者として、われらの陣にお越しになったな」

「ええ、はい」

一郎がきまり悪そうに頭を下げる。

「まあ、何でもよい。お互い事情はある」

藤田はあっけらかんとしている。

「では、これにて御免仕ります」

挨拶を終わらせた残る二人が、そそくさと藤田の居室から去ろうとする。

「わしは残る。先に戻っていてくれ」

一郎がそう言うと、相役の二人は不思議そうな顔をして去っていった。

「藤田様、ご迷惑でなければ――」

「その藤田様というのはやめないか」

「では、何とお呼びすれば」

「私は、故郷《くに》では小《こ》っちゃんと呼ばれていた」

藤田は己のことを「小っちゃん」と呼んでいた。そのため周りの人々も、いつしかそう呼ぶようになった。女郎屋では「小っちゃんの下駄《げた》を誰か知らんかね」という藤田の甲高い声が、よく聞こえていたという。

「こ、こっちゃんですか」

「ああ、呼びにくいか」

「ええ、まあ」

「それなら小四郎さんでよい」

「そうさせてもらいます」

「で、何が聞きたい」

藤田が、その人懐っこそうな瞳《ひとみ》をくるくるさせる。

「志士としての心構えです」

それを聞いた藤田が、腹を抱えて笑う。

「そんなものはないよ」

「えっ、そんな——」

「『志士とはこういうものだ』などと講釈を垂れる御仁に、真の志士はいないよ」

「藤田様、いや小四郎さんは、真の志士ではないのですか」

「私がかい」

藤田が、その長く白い指を自分の胸に向ける。

「はい。藤田東湖先生のご子息にして尊王攘夷思想を水戸家中に敷衍《ふえん》し、また天狗党を主宰し、素志貫徹を目指して上洛行を指揮し——」

「もうよい、もうよい」

藤田が顔の前で手を振る。

「私など、そんな大それた者ではないよ」

一郎にとって、藤田はあまりに輝かしい存在であるため、謙遜《けんそん》にしか聞こえない。

「いつまでもからかっていては無礼だな。逆に君に問おう。君の志とは何だ」

「私の、ですか」

藤田がうなずく。

「私は世のため人のために奔走したいのです」

「それでは駄目だ！」

藤田が声を荒らげる。

「君は己のために奔走したいのだ。つまり奔走する己の姿に酔いたいだけだ」

「それは違う。この島田一郎、この国のために一身を捧げる覚悟があります！」

一郎が畳を叩く。

「君の赤心は分かった。だがな――」

藤田はため息をつくと言った。

「心意気だけで世間は動かぬ」

「動かしてみせます」

「私は動かせなかった」

二人の間に重い沈黙が垂れ込める。

「小四郎さんは、やれるだけのことをやりました」

「だが、何も変えられなかった」

藤田が唇を噛む。

このまま天狗党の嘆願が慶喜に聞き届けられなければ、天狗党の決起と上洛行は無駄になる。

「島田君、世の中というものはな、草莽の屍《しかばね》が重なりに重なり、どうにもならなくなる時まで動かないもんさ。そういう意味では、われわれの死は無駄ではない」

「仰せの通りです。小四郎さんたちが決起したことで、全国百万の武士たちが勇気を得ました。遠からず、世の中は動きます」

「だがな――」と言いつつ、藤田が皮肉っぽい笑みを浮かべる。

「どうやら、それを見届けることができずに、私はこの世から去ることになるだろう」

「そんなことはありません。一橋侯であれば、必ずやわが藩の助命嘆願をお聞き届け下さいます」

「おそらく、それは無理だろう」

苦笑いを浮かべていた藤田の顔が引き締まる。

「島田君、われわれの屍を越えていけ」

「えっ」

「もちろん君も力尽きるかもしれない。それでも、君の屍を乗り越えていく者が出てくれば、君の死は無駄ではなかったことになる」

「それが志士なのですね」

「そうだ。屍になる覚悟のある者だけが志士と呼ばれる」

ようやく志士の何たるかが、一郎にも分かってきた。

「私はやります。必ずやこの国のために屍となります」

「その覚悟があるのだな」

「あります！」

「君に会えてよかった」

「ああ、何と過分なお言葉を――」

胸底から喩《たと》えようもない感動が込み上げてきた。

――わしはやる。やってみせる！

気づくと一郎の固めた拳は赤く充血し、今にも破裂せんばかりになっていた。

十七

元治元年七月十九日に勃発した禁門の変から、一月《ひとつき》と経たない八月五日、英・米・仏・蘭の四カ国連合艦隊が長州藩領下関《しものせき》を砲撃した。禁門の変に続く痛手に、長州藩は完膚《かんぷ》なきまでに叩きのめされ、その主導権は俗論党と呼ばれる佐幕派に握られていく。

その結果、長州藩は幕府に対して恭順の姿勢を示した。この満身創痍《まんしんそうい》の長州藩を赦免したのが、征長軍の参謀・西郷隆盛《さいごうたかもり》だった。これにより第一次長州征討は不発に終わり、長州藩は余力を残したまま生き残った。

加賀藩永原隊が、敦賀で天狗党の監視に当たっている頃、長州藩内で新たな動きが起きていた。

十二月、長州藩の高杉晋作《たかすぎしんさく》が奇兵隊なる反乱軍を率いて決起し、翌元治二年の一月初旬、俗論党の軍を圧倒し始めたのだ。

これを聞いて焦ったのが一橋慶喜だった。長州藩を厳罰に処せなかったことで、長州藩の尊攘派は息を吹き返しかけており、慶喜は江戸の幕閣からも白い目で見られ始めていた。

そこに現れたのが、江戸から天狗党を追跡してきた若年寄の田沼玄蕃頭《たぬまげんばのかみ》だった。当初、慶喜は天狗党を加賀藩預かりにするつもりでいた。ところが田沼は慶喜に天狗党引き渡しを要求し、強引にそれをのませてしまった。

長州藩に甘い顔をした手前、慶喜は自らの出身母体である水戸藩の天狗党には、厳しく当たらねばならなくなったのだ。

慶喜の側近の原市之進《はらいちのしん》から、慶喜の内意として、天狗党は加賀藩が預かることになると告げられていた永原は、幕軍に引き渡すことになったと聞いて目の色を変えた。

早速、原市之進の許に使者を送ると、原は、「此度の一件は主人の一存で決めたことで、実のところ自分も困惑している」と使者に答えた。つまり慶喜とその幕僚は「天狗党を幕軍に渡さない」ことで一致していた。ところが情勢の変化をいち早く感じ取った慶喜が、勝手に妥協してしまったのだ。

慶喜は、「変説漢」「二心殿」と呼ばれるほど、その時の思いつきで何かを決めることがある。今回も、「長州に続いて天狗党まで赦免してしまっては、将軍と幕閣はいかに思われますかな」という田沼の脅しに屈したのだ。

永原は「加賀藩の面目にかかわる問題」として国元に使者を走らせ、世子の慶寧を通して慶喜に翻意を促すが、雪の深い中での使者の行き来には時間がかかる。やがて敦賀にやってきた田沼から永原に、天狗党の引き渡し要求がなされた。

それでも「国元の指示を仰いでから」と言い張る永原だったが、禁門の変以来、加賀藩の実権は本多政均や長連恭といった佐幕派に牛耳られているため、結局、「幕府の指示に従え」という命令が下された。

万事休した永原は、天狗党の処刑は必至と判断し、この件から全面的に手を引くことにした。

一月二十八日の夜、永原をはじめとする加賀藩幹部は、本勝寺を訪れ、耕雲斎らにすべてを打ち明けた。

「真に遺憾ながら明日、貴殿らを幕軍に引き渡すことになりました」

永原の言葉に一瞬、ざわめきが起こる。

天狗党隊士の間では、このまま加賀藩預かりとなるという噂が流れていたからだ。

それでも耕雲斎は毅然《きぜん》として答えた。

「貴藩の懇切なお取り扱い、お礼の申し上げようもありません。不思議なご縁で皆様から格別の親切に与《あずか》り、心ゆるやかに三年も生き延びた思いがします」

その悠揚迫らざる態度に、加賀藩士たちは感服した。

後列に控える文次郎が、ちらりと一郎の方を向くと、一郎は拳を固めて唇をへの字に結んでいる。文次郎も一郎も引き渡しのことは聞かされていなかった。

耕雲斎の世話役となってから一月余の短い間だったが、文次郎は耕雲斎と親しく接し、様々な話を聞いた。耕雲斎はその厳《いか》めしく近寄りがたい風貌《ふうぼう》とは異なり、実際は気さくな人柄で、よく子や孫の話をしてくれた。

竹とんぼを作って飛ばしてやると、それを競うように追う子や孫の姿が今でも瞼《まぶた》に浮かぶという話を聞いた時は、他人の文次郎でさえ目頭が熱くなった。

いつかは耕雲斎に別れを告げることになるとは思っていたが、まさか幕軍に引き渡すことになるなどとは思ってもみなかった。

この日、加賀藩が運び込んだ酒肴《しゅこう》で宴席が持たれた。加賀藩士たちは、親しかった天狗党隊士の許に行って酒を注いで回った。

耕雲斎は永原たちを相手にしているので、文次郎は末席で一人、飯を食べている栄林坊のところに行った。

「あっ、文次郎さん」

箸《はし》を擱《お》く栄林坊の肩に触れると、ひどく骨張っているのに気づいた。

「よいから食べろ」

「はっ、はい」

栄林坊は白米などありついたことがないかのように、懸命に飯をかき込んでいる。

――おそらく、これが最後の白米になる。

一時の情熱に駆られ、天狗党に参加してしまった栄林坊が、文次郎には哀れでならなかった。

十二月二日に加盟した栄林坊は、天狗党隊士となって二月《ふたつき》も経っていない。

「そなたは貧乏籤《くじ》を引いたな」

栄林坊が、何のことやら分からないという顔をする。

「天狗党に参加せず、寺にとどまっておればよかったのに」

ようやく文次郎の言いたいことが分かったのか、栄林坊が首を左右に振る。

「それは違います。私ほどの果報者はいないと思っています」

「どうしてだ」

「もしも天狗党の皆様と出会えなければ、私は田舎の僧として生涯を終えたことでしょう。それが六十年になるか七十年になるかは分かりません。しかしわずか二月でも、私は志士となれたのです。無為に長生きするよりも、短い間でも志士として過ごせたことが、私には何よりもうれしいのです」

「志士として、か――」

「そうです。天狗党の皆さんと同じ志士に、私はなれたのです」

栄林坊の瞳は輝いていた。それは自らの運命を積極的に選んだ者の瞳だった。

「そなたは、それでよかったのだな」

「はい。しかも私は――」

栄林坊が嗚咽を堪える。

「私は、使者としての役割を全うしました」

「その通りだ。そなたが雪の中を何度も往復したからこそ、和談が成り、互いに無駄な戦いをせずに済んだのだ」

「私は皆さんのお役に立てたのでしょうか」

「当たり前だ。そなたがいなかったら、われらは敵として戦い、今頃そなたとわしは、雪の中で折り重なって息絶えていたかもしれないのだ」

「私は、文次郎さんと殺し合っていたのかもしれないのですね」

「そうだ。それがこうして共に盃《さかずき》を傾け、飯を食っている。こうなれたのも、そなたの奔走のおかげだ」

「ああ、何という――」

栄林坊の瞳から、大粒の涙がこぼれ落ちる。

「泣くな。碗に涙が落ちるぞ」

「私は――、私は志士として役目を果たせたのですね」

「そうだ。そなたは本物の志士だ」

「うわー」

その場に突っ伏した栄林坊は声を上げて泣き出した。それを見た天狗党隊士たちが声を掛けては、栄林坊の背や肩を叩いている。天狗党隊士たちの大半は、水戸藩士か水戸領内に住む者たちだ。それが縁もゆかりもない美濃国の坊主に声を掛け、いたわっているのだ。

――もはや、藩などという枠組みは要らないのだ。

目の前にいるのは、藩や身分という壁が取り払われ、志だけで一つになった男たちだった。

文次郎は、心から彼らが羨《うらや》ましいと思った。

十八

次第に宴席は無礼講となった。双方は入り乱れ、それぞれ親しくなった者と酌み交わし、肩を組んで何かを謡っている。天狗党隊士にとって、これが今生《こんじょう》最後の宴席となるのは間違いなく、それが苦難の旅を終わらせたという達成感と相まって、宴席は異様な盛り上がりを見せていた。

様子を見計らっていた一郎は、思い切って藤田小四郎の側近くまで行ってみた。すると、仲間と歓談していた小四郎が気づいてくれた。

「これは使者殿ではないか」

「あっ、はい」

「一つまいろう」と言いつつ、小四郎が大きめの盃に酒を満たして一郎に回す。

「加賀藩士の飲みっぷりを拝見したい」

「承知仕った」と言って一郎が盃を干すと、小四郎やその仲間が口々に賞賛する。

「加賀藩士の飲みっぷり、とくと拝見した。では、水戸藩士のものもお見せしよう。おっと、元水戸藩士だな」

そう言うと小四郎は、盃に満々と満たした酒を一気に喉に流し込んだ。

「うまい。こんなうまいものが、今宵《こよい》限りとは残念だ」

「あの世で飲めばよい」

誰かが茶々を入れる。

「それはそうだ。あの世には酒など嫌になるほどある、よな」

藤田がおどけた仕草で周囲に確かめると、そこにいた者たちがどっと沸いた。

――これほどのお方を、むざむざ殺させてなるものか。

藤田や天狗党の面々と車座になって酒を飲みつつ、一郎の心に、ある決意が芽生えていた。

その時、藤田が「おい、あれをやるか」と言うと、周囲が「おう、やれやれ」とはやし立てた。

「それでは加賀藩の皆様の前で、『天狗節座踊り』をご披露いたそう。此度は今の心境に合わせ、台詞《せりふ》を変えておる」

そう言うと藤田は、座したまま大きく両手を広げて、大声で謡い始めた。

「今度上りの天狗さん——」

調子の外れた謡声が室内に響きわたる。

「尊王攘夷を元として関八州を通り抜け、官軍討手と聞くからにゃ、長い大小投げいだし、無腰でぶらぶら、加賀さんへ参りましょ、参りましょ」

藤田は「天狗さん」で鼻の前にこぶしを重ね、「尊王」で拝礼し、「攘夷」で鉄砲を撃つまねをすると、「関八州を通り抜け」で矢玉をかいくぐるそぶりを見せ、「官軍討手と聞くからにゃ」で耳に手を当てて顔をしかめる。さらに「大小投げいだし」で刀を捧げ持つ恰好《かっこう》をし、「無腰でぶらぶら」で両手を振り、「加賀さんへ参りましょ」で投降する仕草を見せた。

やがて、藤田の謡に天狗党の面々も声を合わせるようになった。それを見ていると、左右から肩を叩かれた。一郎にも謡えと言うのだ。

「今度上りの天狗さん——」

一郎もがなり声を上げた。それを見た加賀藩士たちも輪に加わって唱和する。

気づくと藤田は泣きながら謡っていた。その声は上ずり、音程はどんどん外れていく。

喩えようもない熱狂が胸内を駆けめぐる。一郎も天狗党と共に旅をしてきたような気分になり、いつしか涙で顔をくしゃくしゃにしながら謡っていた。その場にいる者たちも、一人残らず泣いていた。それを耕雲斎や永原が笑みを浮かべて見ている。

敵として殺し合うはずだった双方の心は一つとなり、宴《うたげ》はいつ果てるともなく続いていった。


その日の真夜中、夜番を引き受けた一郎は、巡回の途中で藤田の部屋の前に立った。

「ご無礼仕ります」と小声で言ったが返事はない。藤田は水のように酒を飲んでいたので、当然と言えば当然だった。致し方なく、一郎は部屋の襖を開けて忍び入った。

案の定、藤田は大いびきをかいて寝ている。

「藤田様、いや、小四郎さん」

何度か呼び掛けて体を揺すると、ようやく藤田が目を覚ました。

「もう朝かい」

「いえ」

「ああ、使者殿か。いったい、どうしたんだ」

目をこすりつつ藤田が左右を見回す。

「お迎えに参りました」

「お迎えだと――」

ようやく目が覚めた藤田が、火打石を打って行灯《あんどん》に火を入れる。

「いったい何のことだ」

一郎が声を潜める。

「このままでは、天狗党の皆様は打ち首になります」

「まあ、そうだろうな」

藤田が他人事《ひとごと》のように同意する。

「そこで考えたのですが――」

一郎が大きく息を吸うと言った。

「ここからお逃げ下さい」

「何だって」

「寺の門前に馬をつないでおきました。それに乗ってひたすら西を目指し、どこかの港まで行けば、必ず長州に行く船を見つけられます。こちらに路銀も用意しました」

一郎は、なけなしの給金をすべて小さな袋に入れてきた。

「敦賀の東西は山に閉ざされていますが、南に向かって突っ走り、粟野《あわの》まで行き、西に折れて若狭《わかさ》国に入れれば、追っ手も容易には追い付けません」

「君はどうする」

「私は腹を切ります」

「私のためにか」

「はい。私の命よりも小四郎さんの命の方が、この国にとって大切だからです」

「そなたの腹だけでは済まぬぞ」

藤田が逃げたとあらば、永原たち加賀藩の幹部も切腹を免れ得ない。

「承知しております」

「それでも、私に逃げてほしいのだな」

「はい。小四郎さんは、この国の将来に必要なお方です。何としても長州まで行き、捲《けん》土《ど》重来を期していただきたいのです。さすれば天狗党のお仲間も、先々を楽しみにして冥途へ旅立てます」

一郎は感極まって嗚咽を漏らした。

「よせやい」

ところが藤田は首を左右に振った。

「私の命に、それだけの値打ちはないよ」

藤田の顔に笑みが広がる。

「そんなことはありません。小四郎さんはこれだけのことをやってのけたのです。何としても生き残り、長州の同志と共に回天の偉業を成して下さい」

「ありがとう。気持ちだけはもらっておく」

「ということは――」

「おい、見損なっちゃ困るぜ。私だって志士の前に武士なんだ。自分の死を汚すわけにはいかない。ましてや途次に捕まってみろ。これほどの恥辱はない。それなら、ここでさっさと首を打たれた方がましというものさ」

　藤田が大あくびをしながら言う。

「しかしそれでは、これまでの努力が報われないのではありませんか」

「そんなことは初めから分かっていたさ」

「初めから、と」

「そう。決起を決意した時、われらは死を覚悟した。唯一の光明は長州だけだったが、無念ながら長州も潰《つい》えた。となれば、たとえ自由の身になったとしても、われらの思いを一橋侯に伝えた後、潔く死を選ぶつもりでいた」

「なぜに」

「これだけ世の中を騒がせたのだ。その責めを誰かが負わねばならぬ」

　藤田が語る。

　この上洛行では、天狗党隊士だけでなく、衝突した高崎藩士や諏訪藩士からも多くの犠牲者が出ている。彼らは天狗党の上洛行がなければ、死なずに済んだ命だった。しかも死んでいった者たちの多くが、尊王攘夷の志を持つ武士たちだ。彼らは藩命で出陣し、その思想にかかわらず、天狗党と戦わざるを得なかったのだ。

　確かに、加賀藩との間で戦端が開かれれば、その思想のいかんにかかわらず、一郎も加賀藩士として天狗党と戦うことになったはずだ。

「つまりわれらは、同志を殺してきたことになる」

「上野国《こうずけ》の下仁田というところで、高崎藩士と戦った時のことだ」

「同志と仰せか」

藤田が唇を嚙む。

「相手は浅井新六《あさいしんろく》といった」

藤田によると、下仁田で高崎藩と大合戦になり、御徒士目付（副将格）の浅井新六という男と槍《やり》を合わせたという。すでに浅井は満身創痍で足も負傷しており、槍を支えに立つのがやっとだった。それでも戦おうとする相手に敬意を払った藤田は、何合か槍を合わせた。すると浅井は槍を引き、「まともに戦えず、真に無念。これにてご無礼仕る！」と喚くや、啞然とする藤田を尻目に燃え盛る民家に向かった。中で自害しようというのだ。

屋内に身を入れようとする寸前、浅井は振り向くと言った。

「藤田殿、素志貫徹をお祈りいたす」

涼やかな笑みを残し、浅井が民家の中に消えると、ほどなくして民家は焼け崩れた。

「その瞬間、私は、この上洛行の責めを負わねばならぬと思ったのだ」

「つまり、その浅井様は小四郎さんと同じ志をお持ちだったのですね」

「そうだ。それでも藩命でわれらと戦った。藩士である限り、当然のことだ」

――何という運命か。

志を同じくしながら戦わざるを得なかった藤田と浅井には、武家社会の矛盾が凝縮されていた。

「小四郎さん、世の中を変えていかねばなりません」

「ああ、変えねばならん。だが――」

藤田の口端に寂しげな笑みが浮かぶ。

「私の戦いはここまでだ。これからは君ら若い者に託したい」

「小四郎さん――」

あまりの口惜しさから、一郎は己の膝を幾度も叩いた。

「もうよい。君の赤心は分かった。これからも素志を忘れず、この国のために尽くしてくれ」

「はっ、はい。必ずや――」

「さてと」

藤田が手枕でごろりとなった。

「明日からは過酷な日々が始まる。こうして蒲団の上で寝られるのも、今夜が最後となるだろう。朝まで寝かせてくれぬか」

「申し訳ありません」

「それでは、夢の中に戻るとするか」

「どのような夢を見ていたのですか」

一郎は、上洛を果たした藤田が慶喜に拝謁している夢だと思った。

「聞きたいか」

「ええ」

「女郎屋で踊り狂う夢さ」

そう言うと藤田は大きなため息をつき、すぐに寝息を立て始めた。

その安らかな横顔を見つめつつ一郎は、藤田が武士として、また志士として、満足な最期を飾れることを知った。


翌二十九日、加賀藩から幕府軍へ、天狗党引き渡しの儀が行われた。

加賀藩としては、そのまま本勝寺などに天狗党隊士を留め置くと思っていたが、幕府軍は海岸にある鰊蔵《にしんぐら》十六棟を借り上げ、窓を釘付けにして臨時の獄舎とし、そこに移すという。

永原は「丁重に扱ってほしい」と申し入れたが、「すでに貴藩には、かかわりがないことだ」と、にべもなく断られた。

鰊蔵まで使いをした小者によると、隊士たちは衣類を剥《は》ぎ取られ、褌《ふんどし》一丁にさせられた上、足枷《あしかせ》をはめられ、追い立てられるようにして鰊蔵に押し込められたという。

それを聞いた永原は口惜しさを堪えつつ「もはやわれらにできることはない。早々に金沢に退去すべし」と言うや、荷作りを始めさせた。

一郎も怒りに打ち震えつつ、帰還の支度を整えた。

「出発！」

加賀藩の隊列が進む。ところがいったん南に向かってから北東に折れるはずの進路が、どうしたわけか北に向いた。訝しむ藩士たちを尻目に、先頭の永原は平然と進んでいく。

しばらくして一郎にも、その意図が分かった。

――そうか。別れを告げるのだ。

やがて鰊蔵が見えてきた。

――あの中におられるのか。

あまりの幕府の仕打ちに、怒りが込み上げてくる。

加賀藩士たちは鰊蔵の前まで来ると、厳粛な面持ちで一礼していく。しかしこれでは、中にいる天狗党隊士たちに、加賀藩士たちが別れを告げに来たと伝わらない。

一郎は大きく息を吸うと、大声で謡い始めた。

「今度上りの天狗さん――」

一郎のがなり声は、鰊蔵にも届いているはずだ。

「尊王攘夷を元として関八州を通り抜け、官軍討手と聞くからにゃ、長い大小投げいだし、無腰でぶらぶら、加賀さんへ参りましょ、参りましょ」

一郎の意図に気づいた加賀藩士たちも唱和し始める。

文次郎も大声を上げている。

すると鰊蔵の中から何かが聞こえてきた。

「今度上りの天狗さん――」

――聞こえたのだ。

胸底から、震えるほどの感動が込み上げてくる。

寒風吹きすさぶ冬空の下、加賀藩士と天狗党隊士は一つになった。

「今度上りの天狗さん、尊王攘夷を元として関八州を通り抜け、官軍討手と聞くからにゃ、長い大小投げいだし、無腰でぶらぶら、加賀さんへ参りましょ、参りましょ」

やがて隊列は、鰊蔵の前を通り過ぎ、旋回するように南に向かった。

――ありがとうございました。

一郎は、心の中で藤田に礼を言った。

藤田小四郎という本物の志士との出会いと別れは、一郎の人生に大きな影響を及ぼすことになる。


案に相違せず、天狗党隊士には、過酷な日々が待っていた。

鰊蔵に約五十人ずつ詰め込まれた隊士たちは、真冬にもかかわらず褌一丁のままで放置された。

食事は一人に結飯《むすび》一つに温湯《ぬるゆ》だけで、それが一日に二度出された。便所などなく、桶一つを五十人が使い回すことになったので、すぐに桶はいっぱいになり、その汚水が足元を流れ、密閉された蔵の中には、凄まじい悪臭が立ち込めるようになった。

隊士の中には斃《たお》れる者が続出し、「早く首を打て」と叫ぶ声が昼夜を分かたず聞こえていた。

二月一日、ようやく到着した田沼玄蕃頭は吟味を始めたが、通り一遍の聞き取りだけで処刑を命じた。

四日、敦賀の町はずれにある来迎寺《らいこうじ》の境内に大穴が掘られ、鰊蔵から連れてこられた隊士たちは、次々と首を打たれていった。そのまま首も遺骸《いがい》も大穴に蹴落とされるという荒っぽさだった。

六十三歳の武田耕雲斎も、二十四歳の藤田小四郎も、次々と首を打たれた。幹部の首だけは、水戸に戻して獄門とするため、塩樽《しおだる》に入れられて保存された。

斬首刑は、士分以上だけでなく兵として戦った三百五十二人にも下された。士分以下の者では、戦ったか否かを自己申告することで、生きるか死ぬかの道が分かれた。

戦っていても、命惜しさに「戦っていません」と答えて助命された者もいれば、戦っていないにもかかわらず戦ったと言い張り、首を落とされた者もいる。

栄林坊は胸を張って「戦いました」と言った。この瞬間、栄林坊は真の志士となり、その人生を見事に完結させた。

三百五十二人の処刑が粛々と行われた。一つの事件でこれほど多くの処刑者を出した事例は、江戸幕府創設以来なく、まさに近世史上まれに見る惨劇となった。

この後、武田耕雲斎ら幹部の首は水戸に送られて晒し首とされた。

案に相違せず、耕雲斎の妻子眷属にも悲劇が待っていた。妻子は斬首刑にされたが、そのほかの者たちも、残らず獄中死し、耕雲斎と幹部の血脈は絶たれた。

ところがいくつかの偶然が重なり、耕雲斎と行《こう》を共にした孫の金次郎《きんじろう》が流罪となった。十八歳の金次郎は敦賀で囚人生活を送っていたが、明治維新になってから釈放され、官軍を率いて水戸に凱旋《がいせん》し、自らの血族を殺された恨みを存分に晴らすことになる。

これにより水戸藩士の有為の材は死に絶え、旧水戸藩士の中で、明治政府の中枢に入る者は遂に出なかった。

第二章　鉄心石腸《てっしんせきちょう》

一

時代は確実に動いていた。

元治二年（一八六五）二月、高杉晋作率いる奇兵隊の活躍で長州藩から俗論党は一掃され、藩政は再び尊王攘夷《じょうい》派の手に握られた。これを知った禁裏御守衛総督の一橋慶喜や、京都守護職の松平容保らは怒り、第二次長州征討の気運が高まってきた。

ところが禁門の変で会津藩に味方した薩摩藩は、征討命令を拒否し、水面下で長州藩との接近を図り始めていた。

それを主導しているのが西郷隆盛と大久保《おおくぼ》利通《としみち》だった。彼らは、江戸幕府の組織をそのまま残しては外夷《がいい》の手から日本を守り抜けないと思い、藩論を尊王倒幕へと一気に転換した。

この頃、加賀藩にも光明が差し始めた。

四月十日、朝廷から幕府へ、加賀藩世子の慶寧の謹慎を解くようにという要請が入る。加賀藩を味方に付けておきたい幕府もこれを了承し、晴れて慶寧は自由の身となった。

ところが、すぐに禁裏の守衛に回されるのかと思いきや、江戸に出府せよという幕閣の命が届く。それを受けた慶寧は五月、藩士たちに江戸出府を告げた。

そのお供衆の中に、文次郎と一郎の二人も入っていた。

二人とも初めての江戸ということで胸を躍らせたが、戻るのはいつになるか分からないと聞き、長期の江戸滞在を覚悟した。

それゆえ文次郎は、この機会に一つだけやり残していることをやろうと思っていた。

非番の日、文次郎は福岡惣助の妻だった卯乃が住む金沢郊外・野々市《ののいち》に行ってみることにした。

野々市は金沢城下の南西四里ほどなので、日の出に出れば徒歩でも日帰りできる。

城下を出ると、次第に人家もまばらになり、のどかな田園が広がってきた。夏の陽光を浴び、草木が生き生きとしてきているのが分かる。それは、越前で見た白一色の風景とは全く違っていた。

——あの地にも春が訪れ、夏がやってきているのだろうな。

文次郎は、雪の中を懸命に往復した日々を懐かしく思い出した。

——今頃、栄林坊は冥途《めいど》でどうしているか。

金沢に帰ってきてから、文次郎は栄林坊のいた寺の住持あてに手紙を書いた。きっと栄林坊のことを心配していると思ったからだ。

しばらくして住持から返書が届いた。突然、寺に遺品の数珠《じゅず》と遺書が戻されてきて、その死を知ったという。

遺書の文中に、「加賀藩の皆様の温情は、冥途に行っても忘れません」と書かれていたとも住持は伝えてきた。それを一郎に伝えると、一郎は「あの馬鹿が」と言った後、「やつは果報者だよ」と付け加えた。

文次郎は、南西の空に向かって栄林坊の冥福を祈った。


しばらく歩くと、前方を行く人影を見つけた。明らかに農事に向かう農夫ではない。しかも、その岩塊のような背と短い首には見覚えがある。

——まさか、一郎か。

「おい」と言いつつ文次郎が追いすがると、一郎が驚いて振り向いた。

「何だ、おぬしか。わしをつけてきたのか」

「つけてきただと。人聞きの悪いことを申すな。わしはただ——」

「まさか、おぬしも卯乃さんの許《もと》に行こうというのか」

「ああ、そのつもりだが——」

一郎は饅頭《まんじゅう》の包みを大切そうに抱えている。土産《みやげ》にまで気の回らなかった文次郎は心中、舌打ちした。

「それなら、わしがよろしく伝えておくので、ここから引き返すがよい」

一郎は文次郎を置き捨てるように、どんどん歩いていく。

「待て、わしも行く」

「行ってどうする」

文次郎が口ごもると、一郎が得意げに饅頭の包みを掲げる。

「卯乃さんの子らのために饅頭を買ってきた。夜中のうちに饅頭屋の親父を叩《たた》き起こし、一緒に粉を挽《ひ》いたのだ。だから形は悪いが、常のものよりでかい」

さも満足げに、一郎が饅頭の重みを確かめている。

「物は相談だが、その饅頭を二人で作ったことにしてくれぬか」

「馬鹿を言うな。あっ、おぬしは土産を持ってきていないのだな」

文次郎は口惜しかったが、この場は一郎に頼み入るしかない。

「なあ、頼む」

「嫌だね。今日は戻って、明日にでも出直せ」

「ここまで来て、そういうわけにもいかぬ」

「致し方ない。それなら二十文だ」

いくら何でも二十文は法外だ。

「そんなにするものか」

「労賃も込みだ。嫌なら帰れ」

一郎は得意げに進んでいく。

「分かった。二十文で構わぬが、つけにしてくれ」

「いつ払ってくれる」

「江戸で最初の給金が入った時だ」

「よし、和談成立」

一郎は高らかに笑うと、文次郎の背を叩いた。

やがて野々市に着くと、人伝《ひとづて》に道を聞いて、ようやく卯乃たちの住む農家にたどり着いた。そこは想像していたよりも、ひどいあばら家だった。

「卯乃さーん」

一郎が呼ぶと、中から子の一人が顔を出した。長男の勘一《かんいち》だ。

「おい、わしだ」と言って一郎が笑顔を見せたが、勘一は驚いたように中に引っ込んでしまった。

しばらく待っていると、野良着姿の卯乃が現れた。その周りには、三人の子がまとわりついている。

「あっ」と言って二人を見るや、卯乃は言葉を失った。

「遊びに来ましたぞ」

己の姿を思い出したのか、卯乃が恥ずかしげに俯《うつむ》く。

「これから仕事ですか」

間が悪いとは思いつつも、文次郎が問う。

「ええ。でも構いません。むさくるしいところですが、中にお上がり下さい」

「いや、ついでだ。今日一日だけでも仕事を手伝わせてくれぬか」

一郎が卯乃の都合を確かめずに言う。

「そういうわけにはいきません」

「わしらでも野良仕事くらいはできるぞ」

一郎は早くも袖《そで》まくりし、裾《すそ》を端折《はしょ》っている。

「では、仕事場でお話ししましょう」

「その前にこれがある」

一郎が饅頭の包みを掲げると、子らの視線が吸い寄せられた。

「これが何だか分かるかな」

一郎が包みを卯乃に渡すと、子らが目の色を変える。

「饅頭だ!」

「そうだ。わしと文次郎が朝早くから起きて挽いた饅頭だ。存分に食らえ」

饅頭の包みを開けると、子らは卯乃の顔色をうかがった。

「一郎さん、文次郎さん、申し訳ありません」

卯乃は頭を下げると言った。

「お礼を言ってから食べるのですよ」

「あいがとうございます」

子らは頭をぺこりと下げると、競うように饅頭を手に取った。

「これこれ、慌てて食べると喉《のど》につかえるぞ」

三人は天にも届けとばかりに笑った。


卯乃は勘一をはじめとした三人の子を引き連れ、一人の乳飲み子を抱えて大百姓から任されている田に向かった。その後に二人が続く。

道中、話を聞くと、卯乃の母方の実家は小作にすぎず、大百姓の下で働いていたという。しかも祖父母はもとより、父はずっと前に亡くなり、母もつい先頃、死んでしまったので、今は卯乃と四人の子だけだという。

「女手だけでは食べていくのがやっとで、最近は福岡の月命日にも、墓参りに行けていません」

「たいへんな日々を過ごしているのだな」

文次郎の言葉に、卯乃は首を左右に振る。

「それでも、この子たちが病にもならず育っているので、天に感謝しています」

他藩に比べて裕福な農家が多い加賀藩領内でも、子供の死亡率は高い。そうした中、福岡の残した三人の子と福岡との間にできた唯一の子が、すくすく育っているのが、卯乃にとってはせめてもの救いなのだ。

「福岡も、きっと喜んでいると思います」

卯乃が言葉に詰まる。

やがて、卯乃の仕事場だという田が見えてきた。

——こんなところで働いているのか。

そこは、女が一人で働くには広すぎる気がした。

「これほど広い田を一人で耕し、収穫を得ているのか」

文次郎が唖然《あぜん》とする。

「ここだけではありません。お米はすべて上納せねばならないので、子らのために畑も耕しています」

「よし、やろう」

一郎が早速、泥の中に足を入れる。

「お気をつけ下さい」

「大丈夫だ。わしは慣れておる。あっ」

そう言った矢先に一郎が尻《しり》もちをつく。

それを見た卯乃や子らが、大笑いした。

やがて日も暮れ、一日の仕事が終わった。

「泊まっていって下さい」という卯乃の誘いを丁重に断り、二人は帰途に就いた。しかし道半ばで夜になってしまい、どこかに一宿一飯を頼まねばならなくなった。ところが、泊めてくれそうな寺を見つけることができない。致し方なく二人は、村の鎮守らしい小さな社に泊まることにした。

卯乃が帰りに食べろと押し付けてきた結飯《むすび》を食べると、二人は板敷の上に横になった。季節は夏なので寒くはないが、板敷なので体が痛い。眠れずにいると、一郎が話し掛けてきた。

「文次郎、おぬしは卯乃さんを好いておるのか」

常に一郎の言葉は直截《ちょくせつ》だ。

「それは、どういう謂《いい》だ」

「好いておるか、と問えば分かるだろう」

一郎が不機嫌そうに言う。

「そうか、一郎、おぬしが好いておるのだな」

「そんなことはない」

「いや、そうに決まっている」

「他人の気持ちを勝手に決めるな」

一郎は明らかに動揺していた。

「一郎よ、いかにもわしは卯乃さんを好いておる。だがな、おぬしが好いておるのなら身を引く」

「身を引くとは、どういうことだ」

「決まっておるだろう」

文次郎が思いきるように言った。

「嫁になってくれと頼むことをやめるのだ」

二人の間に気まずい沈黙が漂う。

「文次郎、わしは卯乃さんを嫁にもらう気などない」

一郎が決然と言う。

「どうしてだ」

「わしは、この国のために死ぬつもりだからだ」

一郎がしみじみと言う。

「実はな、此度《こたび》は卯乃さんに別れを告げにきたのだ」

「別れだと。どういうことだ」

「わしは江戸に出たら脱藩するつもりだ」

「何を言っておる。おぬしは狂ったか」

脱藩すれば追っ手が掛かり、捕まれば国元に戻されて死罪か永牢《えいろう》となる。

「狂ってなどおらぬ。風の噂だが、他藩では多くの者が脱藩しているという」

「では、脱藩してどうする」

「分からん」

「おぬしは度し難い阿呆《あほう》だな」

「何だと」

「志士として活動するには、匿《かくま》ってくれる拠点も要るし、銭《ぜに》も要る。諸藩でも脱藩する者が増えてきてはいるが、皆それぞれ頼るべきところがあるから脱藩しているのだ」

「そんなことは分かっている」

「では、藩邸を出てから、まずどこへ行く」

「行くべき場所などない。ただ、もう耐え難いのだ」

――一郎は何かを成したくて、たまらないのだ。

文次郎にも、その気持ちは分かる。だが生来の慎重な性格が、一郎のような野放図な言動を常に抑制していた。

「一郎よ、今は堪《こら》えるべき時だ。わが藩全体で動かなければ、この世は動かせぬ。幸いにして世子様は、尊王攘夷思想に共鳴なされておる。世子様が藩主様となり、もっと自主的に動けるようになれば、われらの働き場所もあるはずだ」

一郎は無言で寝返りを打つと、文次郎に背を向けた。

「文次郎、おぬしは卯乃さんを幸せにすればよい」

「わしを馬鹿にするのか。わしだってこの国のために殉じたいのだ！」

相手を見下したような一郎の物言いに、文次郎はついかっとなった。

「その言葉に二言はないな」

「当たり前だ。足軽だろうと、わしも武士の端くれだ。いったん口に出したことに偽りはない」

「分かった。では卯乃さんはどうする」

「卯乃さんには、必ず働き者のよき男が見つかる」

何の根拠もないが、今はそう考えるしかない。

「でもおぬしは、卯乃さんに嫁になってくれと頼むつもりでいたのだろう」

「あれは、おぬしの真意を知りたかったので、鎌を掛けたのだ」

「嘘つきめ」

「嘘も方便だ」

二人は笑い合った。それが収まると、一郎がぽつりと言った。

「われらにとって、江戸は初めてだな」

「ああ、そうだ。いつか行ってみたいと思っていた」

「わしもだ」

二人は背を向け合うと、それぞれの思いに沈んでいった。

二

慶寧の江戸行きは突然、中止になった。体調を崩したのだ。慶寧はここ数年の相次ぐ心労により、この頃から体調がすぐれなくなる。

江戸出府の延期を願い出た慶寧は、八月か九月には出府したい旨を幕府に告げたが、それも叶《かな》わず、加賀藩は政局の中心から次第に外縁部へと押しやられていく。

慶応《けいおう》元年という幕府から薩長両藩へと時代の主導権が移り始めた節目の年に、加賀藩は政局から距離を置かざるを得なくなった。

だがそのおかげで、一郎と文次郎は、何度か連れ立って卯乃の許に行くことができた。二人は農作業を手伝うだけでなく、卯乃の子らに剣術や読み書きを教えた。


年が変わって慶応二年（一八六六）一月二十一日、薩摩・長州両藩の間で薩長同盟が締結された。

一方、薩長同盟の成立を知らない慶喜は、朝廷から「長州藩主父子の隠居と永蟄居《えいちっきょ》」「十万石の削封」「三家老家（益田《ますだ》・福原・国司《くにし》）の家名断絶」といった処分案の承認をもらい、意気揚々と諸藩に第二次長州征討の大号令を発した。

この頃、加賀藩主の斉泰は隠退願を幕府に提出していたが、加賀藩を味方に付けておきたい幕府はこれを承認し、次の藩主となる慶寧に江戸出府を命じてきた。

二月二十八日、ようやく慶寧は江戸へ向けて出発した。慶寧にとって三年半ぶりの江戸となった。

この隊列には、一郎と文次郎も加わっていた。

加賀藩が江戸に向かうには、越中《えっちゅう》国の高岡《たかおか》から越後国の高田《たかだ》を経て信濃《しなの》国の長野《ながの》に抜け、同追分《おいわけ》から中山道に入り、江戸に至るという経路を取る。これだと一日十里前後の道を行き、十二泊十三日の日数がかかる。つまり百二十里余の距離を行くことになる。

板橋《いたばし》宿にある加賀藩下屋敷に一泊した後、一日の行程で、ようやく一行は本郷《ほんごう》の上屋敷に着いた。

四月四日、幕府から斉泰の隠居と慶寧への家督継承が正式に認められた。これにより慶寧は、これまで名乗っていた筑前守《ちくぜんのかみ》という受領名を加賀守に改め、一方の斉泰は金沢中納言ないしは肥前守《ひぜんのかみ》と呼ばれるようになる。斉泰は五十六歳、慶寧は三十七歳だった。だが、それからがたいへんだった。諸藩や大社大寺から、祝賀使節がひっきりなしにやってくるので、その迎えなどで加賀藩邸は大忙しとなった。一郎と文次郎も休みなく働いた。

それも落ち着いた四月中旬、休みをもらった一郎は、文次郎と連れ立って藩邸の外に出た。二人の足は、自然と本郷から目と鼻の先の寛永寺《かんえいじ》に向いた。

桜は終わったが、みずみずしい緑が色鮮やかな季節だ。気温は高いが涼やかな風が吹き、境内を歩く人は多い。屋台も驚くほど出ており、江戸の味覚がすべて味わえるかと思うほどだった。

二人が談笑しながら歩いていると突然、男のがなり声が聞こえてきた。

「何事だろう」といぶかしむ一郎に、「かかわり合いになるな」と文次郎が諭す。それでも人の波に押されるように進んでいくと、円形になった人垣の中央で、与太者風の男たちが、商家の若旦那《わかだんな》風の男を取り囲んでいるところに出くわした。

「肩が触れたのに、そのまま行こうってのは、図々《ずうずう》しいんじゃねえのか」

無精鬚《ひげ》を生やした大男がすごむ。

「お許し下さい。急いでいたもので」

「急いでいれば、礼を欠いてもいいのかい」

小柄な男が若旦那風の男に肩をぶつける。

「どうか、どうかお許し下さい」

若旦那はその場に膝《ひざ》をつき、額を地面に擦り付けた。

「にいさんがそれほど言うなら、許さねえこともねえ」

大男の言葉に、与太者たちが「そうだ、そうだ」と同意する。

「ありがとうございます」

「だがな、それなりの仁義は切ってもらわなければならねえ」

「仁義と言われても、何のことやら――」

「分かってねえな。許してほしいなら、冥加金《みようがきん》が必要だ」

「えっ」と言いつつ、若旦那が唖然とする。

「どうしたんだ。まさか払えねえってんじゃないだろうな！」

大男が凄《すご》みを利かす。

「いえ、払います」と言いつつ、若旦那が財布から銭を出そうとすると、小柄な男が財布ごと取り上げた。

「あっ、お返し下さい」

「おい、こんなに持ってるぞ」

「困ります。それは店の支払いに使う分です」

与太者たちの顔に残忍な笑みが広がる。

「今日はついてるぜ」

「これだけあれば、吉原《よしわら》で女が抱けるな」

与太者たちは汚い顔を寄せ合い、財布の中身をのぞいている。

「誰か、誰かお助け下さい」

若旦那が周囲に助けを求めるが、誰もそ知らぬふりをしている。

一歩、踏み出した一郎の袖を文次郎が摑《つか》む。

「行くな。いざこざに巻き込まれれば、藩が迷惑する」

その一言に、さすがの一郎も躊躇《ちゅうちょ》する。

「さて、行くか」と言いつつ、与太者たちはその場から去ろうとした。それを見た見物人たちが、道を大きく開ける。しかし、その中央に一人、長身瘦軀《そうく》の男が立っている。

「弱い者いじめは、やめたがよか」

武士の姿はしているが、その身なりからして、さほど高い身分ではない。

「何を言ってやんでえ。お武家さんには、かかわりのねえことだ」

「ああ、かかわいなどあいもはん。じゃどん、おいは汚いことが大嫌いじゃ」

――薩摩藩士か。

その武士の使う言葉は、薩摩弁のように聞こえる。

いざという場合に助太刀すべく、一郎は文次郎の手を払って人垣の前に出た。

「おい、こいつは田舎者だぜ」

与太者たちが聞こえよがしに言い合う。

調子に乗った大男が慇懃《いんぎん》無礼な口調で言った。

「お武家様、ちと、そこをどいていただけませんかね」

「ここは天下の寛永寺じゃ。どく必要はなか」

「何だと。おれたちを誰だと思ってやがんでえ！」

いきがる小柄な男を押しやると、大男が言った。

「お武家様、ここでわしらとやり合うとなると、お武家様の家中に迷惑が掛かります。下手をすると、お武家様は腹を召すことになりますぞ」

武士が町衆といざこざを起こせば腹を切らされることを、与太者たちは知っている。

「どけ！」

小柄な男が、武士の肩を押しのけようとした時だ。小柄な男の体が半回転すると、砂《すな》埃《ぼこり》が舞った。

「いてえ、いてて！」

小男がもんどりうって倒れたので、見物人たちが歓声を上げる。

——柔術か。

長身痩軀の男は、柔術を使ったらしい。

「おい、てめえ！」

男たちが武士を囲む。

「どこの家中だ」

「聞きたいか」

「ああ、どうせどこかの小藩だろう」

「いいや、薩摩じゃ」

「薩摩、だと」

与太者たちが一歩、二歩と下がる。

町衆と喧嘩《けんか》しても、理が通っていれば薩摩藩士だけは何の咎《とが》めもない。それだけ藩士たちの気性が荒く、喧嘩の一つや二つくらい、藩の上役も気にしないのだ。

「若旦那に財布を返して、さっさと立ち去るがよか」

「くそう」

大柄な与太者が目配《めくば》せすると、小柄な与太者が渋々、懐から財布を取り出し、若旦那に投げた。

「あ、ありがとうございます」

「覚えてやがれ！」

そう言い残すと、与太者たちは行ってしまった。

見物していた者たちは大立ち回りが見られずに落胆し、悪態をつきながら思い思いの方角に散っていく。

若旦那から取りすがられるように礼を言われていた武士も、その場を後にしようとしていた。

「お待ち下さい」

一郎が武士に声を掛ける。

「ぜひ、ご尊名をお聞かせ下さい」

「わしん名を聞いてどげんす」

「分かりません」

その言葉に、武士の顔がほころぶ。

「よかな。教えちゃる。わが名は薩摩藩の川路《かわじ》正之進《しょうのしん》利良《としよし》じゃ」

「薩摩藩というと、あの西郷さんの――」

西郷の名は、すでに諸藩にも鳴り響いており、事情通の一郎の許にも、その人格の高潔さや人望の大きさが聞こえてきていた。

「ああ、西郷《せいご》先生《せんせ》は、わが主《あるじ》も同然のお方じゃ」

すかさず文次郎が一郎の前に身を乗り出す。役人が来ると厄介なので、さっさと姿をくらましたいのだ。

「ありがとうございました」

「そいで、そなたらは――」

二人が名乗ると、川路は一つうなずき、雑踏の中に消えていった。

――きっと志士に違いない。

一郎は、脳裏に川路の名を刻み付けた。

三

六月、いよいよ第二次長州征討が始まった。しかし諸藩軍の動きは鈍く、すべての戦線で長州軍に敗れるという醜態を演じる。

幕府の旗の下に集まった諸藩軍が、長州藩軍に敗れ去ったという情報は、江戸にいる加賀藩新藩主の慶寧の許にも入ってきた。後詰として派遣を命じられるのを危惧《きぐ》した慶寧は、幕府に帰国願いを出し、江戸を後にする。

七月下旬、金沢に帰還した慶寧は、父の斉泰が隠居所に移った後の金沢城二の丸御殿に入った。

それと同時に、新藩主となった慶寧を祝うべく、月末まで「盆正月」との布告がなされた。「盆正月」とは祝日にするという意味だ。

市中には花飾りも鮮やかな山車《だし》が出て、祇園囃子《ばやし》の笛太鼓が鳴りやまない。金沢城周辺には作り物の桜が飾られ、六尺（約一・八メートル）の間隔で雪洞《ぼんぼり》が点灯され、昼夜を分かたぬ未曾有《みぞう》の盛儀となった。

ところが城下の興奮冷めやらぬ八月初旬、一橋慶喜から上洛《じょうらく》要請が届く。これに対して慶寧は年寄一人を先に上洛させただけで、事態を静観していた。ところが再び使者が訪れ、京都にいる将軍家茂《いえもち》が亡くなったという情報をもたらした。

これにより長州再征は中止となったが、畿内《きない》の混乱は避け難い。それゆえ慶寧は、「宸襟《しんきん》を安んじ奉る」ために上洛を決意した。

十月、慶寧は上洛の途に就く。この時、慶寧は武装した将兵三千七百を伴っていた。上洛した慶寧は、慶喜や在京老中に対して「此度の上洛は禁裏を守衛するためであり、長州征討に加担するつもりはない」と、その立ち位置をはっきりさせた。

これに対して、慶喜や幕閣から何の苦情もないことに安堵《あんど》した慶寧は十一月、いったん帰国する。

結局、四カ月間の将軍空位期間を経た慶応二年十二月、慶喜が十五代将軍に就くことになるが、第二次長州征討の失敗と慶喜の政治的迷走により、幕府の権威は失墜していく。そこに幕府贔屓《びいき》の孝明天皇の崩御が重なり、慶喜とそれを支持する会津・桑名《くわな》両藩は、薩長両藩を中心にした倒幕勢力に押され始める。

一方、こうした混乱を見据え、慶寧は御側衆らと新たな方針を打ち出していた。

それが「三州自立割拠《かっきょ》」策だった。

これは殖産興業と富国強兵に努め、三州すなわち加賀・越中・能登に割拠して「義旗を揚げる」という策だ。慶寧の考える「義旗」とは「朝廷を守る」ことであり、幕府にもその反対勢力にも与《くみ》しないことを旨としていた。


年が明けて慶応三年（一八六七）二月、北陸の長い冬も終わり、雪解け水のせせらぎが、そこかしこから聞こえるようになった。

金沢に帰ってきた文次郎と一郎は常の仕事に戻ったが、非番の日は連れ立って卯乃の家に行き、農事を手伝うことが多くなっていた。

この日、文次郎と一郎は卯乃から頼まれ、畑の夜番をしていた。というのも、このところ畑を荒らされることが多く、収穫を楽しみにしていた野菜の一部が奪われてしまったからだ。

ところが盗人《ぬすっと》は遠慮深く、一部の野菜だけを盗み、大部分を残していったからいいようなものの、もし野菜が根こそぎ盗まれてしまえば、卯乃の一家は食べていけなくなる。

真夜中過ぎ、一郎と番を代わった文次郎が卯乃の家に戻ってくると、一郎の読んでいる本が雑然と置いてあった。

文次郎も人並みに読書はするが、一郎の読書量には及ばない。一郎は暇さえあれば本を読み、それを文次郎にも教えてくれるので、文次郎にとっては耳学問だけでも大いに役立っている。

一郎の持ってきた本をざっと見ると、学者の海防論や尊王攘夷の思想書が多い。その中に『伝習録』という本を見つけた。

――王陽明《おうようめい》か。

文に疎い文次郎も、さすがに王陽明という名くらいは聞いたことがある。

文次郎は寝転がると、『伝習録』なるものを開いてみた。

真剣に読むでもなく中をめくっているうち、「知行合一《ちこうごういつ》」という言葉が、度々出てくることに気づいた。

その前後の文脈から、文次郎はその意味を汲《く》み取った。

――「知って行わないことは、いまだ知らずも同じ」か。なるほど。つまり万物の理《ことわり》を究めただけでは道半ばで、実践が伴うことで初めて「知った」ことになるのだな。

文次郎にも、一郎の真意がようやく理解できた。

一郎は常々、「脱藩したい」と言っていた。だが加賀藩尊攘派が壊滅的な打撃をこうむった今、何の伝手《つて》もなく脱藩したところで、食べていくのもままならず、志士活動などできるはずがない。それゆえ、千秋順之助や不破富太郎ら第一世代に続く第二世代の杉村や陸でさえ、脱藩の挙に出ていない。

だが一郎は、脱藩という挙に出て殻を打ち破らないことには、尊王攘夷思想を実践することにはならないと思っているのだ。

——志士活動なるものは、受け入れ基盤のある西国の連中のすることだ。

加賀藩尊攘派の若者の多くは、脱藩しない理由として、よくそう言っていた。むろん文次郎も、その言い訳の仲間入りをしていた。

——福岡さんがいたら、どうしていたか。

それを一郎に問えば、「脱藩しているに決まっている」と答えるだろう。だが文次郎は、福岡が藩を挙げて尊王攘夷の魁《さきがけ》と化すことに力を注いでいた気もする。

そんなことを思っていると、睡魔が襲ってきた。

——次の交代時間まで寝ておくか。

文次郎が手枕で横になった時だった。外が騒がしくなると、戸をどんどんと叩く音が聞こえてきた。

慌てて飛び起きると、一郎の声がした。

「文次郎、わしだ。盗人を捕まえたぞ!」

「分かった。今行く」

「文次郎さん」

卯乃が起きてきたが、「奥にいなさい」と制してから、文次郎は引き戸のつっかい棒を外した。

次の瞬間、後ろ手に縛られた男が、土間に投げ入れられた。

「この盗人め！」

一郎が足蹴《あしげ》にする。

「よせ。あっ、まだ小僧ではないか」

灯《あか》りの下で顔を見ると、その盗人は少年だった。

「こいつはまいった」

一郎が頭をかく。相当、殴りつけたのか、顔が腫《は》れ上がっている。

「一郎さん、乱暴はいけません」

卯乃が走り寄り、縄を解こうとする。

「よせ、逃げるぞ」

「この子は気を失っています」

盗人の少年は、何事かを呟《つぶや》きながら朦朧《もうろう》としている。

「何と言っておる」

文次郎が少年の口元に耳を寄せる。

「なるほど、そうか」

「だから何と言っておる」

苛立《いらだ》つように一郎が問う。

「腹が減ったと繰り返しておる」

三人は顔を見合わせて笑った。

翌朝、少年が目を覚ました。慌てて逃げようとしたが、卯乃の姿を見て安心したのか、すぐに観念して大人しくなった。

勘一をはじめとした卯乃の子らは寝室の襖《ふすま》を細く開け、興味津々といった眼差《まなざ》しで、居間に寝かされた少年を見ている。

「飯ができたぞ」

文次郎が膳《ぜん》を置くと、一郎と卯乃が食事を運んできた。それを見た少年は目を丸くしている。

起き上がって蒲団《ふとん》を畳んだ少年は、正座して頭を下げた。

「おはようございます」

「盗人が『おはようございます』とは驚いた」

一郎が高笑いする。

「遠慮なく食べなさい」

卯乃にそう言われても、少年は三人の顔を代わる代わる見るだけで、箸《はし》を取ろうとしない。

「遠慮は要りません。まずはお腹を満たしてから話を聞かせて下さい」

卯乃が笑みを浮かべて言うと、少年はこくりとうなずき箸を取った。

山盛りの麦飯をかき込む少年の姿に、三人から笑みが漏れる。それでも茶碗《ちゃわん》一杯食べ終わると、少年は箸を擱《お》いて一礼した。

「ごちそうさまです」

「おい、遠慮するな」

「いえ、とてもおいしいのですが、これ以上食べては、こちらの家に迷惑を掛けます」

「随分と気の回る盗人だな」

一郎の戯《ざ》れ言に二人が笑う。

少年は額を畳に擦り付けると言った。

「此度は申し訳ありませんでした」

「どうやら訳ありのようだな」

一郎がため息をつく。

「そなたの名は」と文次郎が問う。

「譲吉《じょうきち》と申します」

少年の受け答えは、農民とは思えないほどしっかりしている。

「どこから来た」

文次郎が問うと、一瞬躊躇した後、譲吉は答えた。

「城下の梅本町《うめもとちょう》におりましたが、今は笠舞《かさまい》にいます」

「ということは、そなたの家は武士か」

「はい。父は壮猶館に出仕する漢方医の高峰精一《たかみねせいいち》です」

三人が顔を見合わせる。

「ということは、そなたは確か長崎にも行っていたな」

「はい。十二歳の時に一年間、藩費で留学させていただきました」

「その俊才が、どうして盗人などする」

「話せば長くなりますが――」

譲吉によると、母親の実家は高岡で有数の造り酒屋の「鶴来屋《つるがいや》」だった。その関係から祖父が麹《こうじ》の改良を藩から委託され、麹を使った肥料作りに譲吉も携わっていた。

譲吉は自分たちの作った肥料がどれほど役立つかを試すべく、肥料を配りつつ領内各地の農家を回った。それで農民たちと親しくなった。

ところがこの頃、能登半島を中心に深刻な飢饉《ききん》が広がり、農地を捨てて流民と化す人々が続出していた。彼らは食べ物を求めて金沢城下に流入してきたので、藩は笠舞に「お助け小屋」を作って流民たちを収容し、粥《かゆ》の炊き出しなどの救恤《きゅうじゅつ》策を講じた。しかし流民は増える一方で、次々と病死していく。これに耐えられなくなった譲吉は、父の漢方薬を持ち出したため家を追い出され、以後、笠舞に住み着いているという。

ところが笠舞では、「お助け小屋」というのは名ばかりで、食べ物も十分に行き渡らず、子供がころころ死んでいく。それを見て思い余った譲吉は、夜になってから郊外まで出向き、農家の畑から野菜を盗んでは大八車に載せて「お助け小屋」に運び込んでいた。それでも一つの農家から盗む野菜は、わずかな量にとどめていたので、譲吉は連日連夜、郊外の農地を走り回らねばならなかったという。

二人は「お助け小屋」の存在は知っていたが、そこまで困窮しているとは知る由もなかった。

「このままでは、さらに多くの者たちが死にます」

「だからといって、他人のものを盗むのはいけないことだ」

文次郎が諭すように言う。

「仰せの通りです。面目次第もありません。ただ――」

「ただ、何だ」

「笠舞に食べ物を運ばないと、明日にも死んでしまう人たちがいるのです」

「困ったものだな。よいか、ここにいる卯乃さんたちも、それは変わらぬ。そなたが盗めば、卯乃さんたちが死んでしまうのだ」

「申し訳ありません」

譲吉が泣き崩れた。

「もう、こうしたことをしてはいけない」

文次郎が、さらに諭そうとした時だった。

「行ってみよう」と言いつつ、一郎が立ち上がった。

「行くと言っても、どこへ行く」

「ちょうどわれらは、これから金沢へ戻るところだ。今日も非番なので、それなら笠舞に寄っていこう」

「われらは笠舞には入れない。無理に入ろうとすれば牢に入れられる。それどころか、下手をすると斬られるぞ」

文次郎がたしなめる。

笠舞は、二人の住む寺町から南東に四半里（約一キロメートル）ほど行ったところである。二人が笠舞の惨状を知らなかったのは、流民たちを外に出さないようにするため、藩が笠舞の「お助け小屋」の周囲に柵《さく》をめぐらし、出入りを禁じているからだ。

「といっても、そなたは勝手に出入りしていたのだな」

一郎の問いに、譲吉が答える。

「入ることも出ることも、自由にできます」

「どうやって」

「蛇《じゃ》の道は蛇《へび》と言うではありませんか」

譲吉が初めて笑みを浮かべた。

四

窮民に扮《ふん》して「お助け小屋」の入口まで来ると、譲吉が「お頼申します」と声を掛けた。それを聞いて番所から出てきた門衛は、「早く入れ」と言わんばかりに三人を招き入れた。

譲吉と門衛は顔見知りらしい。「お助け小屋」の内情を垣間見る《かいま》ことのできる門衛たちは、その悲惨さに耐え切れず、見て見ぬふりをしてくれるのだ。

三人は菰《こも》で覆った大八車を引いて門をくぐった。むろんその中には、金沢に戻るまでの途次、道沿いの農家に事情を話して分けてもらった野菜が入っている。

竹矢来と幔幕《まんまく》が張り回してあるので外からは見えにくくなっているが、中に入った一郎と文次郎は、その有様に呆然《ぼうぜん》とした。

——こいつはひどい。

「お助け小屋」の中は地獄そのものだった。ぼろをまとっただけの人々が幽鬼のように列を成し、いつになるか分からない粥の配給を待っている。歩ける者はまだましで、地面に横たわったまま微動だにしない者や、死んでいるとしか思えない乳飲み子に乳を与えている女もいる。誰もが頬はこけて青白い顔をし、薄手の着物からは、あばら骨が見えていた。

一郎は飢饉の恐ろしさを思い知った。

「これこそ藩が見せたくない現世《うつしよ》なのです」

譲吉が怒りを込めて言う。

「ここには、どれくらいの人がいる」

「お助け小屋」が手狭なのは明らかで、小さな掘立小屋が数えきれないほどあり、路上で野宿しているとおぼしき人々も散見される。

「ここにいるのは五百から八百ほどです。やってくる人も後を絶たないのですが、ここにたどり着いたそばから死んでいくので、さほど数は増えません。あれをご覧下さい」

譲吉が指差す先には煙が一筋、空高く上っていた。

「まさか、あれは──」

「遺骸《いがい》を焼いています」

「知らなかった」

これまで幾度となく南東に立ち上る煙を見てきたが、遺骸を焼いている煙とは思わなかった。

「ここには施療する場所、いわゆる養生所はないのか」

「そんなものはありません」

「だとしたら、病人は死を待つだけではないか」

一郎は啞然とした。

「その通りです。われらのような者が、密《ひそ》かに持ち込む食べ物や薬だけでは、全く足りません」

「それでは、『お助け小屋』などと言っても名ばかりではないか」

いつもは冷静な文次郎も怒りをあらわにしている。

「どうして、こんなことになったのだ」

「すべての罪は年寄の本多様にあります。本多様は飢えた民を人と思わず、臭いものに蓋《ふた》をするかのように、ここに集めて外から隠蔽《いんぺい》し、死を待つだけにしているのです」

年寄筆頭の本多政均は、隠居した前藩主斉泰から執政の座を任され、実質的に藩政を牛耳っていた。斉泰の藩主時代から「お助け小屋」はあったが、こうした実態を、新藩主慶寧とその側近たちに見せないようにしてきたのだ。

「これでは死を待つどころか、死を促しているも同じではないか」

「仰せの通りです。本多様は、藩士や町人にこの現世を見せないようにしています。策らしい策はなく、ただ豊作を待っているだけなのです」

「そんな馬鹿な！」

「一郎、声が大きいぞ」

文次郎がたしなめる。

三人が奥に進んでいくと、すでに大八車に載せられているものが何か知っているのか、子供たちがぞろぞろ付いてくる。

しかし譲吉は「ここでは、ここの仕来《しきた》りに従わねばなりません」と言い、奥にいる男たちに車を託した。

「おい、よいのか」

「はい。仕方ないのです」

譲吉が小声で言う。男たちの体はがっしりとしており、さほど飢えているようには見えない。

「つまり此奴らは、ここを仕切っているんだな」

「はい。どこにも名主や頭目という者はいます」

こんな場所にも序列があり、利権を貪《むさぼ》る者たちがいる。女や子供は、彼らの残したものを分けて食べるしかないのだ。

——皆で平等に分ければよいものを。

一郎は怒りに打ち震えた。

「子供らに配ったらどうだ」

「そんなことをしたら袋叩きに遭いますよ。私も一度やられました」

それが、ここの仕来りなのだ。

「何とかならぬのか」

「藩が直接ここを仕切らぬ限り、無理です。せめて医師のいる養生所か役人のいる撫育《ぶいく》所《しょ》があれば、そこに食べ物を運び込み、彼らにうまく配分してもらうのですが」

譲吉がため息をつく。

養生所とは病院と医術研究所を兼ねた施設を、撫育所とは療養施設のことを言う。江戸に流れ込む人々に、ことさら厳しい幕府でさえ、窮民のために小《こ》石川《いしかわ》に養生所と撫育所を設けていた。

——加賀藩にできぬことではない。

財政難に陥っている加賀藩だが、養生所や撫育所を設けられないほど困窮しているわけではない。

「よし、やろう！」

「やろうと言っても、何をやるつもりだ」

文次郎が止めるより早く、一郎は男たちの引く大八車に走り寄ると、後ろから付いてくる子供たちに野菜を放り始めた。

「何をする！」

早速、男たちが走り寄ってくる。

「何用か！」

一郎の剣幕に恐れをなした男たちが、遠巻きになる。

それを見た文次郎も、野菜を放り始めた。大八車の野菜は瞬く間になくなった。

「おい、お前ら何をしている」

人垣の間から大柄な中年男が顔を出した。

「あんたは誰だ」

「ここを仕切っている夜叉《やしゃ》の権六《ごんろく》だ。お前らは何者だ」

「足軽の島田一郎」

「同じく千田文次郎」

「足軽だと──」

「平にご容赦を！」と言いつつ、権六という男の前に譲吉が転がり出た。

さすがに譲吉の身分は平士並なので、手をついたりはしないが、最下層の民に対して、かつてなら考えられない態度だ。

「譲吉、よせ」

「そうはいかぬのです」

そう言うと譲吉は詫《わ》びを入れ始めた。

「ぼんに頭を下げられたんじゃ、仕方ねえな。だがな――」

権六が凄みを利かせる。

「二度とこんなことをするんじゃねえぞ」

ところが一郎も負けていない。

「そなたが頭目なら、頭目らしくしろ！」

「何だと」

「皆を救うために死力を尽くすのが、上に立つ者の役目だろう」

「足軽の兄さんが何だってんだ」

その言葉に権六の配下たちが沸く。

「なせば成る、なさねば成らぬ何事も、成らぬは人のなさぬなりけり！」

「何を言ってるんだか、さっぱり分からねえが、さっさと出ていけ」

「言われなくても出ていくわ」

その言葉を聞いた権六たちは、薄ら笑いを浮かべて去っていった。

「譲吉、養生所や撫育所があれば、こうはならぬのだな」

「仰せの通りです」

「一郎、そうは申しても、われらにできることは限られている」

文次郎が冷や水を浴びせる。

「足軽だからか」

一瞬、躊躇した後、文次郎ははっきりと言った。

「そうだ」

「おぬしは、足軽だから何もできぬと言うのか」

「ああ、われらにできることは限られている。せめて卯乃さんとその家族の面倒を見ることくらいしか、われらにできることはない」

その時、譲吉の冷めた声が聞こえた。

「皆、同じですね」

「何が言いたい」

「われわれは皆、身分制度で縛られています。だけど縛っているのは藩でしょうか。われわれ自ら縛られたがっているのではありませんか」

譲吉の声音が強くなる。

「大人たちは、私ら若い者が何かやろうとすると、『そんなことは無理だ。駄目だ。藩の許しが出ない』と言います。しかしそれは、自分がやりたくないことの言い訳にすぎないのではないでしょうか」

「そうかもしれん」

文次郎が頭《こうべ》を垂れる。

「もう、大人たちの言い訳を聞くのはうんざりです」

「しかしな――」

譲吉を諭そうとする文次郎を制し、一郎が言った。

「そなたの申す通りだ」

「一郎、何を言う」

「この世は、すべて言い訳でできている。もうわしも耐えられん」

「では、一郎さんには、この現世を変えられるのですか」

「待て」と文次郎が割って入る。

「物事には順序がある。こうした実態をまずは組頭に――」

「そんな悠長なことでは間に合わぬ。ここでは日々、人が死んでいるのだ」

「一郎、おぬしという男は――」

「おぬしには迷惑を掛けぬ。わし一人でやる！」

一郎の心の中で、一つの考えが凝固《ぎょうこ》しつつあった。

「譲吉、唐国《からくに》の偉い学者に王陽明という人がいた」

「おうようめい、と」

「そうだ。その学者は『知行合一』という言葉を唱えた」

一郎は譲吉に、その意味を教えた。

「学ぶだけでは足らぬ。自ら学んだことを行動に移し、この世を変えていかねばならぬ」

「その通りです。そのためには具体的な計画が必要です」

「け、い、か、く、だと」

聞きなれない言葉なので、一郎が問い返した。

「いわゆる策のことです。洋学では観念や志だけでなく、それを具現化する方法まで考えよと教えます」

「それを計画と言うのか。つまり、そなたには何がしかの計画があるのか」

「もちろんです」

「聞かせろ」

「お城の北東一里の地に、卯辰山《うたつやま》という丘があります」

譲吉の話を聞きながら、己のするべきことが明確に輪郭を帯びてきた。

五

慶応三年十一月に京都から国元に戻った慶寧は、「三州自立割拠」策を軌道に乗せるべく、西洋式軍制への転換を図り始めた。そのため打木浜で砲術訓練を、泉野《いずみの》練兵場で射撃訓練を見学するなどして、本気であることを示そうとした。

翌慶応三年になると、さらに力を入れ始め、鈴見《すずみ》鋳造所や牛坂《うつさか》弾薬所といった軍需品の製造施設を視察し、七尾《ななお》港の出崎《でさき》に造られた七尾軍艦所まで出向き、「梅鉢《うめばち》海軍」の操練を見学するなどした。

ちなみに加賀藩の海軍は、家紋が梅鉢のため他藩から「梅鉢海軍」と呼ばれていた。すでに加賀藩は、李百里《りひやくり》丸という新鋭蒸気船を買い入れていた。これにより、長らく加賀藩の旗艦を務めた錫懐《しんかい》丸（発機《はっき》丸）と共に「梅鉢海軍」の蒸気船は二隻となった。これらは購入すれば済むわけではなく、燃料費や維持費はもとより、航海術や測量術といったものを学ばせるために若者を江戸の軍艦所まで派遣せねばならず、その維持費用は、藩財政を傾けるほど莫大《ばくだい》なものになっていた。

それでも慶寧は海軍創設に情熱を傾け、後に猶龍《ゆうりゅう》丸という蒸気船を一隻追加し、最終的に「梅鉢海軍」を汽走艦（蒸気船）三、木造帆船三の六隻の体制にまで育て上げる。

慶応三年三月初め、慶寧が壮猶館にやってきた。

この頃の壮猶館では、砲術や航海術はもとより、天文術、洋算術、西洋医術など様々な西洋の学問を教えるまでになっていた。

この日、文次郎は多くの銃兵と共に鉄砲の操練を慶寧に披露し、それが終わって銃庫で後片付けをしていた。すると遠くで怒鳴り声と人々の走り回る音が聞こえてきた。

何事かと思い、その場にいた数人と外に出てみると、校舎前の調練所に人だかりができ、多くの人々が駆け寄っていく。

文次郎たちもそれに続くと、年寄や家老を引き連れた慶寧の前で、「上」と書かれた上書《じょうしょ》を掲げ、拝跪《はいき》している男がいる。

それが誰かは、言わずと知れていた。

——あの馬鹿が！

これで一郎の切腹と家名断絶は確実となった。

「意見、奉《たてまつ》り候！」

一郎が喚《わめ》くと、慶寧を庇《かば》うように立ちはだかっていた年寄筆頭の本多政均が進み出た。

「無礼者！」

「意見、奉り候！」

一郎が繰り返す。周囲は息をのんで一郎と本多を交互に見ている。

「そなたは足軽だな。己が何をしているか分かっておるのか！」

太刀袋の紐《ひも》を解くと、本多が白刃を抜いた。

「おおっ」というどよめきが巻き起こる。

——一郎、何てことを。

文次郎は足がすくみ、その場の成り行きを見守るしかない。

「無礼打ちにいたす!」

太刀を振り上げようとする本多を、慶寧が制した。

「待て」

「加賀守様、この者の話を聞くのはなりませぬぞ。聞いてしまえば、この者に倣う者が続きます」

江戸時代、大名行列に上書を掲げて何事かを訴える直訴は即刻、無礼打ちとされ、その代わりに、上書に目を通してくれるという慣例があった。つまり直訴は、命を賭《と》してのことなのだ。

この場合、足軽とはいえ藩士の直訴だ。無礼打ちにはされないまでも、切腹や家名断絶などの相応の処罰が下されるのは間違いない。

本多が慶寧の前に立ちはだかる。

「なりませぬ」

「それを決めるのはそなたではない。藩主のわしだ」

慶寧が冷めた声音で言う。尊攘思想に傾倒する慶寧は、佐幕派の本多とは折り合いが悪い。

「仰せの通り。しかし家中には定めがあります。この者の上役、さらに取次役を通さず藩主様に上訴することを許せば、家中の序が乱れます」

「それを決めるのも、わしではないのか」

その言葉を聞いた本多は、苦虫を嚙《か》み潰《つぶ》したかのような顔をすると、「では、ご随意に」と言って太刀を鞘《さや》に戻し、慶寧の背後に控えた。

「そこの者」

「はっ」

「上書を受け取る」

その言葉を聞いた近習の一人が一郎に走り寄り、上書を受け取るや、三間ほど離れたところに立つ慶寧に渡した。

落ち着いた素振りでそれを開いた慶寧は、ゆっくりと黙読した。

――まさか、あのことか。

文次郎は、ようやく一郎が何を訴えたいのか気づいた。

「これは真《まこと》か」

「はい。間違いありません。それゆえ何卒《なにとぞ》、共に『お助け小屋』に行き、実見いただきたく――」

さすがの一郎も藩主を前にして、顔が上気して言葉が上ずっている。

「播磨守」

慶寧が本多政均を呼ぶ。

「ここに書かれていることは真か」

本多が上書を手早く読む。

「全くの虚言に候。われらは助けを求める者たちを手厚く遇しております」

「それは、ここに書かれてあることとは違う。ここには食べ物も薬も与えず、死ぬに任せているとあるぞ」

「そんなことはありません。いかにも死ぬ者もおりましょう。しかし――」

「国家の基は――」

本多の言葉にかぶせるように一郎が割って入る。

「国家の基は民にあり。民なくして国家は成り立ちません。つまり国家が、まず取り組まねばならぬものは『経世済民《けいせいさいみん》』です。ところが、わが家中は多くの資金を洋式軍備に割き、民を顧みようとしません」

「この無礼者が！」

本多が腰の物に手を当てるが、それを制するように慶寧が言った。

「最後まで話を聞こう」

「はっ。まず笠舞にある今の『お助け小屋』は、たいへん手狭です。それゆえ新たな土地を開拓し、そこに養生所と撫育所を造り、手助けを必要とする民を救うべきです」

周囲にいる者たちは咳《しわぶき》一つせず、成り行きを見守っている。

「別の場所にそれらの施設を造れと、そなたは申すか」

「仰せの通り」

慶寧の問いに、澱《よど》みなく一郎が答える。

「お城の北東一里の場所に卯辰山という丘があります。あの周辺には農地もなく荒蕪地《こうぶち》と化しています。卯辰山を開拓し、養生所と撫育所を建設すべきかと」

「なるほど。もう場所まで考えているのだな」

「はっ、これはそれがしというより、高峰譲吉なる者の発案に候」

「高峰譲吉とは――」

側近が耳元で、それが誰かを伝える。

その時、皆の視線が一人の男に向けられた。

譲吉の父とおぼしき男が、その場に正座して頭を垂れた。

「申し訳ありません」

「そなたが高峰譲吉とやらの父か」

「はっ、何とお詫びを申し上げていいか――。この腹に代え、何卒息子のことをお許し下さい」

高峰が腹をくつろげようとする。

「そなたは立派な息子を持ったな」

「何と――」

高峰は啞然とした後、その場に突っ伏して感涙に咽《むせ》んだ。

「譲吉はどこにいる」

「藩主様のお越しを笠舞で待っております」

一郎が胸を張って答える。

「分かった」

慶寧があっさり言う。

「これから笠舞に行く」

「あっ、それは――。お待ちあれ」

本多の言葉にかぶせるようにして、一郎が大声を張り上げた。

「ありがたきお言葉！」

「そなたの名は――」

「足軽の島田一郎に候！」

「よし、共に行こう」

慶寧が駕籠《かご》に向かう。

駕籠に半身を入れた慶寧が、振り向きつつ言った。

「島田とやら、わが駕籠横を駆けながら、もっと話を聞かせろ」

「はっ、ははあ」

一郎が嬉々《きき》として駕籠横に控えた。

文次郎が唖然とする中、一行は土煙を蹴立てて去っていった。

笠舞の「お助け小屋」に入った慶寧は、譲吉の案内で窮民たちの惨状をつぶさに実見した。慶寧は「聞いていた話と違う」と繰り返し、自らの不明を恥じた。

この後、御側衆に諸状況の検討を命じた慶寧は六月、卯辰山に養生所と撫育所を建設する断を下した。

一郎は譲吉と共に、この事業の総責任者に任命された内藤誠左衛門《ないとうせいざえもん》の下に付き、現場の差配役となった。

一郎は率先して山を崩して土を掘ったので、その熱気に煽《あお》られた人夫たちも懸命に働いた。それを知った下級武士や町人も手伝いに馳《は》せ参じ、同年十月、第一期工事が終わり、窮民を収容できるまでになった。

この事業は城下の町人たちが無償で労働力を提供したこともあり、女子供までもが参加し、冥加人夫（無償で働く人）だけで四、五万人にも及んだという。

その結果、卯辰山は「万民和楽の象徴」とまで謳《うた》われるようになる。

――なせば成る、か。

一郎の手伝いで卯辰山を訪れる度に、文次郎にも感じるものがあった。

――これまでの常識で無理だと思われることも、岩をも通す一念があれば実現できる。

文次郎は一郎を通して、新しい時代の到来を感じていた。

その後、卯辰山には、養生所や撫育所のほかにも多くの生産施設が建設された。社会事業施設や産業振興施設として、町人の子弟の教育機関である「卯辰山修学所」

はもとより、生産局の産物会所が置かれ、織物、瓦《かわら》、陶器、漆器《しっき》、綿、紙、顔料《がんりょう》、油、蠟《ろう》といった多種多様な産物が取り扱われるようになる。養生所には、種痘《しゅとう》所や薬草園まで併設された。

これらを授産施設としても機能させるべく、窮民には習字や算術まで習わせ、働きによって賃金を払った。

また茶屋、寄席、芝居小屋といった娯楽施設も併設され、卯辰山は多くの人々の憩いの場となっていった。というのも慶寧は、卯辰山開発事業を「三州自立割拠」策の象徴的存在に育て上げようとしていたからだ。

さらに舎密局《せいみきょく》と呼ばれる化学薬品製造所が設立され、その初代総理に高峰精一が指名された。

高峰は漢方医だったが、西洋の化学も熱心に学んでいたことから抜擢《ばってき》され、譲吉もその下で働くことになった。譲吉は父を手伝うことを出発点として、化学者としての道を歩んでいく。

後に譲吉は、多くの日本人が胃に疾患を持ち、それに起因して死亡していることに気づいた。米国に渡って研究を重ねた譲吉は、「タカジアスターゼ」と呼ばれる世界初の消化酵素剤の発明や「アドレナリン」の抽出に成功し、ホルモン学の道を開いた。これらの薬は世界に普及し、譲吉は特許収入だけで推定三千万ドル（約六兆円）もの資産を築いた。

譲吉はその晩年、すべての私財をなげうって「国民科学研究所」の設立に奔走する。大正十一年（一九二二）七月、譲吉は志半ばにして病死するが（享年六十九）、その遺志は同郷の帝大教授・桜井錠二《さくらいじょうじ》や渋沢栄一《しぶさわえいいち》によって理化学研究所（理研）の創設として結実する。

化学者として事業家として、また慈善家として、譲吉はその死後、世界的な名声を博することになる。

六

慶応三年十月十四日、大政が奉還された。

これは慶寧と加賀藩にとって、寝耳に水の事態だった。

慶寧としては薩長両藩の武力倒幕論には与しないものの、幕藩体制が新たな時代に対応していけないのは明らかなので、新体制を創出していかねばならないとは思っていた。だが、それは緩やかに推移していくものと思い込んでいた。というのも幕府の財力と兵力は豊富で、軍備の洋式化率も極めて高く、薩長両藩に代表される西国諸藩は、幕府と何らかの妥協をしながら新体制を模索していくしかないと思っていたからだ。

十月中旬から下旬にかけて、朝廷から上洛命令が発せられ、慶寧は上洛を決意する。だが見通しのないまま政争に巻き込まれることを嫌い、まずは本多政均を先行させ、情報を収集させることにした。

この上洛命令は諸藩に対しても出されたが、藩主が上洛したのは薩長寄りの十七藩しかなく、大半は加賀藩同様、「様子見」を決め込んでいた。

この時、文次郎は本多隊の一員として上洛し、京都と大坂の間にある橋本関門の守備に就いた。

京都にいる本多らも懸命に情報を集めていた。それによると、薩長両藩の唱える倒幕論は鳴りを潜め、土佐《とさ》藩の唱える公議政体論が主流を占めつつあり、前将軍慶喜も、その枠内で自分の指導的地位を確立するという方針でいるらしい。つまり、このまま事態が推移していけば大きな兵乱はなく、平和裏に政権の移譲が行われるというのだ。それゆえ御所の警備と治安維持に当たるため、慶寧は上洛を決意した。

十一月二十九日、出発にあたって慶寧は、国元に残る重臣たちに「意外の異変に遭遇するのは覚悟している」と述べ、国元にも不測の事態に備えるよう言い置いていった。

ところが慶寧が上洛した当日の十二月九日、薩長両藩を中心とした倒幕派は巻き返しを図り、御所を封鎖して王政復古の大号令を発した。さらに前将軍の慶喜に、辞官納地を申し渡すという暴挙に出る。

前将軍の慶喜は大政奉還までしたのだから、新政府の中心の座（議定職《ぎじょう》）に就くことは当然だと思っていた。ところが突然、政変を起こされて辞官納地を申し渡されたのだ。

両陣営に緊張が走り、軍事衝突の可能性は日増しに高まっていた。

十二日、慶寧は慶喜に対し、「戦争になっても加賀藩は中立を保つ」と伝え、大坂城への退却を勧めると、急ぎ帰国の途に就いた。これにより慶寧の京都滞在は、わずか三日で終わった。

文次郎ら橋本関門の守備に就いていた加賀藩士たちも、これに従って撤収した。

慶寧は、かつてのように中央政局に関与することよりも、「三州自立割拠」策にこだわるようになっており、それがこの退京の早さにつながっていた。

一方、将軍慶喜は、いきり立つ会津藩士らをなだめて大坂城に移った。これにより、双方の武力衝突はなくなったかに思えた。

慶応四年（一八六八）が明けた。この年は九月八日に改元され、明治元年となる。

慶喜が大坂に退去することで、一時は緩和されるかと思われた両陣営の緊張だが、江戸で庄内《しょうない》藩兵による薩摩藩邸焼き討ち事件が勃発《ぼっぱつ》し、大坂城内は騒然となった。結局、「討薩表」を掲げた数千の旧幕軍が京都を目指すことになり、新年早々、両軍は鳥羽《とば》・伏見で衝突する。ところが、この戦いに旧幕軍、すなわち徳川方は大敗を喫する。

それでも加賀藩内では、徳川方の有利は動かないという意見が多く、いざとなれば徳川方に与するという方針で出兵が決定される。むろんその裏では、隠居の斉泰の意向が働いていた。

一方、十九日、江戸に戻った慶喜は、老中や旗本を前にして謹慎恭順を貫くことを宣言し、二月十二日には江戸城を出て上野寛永寺《うえの》に入った。

これに対して新政府軍は二月二日、東征の大軍議を開き、東海《とうかい》・東山《とうさん》・北陸《ほくりく》の三道から江戸に迫ることに決した。

目まぐるしく変転する政局に加賀藩は混乱したが、同月五日、東征軍の先鋒《せんぽう》となることを請願し、遂《つい》に徳川家と決別することにした。

この頃、江戸では、慶喜の方針に不服を唱える彰義隊《しょうぎたい》、榎本武揚《えのもとたけあき》率いる旧幕府海軍、大鳥圭介《おおとりけいすけ》率いる旧幕府軍伝習隊、そして新選組《しんせんぐみ》などが、徹底抗戦の構えを見せていた。

また東北地方でも、会津藩を中心に抗戦の気運が高まってきていた。これが後の奥羽《おうう》越《えつ》列藩同盟へとつながっていく。

このような情勢から、新政府としても加賀藩には、北陸戦線の主力として働いてもらいたいと考えていた。

三月、北陸道先鋒総督に率いられた鎮撫軍が金沢に入ることで、いよいよ加賀藩も幕末の荒波に巻き込まれていく。

同月、永牢《えいろう》や配流に処されていた尊攘派に対する赦免が行われ、堀四郎左衛門らが金沢に帰還した。この時、文次郎の義姉婿の澤田百三郎も戻ってきた。


「いよいよだな」

一郎は興奮を抑えきれず、飯をかき込むのももどかしい。

「そんなに急いで食べると、むせますよ」

文次郎の義理の姉で澤田百三郎の妻の糸が、笑みを浮かべてたしなめる。

百三郎が帰ってきてから、糸は本当に幸せそうに見える。

「うちの飯よりもうまいので、つい慌てて食べてしまうのです」

一郎がおどけて言うと、共に食卓を囲む百三郎、糸、文次郎、文次郎の養母のヨネが一斉に笑った。

「でも心配だねえ」

ヨネが一郎の碗に飯を盛りながら言う。

「心配など要りません」

一郎は確信を持って言った。

「天朝に逆らう藩などありません。会津や庄内といった旧佐幕派諸藩も、藩境に錦旗《きんき》が翻れば従うはずです。つまりわれらが出征しても、旧幕軍の残党を蹴散らす程度で、さほどの戦にはならぬはずです」

一郎とて敵と戦うことを楽しみにしているわけではない。ただ、天皇を中心とした新政権を認めない者たちと戦うことは辞さないつもりでいる。

「だがな――」

百三郎が心配そうに言う。

「堀様とも話し合ったのだが、今の形勢は決して楽観できるものではない。薩長主導の新政府は、絶対的な権力を確立したいはずだ。そのためには内戦が必要だと思っている」

文次郎が問う。

「ということは、此度の出征は大戦《おおいくさ》になると仰せですか」

「それは分からん。薩長が低姿勢で『共に手を取り、新たな国を築こう』と言うのなら、会津藩らも歩み寄るかもしれん。だが薩長は、自分たちだけで権力を独占したいはずだ。となれば大戦は避けられぬ」

「それを、われらが抑えるのです」

一郎が胸を張って続ける。

「百万石の加賀藩が間に立てば、大方の話は片が付きます」

「一郎、もはや、さような時代ではないのだ」

「しかし、われらは──」

「加賀藩は、新たな世の先頭には立っていない。われらに何ができるのか。何をなすべきかは、これからの形勢次第だ」

「では、薩長ごときに尻をつかれ、われらが会津や庄内征討の先頭に立たされるのですか」

「それもあり得る」

「われらは──、われらは百万石の大藩ではありませんか」

「もはや、そういう時代ではないと言っているであろう。薩長の言うことが気に入らないからといって、兵を引くなどすれば、われらは朝敵とされて諸藩から袋叩きにされる」

「そんな理不尽が――」

「理不尽だろうが何だろうが、今は薩長の言うことを聞かねばならんのだ」

一郎には、百万石の加賀藩が薩長両藩の風下に立つなど信じられなかった。

文次郎が唇を嚙み締めつつ言う。

「一郎、それが時の流れなのだ。われらは天朝をお守りしていくしかない」

「それは天朝ではない。薩長の新政府だ！」

百三郎が諭すように言う。

「だが薩長は玉《ぎょく》を握っておるのだ。玉を握ったものが天朝になり、錦旗を掲げられる」

「薩長はわれらの主なのか！」

一郎が口惜しげに膝を叩く。

「今更、言っても仕方ないことだが、藩内の弾圧により千秋様らが切腹に処された時、われらの立ち位置は決まったのだ」

かつて加賀藩尊攘派の中心となっていた千秋順之助、不破富太郎、大野木仲三郎、青木新三郎、そして福岡惣助らが、前藩主斉泰の命によって死を賜ったことが、加賀藩にとって大きな痛手となっていた。

堀四郎左衛門を筆頭に、かつての尊攘派藩士たちは赦免されたものの、彼らは慶寧の御側衆であり、他藩の尊攘志士たちと深い付き合いをしてはいない。

「つまり、われらは新政府とのつながりが薄いというわけですね」

文次郎が問う。

「そういうことだ。あの時の弾圧がすべてを決したのだ」

「原因は御老公と本多様にある」

一郎のつぶやきを百三郎が聞きとがめた。

「一郎、さようなことを言ってはならぬ。お二人とて、あの時は加賀藩によかれと思ってしたことだ」

「では、福岡さんに生胴などという苛酷《かこく》な刑を下したのも、加賀藩のためを思ってのことですか」

確かに、福岡が生胴ではなく切腹であっても、あの時、幕府から文句は出なかったはずだ。だいいち福岡の生死など、幕府は気にも留めていなかったに違いない。

「一郎、お上を批判してはいけない」

「しかし本多様や長様といった年寄は、かつては佐幕であったにもかかわらず、今は新政府に唯々諾々と従い、藩の中心に居座り続けています。せめて尊攘派の家老衆に執政の座を譲るというのが筋ではありませんか」

家老衆の中には、以前から尊王攘夷を唱えているものが少なからずいた。横山政和《よこやままさとも》や横山外記らだ。しかし本多政均や長連恭（同年四月に急死）といった、かつての佐幕派だった年寄たちは権力を握って放さず、薩長新政府との外交も独占し、新たな人脈を築きつつある。こうした姿勢に反発する者が、藩内には少なからずいる。

「よろしいか」と一郎が板敷を叩いて続ける。

「本多様や長様は藩主様に『三州自立割拠』を説くことで、藩主様と御側衆の外交力を弱め、その間に自分たちは薩長との間に人脈を築き、新時代にも、なくてはならぬ存在になろうとしているのですぞ！」

薩長両藩としても、加賀藩の軍事力をそのまま手にしたいので、かつて佐幕派だった本多らが頂点にいることに不満はない。

「もうよい！」と怒鳴ると、百三郎は裏庭に出ていった。

「申し訳ありません」

一郎は頭を下げた。他人の家に上がり込み、飯を馳走《ちそう》されたにもかかわらず、議論を吹っ掛けたのだ。一郎は申し訳ない気持ちでいっぱいになった。

「おぬしの言うことは尤《もっと》もだ」

「そうか。おぬしもそう思うか」

文次郎の言葉に、「わが意を得たり」とばかりに一郎が膝を打つ。

「だがな、本多様や長様が変わらず執政の座に就いていることで、藩論が統一できているという一面もある」

旧来の指揮系統を残すことにより、加賀藩が円滑に新時代に対応しているのも事実だった。ここで年寄が交代し、尊攘派の家老たちが執政となれば、それはそれで藩内は混乱し、反対分子が生まれてくるかもしれない。

「一郎、笠舞にいた権六を覚えているか」

「ああ、忘れはしない」

「あやつも本多様も変わらぬ。既得権益を築き、それを営々と守っているだけだ」

「確かに、その通りだ」

「それを汚いと考えるか否かは、それぞれの立場による。一概に何が正しく何が間違っているとは言いきれぬのだ」

文次郎の言葉には説得力があり、一郎に返す言葉はなかった。


四月六日、京都祇園の料亭で加賀藩の在京藩士と長州藩との間で会合が持たれた。在京藩士と言っても、本多政均、前田直信《なおのぶ》、横山政和といった年寄や家老たちだ。一方の長州藩は、木戸《きど》孝允《たかよし》（桂小五郎《かつらこごろう》）、広沢真臣《ひろさわさねおみ》、大村益次郎《おおむらますじろう》といった面々で、この時の会合により、加賀藩と長州藩は手を結んだ。だが後に木戸は、日記に「今會其人の不見を歎ず」（今回、あの方々と会えなかったことを歎じている）と記しており、かつて「高誼《こうぎ》（厚誼）を受けた」千秋順之助や大野木仲三郎の不在を嘆いている。

一方、同月十一日、江戸城は無血開城されたが、それに不満を持つ者たちの多くは、北関東から東北を目指して落ちていった。

十五日、朝廷から正式の出兵命令を拝受した加賀藩は、小川仙之助《おがわせんのすけ》と簑輪《みのわ》知太夫《ともだゆう》の二人が率いる部隊を北越へと送り出した。この二つの部隊は銃隊を主力としており、後装式の短エンピール銃を標準装備している。

文次郎と一郎は共に出征を志願し、それぞれ小川隊と簑輪隊の伍長代《ごちょう》に任命された。伍長代とは分隊長代理のことで、十人程度の銃兵を率いている。同時に百三郎は伍長、すなわち分隊長となり、二十人ほどの兵を率いることになった。

文次郎は二十二歳、一郎も二十一歳にすぎないが、早くから壮猶館に学び、銃の扱いにも慣れていたので、一兵卒ではなく下士官とされたのだ。

十九日、薩摩・長州・加賀・富山《とやま》・高田の五藩から成る北陸道鎮撫軍は、越後高田で合流を果たした。この時、加賀藩の兵力は後続部隊を含め千五百に達し、官軍側となった北陸十三藩の中で最大兵力となっていた。

東海道・東山道両方面にも兵を出しているため、薩長両藩は、それぞれ七百四十、五百七十という兵力にすぎない。そのため両藩は、加賀藩を頼みとするところ大だった。

北陸道鎮撫軍の総督は公家《くげ》だが、その実質的司令官である参謀は、薩摩の黒田清隆《くろだきよたか》と長州の山縣有朋《やまがたありとも》で、加賀藩先鋒隊を率いる隊長たちは副官にも指名されなかった。

新政府軍は、高田で山道軍と海道軍の二つに軍を分かった。山道軍は小千谷《おぢや》を占領した後、長岡《ながおか》へと向かい、海道軍は桑名藩の飛び地のある刈羽《かりわ》郡柏崎《かしわざき》を制圧した後、小千谷を経て山道軍と共に長岡城攻略を目指すという作戦だ。加賀藩兵は海道を進む部隊の先鋒を任された。

閏《うるう》四月二十日（この年は四月の次に閏四月が来る）、会津藩が白河《しらかわ》城に入ることで東北戊辰戦争が始まった。同日、仙台《せんだい》藩も奥羽鎮撫総督府の下参謀である長州藩士・世良《せら》修蔵《しゅうぞう》を暗殺し、総督の九条道孝《くじょうみちたか》を拘禁することで新政府軍に反旗を翻した。

二十二日には、奥羽列藩同盟が産声を上げる（正式調印は五月三日）。盟主は仙台藩で、加盟した藩は奥羽二十五藩に及んだ。この同盟には後に北越六藩も加わり、三十一藩による奥羽越列藩同盟へと発展していく。

加賀藩士たちの予想を裏切り、東北諸藩は徹底抗戦の道を選んだのだ。

海道を進む新政府軍は加賀藩兵を中心にした二千五百余で、これに対して列藩同盟軍は桑名藩を主力にした五百五十余だ。

同盟軍は柏崎の西一里余（約四キロメートル）にある鯨波《くじらなみ》に胸壁や堡塁《ほうるい》を築き、新政府軍を迎撃する構えを見せていた。

そして二十七日、遂に戦いの火蓋が切られる。

七

突然の砲声に、文次郎の体は強張《こわば》った。

――いよいよ始まったのか。

草の上に体を伏せた文次郎が、おずおずと顔を上げると、近くにいる者たちも、同様の恰好《かっこう》で顔を見合わせている。

「足を止めるな。前進せよ！」

隊長の小川仙之助の怒鳴り声が、後方から聞こえる。

「文次郎、行くぞ」

義兄の澤田百三郎が文次郎の背を叩く。百三郎が同じ隊に配属されていることが、どれだけ心強いか分からない。

一郎は二の手の簑輪知太夫隊に配属されているので、まだ後方にいるはずだ。

再び砲声が轟《とどろ》く。文次郎は反射的に体を伏せた。百三郎も同じように伏せたが、誰よりも早く立ち上がった。

「あれは山の向こう側の北国街道方面への砲撃だ。われらは前へ進もう」

「わが方の援護射撃はまだですか」

「もうすぐ始まるはずだ」

夜は明け始めていたが、雲が低く垂れこめ、今にも雨が降り出しそうだった。

慶応四年（一八六八）閏四月二十七日の未明、加賀藩は慶長二十年（一六一五）の大坂の陣以来、二百五十三年ぶりの戦闘を始めようとしていた。

その加賀藩軍を主力とする新政府軍は、敵方の桑名藩領柏崎を攻略すべく、桑名藩兵が防衛線を張る鯨波に迫っていた。

新政府軍は、北国街道を進んで鯨波を目指す長州・薩摩・高田・富山・長府《ちょうふ》藩軍で編制された主攻部隊と、街道の海側に屏風《びょうぶ》のように屹立《きつりつ》する東の輪《とうわ》という丘陵を攻略する使命を帯びた加賀藩軍に分かれていた。

空が明るくなってきた。遮蔽《しゃへい》物のない海岸線沿いの道を進まず、東の輪の麓《ふもと》を進んだ加賀藩兵は、東の輪の中腹に砲台が築かれているのを見つけた。

小川隊長が立ち上がるや、手にした軍配を振る。

「全軍突撃！」

小川隊長自ら先頭を駆けていくので、後に続かないわけにはいかない。

文次郎は猪目《いのめ》の合い印の入った尖笠《とがりがさ》を深くかぶると、遮二無二走った。

死の恐怖が腹の底から湧き上がってくる。敵の砲弾が自分にだけ当たるような気がする。だが駆けねばならない。自分が前進しないことには、部下も付いてこないからだ。

やがて敵砲台の閃光《せんこう》が見えてきた。次の瞬間、砂浜の方で爆発音が轟くと、砂が十尺（三メートル余）ばかり盛り上がった。

足がすくみ、頭がくらくらする。それでも走るしかない。

続いて断続的な銃声も聞こえてきた。

――こいつはいかん。

思わずその場に伏せると、百三郎に首根っこを摑まれた。

「文次郎、敵の射程には入っておらぬ」

確かに敵の砲弾は、加賀藩兵のいる位置より、かなりそれている。銃弾に至っては、ただ撃っているだけで威嚇にもなっていない。

「申し訳ありません」

再び駆け出すと、今度はほんの十間ほど先で砲弾が炸裂《さくれつ》した。絶叫を残して何人かが吹き飛ばされる。体が四散したのか、手足が宙を飛んでいるのが見えた。

――これが戦場か。

負傷した者もいるらしく、痛みを訴える苦悶《くもん》の声も聞こえてくる。

いつの間にか降り出した雨が顔に当たり、前がよく見えない。

そうした中、運を天に任せて文次郎は走った。

いよいよ敵の射程に入ったらしく、銃弾が左右の岩や木に当たっているのが分かる。次の瞬間、斜め前を走る者が銃弾に当たったのか、もんどりうって倒れた。その後ろを走っていた者が駆け寄り、傷を確かめている。だが文次郎は、恐ろしくて走るのをやめることなどできない。

砲声と銃声が頭の中を駆けめぐる。

やがて砲台の中で、敵と味方が戦っているのが見えてきた。

先に駆けていった小川隊長らが、白兵戦に持ち込んだのだ。

「うおー！」

百三郎が飛び込んでいく。こうなってしまった以上、文次郎も飛び込まないわけにはいかない。

獣のような声を張り上げながら、砂の入った俵を這《は》い上った文次郎は、その中に身を躍らせた。

砲台の中は砲煙が立ち込め、ほとんど視界が利かない。その中で文次郎は喚き声を上げながら、闇雲に銃を振り回した。

「文次郎、落ち着け！」

背後から組み付いてきた百三郎が、文次郎を向き直らせると頬をはたいた。それでわれに返って周囲を見回すと、すでに敵は逃げ出したのか、そこにいるのは加賀藩兵ばかりだった。

「義兄上《あに》──」

「しっかりするのだ。もう敵はおらぬ」

「申し訳ありません」

その時、小川隊長の声が聞こえた。

「砲を壊せ」

隊長の命で、そこに一門だけ設置されていた木製の旧式和砲が破壊された。

「降伏した者をここへ」

小川隊長の許に敵兵らしき者が連れてこられた。雑用のために駆り出された陣夫らしく、手を合わせて命乞《いのちご》いしている。

「ほかの者はどうした！」

「桑名藩の方々は逃げていきました」

「よし、後方に連れていけ！」

そう言うと小川隊長は、「あの頂《いただき》を奪うぞ」と言って、再び駆け出した。

登攀《とうはん》を始めると、頂から豆を炒《い》るような射撃音が聞こえてきた。続いて砲声が聞こえると、二十間ほど先の木がなぎ倒された。中腹の砲台を放棄したものの、敵は頂だけは死守するつもりらしい。

凹凸に身を隠しつつ、皆、ばらばらに頂を目指すが、敵は容赦なく砲銃弾の雨を降らせてくる。もはや部下ともはぐれ、誰がどこにいるのか分からない。

次々と味方が倒れ、痛みに耐えかねた叫びが聞こえてくる。

敵の方が圧倒的に有利な位置なので、このままでは全滅も覚悟せねばならない。

頂に近づけば近づくほど、敵の銃撃は正確さを増してきた。

文次郎は窪地《くぼち》の間に身を隠したまま動けなくなっていた。前方を見ると、小川隊長や百三郎も、同じような凹凸で身動きが取れなくなっている。その間も敵は砲銃撃をやめず、犠牲者は増えるばかりだ。

「退却。いったん引くぞ！」

遂に小川隊長が断を下した。

――よかった。

文次郎は心底ほっとした。

だが皆がじりじりと山を下り始めたと思ったその時、皆と逆行するように、一人だけ登っていく男がいる。もはや、それが誰かは言うまでもなかった。

「義兄上、あれを」

文次郎の横にいた百三郎が顔を上げる。

「あれは——、まさか一郎か!」

「そのようです。一人で頂を攻め取るつもりに違いありません」

「何という奴だ」

百三郎がため息をつく。

「そなたは小川隊長にこのことを伝えろ。わしが連れ戻す」

「一緒に行きます」

「駄目だ」

「一郎は私の言うことしか聞きません」

「致し方ない」と言うや、百三郎が一郎の方に向かって匍匐《ほふく》していく。文次郎も後に続いた。

すでに空には黒雲が垂れ込め、雨も強く降ってきていた。周囲には靄《もや》が垂れ込め始め、視界は悪くなる一方だ。それまで絶え間なく聞こえていた敵の銃声も収まってきた。周囲を見回すと、もう加賀藩兵はいない。

「おい」と斜め後方の凹凸から百三郎が声を掛けると、一郎が驚いたように振り向いた。

「戻ってこい。隊長の命令だぞ」

一郎が首を左右に振る。

「この馬鹿が！」

「どうしますか」

「致し方ない。行くぞ」

二人は一郎のいる窪地に飛び込んだ。

「何をやっておる！」

百三郎が一郎の首根っこを摑む。

「放して下さい。これから敵陣に斬り込むのです」

「一人でか」

「はい。見たところ敵は、せいぜい十人ほど。うまく脅かすことができれば、私一人でも、頂から敵を追い落とすことができます」

「しかし、軍令違反に問われるぞ」

「何も聞こえませんでした」

一郎がにやりとする。

確かに退却の旗などはなく、単に隊長の命令に皆、従っただけだ。後で聞こえなかったと言えば、どうにでもなる。

「百さん、私一人で十分です。此奴を連れて先に戻っていて下さい」

「何だと」

その言い方に文次郎は鼻白んだ。

「一郎、調子に乗るな。わしを小僧扱いしおって！」

「当たり前だ。命令に唯々諾々と従うのは小僧しかおらぬ」

「何を申すか！」

「おい、待て」と言うや、百三郎が頂の台場を指差す。

「此奴の言うことにも一理ある」

台場から出ている頭は一つだけで、ほかの者は飯でも食っているのか、風に乗って談笑する声が聞こえてくる。

「監視は一人だけのようだな」

「はい。これぞ千載一遇の機会です」

「やるか」

百三郎が呟く。

「義兄上――」

「そなたはここにいろ」

二人が慎重に岩山を登り始めた。

文次郎も黙って後に続く。それに気づいた百三郎が、手で追い払う仕草をするが、文次郎は構わず二人に続いた。

——ここまで来たら、肚《はら》を据えて掛かるしかない。

三人は音を立てないように草を摑み、岩場を攀《よ》じた。幸いにも雨の音が、三人が登攀する際に立てる音を消してくれる。

監視の役割を担った兵は油断しているのか、崖下《がけした》に顔を向けず、味方の方を見て高笑いしている。

百三郎が背負ってきた銃を下ろし、弾を込め始めた。横になりながらでも弾を込められる後装銃なのが幸いした。

「わしが、あやつを撃つ。そなたらは一気に登り、頂を制圧するのだ」

一郎は黙ってうなずくと登攀を再開した。こうなれば文次郎も続くしかない。

台場の縁から三間ほどまで近づいたが、いまだ敵は気づいていない。

少し後方で、百三郎が銃を構えるのが見える。

次の瞬間、轟音《ごうおん》が聞こえると、監視役の敵兵がもんどりうって倒れた。

「うお——！」

それを見た一郎が脱兎《だっと》のごとく崖を攀じるや、頂の砲台に身を躍らせた。文次郎も後に続く。

「加賀藩士、島田一郎参る！」

「同じく千田文次郎！」

二人が飛び込むと、敵は抜刀して戦うどころか、その場から逃げ出した。

「待て！」

「一郎、追うな。それよりも鉄砲で撃とう」

いつの間にか追い付いてきた百三郎が、冷静な声音で言う。

その場に捨てていった敵のスナイドル銃を摑むと、三人は競うように弾を込めた。

いち早く装塡《そうてん》した文次郎が撃つと、二人もそれに続いた。しかし敵は靄の中に姿を消しており、ただの一人も斃《たお》せなかった。

「われらだけで頂を制圧したぞ」

「そうだ。やったぞ！」

三人は手を取り合って喜ぶと、山麓《さんろく》にいる味方に向かって早く来るように怒鳴った。

やがて味方が崖を攀じてきた。一郎は大きく手を振りながら、「撃つな。味方だ！」

と叫ぶ。

一郎の声が聞こえたのか、味方兵が安心して登ってくる。

なぜか分からないが、胸底から歓喜が湧き上がってきた。これこそは、味方に貢献できた喜びにほかならない。

文次郎は歓喜に咽《むせ》びながら、「おーい、早く来い！」と叫び続けた。

三人の蛮勇によって、東の輪の占拠に成功した加賀藩は、休む間もなく眼下の街道に兵を進めようとした。だが同じ頃、街道で激しい戦いを繰り広げていた主攻部隊も、敵を押し切っていた。

それを見た加賀藩軍は、一気に丘を駆け下って主攻部隊に合流し、敵の掃討に入った。二十八日、鯨波を確保した新政府軍は、柏崎の南西を流れる鵜川《うかわ》河畔の中浜《なかはま》まで進出し、柏崎をうかがった。そして翌二十九日、鵜川橋を挟んで砲戦を展開したが、敵が撤退していったため、一気に鵜川を渡河して柏崎を制圧した。

八

柏崎を占拠した後、新政府軍主力部隊と袂《たもと》を分かった加賀藩軍は五月六日、曾地《そち》・赤田《あかた》の戦いで敵を破った後、七日には敵の逃げ散った妙法寺《みょうほうじ》に陣を布《し》いた。

翌八日から五日間、加賀藩軍は妙法寺口を固め、次の指示を待っていた。

この頃、薩長軍を主力とした主力部隊は、長岡城を目指して進軍していた。

十日、妙法寺に駐屯していると、榎《えのき》峠方面から殷々《いんいん》と砲声が轟き、大規模な戦闘が始まったことを告げてきた。

後に分かることだが、これは同月二日に行われた小千谷談判が物別れに終わり、開戦を決意した河井《かわい》継之助《つぎのすけ》率いる長岡藩軍が、新政府軍に先制攻撃を仕掛けたものだった。

十三日、増援部隊が到着した新政府軍は、長岡藩軍が占拠する朝日山《あさひやま》に向かった。しかし朝日山をめぐる戦いで惨敗を喫し、兵を引くことになる。

この隙を突くように十五日、加賀藩軍は長岡城に近い信濃川河畔の本大島村《もとおおじま》まで進出した。加賀藩軍は土砂を埋め立てて橋を作り、信濃川の中洲《なかす》まで進んで台場を築き、長岡城に向けて砲撃を開始した。

一方、長岡藩も残る砲の大半を河畔に集めて応戦してきた。

『加賀藩北越戦史』には「死傷多く、士気大いに沮喪《そそう》す」と記され、この日に費消した砲弾は、加賀藩だけで一千二百、銃弾は幾万とある。

沢田宇兵治《さわだうへいじ》という足軽が残した手記『出張中略記』には、「双方の砲声は山が崩れるようであった」「双方の銃砲撃ち合いの音は、さながら山野がくつがえるがごとくであった」などとあり、この時の砲銃戦の凄《すさ》まじさを物語っている。

十九日未明、長州藩軍が信濃川の渡河を始めた。加賀藩の砲台からは激しい援護射撃が行われた。

しばらくすると、長州藩軍の渡河成功の狼煙《のろし》が日の出の空に上がり、これを見た加賀藩兵は手を取り合って喜んだ。

続いて薩摩藩軍も強行渡河を開始した。この頃には敵の砲撃もほとんどなくなり、新政府軍は次々と対岸に渡っていった。

他藩の兵が次々と渡河していくのを尻目に、中洲で援護射撃をしていた加賀藩軍だったが、ようやく渡河の許可が下りた。しかし船が出払ってしまい、渡河したくてもできない。そこで、泳ぎを得意とする者たちが信濃川に飛び込み、対岸に打ち捨てられていた小舟を引いて戻ってきた。

ようやく小舟がそろい、一番隊と二番隊の兵から渡河を開始する。その頃、すでに城下は猛火に包まれていた。

その中の一艘《そう》に飛び乗った一郎だったが、対岸に着いてみると「火勢猛烈にして道路通ぜず」（『加賀藩北越戦史』）といった有様で、とても進むことができない。

「迂回《うかい》するぞ！」という簑輪隊長の声を聞いたが、一郎は聞こえなかったふりをして大手の方に進んだ。火花が体にまとわりつくが、それを払いつつ一郎は走った。一郎にも部下はいるが、付いてくる者はいない。

やがて大手門らしきものが見えてきた。まだ城内に火の手は回っておらず、長岡藩兵は城を死守するつもりらしい。

残骸の隙間から大手門方面を見た一郎は、そこに異様なものが置かれているのに気づいた。それは、いくつかの銃口が円筒形に結合され、連続して弾が発射できる砲だった。その砲がカタカタと音を立てて連射すると、大手に接近しようとしていた新政府軍の兵士が次々と倒れていく。

一郎はたまらず伏せた。

「あれは何だ」

誰だか分からないが、傍らに伏せている者に問うた。

「おいにも分かりもはんが、誰かがガトリング砲とか言うておりもした」

その薩摩藩兵らしき若者は、陣笠で頭を隠して亀のように身を縮めている。

一郎は匍匐前進し、その異様な代物をもっとよく見ようとしたところ、突然、車台が引かれると、大手門が閉められた。

——弾丸を補充しているのだ。

その間に寄手《よせて》はじわじわと距離を詰める。しかし再び城門が開くと、カタカタという連射音が聞こえてきた。

新政府軍は小舟で渡河したので砲を伴っていない。このままでは大手門を破れず、撤退せねばならなくなる。会津藩兵が救援に駆けつけてきているという噂もあり、そうなれば背水の陣を布く形になった新政府軍が、殲滅《せんめつ》される恐れさえある。

車台が再び城門内に引っ込んだ時、一郎は決意した。

——よし！

一郎は飛び出すと、死体の山の中に潜り込んだ。

やがて門が開き、再び連射砲が火を噴く。死んだふりをした一郎は、かすかに目を開けて撃っている男を見た。

敵将とおぼしき人物は韮山笠《にらやま》をかぶり、紺絣《こんがすり》の単衣《ひとえ》に平袴《ひらばかま》をはき、帯に鉄扇を挟んでいた。

敵将は、砲の後ろに取り付けられた棒状のものを回していた。どうやら、それが引き金になっているようだ。

「前進！」

敵将が軍配を振ると、連射砲を先頭にして独特の形の陣笠をかぶった長岡藩兵が続く。

新政府軍がひるんだ隙に逆襲に転じるつもりなのだ。

長岡藩兵は一郎を死体だと思い込み、背後に残して前進していく。

――よし、今だ！

突如として立ち上がった一郎は、「うおー」という気合と共に車台にいる男に斬り掛かった。声を出したのは、武士として敵を背後から斬れないからだ。

敵将は一瞬、目を剝《む》いたが、すぐさま身構えると、鉄扇で一郎の一撃を弾《はじ》き返した。

すかさず二太刀目を振り下ろそうとしたが、近くにいた兵が飛び掛かってきた。十代半ばにしか見えない若者だった。

急なことで抜刀できずに、一郎に組み付いてきたのだ。

二人はくんずほぐれつしながら、その場を転がった。

一瞬、若者の頭越しに敵将が見えた。懸命に連射砲をいじくっている。

――弾が詰まったのだ。

突然、手を止めたためか、連射砲に何らかの不具合が生じたらしく、弾が出ていない。

それに気づいた味方兵が、砲車に近づいてきているのが見える。

その間も、一郎は若者と取っ組み合いを続けていた。しかし膂力《りょりょく》に勝る一郎は若者の上に馬乗りになるや、拳《こぶし》を何度も顔面に叩き込んだ。やがて若者は、ぐったりして気を失った。

「覚悟せい！」

脇差の鞘を払い、刃《やいば》を突き立てようとした時、若者の懐から何かが落ちそうになっているのが見えた。

——お守りか。

それは、どこかの神社の札だった。

——きっと母親が此奴《こやつ》の身を案じて持たせたのだろう。だが情けは禁物だ。

もう一度、刃を突き立てようとすると、一郎の脳裏に突然、越後国の田園風景が広がった。

——此奴《こやつ》にも家族はおり、父母兄弟と仲よく笑い合ったこともあったろう。

それを思うと、どうしても殺せない。

だが次の瞬間、若者がはっとしたように目を開けた。

すぐさま自分の置かれている状況を察した若者は、一郎を押しのけようとした。たまらず一郎が横転する。今度は若者が脇差を抜いて一郎に襲い掛かってきた。それをすんでのところでかわした一郎は、持っていた脇差を反射的に若者の脾腹《ひばら》深くに突き立てた。

「あっ、うわっ！」

若者の顔が歪《ゆが》む。それでも若者は一郎に刃を振り下ろそうとする。一郎がその手首を摑むと、しばらく暴れていた若者は、やがて力なくもたれかかってきた。

気づくと、一郎も全身血まみれになっていた。

「おい、生きておるか」

若者の体を揺すってみたが、首を力なく垂らし、瞳孔《どうこう》も開いたままだ。

――わしが人を殺したのか。

その事実に気づくと、悲しみとも後悔ともつかない感情が襲ってきた。

「ああ、許してくれ」

若者を体の上に乗せて一郎は泣いていた。

その左右を、城に向かって味方兵が駆け抜けていく。

一郎の意識は次第に遠のいていった。

この日、長岡城は落ちた。城下も火の海となり、戦闘に巻き込まれた人々も多数、犠牲になった。

河井継之助をはじめとする長岡藩兵は、再起を期して栃尾《とちお》方面へと落ちていった。

九

「ここはどこだ」

一郎の声が突然聞こえた。それで文次郎は、自分もうつらうつらしていたことに気づいた。

「目が覚めたか」

横たわる一郎が再び問う。

「わしはどこにいる」

「長岡城内だ」

「ということは、城を落としたのか」

文次郎がうなずく。

「わしは怪我をしたのか」

「そうではない。敵兵ともみ合った末、昏倒《こんとう》していたところを見つけられ、ここに運び込まれたのだ」

「そうだったのか」と言いつつ、一郎が半身を起こす。

「わしの上にいた敵兵はどうした」

「そなたを見つけたのは、わしではない。だから何も聞いておらぬ」

しばし何か考えていた一郎が、ぽつりと言った。

「人を殺した」

一郎の心中をすぐに覚《さと》った文次郎は、言葉を選んで言った。

「これは戦だ。致し方ないことだ」

「相手は、まだ年端《としは》もいかない小僧だった」

「だから、どうだと言うのだ。小僧だろうが老人だろうが、敵を殺さねば殺される」

「あの小僧にも父がいて母がいて、故郷もあったはずだ」

文次郎は何も答えず、煎《せん》じてきた薬湯を茶碗に注いだ。

「これを飲め。気分が落ち着く」

一郎は薬湯に口を付けると、ため息をついた。

「わしらは何のために戦っているのだ」

「天皇を中心とした新しい国を造り、外夷の圧力を弾き返すためだろう」

「それではあの小僧は、新しい国家を造るのに不要なのか！」

「ここは救護所だ。他藩の者もいる」

一郎は周囲を見回すと、口をつぐんだ。家中だけなら傍若無人の振る舞いをする一郎も、さすがに他藩士の中では遠慮もある。

「今日は何日だ」

「まだ十九日の夜だ」

「大手門に行ってみる」

そう言うと一郎は、よろよろと立ち上がった。

「よせ」と言っても聞かないのを知る文次郎は、「それで気が済むなら、そうせい」と言って後に続いた。

「この辺りだ」

一郎が指し示した辺りには、そこかしこに血だまりの跡が残り、午前に行われた激戦が、いかに凄まじかったかを物語っていた。城門の周辺で片付けをしている小者の一人に聞くと、遺骸は近くの寺に運び、茶毘《だび》に付すという。

「寺に行って気が済むなら行こう」

「いや、そこまではいい。だいいち相手の顔も定かでないのだ。見つけられないだろう」

確かに数百を超える遺骸の中から、一人の若者の遺骸を見つけるのは容易でない。

一郎は、その場にしゃがむと手を合わせた。

「すまなかったな」

珍しく一郎の口から弱気な言葉が漏れた。

「一郎、これが戦というものだ」

「分かったような口を利くな!」

一郎が怒りを剝き出しにする。

「人を殺した者の苦しみは、人を殺したことのある者にしか分からぬ。同じように、殺された者の辛《つら》さは、殺された者でなければ分からぬ」

「その通りだ。では勝手にせい」

文次郎は一郎に背を向けた。確かにこればかりは、一人で克服せねばならない。

「すまなかった。おぬしの言う通りだ」

一郎の声が背後から聞こえた。

「分かればよい。いかにもわしは、まだ人を殺してはおらぬ。だが、いつかはわしも人を殺す時が来るやもしれぬ」

かすれた声で文次郎が続ける。

「だが、それを恐れてはいけない。己の手で殺した者のためにも、生き残った者は、よりよき世を作っていかねばならぬのだ」

「そうだな」

「吹っ切れたか」

「ああ、大丈夫だ。わしが殺した小僧のためにも、あやつの親兄弟が幸せに暮らしていける世を作っていく」

自分自身の中で整理がついたのか、一郎が決然と立ち上がった。

――だが、敵を殺すことが本当に正しいことなのか。

しょせん戦う大義など建て前であり、前線にいる者たちにとっては、生き残るために敵を殺すしかないのだ。

――いつかわしも人を殺す時が来る。

それを考えれば憂鬱《ゆううつ》になる。だが今の文次郎は、大義を信じて突き進むしかなかった。

長岡城を占拠した新政府軍の参謀たちは、その守備を固めるため、諸藩の担当部署を定め、歩哨《ほしよう》と巡邏《じゆんら》をするよう命じてきた。加賀藩は小川隊が長岡城下とその北方の見附《みつけ》周辺を、蓑輪隊が長岡城から三里半ほど東の栃尾を守ることになった。

六月、同盟軍の本格的反攻が予想されることもあり、新政府軍の参謀たちは栃尾を放棄し、長岡と栃尾の途次を扼《やく》す森立峠《もったてとうげ》まで戦線を縮小することにした。

同盟軍は森立峠を経て長岡に入ってくることが予想されたので、森立峠の守備は最重要課題だった。参謀たちは飯田《いいだ》・松代《まつしろ》・高田・加賀の諸藩に台場を造らせ、交替で守備に就くよう命じてきた。

だがその間も、敵が続々と栃尾に屯集してきているとの情報が伝わってきた。それを聞いた参謀たちは、諸藩に間道脇の樹木を伐採し、峠道をやってくる敵の障害にするよう命じた。

一郎と文次郎も樹木の伐採に駆り出された。

さらに、敵の攻撃が想定される斜面には、「捨篝《すてかがり》」と呼ばれる枯れ枝の集積をいくつも設け、いざ夜戦となった時、そこに火矢を射て、昼のように明るくするという策も取られた。

二人は「野田山の清掃と何も変わらん」と言っては笑い、懸命に枯れ枝を集めた。

十

一郎が急造の掘立小屋で寝ていると、突然、豆を炒るような連射音が聞こえた。

——敵だ！

慌てて飛び起きて外に出ると、すでに多くの者たちが鉄砲を手にし、それぞれの持ち場に散っていく。頰をぴしゃりと叩いた一郎も、自らの持ち場を目指した。

この日の森立峠の守備は加賀藩の廻番《まわりばん》なので、援軍が駆けつけてくるまで、峠を死守せねばならない。

周囲は漆黒の闇に包まれていた。曇天なので月も星も見えないが、どうやら夜明けには、まだ間があるようだ。

持ち場に着いて下を見ると、突然何かが光った。次の瞬間、凄まじい砲声が轟くと、中腹の樹木が折れる音が聞こえてきた。

敵は新政府軍が間道沿いに倒しておいた大木を乗り越え、大砲を運んできていた。それだけでも、長岡城奪還に懸ける長岡藩士たちの意気込みが伝わってくる。

ようやく砲隊が砲を引いてきたことで、新政府軍側の応戦が開始された。「捨篝」にも火矢が射込まれ、それまで漆黒の闇だった栃尾川の谷筋が明るくなる。

——果たしてわしは引き金が引けるのか。

あの時の若者の苦しげな顔が脳裏をよぎる。それを振り払おうとすればするほど、若者の顔が頭から離れない。

——味方を守るために撃つのだ。

気持ちを切り替えた一郎が目を凝らして敵の接近を待っていると、右手上方から複数の銃声が轟いた。

「どうした!」

「敵らしき影が右手山頂に見えます!」

味方の怒号が交錯すると、「撃たれた。助けてくれ!」という絶叫が聞こえた。

「敵は、薬師堂の辺りから撃ってきています」

森立峠の南側には峻険《しゅんけん》な山がそびえ、その中腹の平場に薬師堂と呼ばれる社が建てられている。敵は新政府軍の知らない山道を通り、薬師堂を占拠したようだ。

――これはまずい!

一郎たちのいる場所には遮蔽物がないので、これでは狙い撃ちだ。

『加賀藩北越戦史』によると、「其位置我より高きを以て概《おおむ》ね空弾なし」といった有様だった。

「台場の灯を消せ!」

隊長らしき声が聞こえた。台場にはいくつかの篝が据えられているが、それを消せというのだ。

一郎も手近の篝を倒すと、それを足でもみ消した。その間も銃撃は続き、絶叫や悲鳴が交錯する。

その時、折悪しく空が白んできた。一年のうちで最も日の出が早い季節なので、不運としか言いようがない。

皆わずかな遮蔽物の間に隠れ、薬師堂からの射撃に耐えていたが、今度は別の敵が峠道を登ってきた。

このままでは薬師堂からの狙撃《そげき》に牽制《けんせい》され、栃尾方面から来る敵を防げなくなる。長岡藩軍の策は巧妙だった。薬師堂の狙撃手たちが眼下の加賀藩兵を拘束している隙に、主攻部隊が峠を攻め取ろうというのだ。

――峠を放棄するしかないのか。

しかし森立峠を失えば、敵に長岡城奪還の足掛かりを与えてしまう。だいいち勝手に撤退すれば、加賀藩兵は諸藩の笑いものになり、隊長たちも腹を切らねばならなくなる。撤退は新政府軍参謀の許しが出るまでできない。たとえ伝令を走らせて撤退を求めても、「援軍を寄越《よこ》すから持ちこたえろ」と言われるのが落ちだ。

――だからといって、このまま何もせねば全滅する。

薬師堂を見上げると、いくつもの閃光が見える。その度に誰かの悲鳴が聞こえる。

――やるか。

一郎が薬師堂に向かおうとした時だった。

「一郎、よせ」

百三郎と文次郎が匍匐してきた。

「このままでは、われらは全滅します」

「それは分かっておるが――」

「百さん、薬師堂にいる敵は五人だ。わし一人で制圧できる」

一郎は閃光が光る場所と間隔を測り、狙撃手が五人しかいないことを確かめていた。

「何もしなければ、皆ここで死ぬことになる」

百三郎と文次郎が顔を見合わせる。

「致し方ない。三人で行こう」

百三郎が断を下した。鯨波にある東の輪の占拠に成功した時のことが、頭をよぎったに違いない。

三人は薬師堂から死角となる岩場まで駆け込むと、遮二無二斜面を登り始めた。手掛かりとてない岩肌だ。雑草の根を摑み、岩にかじり付き、三人は懸命に這い登った。その間も銃声は鳴りやまず、主攻部隊の砲声も岩肌を震わせ始めた。

やがて薬師堂の平場が見えてきた。

一郎が平場をのぞくと、一郎たちに背を向けて鉄砲を放っている五人の男がいた。

——あやつらは何者だ。

狙撃手たちは長岡藩軍の軍装ではなく、狼の毛皮で作った袖なしの上掛けをまとっていた。

——まさか、渡世筒《とせいづつ》か。

渡世筒とは、平時は猟師、戦時は藩などに雇われて狙撃手となる者たちのことで、その射撃の腕の正確さは正規兵の数段上を行く。

ようやく登ってきた二人に一郎が告げる。

「ここから鉄砲を放ち、斬り込もう」

「よし」

三人は背に回してきた鉄砲を外すと、弾を装塡した。敵はまだ気づいていない。

「用意はいいな」

百三郎の言葉に一郎と文次郎がうなずく。

「よし、撃て！」

三人の放った銃弾は、敵一人の背に命中したが、二つは外した。

驚いた五人が一斉に振り向く。

「死ねや！」

装塡の終わっていた敵が慌てて銃を構える。

――構えているのは二人だけか。よし、それなら行ける！

残る三人は慌てて弾を込めているが、間に合いそうにない。

――距離は十間ほどか。何とかなる。

「うお――！」

耳をつんざくばかりの銃声が聞こえたが、どうやら痛みは襲ってこない。

「死ねや！」

「百さん、文次郎」

一郎の振り下ろす太刀を、一人の敵が銃で受け止める。敵の顔が眼前にあった。それは中年で髭《ひげ》の濃い猟師で、その瞳《ひとみ》は死の恐怖に満ちていた。

――わしは此奴を殺せるか。いや、殺さねばならん。

一郎が蹴りを入れると、敵がもんどりうって倒れた。そこに一太刀、振り下ろしたが、敵はすんでのところで身をかわして逃げ出した。

「待て！」

一郎は敵を追った。敵はこうした山道に慣れているらしく、藪《やぶ》をかき分けて崖際に出ると、そこから飛び下りた。下までは三間ほどもあり、一郎は一瞬、躊躇した。その間に敵は、脱兎のごとく駆け去っていった。

一郎は元来た道を引き返し、薬師堂に戻った。

そこでは、二つの渡世筒の遺骸の横で、文次郎が百三郎を抱えて茫然《ぼうぜん》としていた。

「どうした！」

慌てて駆け寄ると、百三郎が目を開けたまま動かなくなっていた。

「ああっ！　まさか――」

百三郎の腹には銃創があり、そこからどす黒い血が流れている。

「百さん、しっかりせい！」

一郎が肩を揺すったが、百三郎は微動だにしない。

「一郎、もう無駄だ。義兄上はたった今、亡くなった」

「何だと。そんなことはない。すぐに下に運ぼう」

いまだ眼下では砲声が殷々と響き、銃声が絶え間なく聞こえてくる。

「もうよい」と言いつつ、文次郎が百三郎の瞼《まぶた》を閉じた。

「何ということだ。わしがこんなことをしなければ――」

「よせ。これは戦争だ。おぬしの判断は正しかったのだ」

「そんなことはない。わしが百さんを殺したのだ。糸さんに何と言って詫びたらよいか！」

「よせ！」

文次郎が一郎の胸倉を摑む。

「いい加減にしろ！　義兄上は――」

文次郎は涙声になっていた。

「義兄上はお役目を果たしたのだ。それが武士の本望というものだ！」

「ああ、どうしよう」

おろおろする一郎に、文次郎の冷めた声が聞こえた。

「わしも敵を一人殺した」

「おぬしもか」

「うむ。義兄上が撃たれて逆上したわしは、敵の一人を滅多やたらと斬りつけた」

確かに、近くに横たわる渡世筒の着ている狼の毛皮はずたずたになり、真紅に染まっていた。

おそらく渡世筒は命乞いをしたはずだ。しかし百三郎を殺された文次郎は、前後の見境がなくなり、無抵抗の相手を殺したのだ。

「分かった。もう何も申さぬ」

「それがよい」

「百さんの遺骸はどうする」

「ここから遺骸を下ろすのは無理だ。首だけ落として持っていく。胴は――」

文次郎が口惜しげに言う。

「義兄上には申し訳ないが、薬師堂の中に安置しよう」

本来なら穴を掘って埋めてやりたい。しかしそこは岩山なので、道具もない状態で穴をうがつとなると何日掛かるか分からない。その間も戦いは続いているのだ。

震える手で百三郎の首を切り落とすと、文次郎は百三郎の着ていた三斎羽織を脱がせ、首を包んだ。それが終わると、二人は手と足を持ち、遺骸を薬師堂内に安置した。

「百さん、静かに眠っていてくれ」

「義兄上、いつの日か供養に来ます」

二人は百三郎の遺骸に声を掛けると、手を合わせた。

――死とは突然、やってくるものなのだな。

先ほどまで元気に話していた者が突然、物言わぬ骸《むくろ》になる。その落差があまりに大きく、一郎には死というものの恐ろしさが、実感として迫ってこなかった。

十一

その後、陸続として援軍が到着したこともあり、加賀藩兵は峠を守り切った。しかし、この日の戦いで小川隊長が重傷を負い、多くの兵も死傷した。百名いた小川隊で、負傷していない者は十八名だけとなり、これ以上の戦闘を継続できない状態になった。

この知らせを受けた加賀藩では、ここまで最前線で戦ってきた小川・蓑輪両隊を帰国させてほしいと山縣有朋参謀に願い出た。

この要請は受理され、文次郎と一郎も帰国できることになる。

この後、加賀藩の部隊は再編制され、北越戦線で戦い続けた。一部の部隊は九月二十二日の会津若松《わかまつ》城落城まで戦闘に参加した上、その後の掃討戦や後片付けなどに従事し、最後の部隊が金沢に帰還したのは、翌明治二年（一八六九）の二月になってからだった。

結局、動員された加賀藩兵（足軽・軍吏・従僕を含む）は一万余で、戦死者は百六、負傷者は二百二十六に上った。戦死者は卯辰山に招魂社が造られ、そこに祀《まつ》られることになる。

また加賀藩の負担した軍費は十四万両に上り、このほかにも兵糧として一万三千石を供出したため、明治になってからの加賀藩（明治二年から金沢藩）は、深刻な財政難に陥ることになる。

八月一日、小川隊長不在の一番隊と、蓑輪隊長率いる二番隊が金沢に凱旋《がいせん》すると、城下はたいへんな騒ぎとなった。

沿道には人が溢《あふ》れ、口々に加賀藩兵の勝利をたたえた。

やがて両隊は城中に招き入れられ、藩主の慶寧から慰労の言葉をもらい、帰陣式は終了した。

「解散！」という隊長代理の言葉と同時に、小川隊の隊士たちは隊列を崩し、城外で待つ家族の許へと走っていった。

だが、文次郎は帰るに帰れなくなっていた。

その場に一人佇《たたず》んでいると、一郎がやってきた。

「どうした。帰らぬのか」

「いや、帰る」

「では、行こう」

一郎は文次郎を促すように歩き出したが、文次郎は足が進まない。

「糸さんには知らせたのか」

一郎が唐突に問う。

「ああ、もちろんだ」

義姉の糸には書状をしたため、すでに百三郎の死を伝えてある。

「義姉上からは返書も届いた」

「何と書いてあった」

「実家で、わしを迎えるとのことだ」

「それで、帰りにくくなっておるのだな」

「当たり前だ」

糸の悲しみを考えると、文次郎は家に帰る気がしない。

「嫌なことから逃げるな。しっかりと百さんの最期を伝えるのだ」

「分かっておる！」

一郎に背を押されるようにしながら、文次郎は家の前まで来た。

懐に入れてある遺髪に触れると、自らの体温で温かくなっていた。百三郎が、妻に再会できることを喜んでいるような気がする。

「文次郎、やるべきことをやろう」

「分かっている」と言って大きく息を吸い込んだ文次郎は、「ただ今、帰りました！」と大声を上げて表口の戸を開けた。

「お帰りなさいませ」

養母のヨネと義姉の糸は玄関の間に正座して、文次郎を待っていた。

知らせを受けてから泣き暮れていたのか、糸の目は腫れぼったい。

その時だった。背後にいた一郎が、表口の前にある沓脱石《くつぬぎいし》の上に正座した。

「此度の件、すべて私が悪いのです！」

「どういうことです」

ヨネが驚いたように問う。

一郎は薬師堂への登攀から百三郎の死までを、ありのままに話した。

――一郎、すまぬ。

文次郎は、自分が話さねばならないことを代わりに話してくれた一郎に、心の中で感謝した。

「私が無謀なことを言い出さなければ、百三郎さんは死なずに済んだのです」

「いいえ。一郎さんが詫びる必要はありません」

糸がはっきりと言う。

「これは戦です。覚悟はできていました」

「いいえ、私が一人で行けばよかったのです」

「それでは、一郎さんが一人で行けば、そこにいる敵を追い払えたのですか」

一郎には返す言葉がない。

「百三郎がいなければ、そこにいた敵を追い払えなかったのではありませんか」

「それは――」

一郎が口ごもったので、文次郎が代わりに言った。

「その通りです。一郎一人だったら、敵の銃撃を一身に浴びて犬死にするところでした」

あの時の状況を考えれば、その可能性は極めて高い。

「それなら百三郎は自分の命と引き換えに、ほかの加賀藩士たちの命を救ったのですね」

「そうです」

文次郎と一郎が声を合わせる。

「武士として、これほどの果報者はおりません」

確かに百三郎は己の使命を全うし、悔いのない死を迎えたはずだ。

「私を――」

一郎が肺腑《はいふ》を抉《えぐ》るような声で問う。

「私を許していただけるのですか」

「当然のことです。一郎さんのおかげで百三郎は武士として死ねたのです」

「申し訳ありません」

一郎が嗚咽《おえつ》を漏らす。

「一郎さん」

ヨネが涙を堪えながら言う。

「早く帰って上げなさい。皆さん、お待ちですよ」

「はい」と答え、一郎がよろめきながら立ち上がる。

「お父上のご加減が悪いようです。よく親孝行なさい」

「はい。その言葉、肝に銘じます」

一郎の父の金助は、一郎の出征前から持病の胃痛が悪化し、寝たり起きたりの生活をしていた。一郎の話では、もう長くはないという。

「一郎、後日、堀様のところに報告に上がろう」

「そうだな。そうしよう」

堀様とは堀四郎左衛門のことだ。堀が能登に流罪に処された折、その従者同然に能登に派遣されたのが百三郎だった。堀と百三郎には、出自や門閥を超えた絆《きずな》があった。

一礼して袴に付いた埃を払った一郎が、自宅に向かって歩き始めると、その背に糸から声が掛かった。

「一郎さん、百三郎の分まで生きて下さい」

「ありがとうございます」

あらためて一礼すると、一郎は真っ赤に泣き腫らした目をしばたたかせながら、足早に去っていった。

一郎を見送った後、式台に腰掛けて草鞋《わらじ》を脱いだ文次郎は、玄関の間で待つ二人に、あらためて帰還の挨拶《あいさつ》をした。

続いて懐に入れてきた百三郎の遺髪と、戒名の書かれた紙を糸に渡した。戒名は、首の供養と埋葬をしてくれた寺の住持が付けてくれた。

二人は、しんみりと百三郎の遺髪を見ている。

文次郎はこの機会に、心に決めてきたことを言っておこうと思った。

「義姉上《あねうえ》、もしよろしければ千田家に戻って婿を取っていただけないでしょうか」

遺髪を撫《な》でていた糸が驚いたように顔を上げる。

「文次郎さん、何てことを――」

「それで、そなたはどうするというのです」

ヨネが心配そうに問う。

「今は分かりませんが、商人にでもなって食べていきます」

文次郎は本気でそうするつもりだった。

「いけません」

糸がきっぱりと言う。

「千田家は文次郎さんが継ぐべきです」

「しかし澤田家には、百三郎さんの弟がおります。つまり――」

「分かっています。おそらく私は澤田家を出されることになるでしょう」

「では、どこに行くのです」

「それは、その時になって考えます」

「ああ、糸――」

ヨネが嗚咽を堪える。

「お母様、心配には及びません」

「だってお前――、お前はこの家の一人娘なんだよ。ここにいてくれていいんだよ」

「それでは、養子に来ていただいた文次郎さんに迷惑です」

しばしの間、重い沈黙が垂れ込めた。

――やはり、わしが出ていくしかない。

文次郎がもう一度、決意を述べようとした時だった。

「いっそのこと、二人が一緒になってくれたらいいのに」

ヨネがうめくように言う。

思いもしなかったヨネの一言に、二人が顔を見合わせる。

「百三郎さんも、喜んでくれると思うんだよ」

「それは――」

文次郎は絶句した。脳裏に卯乃の面影がよぎる。

――だが、それ以外にいかなる方法があるというのか。

「文次郎さん、年寄りの身勝手な願いを聞いておくれ。百三郎さんがこんなことになってしまい、糸は行き場がなくなった。実の親として、こんな不憫《ふびん》なことはない。糸は器量も十人並みで、気が回る方でもない。でもどうか――」

「お母様、やめて下さい。文次郎さんも困っておいでです」

糸が顔を伏せる。

——ここが人生の岐路なのだな。

文次郎にも、それが分かった。

「養母上《はは》——」

大きく息を吸い込むと、文次郎ははっきりと言った。

「糸さんを嫁に下さい」

「ほ、本気かい」

「文次郎さん」

糸の目が驚きで見開かれる。

「どうか、嫁に下さい」

文次郎が深く頭を下げた。

「いいのかい。本当にもらってくれるんだね」

「はい。百三郎さんの分まで、糸さんを幸せにします」

「文次郎さん——」

糸の瞳からも一筋の涙が流れた。

——卯乃さん、遂に気持ちを打ち明けられなかったわしを許してくれ。

文次郎は心の中で卯乃に詫びた。

十二

玄関口に立った一郎が、「ただ今、帰りました!」と告げると、建てつけの悪い玄関の戸が、がらりと開けられた。

「兄上――」

「治三郎、帰ったぞ」

満面に笑みをたたえた一郎とは対照的に、治三郎は悲しげな顔をしていた。

「間に合ってよかったです」

続いて継母のときが出てきた。

「ああ、一郎さん、よくぞご無事で」

ときは一郎の実母ではないので、一郎のことを「さん」付けで呼ぶ。

「継母《はは》上、まことにもって――」

その時、中から「とき、ときはおらぬか」という金助の声が聞こえた。

「はい、はい」と答えながら、ときが戻っていく。

「治三郎、先ほど『間に合ってよかった』と言ったが、父上はそれほど悪いのか」

「はい。もう食事も満足に取れません」

「そうか」と言いつつ、玄関に入った一郎は、「ただ今、帰りました」と再び告げた。

ときに何か訴えていた金助の声が途切れる。

草鞋を脱いだ一郎が襖を開けて中に入ると、金助は半身を起こし、ときに背を支えられていた。

「父上――」

その節《ふし》くれ立った手は骨と皮だけになり、頬がこけた顔は幽鬼のようにしか見えない。

そのあまりに変わり果てた姿に、一郎は言葉もなかった。

「一郎か――」

「はい。ただ今、帰りました」

「そうか。帰ってきたか」

喜びとも落胆ともつかないその言葉が、父と子の距離を表していた。

「お顔色がよいようです。快癒は近いかと――」

「馬鹿を申せ。わしはもう長くはない」

三人に返す言葉はない。

「畳の上で死ぬのは無念だが、これも天命だ」

「何を仰せか」

「そなたは、此度の戦役で恥ずかしくない働きができたのか」

「は、はい」

「何ら恥ずべきことはなかったな」

「もちろんです」

「それはよかった。武士はそれがすべてだ」

金助は「武士」という言葉を使う時、少し胸を反らせる。

「わしが死ぬ前に、そなたが帰ってこられたのも天の思《おぼ》し召しだ」

「仰せの通りです」

「わしは、そなたが帰るのを待ってから、隠居願を出すつもりでいた」

「お待ち下さい。家督の儀は――」

「わしはもう何も聞かんぞ。家督はそなたが取り、治三郎の養子先を見つけるのだ」

いまだ治三郎の養子先は決まっていなかった。足軽の次三男でも「賢い」という評判の者には、養子の話がいくつも舞い込む。その逆に「愚鈍」という噂が立てば、なかなか養子の話は来ない。

残念ながら治三郎は、どちらかと言えば「愚鈍」の部類だった。

「父上、私は己の身を自由にしておきたいのです」

「もう御一新が成ったのだ。今更、志士活動でもあるまい」

志士活動がしたいという一郎の思いを金助は知っていた。治三郎が話したに違いない。

「一郎よ、堂々と戦ってきたそなたに家督を譲らねば、周りは何と思う」

「周りは関係ありません。これからの世は何もかも変わっていきます。私は皆に先んじて、その荒波に乗り出したいのです」

「江戸に出たいのか」

金助は、東京のことをいまだに江戸と呼んでいた。

「それも考えのうちです」

「よいか」

金助は、その骨と皮しかなくなった腕を伸ばすと、一郎の胸倉を摑んだ。

「世の中がどう変わろうと、今のお役目をしっかり果たすのだ。わしもな――」

金助が遠い目をする。

「若い頃はいろいろと考えた。商人になって諸国を回ろうかとも思った。手先が器用だったので、京に出て職人になってもよいと思った。だがな、しょせん足軽は足軽だ」

常に「足軽」という言葉を嫌い、自分たちのことを「武士」と呼んできた金助が、珍しく「足軽」という言葉を使った。

「われらは分をわきまえて生きねばならぬ。足軽に生まれた者は足軽として生きる。それが最も天理に適《かな》った道なのだ」

――父上が五十年余生きて得た答えが、それなのですか。

一郎はその言葉をのみ込んだ。

「一郎よ、わしの最後の願いだ。島田家の家督を継ぎ、後世まで島田家を伝えていってくれ」

一郎が口をつぐんでいると、背後からときが耳打ちした。

『はい』と言っておあげなさい」

――ここで父を喜ばすために、家督を継ぐと言ってしまえば、わしはここから出られなくなる。だが、先のことは誰にも分からぬ。

一郎は威儀を正すと、はっきりと言った。

「父上、しかと承りました」

「それは本心から申しているのか。武士に二言はないな」

「この島田一郎、これまで嘘をついたことはありません」

金助の細い目から涙が溢れる。

「そうか。よかった。それなら、あのこともよいな」

「あのこと――」

「忘れたのか。源右衛門のところのおひらを嫁にする件だ」

「家督だけでなく、嫁も娶《めと》れと仰せか」

一郎にとっては迷惑この上ない話だ。

「そうだ。あれは気立てのよい娘だ。様々なところから縁談が舞い込んできていたのだが、わしは、そなたが帰還するまで『待ってくれ』と源右衛門に頼み込んでいた。つまり、わしの目が黒いうちに決めてもらわんといかん」

「そんな、急に仰せになられても――」

「一郎よ、わしは余命いくばくもない。後顧の憂いを残したくないのだ。どうかわしを安心させた上で、冥途に旅立たせてくれ」

一郎の脳裏に卯乃の笑顔がよぎる。

――ここでうなずけば、もう後には引けなくなる。卯乃さんのことは、文次郎に託すしかない。

金助は一郎の答えを待つように、一郎の目を見据えている。

「父上」

一郎は両手をつくと言った。

「その件も承りました」

「そうか。それはよかった。本当に今日はめでたい」

金助がはらはらと涙をこぼした。

あれだけ強く厳しかった父が、八十の老翁かと思えるほど涙もろくなっていることに、一郎は命の儚《はかな》さを知った。

その後、父の金助はよくなったり悪くなったりを繰り返した末、翌明治二年（一八六九）三月に逝去する。

十三

明治元年九月、文次郎と一郎の二人は、連れ立って卯乃の許を訪れた。着くまでは、いつになく会話が弾まなかった二人だが、卯乃の笑顔を見ると、とたんに元気になった。

二人は終日、卯乃の仕事を手伝い、夕食を共にした。

子らが部屋に去ると、卯乃が壺《つぼ》に入れた酒を出してきた。

「壺酒とは珍しい」

一郎が驚く。

「実は、さる村の庄屋様からいただいたのです」

「さる村の庄屋様が、なぜ卯乃さんに酒を――」

「縁談を仲介なさってくれたのです」

「縁談、仲介とは、いかなることだ」

早速、柄杓《ひしゃく》で酒を注ごうとしていた一郎の手が止まる。

「私の許に、来て下さる方がいらっしゃるのです」

「つまり婿ということか」

頰を赤く染めてうなずく卯乃に、一郎が畳みかける。

「どこぞの男が、婿に入るというのか」

一郎が驚きをあらわにする。

「はい。いけませんか」

「いや、いけないことはないが――」

「実にめでたいことではないか」

文次郎が一郎を抑えるようにして言う。

卯乃がしんみりとした調子で語った。

「福岡が死してから、はや四年。お二人のご助力もあり、ここまで女手一つで子らを育ててきました。幸いにして上の二人は大きくなり、何の手も掛かりません。そこで、今まで断り続けてきた縁談を受け入れたのです」

「そうだったのか。それはよかった」

文次郎は動揺を抑えていたが、一郎はあらわにしている。

「相手は誰だ」

「隣の村に住む農家の三男です。とても働き者らしく、庄屋様も『これほどよき男に来てもらえることは、二度とない』と仰せでした」

「そうだったのか。卯乃さんも新たな道に踏み出すのだな」

文次郎のその言葉に何か思うところがあったのか、一郎が思いきるように言った。

「実は、わしも嫁をもらうことになった」

「何だと」

文次郎は驚きを隠せなかった。

「それは、おめでとうございます」

卯乃が肩の荷が下りたように喜ぶ。

一郎がその経緯を述べた。

「そうだったのか。よかったな、一郎」

「致し方ないことだ。まだ自由の身でいたかったのだがな」

一郎が酒をぐいと流し込んだ。

座には沈黙が訪れた。二人は文次郎だけが孤独なのを気にしているのだ。

「実は今宵《こよい》、わしも話したいことがある」

文次郎が糸を嫁にもらうことになったと告げると、一郎が酒にむせた。

「それはよかった。今日は何たる日だ。偶然にもほどがある」

だが考えてみれば、戦役が終わって世の中が落ち着けば、嫁をもらう若者が増えるのは当然だ。一方の卯乃も、福岡に操を立てて四年が経ち、そろそろ新たな人生に踏み出してもよい頃だ。

「文次郎さんもよかった。これで私も――」

卯乃が再び頰を染める。

「心置きなく婿を迎えられます」

「まさか――」

一郎は卯乃と文次郎を交互に見ている。

「まさか卯乃さんは、文次郎めを好いておったのか」

「あっ、煮付けができたようです」

卯乃は思い立ったように立ち上がると、台所の方に走り去った。

——そうだったのか。

文次郎自身、そのことに全く気づかなかった。

「わしが邪魔だったのだな」

一郎が肩を落とす。

「何を言う」

「わしを気遣って、卯乃さんは、おぬしを好いていることを切り出せなかったのだ。わしがいなければ今頃——」

「よせ、もう終わったことだ。われらは、それぞれ新たな伴侶を見つけたのだ」

「分かっておる。もてない男のひがみと思って聞き流してくれ」

一郎は口惜しげに茶碗酒をあおっている。

卯乃が泣き腫らした目で煮付けを持ってきた。

「さあ、食べて下さい」

「すまぬな。おっと、あちち」

一郎が口の中の牛蒡《ごぼう》を持て余している。

「慌てて食べるからそうなるのだ」

文次郎と卯乃が顔を見合わせて笑った。

卯乃の目には涙が浮かんでいた。

——これが、卯乃さんの作るものを食べる最後になるやもしれぬな。

そう思うと、煮付けが一段とおいしく感じられる。

三人は夜遅くまで、思い出話に花を咲かせた。

その帰途、提灯《ちょうちん》一つを提げて、二人は金沢への道を歩んでいた。すでに婿が来ることになっている卯乃は、もう二人に「泊まっていけ」とは言わなかった。

「一郎、しっかり歩け。田に落ちるぞ」

「分かっておる」と言いながら、一郎は千鳥足である。

「そなたが、糸さんと祝言を挙げるとは思わなんだ」

「誰にとっても、それが最もよきことなのだ」

「その通りだ」

「わしにとっては、そなたが嫁をもらうというのも驚きだ」

「ああ、わしもそう思う」

一郎は、呂律《ろれつ》が回らなくなってきている。

「人は変わる。いつまでも同じところにとどまってはいない。人と同じように世の中も変わる。あの公儀でさえ消えてなくなったではないか」

一郎が寂しげに言う。

あれだけ盤石なように思えた幕府が、この世から消滅したのだ。もう何があっても驚くことはないと、文次郎は思っていた。

「これからは、こうして二人して卯乃さんのところに行くこともないだろうな」

「そうだな。いくら人手がほしいと言っても、婿殿にとっては、あまり気分のよいものではないからな」

「では、もう行かぬのか」

「それがよい。祝いの品だけ贈って祝言も遠慮しよう」

「そうしよう。でも何か吹っ切れたな」

「ああ、皆で新たな一歩を踏み出すのだ。これほどめでたいことはない」

「新たな一歩か――」

一郎がすでに別のことを考えていると、文次郎には分かる。

「文次郎よ、わが藩はどうなる」

「さすがに藩は、なくならぬだろう」

藩は地方行政の中心であり、なくなれば大変な混乱に陥る。

「だが、分からぬぞ」

文次郎にも、この先、世の中がどう変わっていくのか見当もつかない。

「文次郎よ、わしはこの国のために尽くしたい。加賀一国ではなく、日本国のために、この命を捧《ささ》げたいのだ」

「わしもそう思っている」

「きっといつか、万民が安楽に暮らせる世が来ると思うのだ。そのために、わしにできることは何なのか、考えておる」

一郎は多くの書物を読み、新しい世でいかに生きていくかを模索していた。それに対して文次郎は、ただ状況に流されているだけだ。

「文次郎よ、もしも薩長の連中が私利私欲のために幕府を倒したとしたらどうする」

「そんなことはない。薩摩には西郷隆盛という大人物がおるというではないか。そのお方は無私の心で物事を考えるという」

「それは、わしも聞いておるが――」

一郎が疑念をあらわにする。

「そんな大人物がおるとは、ちと信じ難いな」

「いや、本当におるという。いつか、その謦咳《けいがい》に接したいものだ」

「その機会は必ず来る。それまでわれらは、殿と加賀藩をしっかりお守りするだけだ」

「おう、そうだ。加賀藩は天下一の大藩だ。此度の戦いでも奮戦し、多くの犠牲者を出した。新政府でも、きっと重きを成すはずだ」

文次郎は無理に己を納得させた。というのも新政府は、すでに形ができつつあり、その中核に、加賀藩出身者はいないからだ。

二人は、それぞれの人生に期待と不安を抱きながら、金沢へと続く道を急いだ。

明治元年十二月、戊辰戦争に出征していた藩士の大半が帰還したので、藩主の慶寧は論功行賞を行うことにした。

二人は一律にもらえる酒肴《しゅこう》、賞状、金子のほかに、特別な功を挙げた者だけに下賜される褒賞金を得た。それは四十両もの大金だった。

年が明けて明治二年三月には、個人ごとの論功行賞が発表された。

この時、一郎と文次郎は足軽より一段階上の御歩並にそろって昇格し、切米《きりまい》三十俵を受けることになる。

いかに混乱期とはいえ、遂に二人は、先祖の誰も成し遂げられなかった足軽階級からの脱出を遂げたのだ。さらに二人は洋式部隊の伍長を仰せ付けられた。これも戊辰戦争時の伍長代からの昇格となった。

いまだ榎本武揚や大鳥圭介といった旧幕臣たちが、蝦夷地《えぞち》で新政府軍に抵抗しているものの、新政府は国内を統一し、新たな時代への一歩を踏み出そうとしていた。

第三章　気焔万丈《きえんばんじょう》

一

明治二年（一八六九）五月、箱館《はこだて》で徹底抗戦を続けていた榎本武揚ら旧幕臣たちが降伏し、御一新すなわち明治維新は成った。

これにより政権中枢部にいる大久保らは、外夷《がいい》の圧力を跳ね返せる強力な政治体制を築いていこうとする。

大久保らは領土と人民を新政府に献上させるべく、同年六月から版籍奉還を行った。だがこの時は、藩主は知藩事と呼び名を変えられただけで、旧藩の政治体制も藩兵も温存されたままだった。

続いて新政府は身分制度の刷新《きっしん》を図った。高位の公家《くげ》や諸大名は華族とされ、武士階級は士族としてひとくくりにされ、足軽以下は卒族とされた。武士以外の者たちは農民も商人も平民とされ、大まかに言えば、階層はこの四段階になった。ちなみに卒族は二年後には廃止され、世襲の足軽は士族に、一代限りの足軽、小者、中間などは平民に編入される。

戊辰戦争から御一新後の加賀藩では、藩主慶寧の父の斉泰と息子の利嗣《としつぐ》が上洛《じょうらく》し、朝廷との折衝を担い、慶寧は金沢に腰を落ち着け、「三州自立割拠」策を進めるという体制を取っていた。

版籍奉還について、慶寧は消極的な対応に終始していたが、諸藩が右へ倣えとなったので、その流れに乗って版籍奉還の上表を提出した。

この時、慶寧は新政府が西南諸藩の軍事力を背景として廃藩置県を断行し、権力を独占していくことになるなど、夢にも思っていなかった。

それゆえ東北戊辰戦争最中の明治元年九月に行った藩政改革は、執政筆頭に本多政均を据え置き、従来の門閥八家（年寄）から有能とおぼしき人物を執政（定員四名）や参政（定員十三名）に登用するという保守的なものだった。だが、こうした旧態依然とした体制に対して、中下級武士や足軽を中心にして不満が出始めていた。

とくに本多政均は門閥派の代表格で、かつて尊王攘夷《じょうい》派に苛烈《かれつ》な弾圧を加えたことで、加賀藩が明治新政府の中枢に人材を送り込めなかった原因を作った人物なのだ。

尊攘派だった横山政和を八家以外では初めて執政に昇格させ、さらに参政に六名の中下級藩士を登用してみたものの、彼らが幕末に他藩の志士たちと交わっていたわけではなく、新政府を牛耳る薩長土肥との人脈は、極めてか細いものになっていた。

六月、版籍奉還は実行に移され、慶寧は知藩事に任命され、加賀藩は金沢藩となる。これにより慶寧の目指した「三州自立割拠」策も次第に意義を見出《みいだ》せなくなり、加賀藩改め金沢藩は迷走を始める。

七月中旬、金沢のある寺の本堂を借りて行われたその集会は、不穏な空気に包まれていた。

この集会を主宰したのは、金沢藩内における旧勤皇組、錬死組《れんしぐみ》、決死組といった尊王攘夷派が合体してできた組織で、総称して尊王攘夷組と呼ばれていた。

この組は決して過激なものではなく、執政の前田直信を首領に、藩士一千名が加盟する穏当なものだった。しかし参謀(副首領格)の岡野外亀四郎《おかのときしろう》の息がかかった一部の者たちは急進派を成し、新政府や藩に対する不満をぶちまけていた。

一郎と文次郎は急進派ではないが、尊攘派の端くれとして、話を聞いておこうと集会に参加した。

「静粛に！」

集会が始まる前に侃々諤々《かんかんがくがく》の議論を始めていた男たちを、議事進行役の土屋茂助《つちやもすけ》が両手を挙げて抑える。茂助は前田直信の家臣で、岡野外亀四郎との連絡役のようなことをやっていた。

百人余の男たちが一斉に口をつぐむ。

それまで周囲の者たちと車座になって激論を闘わせていた一郎も、正面に向き直った。

「本日は、よくぞお集まりいただいた。ここに集まった者たちは、藩の現状に対して不満を抱く同志と考えてよろしいか」

「おう！」という返事が各所から聞こえる。

「では、此度《こたび》お集まりいただいた同志諸氏の名で、藩主様（知藩事・慶寧）に上申書を奉る、ということでよろしいな」

「おう！」

「では、菅野《すがの》君、頼む」

尊攘組きっての論客と言われる菅野輔吉《すけきち》が前に出た。

「われらは諸藩に先駆けて勤皇の精神を表し、北越戊辰戦争でも多くの血を流し、明治新政府の樹立に貢献してきた。しかも藩主様は、版籍奉還の上表を提出した折、天皇から直々に『列藩の標的になるように精々勉励致されたい』という言葉を賜り、率先して新政府の方針に従ってきた」

「そうだ！」という声が複数上がる。

「列藩の標的」とは「諸藩の手本」という意味で、加賀藩が新政府の方針に率先して従うことで、残る諸藩も付いてくるということを見越して、岩倉具視《いわくらともみ》あたりが明治《めいじ》天皇に言わせたのだ。

それでも慶寧はこの言葉に感動し、何事にも「列藩の標的」となるべく努力してきた。

「この四月、新政府が国家課題についての意見を議定に求めた際、藩主様は、あらゆる点で新政府の方針に従うことを表明し、まさに『列藩の標的』となられた」

新政府が議定とされた旧大名に意見を求めたのは、「版籍奉還と知藩事任命」「外国との交際」「蝦夷地開拓とロシア開拓」「国家財政の再建」「キリスト教対策」の五点だった。これらに対して慶寧は新政府の意向に沿ったものを返し、諸藩の模範たらんとした。

菅野が続ける。

「また、五月に問われた郡県制と封建制の如何《いかん》についても、藩主様は郡県制を主張した」

この時、封建制支持は百十三藩で郡県制支持は百二藩だった。さらに郡県制支持でも世襲知藩事制を支持したのは六十一藩で、後の廃藩置県とほぼ同じ急進的な郡県制を支持したのは、わずか四十一藩に過ぎなかった。この中には加賀藩も含まれていた。

というのも加賀藩の摑《つか》んだ情報では、すでに新政府は、最も急進的な郡県制に進むことで肚《はら》を決めていたからだ。すなわち慶寧は、新政府の意を迎えることにより、新政府内において有利な位置を占めようとしたのだ。

「だが――」と、菅野が声を張り上げる。

「政府は藩主様の家禄《かろく》を大幅に削減した。これほどの屈辱があろうか」

慶寧の実質的家禄は、六万七千石程度にまで削減されていた。

「けしからん！」

「その通りだ！」

堂内が騒然とする。

一郎も中腰になって拳《こぶし》を振り上げたが、傍らの文次郎は腕組みして目を閉じたままだ。

「それだけではない。薩長土肥は政府の顕官要職を独占している。ところがいち早く天朝に忠節を尽くし、新政府を支持したわれらからは、ただの一人も登用されていない」

一人でも高官に潜り込ませることができれば、地元でくすぶる有為の材にも、政府中枢への登用の道が開かれる。だが、その突破口となる一人が登用されない限り、それもままならない。

「何たることか！」

「われらの犠牲を何と心得るか！」

堂内は興奮の坩堝《るつぼ》と化していた。

「このままでは、われらに財源がなくなり、卯辰山の新事業も頓挫《とんざ》する」

維新後、旧加賀藩の殖産興業策は財源不足から停滞していた。養生所と撫育所《ぶいくしょ》の運営もままならなくなり、今では困窮した民も離散し、多くの施設が廃墟《はいきょ》と化しつつある。

一郎は無念やる方なかった。卯辰山こそ、旧加賀藩が上下一致して新たな世に乗り出す象徴だと思っていたからだ。

「聞け！」

菅野が皆の興奮を抑える。

「諸悪の根源は新政府だ。しかし新政府の思惑を察知できなかった執政たちも同罪だ」

「断じて許せん！」

皆の怒りは頂点に達していた。

「とくに佐幕派だった本多播磨守（政均）が、なぜ今も執政の座にあるのだ」

「そうだ！」

「斬れ！」

怒号は堂内に反響し、言葉として聞き取りにくい。だが、「斬れ！」という言葉だけは分かりやすく、それがさらに興奮を煽《あお》る。

「いずれにせよ藩主様が帰国すれば、何らかの処断が下るはずだ」

この時、慶寧は江戸から帰国の途次にある。

「処断が下らなかったら、どうするつもりか！」

誰かが問う。

「われらが血判署名した建白書を藩主様に提出し、本多播磨守の罪を問う」

彼らがいかに不満を抱こうが、新政府に対して物申すわけにはいかない。それゆえ怒りの矛先は執政に向けられる。つまり幕藩体制時代の感覚が十分に残るこの時代、かつて幕府や徳川家に文句を言えなかったのと同様、藩の頭越しに、新政府に何かを建白するという発想が浮かんでこないのだ。

「生ぬるい！」

その時、堂の入口付近から若々しい声が上がった。

皆の視線が一斉に注がれる。

その男は中肉中背だが眉目《びもく》秀麗で、双眸《そうぼう》がきらきら輝いている。

「そなたは見かけぬ顔だが、何者だ。名を名乗れ」

邪魔をされた菅野が不快そうに問う。

「よかろう」

男は、ゆっくりと堂の中央まで進み出ると、大声で名乗った。

「長小次郎連豪《ちょうこじろうつらひで》と申す」

堂内からは「誰だ」「知らぬぞ」という声が聞こえる。

「長一族の者か」

「まあ、そういうことだ」

「門閥派が何用だ！」

菅野や土屋ら、この集会を主宰する尊攘組過激派の者たちが色めき立つ。その中には、福岡惣助の友人だった山辺沖太郎や井口義平といった与力もいる。

「まあ、門閥派といえば門閥派だが――」

腕を組みつつ、長がにやりとする。

「わしは長一族の末端に位置する者だ。金沢で生まれたが、父が早世したので、母の実家がある能登国の穴水《あなみず》で育った」

「そなたの出身は分かった。それよりも、先ほど『生ぬるい』と申したのはどういうこ

まで生ぬるいから生ぬるいと申した」


とだ」

「生ぬるいから生ぬるいと申した」

長が大声で続ける。

「門閥派は、そなたらが考えているほど脆弱《ぜいじゃく》ではない。御一新が成ったとはいえ、これまでの政治権力を手放さず、われらを従来の身分制度の中に押し込めておくつもりだ」

「そんなことは新政府が許さぬ！」

「その逆だ。日本一の大藩に、無能で守旧的な執政がおることほど、新政府にとって都合がよいことはないのだ」

言われてみればその通りなので、誰も反論できない。

「われら金沢藩士が頭角を現すには、門閥を排除し、真に有能な者だけで執政職を固め、政府と駆け引きをせねばならぬ」

「そんなことは分かっている。それゆえ藩主様に献策し——」

「さようなことをすれば門閥派によって、そなたらが排除されるだけだ」

その言葉に一同は押し黙った。

——此奴は別のことを考えておるのか。

ここまで黙って話を聞いていた一郎が前に進み出た。

「長君とやら」

「何ですか」

一郎の気魄《きはく》に押されたのか、長が少しひるむ。

「そなたの言うことは尤《もっと》もだ。では、どうやって門閥派を排除する」

「それは個々に考えるべきことでしょう」

「斬るしかないと言いたいのだろう」

「斬る」という言葉により、周囲に緊張が漂う。

先ほどの「斬れ！」とは違って、一郎の言葉は現実感を伴っている。

「仰せの通り、新たな世に邪魔となる者は、斬るしかありません」

二人がにらみ合う。

――此奴は青臭いだけではなく、肚が据わっているではないか。

一郎の直感がそれを教える。

「もうよい」と土屋が割って入る。

「とにかく、われらは藩主様に建白書を提出し、その意向を確かめる」

「それを黙殺されたらどうしますか」

一郎が問う。

「此奴の言う通り、別の手を考えねばならぬだろう」

菅野はそれ以上、「別の手」について触れることはなかった。むろん一郎とて、そんなことを聞くほど野暮ではない。

その一言で会合はお開きとなった。

皆が本堂を出るよりも早く、長という若者は去っていった。

「おい、行こう」と文次郎に声を掛けると、一郎は人の間を縫って長を追った。背後で文次郎が何か言っていたが、それを無視して一郎は長の肩に手を掛けた。

「おい、待て」

「何のご用ですか」

長の顔がひきつる。

「用などない。ただ貴殿と酒が飲みたいだけだ」

「酒、ですか」

長が意外な顔をした。

「そうだ。果たし合いでも申し入れられると思ったのか」

「ええ、まあ」

「意見の相違は志士である限り、当然のことだ。それよりも貴殿と国事を論じたい」

「私は、酒が飲めませんよ」

「では、果たし合いにするか」

門前で笑い合う二人の許《もと》に、ようやく文次郎が追い付いてきた。

「何だ、喧嘩《けんか》ではないのか」

文次郎が汚れた手巾《しゅきん》で首筋の汗を拭《ぬぐ》ったが、一郎はそれを取り上げると、長という若者に渡した。

「凄《すご》い汗だぞ。拭《ふ》けよ」

「斬られるのを覚悟していましたからね」

長と一郎も同じ手巾で顔を拭き、三人は連れ立って金沢の街へと繰り出していった。

二

小さな居酒屋の二階で、三人は大いに論じた。と言っても文次郎は主に聞き役で、一郎と長の二人が論じ合うのだが。

長は嘉永六年（一八五三）生まれの十七歳。父が若くして病死したため、母の実家がある能登国の穴水で少年時代を送った。父も同じ穴水の出身で、元は此木《このぎ》という姓だったが、古くから穴水の長対馬守《つしまのかみ》の家臣だったことがあり、いつの代からか長姓を名乗ることを許されたという。母が再嫁し、祖父も隠居したことで、主家を頼って金沢に出てきた長は、住み込みで長一族の子弟に勉学を教えているという。

「今の新政府は名ばかりで、内容が伴っていません。つまるところは、徳川の天下を奪いたかっただけなのです」

長が自信を持って論じる。

「つまり薩長土肥で、政府の高官の座を独占しようというのだな」

一郎が憎悪をあらわにして問う。

「その通りです。薩長土肥は、幕末から維新にかけて多くの血を流しました。その報いとして、顕官要職の座を独占するのは当然のことだと考えています。だが、天子様を頂点にいただく王政復古の大号令に諸藩が共鳴したからこそ、御一新は成ったのです」

「その通りだ。われわれも血を流してきた。ここにいる――」

一郎が文次郎の肩を痛いばかりに叩《たた》く。

「文次郎の義兄も戦死した」

「そうだったのですか」

「そのことは、もうよい」

文次郎は、酒の場で百三郎のことを持ち出してほしくなかった。

「何を言う。そなたの義兄上は維新の礎を築いたのだ。そなたは胸を張ってよい」

「わしが胸を張ってどうする」

文次郎が憤然として言い返したが、それを無視して長が続けた。

「その当然のことも心得ていない輩《やから》が、薩長土肥には多くいるのです」

長の毒舌は続いた。その論旨は、新政府が拙速に近代国家の建設を図ろうとすることで、諸藩の封建体制は一気に瓦解《がかい》し、これといった恒産の術《すべ》を持たない士族にとって、未曾有《みぞう》の困窮社会がやってくるというものだった。

「これからは各地で士族の蜂起《ほうき》が相次ぎ、内乱は収まらず、やがて新政府は倒れるでしょう」

長が予言者のように言うと、一郎が顔を真っ赤にして喚《わめ》く。

「そんなことをしていれば、外夷に付け込まれるではないか！」

「仰せの通り。内乱で疲弊した末、支那《しな》同様、わが国も諸外国の食い物になるでしょう」

「そんなことは許さん！」

「おい、よせ」

ほかの客がこちらを見ているのに気づいた文次郎は、一郎の腕を押さえると長に向き直った。

「長小次郎と申したな」

「はい」

「先ほどの集会でもそうだったが、徒《いたずら》に他人《ひと》を煽り立てるものではない」

「そんなつもりはありません。ただ今の世が、徳川の世に比べて、よくなるとは思えないのです」

「かと言って、われらに何ができる」

長が「得たり」とばかりに答える。

「何でもできます。これからの時代は、広く会議を起こし、万機公論に決せねばなりません。つまり、われわれ一人ひとりが正しい見識と意見を持ち、政府に対して物申すことが大切なのです」

「それは、どういうことだ」

一郎が問う。どうやら長の修めてきた勉学は、旧加賀藩士が学んできたものとは一線を画しているようだ。

「よろしいか」

得意げに長が続ける。

「欧米社会では、政府が民意にかしずくのです。ルソーというフランス人は、デモクラシーという言葉で、人民に主権があると唱えています」

「デモクラシーとは何だ」

「簡単に言えば、思想、言論、表現、結社などが自由となり、選挙によって代表が選ばれ、議会で政策が決定されることです」

「そんなことをすれば、国は乱れる」

「ところが、そうではないのです。民衆は政治への参画意識によって、国民である自覚ができ、国家のために尽くすようになるのです」

「つまり、それが西洋の国家だと言いたいのだな」

文次郎が問う。

「その通りです」

「大したものだ」

一郎が感心するのを尻目《しりめ》に、文次郎が再び問う。

「君は、なぜそういうことを知っている」

「東京に出た時に、福澤諭吉《ふくざわゆきち》という人の書いたものを読んだことがきっかけで、様々な人から話を聞いたのです」

――此奴は侮れぬかもしれぬ。

文次郎の嗅覚《きゅうかく》がそれを教える。

「君は東京に出ていたのか」

「一年ほど東京に行かせてもらい、自らの勉学を修めると同時に、東京詰の主筋の子弟に勉学を教えていました」

若者特有の自信と虚勢が入り混じったような顔で、長が言う。

「やはり江戸に出ないと何も始まらん」

酔いが回ってきたのか、一郎は江戸と言った。

「それで、君は何になりたいのだ」

文次郎は、それでも長に対して距離を置こうとしていた。なぜだか分からないが、長には、どことなく危険な雰囲気が漂っているからだ。

「私は政治家になりたいのです」

長が瞳《ひとみ》を輝かせる。それだけだと純真な青年にしか見えない。

「私は政治家となって、万民に幸せをもたらし、この国を正しい方向に導きたい。そのためには命さえも惜しみません」

「よき覚悟だ」

一郎が呂律《ろれつ》の回らなくなった舌で言う。

「君の言うことはよく分かった。では、わしは先に帰る」

文次郎は立ち上がると、小銭を置いた。

「もう帰るのか。わしが払うので、銭は持って帰れ」

「構わぬ」

それだけ言い残し、文次郎は居酒屋を後にした。


これまで、居酒屋に一郎を置いて先に帰ることなどなかった。だが文次郎は初めてそれをした。

——わしは皆のように熱くなれない。

ここのところ、文次郎はそのことを考えていた。

一郎をはじめとする男たちは皆、世を憂え、政府を恨み、酒を飲んでは悲憤慷慨《ひふんこうがい》する。

だが実際には何もできず、ただ徒党を組み、不遇な現状を慰め合っているだけだ。

文次郎には、それが不毛なことのように思えた。

——わしには向いていない。

文次郎は、こうした集まりとも距離を置こうと思っていた。

——その時、一郎はどうするのか。

だがいかに親友でも、いつか道を分かつのは仕方のないことだ。

文次郎は一抹の寂しさを感じながら、家路を急いだ。

家に着くと、玄関先まで糸が出てきていた。

「あっ、寝ておればよいのに」

「もう大丈夫ですよ」

ここのところ糸は体調が悪く、床に就くことが多かった。

式台に腰掛けた文次郎は草鞋《わらじ》に手を掛けた。

「私がやりますよ」

「いや、いいんだ」

文次郎は、まだ糸に遠慮がある。

「実は、いいお知らせがあります」

「何だ」

「嬰児《やや》ができました」

草鞋の緒を解く手が止まる。

「それは真《まこと》か」

「はい。間違いありません。それゆえ体調がすぐれなかったのです」

奥から出てきたヨネも、「ありがたや。ありがたや」と言いながら目を潤ませている。

「そいつはよかった」

文次郎は喜びと同時に、複雑な心境になった。

──やはり、家に収まれという天意なのか。

「うれしくないのですか」

「そんなことはない。うれしいさ。でも、これからの生活を思うとな」

「そうでしたね」

糸が寂しそうな顔をする。

「日々の生計《たつき》は何とかする。それより丈夫な子を産んでくれ」

「はい。分かりました」

玄関の間に上がった文次郎は仏壇まで行き、手を合わせた。百三郎の位牌は実家にあるが、遺髪はこの家の仏壇の奥にしまってある。

──義兄上《あに》、これでよかったのでしょうか。

文次郎は複雑な心境だった。気づくと背後で二人も手を合わせていた。

線香の匂いが漂う中、これからの人生をどう生きるべきか、文次郎は迷っていた。

三

金沢藩では藩政改革を進めるために、先行する他藩の事情を学ぶことにした。そこで「諸藩の政情視察役」として、有為の材を西南諸藩に派遣することになった。この重大な使命を担うことになったのが、陸義猶と米山道生《よねやまみちお》の二人だった。

七月二十八日、二人は金沢を出発し、鹿児島《かごしま》、佐賀、熊本《くまもと》諸藩を回り、その政治体制や財政、また殖産興業策を視察した。

この時、鹿児島に行った二人は西郷隆盛や桐野利秋《きりのとしあき》の謦咳《けいがい》に接し、藩政改革が急務であることを痛感する。彼ら二人に、桐野はこう語ったという。

「国家にとって軍事力は最重要なものです。国家間の条約や万国公法というものもありますが、それらは軍備を十分にしてこそ役に立つもので、もし無力なら空文に等しいのです」

つまり桐野は、国家間の取り決めなども軍事力あってのものであり、弱い者は相手にされないと言いたいのだ。

この言葉に感銘を受けた陸は、鹿児島に倣った藩政改革を志向するようになる。

彼ら二人と入れ違うようにして二十九日、藩主の慶寧が金沢に帰還した。

これを待っていた尊攘派は、慶寧に対して「身分秩序の崩壊によって生じた諸問題」「旧体制の保存によって藩政改革と社会変革が停滞していること」「政府に対しての発言力が弱まっていること」などを建白したが、いくら待っても慶寧の回答はなかった。つまり黙殺されたのだ。

そうなると、彼らにできることは限られてくる。

八月七日の早朝、一郎が調練のため、壮猶館改め斉勇館《せいゆうかん》まで出向くと、何やら落ち着かない空気が漂っていた。

「何かあったのですか」

兵を率いて出ていこうとする夜番の部隊長に問うと、「お城で変事があったらしい」とのことだった。常であれば単身でも駆けていく一郎だが、伍長《ごちょう》として小隊の指揮を執らねばならないため、いったん斉勇館に入り、兵たちと待機した。

すると半刻《はんとき》ほどして、使番が「斉勇館にいる士族と卒族は全員、城の警備に当たるように」という命令を伝えてきた。この時には、すでに誰かが斬られたという一報が入ってきており、何らかの謀殺事件があったことまでは分かっていた。

武装した小隊を率いて城に駆けつけると、城内は騒然としていた。

指示された二の丸前の守備に就いていると、上役がやってきて、ようやく何があったかを教えてくれた。

「本多様が斬られたと仰せか」

「ああ、その場で絶命した」

「誰が斬ったのですか」

「山辺沖太郎と井口義平の二人だ」

「何ですと！」

上役によると、登城してきた本多政均を二の丸の廊下で待ち伏せていた二人は、やににわに本多に斬り掛かり、その場で討ち取ったという。

「それで二人は――」

「その場で取り押さえられた」

二人は尊攘組の岡野外亀四郎の一派に属しており、菅野たちから暗殺を使嗾《しそう》されたに違いない。だが一郎は、その根底には別の理由があることを知っていた。

――福岡さんの敵討ちだな。

山辺沖太郎と井口義平の二人は福岡惣助と仲がよく、池田屋事件の後に福岡が捕らえられた時も、助命嘆願運動を行っていた。しかし彼らの願いを一顧だにせず、本多政均は不破富太郎や千秋順之助に切腹を命じ、福岡を「生胴」に処した。維新後になっても二人は、この時に死んだ者たちの係累に対する寛典要求運動にも参加していたが、藩政府に黙殺されていた。

――そうした怒りが爆発したのだ。

一郎には、痛いほど二人の気持ちが分かる。

「御一新だというのに、何をやっておるのだ」

上役は首を左右に振ると、どこかに行ってしまった。

その後ろ姿を見送りつつ、一郎は心中、「そなたらには分からぬ」という言葉を投げつけた。

この日の仕事が終わり、重い足を引きずりながら家に帰ると、非番だった文次郎が来ていた。

「おう、ようやく帰ったか。それにしても、たいへんなことになったな」

「ああ、まさか山辺さんと井口さんが、こんな大それたことを仕出かすとはな」

「その後もいろいろあったぞ」

「何があったのだ」

「土屋殿が切腹なさった」

「何だと」

土屋茂助は、尊王攘夷派の首領の前田直信の家臣で、慶寧から見れば陪臣《またもの》にあたる。つまり刺客たちと直信の関係を断つために切腹したのだ。

「これで、土佐守《とさのかみ》様（直信）は追及されぬ。あらかじめ覚悟の上の切腹だろう」

「そうだったのか」

しかも新政府が、同年七月に太政官制（明治政府の政治組織）を発布したので、八月一日以降の犯罪は、五月に設置された弾正台の所管となる。つまり東京から金沢に巡察使が派遣され、取り調べが行われることになった。もちろん拷問などは行われない。

「山辺さんと井口さんは、土佐守様との関係についてはしらを切り通すだろう」

「それで収めた方が、わが藩も傷つかぬということか」

「その通りだ。だがこうしたことが行われているようでは、わが藩に対しての新政府の心証は悪くなる一方だ。これでまた、人材登用の道は険しくなるはずだ」

金沢藩の場合、藩士の数も多いので有為の材も少なくない。だが新政府は、こうしたことを口実にして、さらに登用を控えるに違いない。

「それよりも此度のことで、藩主様がいたく心を痛めておるそうだ」

維新後、慶寧は病がちということもあり、以前に比べて内向的になっていた。

慶寧が徹底した藩政改革を断行できず、旧体制側の人材を残してしまったがゆえに、今回のことは起こったのだ。

二人は夜遅くまで語り合った。

むろん二人に何ができるわけでもないが、前途への茫洋《ぼうよう》たる不安は広がっていった。


この翌日、慶寧は藩士に対して訓戒を垂れた。

それは「本多だけが一人勝手な考えで、新たなことを定めていたのではない」とし、「列藩の標的となるよう天子様から申し付けられたにもかかわらず、これでは天子様に申し訳ない。自分の意図するところを深く考えず、心得違いをするな」という程度で、かつての幕藩体制下の厳しさとはほど遠い穏当なものだった。むろん処罰に関しても一切、触れておらず、新設された弾正台に任せるとのことだった。

九月二日、東京から弾正台巡察使一行が金沢に乗り込み、この事件の調査を行った。刑獄寮に留置された山辺と井口に対しても厳しい取り調べが行われ、二人の口上書も作られた。

彼らは本多を斬った理由として、「己の権勢欲から藩主をないがしろにした」「金沢藩を分裂させて新たに高岡藩を興し、藩主に収まろうとした」「西洋風にかぶれ、弓矢槍剣を軽視して藩士たちの士気を阻喪させた」「富国強兵を推進せずに、蓄財することに励んだ」「物価の高騰を放置し、農村を疲弊させた」といったもので、どれも明確な証拠がなく、また本多一人では、どうしようもないものばかりだった。

この中に、「かつて尊攘派として処刑された人たちの係累に寛典の措置を取らなかった」というものもあった。これこそ、二人が最も力を入れて訴えてきたものだった。

御一新が成り、他藩では弾圧を受けてきた元尊攘志士や、その係累の復権が成った。にもかかわらず、金沢藩だけは同様の措置を取らず、処刑された者たちの家族は離散したり、困窮にあえいだりしている。

二人をはじめとする尊攘組は維新後、再三にわたって寛典を求める上表を行ったが、すべて本多に握りつぶされ、藩主の耳に入ることはなかった。

だが、この事件によって寛典の措置が出る見込みは全くなくなった。そんなことをすれば、藩主自ら、この暴挙を認めてしまうことになるからだ。

十月、「加賀藩草莽《そうもう》有志一同」の名で、二人に寛大な措置を望む陳情書が、弾正台巡察使に提出された。その中で「暗殺者二人の行動は国家の大幸《たいこう》」とまで言い切ったので、弾正台巡察使の金沢藩に対する心証はさらに悪くなった。

ところが判決は、極めて軽いものとなった。

実行犯の山辺と井口は自裁を命じられたが、ほかの者たちは軽い禁錮《きんこ》刑や閉門で済み、黒幕の岡野外亀四郎は無罪となった。すなわち山辺と井口の暴挙は、個人的なものと断じられたのだ。

これに怒ったのは本多の家臣たちだった。慶寧に激しく抗議したが、慶寧は「弾正台巡察使の裁定には従わねばならない」と答えるだけだった。ところが、それがまた火に油を注ぐことになる。

事件関係者の禁錮刑や閉門が終わるのを待っていた本多の家臣十三人は刺客と化し、同日同夜に岡野悌五郎《おかのていごろう》や菅野輔吉ら三人を刺殺したのだ。

彼らはその場で投降したので混乱はなかったが、見張り役の一人を除き、即刻、自裁を促された。藩としては、これ以上の弾正台の関与を避けたかったのだ。

これに驚いた明治政府は、「復讐厳禁《ふくしゅうしんかん》」の太政官布達を出すことになる。

かくして、金沢藩を震撼させた大事件は一件落着となるが、その影響は大きく、家中を治められない慶寧の評価は地に落ち、金沢藩は「列藩の標的」どころか、新政府から不平士族の温床として警戒されることになった。

四

明治二年九月、京都木屋町《きやまち》の宿で、大村益次郎が刺客に襲われて重傷を負った。犯人は旧長州藩士で、大村の「徴兵制による国民軍構想」に異を唱えてのことだった。大村は十一月に死去する。

同年十月、慶寧は藩士たちに給禄削減を布告した。これにより大身も含めた家臣たちの扶持米《ふちまい》は大幅に減らされることになる。

まず三千石以上の家臣は一律十分の一、百石以下の者は削減なしとされ、その中間の者たちは、御算用者たちの厳密な数式の下に、平等に石高を減らされた。この改定により、家臣中、最大の五万石を誇った本多家は、様々な計算式を適用されて二千石強とされた。

慶寧としては自らの収入が十六分の一になったのだから、藩士たちは納得してくれると思っていた。だが困窮した藩士たちの不満は、日増しに高まっていった。そのため慶寧は「商い自由」の布告を出し、藩士たちに商売することを許した。

翌十一月、慶寧は城を政府に明け渡し、家族を引き連れて城下にある本多家の上屋敷に移った。本多家の当主は幼い資松《すけまつ》に決まったが、二千石なら下屋敷だけで十分なので、協議の末、政均が住んでいた上屋敷を慶寧に明け渡したのだ。

金沢城には城番が置かれ、政府の受け取り役が来るまで、城を預かることになった。

その頃、陸義猶は米山道生と共に西国諸藩をめぐり、たいへんな刺激を受けていた。

明治三年（一八七〇）一月、大坂に着いた陸は、鹿児島藩（旧薩摩藩）を模範とした藩政改革案を留守居役に託して東京へと向かう。鹿児島で廃藩置県の噂を聞き、その真偽を確かめるべく、政府の情報を集めようというのだ。

留守居役は陸の建白書を金沢に送ったが、この藩政改革案は権大参事の安井顕比《やすいあきちか》によって握りつぶされる。本多の生前から、金沢藩の実務を牛耳っていたのは安井で、彼は長州藩に近い人脈を持ち、それに倣った藩政改革を行おうとしていたからだ。

脱藩同然で東京に向かった陸とは異なり、後に石川県議会議長まで務めることになる米山は実直な性格で、陸と袂《たもと》を分かって金沢に戻った。だが米山も西郷や桐野に感化されており、彼らの話を杉村寛正や長谷川準也《はせがわじゅんや》といった血気の士に伝えることになる。

この日の仕事を終えた文次郎が桜橋まで来ると、一郎が待っていた。冬至に近いので、すでに薄暗くなってきている。

「どうした」と問うと、「話がある」と言って、一郎が歩き出した。

「こっちの都合も聞かんで、勝手なやつだ」

背後から悪態をついたが、一郎はどんどん歩いていく。その背を見ていると、一郎が思い詰めていることが分かった。

一郎は祇陀寺に入ると、誰もいない本堂の石段に腰掛けた。

「長い話か」

「まあな」

文次郎も同じように石段に腰掛けた。その冷たさが尻に染みる。

「昨夜、杉村さんに呼ばれた」

一郎は、身分も世代も少し上の杉村寛正らの影響を受けており、彼らと行動を共にすることが多くなっていた。

「何か頼まれたのだな」

「ああ、そうだ」と言うと、一郎は腕組みをして黙り込んだ。

「早く用件を言え」

「分かった。呼ばれたのは、わしと坪井《つぼい》殿だ」

一郎と共に呼ばれたのは、坪井金吾《きんご》という杉村や陸に心酔している若者だ。

一郎によると、杉村の家に呼ばれた一郎と坪井は、杉村たちの覚悟のほどを示すため、権大参事の安井顕比と、その手足となって動いている内藤誠《まこと》を脅せと言われたという。

内藤誠とは、かつて卯辰山開発事業の総責任者だった内藤誠左衛門のことだ。

安井の家に行けと命じられた坪井は快諾したが、内藤を脅せと言われた一郎は、「考えさせていただく」と言って帰ってきたという。

「脅せとは、どういうことだ」

「それぞれの家に行き、陸さんから送られてきた藩政改革案を吟味するよう迫れというのだ」

「議論が高じて喧嘩になったらどうする」

「もちろん坪井のような暴れ者とわしが呼ばれたのだ。それを見越してのことだろう」

「馬鹿め。斬り合いになれば、勝っても切腹だぞ」

「分かっておる！」

「おぬしは新婚間もないではないか」

文次郎と一郎はそれぞれ、ささやかな婚儀を挙げたばかりだった。

「おひらさんに心配をかけるわけにはいかぬ。すぐに断ってこい」

「だが、そんなことをすれば――」

一郎が口ごもる。

「杉村さんたちから仲間扱いされないというのだな」

「まあ、そうなるだろうな」

「自分たちがやれないことを他人に押し付けようとする奴らが、おぬしの仲間なのか」

「分かっている！」

「では、よく聞け」

文次郎は、土佐勤皇党の武市半平太《たけちはんぺいた》が、岡田以蔵《おかだいぞう》という男を刺客として使っていた逸話を話した。岡田は武市に言われるままに暗殺を繰り返したが、最後は捕吏に捕まり、土佐に護送されて洗いざらい吐いた末、獄門晒《さら》し首となった。そのおかげで武市も切腹させられたのは言うまでもない。

「おぬしは、杉村殿の走狗《そうく》となりたいのか」

「わしは誰の走狗でもない！」

「それならよい。岡田以蔵のようになりたくなかったら断ってくるのだな」

「元々、そうするつもりだった」

そう言うと、一郎は立ち上がった。

――一郎、しっかりやってこい。

その背に文次郎は心中、声を掛けた。

それから数日後、坪井金吾が捕縛されたという噂が流れてきた。どうやら安井の家に行き、太刀を畳に刺して談判したというのだ。誰も傷つけていないので、坪井は閉門二十日を命じられるにとどまった。

その翌日、今度は内藤誠が深夜に襲われたという一報が届いた。

それを聞いた文次郎は、一郎の家に飛んでいった。

「何と馬鹿なことを仕出かしたのだ！」

玄関の戸を開けると、一郎はのんびりと飯を食っていた。

一郎は新婚ということもあり、空きのできた足軽長屋に移っていたので、継母と弟とは別に住んでいる。

「何のことだ」

「おぬしは昨夜、内藤殿を襲ったろう」

「何だと。そんなことは知らぬ」

「昨夜、内藤殿が襲われ、頭に重傷を負った」

「えっ、まさか」

一郎は本気で驚いている。

「おぬしではないのか」

「わしではない！」

その時、外が騒がしくなると馬に乗った役人がやってきた。その後から捕吏が駆けてくる。

「島田一郎、公事場《くじば》まで出頭してもらおう」

「何だと！」

箸《はし》を放り出した一郎が玄関口まで出ていくと、捕吏たちは、その剣幕に腰が引けたかのように数歩下がった。

「一郎、短慮を起こすな」

「何を言う。わしは何もやっていない！」

「島田一郎、大人しく縛に就け！」

役人は気圧《けお》されまいと、居丈高に言った。

「お待ち下さい。島田が何をやったというのですか」

文次郎が双方の間に立つ。

「夜陰に乗じて、内藤権少参事を木刀で殴った疑いだ」

「わしが闇討ちだと。そんな卑怯《ひきょう》なことはせん！」

「暴れるなら力ずくでも取り押さえる！」

役人が顎《あご》で合図すると、捕吏たちが左右に散った。

「一郎、この場は大人しくするしかない」

「あなた、文次郎さんの言う通りですよ」

背後から、おひらの声がした。

「お上に逆らったところで、どうなるというのです。やっていなければやっていないと、堂々と述べるだけではありませんか」

「その通りだ。この場は逃れられても、いつかは捕まる」

左右を見回しつつ身構えていた一郎だったが、さすがに観念したのか、玄関前に胡坐《あぐら》をかいた。腰の物は中に置いてきたので、もう手向かう術はない。

「どうとでも、好きなようにせい！」

その言葉を聞いた捕吏たちは、蟻が群がるように一郎に組み付いて押し倒すや、高手小手に縛り上げた。

「覚えておれ！」

一郎は悪態をつきながら、引っ立てられていった。

「おひらさん――」

文次郎は確かめておきたかった。

「昨夜は一郎と一緒にいたのですね」

「はい。間違いなく」

おひらは頰を染めて俯《うつむ》いたが、その言葉ははっきりしている。

「それを聞いて安堵《あんど》した」

だが取り調べで、どんな調書が取られるかは分からない。あくまで実権を握っているのは安井たちなのだ。

「おひらさん、何があろうと気をしっかりと持つのだ」

「分かっています」

おひらが恬淡《てんたん》として言った。

この翌日、一郎の嫌疑は晴れて釈放となった。実は、内藤の連れていた中間が殴った男を見ており、その話によると、顔はよく分からなかったが、体型が太めの一郎とは似ても似つかなかったらしく、それが決め手となった。だが犯人は遂《つい》に捕まらず、内藤は長期の療養が必要となる。

この事件により、安井を中心とする長州系は態度を硬化させ、杉村や陸の薩州系との対立が明らかとなった。

五

幕末期、すでに危機的状態にあった旧加賀藩（金沢藩）の財政は、北越戊辰戦争で膨大な軍事費を負担し、さらに卯辰山開発事業に多大の投資を行ったことで、どうにもならなくなっていた。それに追い打ちを掛けるかのように、版籍奉還で家禄を削減され、士族から卒族の末端まで、困窮のどん底に突き落とされた。

これは他藩も同様で、明治二年末に上野国の吉井《よしい》藩と河内《かわち》国の狭山《さやま》藩が廃藩を申し出たことを皮切りに、八藩がこれに追従する。さらに多くの支藩では、本藩に吸収されることを望むほどだった。

一方、金沢藩領の農村は凶作によって餓死者まで出る始末で、明治二年の十月、遂に大規模な農民暴動が勃発《ぼっぱつ》する。この暴動には小作層だけでなく地主層まで参加し、数万人規模に達した。

こうした事態に対処すべく十一月、慶寧は金沢藩の蔵米二十万石余を供出し、農民救済に充てた。これにより暴動は鎮静化するが、米価は急騰し、卒族の中には食べていけなくなる者まで出てくる始末だった。

明治三年、遂に慶寧は前田家に秘蔵されていた宝物や書画骨董《こっとう》を売却し、それを農民と卒族救済に使った。しかし、こうしたことは一時しのぎにすぎず、三月になると城下に窮民が溢《あふ》れるようになる。

殖産興業策を進めようにも資金がなく、窮民を救済しようにも、卯辰山はすでに廃墟同然となっていた。

戊辰戦争の活躍で禄高の上がった一郎や文次郎にも、切米は十五俵しか支給されなくなった。これにより比較的楽だった生活も、一気に苦しくなった。


冬の間に積もった雪が解け始め、草木にも新たな命が宿り始めた二月、商用で野々市に行っていた商人が、「頼まれた」と言って手紙を持ってきた。

――勘一だと。ああ、卯乃さんの息子か。

差出人は、卯乃の長男の勘一だった。

それを黙読した一郎は、文次郎の許へと走った。ところが着いてみると、すでに文次郎は着替えをすませていた。

「おぬしのところにも届いたのか」

「ああ、もちろんだ。まさか卯乃さんが――」

文次郎が唇を嚙《か》む。

「わしは非番だが、隊務のあるおぬしはどうする」

「もう休暇届を小者に持たせ、斉勇館に向かわせた」

「では、馬で行こう」

「隊の馬を使うわけにはいかぬ。馬借で借りよう」

「分かった。馬借で待ち合わせだ」

そう言うと一郎は取って返し、着替えながら早口で事情をおひらに説明すると、家を飛び出した。

――それほど困っているとは思わなかった。

一郎は、卯乃の一家とあえて遠ざかっていたことを後悔した。

朝日の中、一郎と文次郎は馬を飛ばして卯乃の家に向かった。


卯乃の家は、以前にも増してひどい状態になっていた。

「卯乃さん！」

二人が庭から叫ぶと、うっすらと線香の匂いが漂ってきた。

「卯乃さん、わしらだ！」

すぐに戸が開くと、人が飛び出してきた。

「勘一か」

「はい」と言って、勘一がうなだれる。

「間に合わなかったのか」

文次郎が天を仰ぐ。

「残念ですが、継母《はは》は亡くなりました」

二人を先導して中に入った勘一は、卯乃の遺骸《いがい》が安置されている居間に二人を通した。

その傍らでは、勘一の妹たちが泣いている。

「葬式を出す金もなく途方に暮れ、お二人に相談するしかなかったのです」

勘一がうなだれる。

「栄養失調だな」

卯乃の顔をじっと見ていた文次郎が呟《つぶや》く。

かつての花が咲いたような愛くるしさは影を潜め、卯乃の顔は苦渋に満ちていた。

「継母は稗《ひえ》と粟《あわ》で薄い雑炊を作り、われわれに食べさせてくれました。しかし己は――」

勘一は嗚咽《おえつ》を堪《こら》えつつ、卯乃の最期の様子を語った。

「少しのものしか口にせず、野良仕事に出ていました。すると一昨日、突然倒れて、そのまま意識が戻りませんでした」

「もうよい。もうよいのだ」

文次郎が震える勘一の肩を抱く。

「ああ、卯乃さん。すまなかった。もっと早く気づくべきだった」

一郎の瞳から止め処《ど》なく涙が溢れる。

「こんなことになっているとは、夢にも思わなかったのだ」

婿をもらって生活が安定するはずだった卯乃一家は、案に相違して、飢饉《ききん》によって困窮を極めていたのだ。福岡の与力仲間が出してくれた生活資金も、とうの昔に使い切っているという。

「それで、主人はどうした」

文次郎の問いに勘一が首を左右に振る。

「死んだのか」

「五日ほど前に家を出たっきり、帰ってきません」

「金策にでも出かけたのか」

「とんでもない。酒を求めてどこかを渡り歩いているのでしょう」

「何だと！」

一郎の胸内に怒りの焔《ほのお》が灯《とも》る。

「それは真か！」

「あの人、いやあいつは、この家に来た初めのうちは働き者でした。だけど、いくら働いても大雨などで作物が駄目になるので、やがて働く気をなくし、飲んだくれるようになりました」

「ということは、卯乃さんが一人で——」

「はい。われわれも仕事を手伝い、何とか食べていけるだけのものを得てはいましたが、あいつは帰ってくると、継母を蹴倒《けたお》して、なけなしの銭を持っていってしまうのです」

「なぜ、われわれに知らせてくれなかったのだ」

　文次郎が問う。

「継母は、お二人にだけは迷惑を掛けたくないと言っていました」

「そうだったのか」

　一郎は溢れてくる悔恨の情に苛《さい》まれた。

「わしらは、福岡さんとの約束を守れなかったのだ」

　一郎が板敷に拳を叩きつけたその時、玄関の戸ががらりと開くと、「卯乃、どこにおる！」という声が聞こえてきた。

「あいつか」という文次郎の問いに、勘一がうなずく。

　一郎は反射的に立ち上がり、玄関に向かった。背後からは、「一郎、よせ」という文次郎の声が追ってきたが、一郎は聞く耳を持たない。

　一郎の姿を見た男は啞然《あぜん》とすると、「どなた様で」と問うてきた。

「そなたこそ誰だ」

「この家の主人で――」

「主人だと」

「ええ、まあ――」

「女房が飢え死にしても、そなたは主人と言えるのか」

「何だって。卯乃が飢え死に――」

「そうだ。この間抜けめ！」

男は一郎の脇をすり抜けると、奥の部屋に向かった。

その後に続こうとした一郎を、やってきた文次郎が引き留める。

「もうよい」

次の瞬間、「卯乃――、まさか、卯乃！」という絶叫が聞こえた。

男と顔を合わせたくないのか、勘一がやってきた。

「勘一、手を出せ」

「何でしょう」

「些少《さしょう》ながら、これで葬式を出せ」

文次郎が懐から銭を出したので、一郎もそれに倣った。

「そなたら四人の身の振り方は、何とか考える。だが、もう四人で一緒には暮らせぬ。それだけは覚悟しておくのだぞ」

文次郎が諭すように言う。

「承知しました」

それぞれが住み込みで、どこかの商家で働くことになる。

「そなたらを、あの男に任せておくわけにはいかぬ。金沢に出てこい。わしらで何とかする」

一郎が付け加える。

「勘一、先ほどやった銭は、あの男に渡してはならぬぞ。卯乃さんの墓を建てて供養してもらうために、近くの寺の住持に渡すのだ」

勘一がうなずく。

「諸事は肝煎《きもいり》に任せればよい。わしと文次郎が付いていると言えば、肝煎は悪いようにはせぬ」

「分かりました」

「では、行こう」

一郎を促すようにして出ていこうとする文次郎を、一郎が呼び止める。

「卯乃さんに別れを告げずともよいのか」

「先ほどすませた。われらは他人だ。後は父子だけにしてやろう」

亭主の泣き叫ぶ声と娘たちの嗚咽は、いまだ続いている。

「勘一、強くなるのだぞ」

「は、はい」

一郎が勘一の両肩を摑む。

「そなたの父の福岡さんも、母の卯乃さんも立派だった。それを忘れずに励むのだぞ」

「私は、妹たちを食べさせていかねばなりません。どんなことにも耐えられます」

勘一の瞳には、福岡に似た聡明《そうめい》な色が浮かんでいた。

「その意気だ」

一郎が勘一の肩を叩くと、文次郎も力強く言った。

「そなたなら大丈夫だ。新しい時代を切り開いていける」

二人は、いまだ嗚咽の続く家を後にした。


卯乃の家が見える最後の角まで来たところで、文次郎が立ち止まった。

「どうした」

訝《いぶか》しむ一郎に、文次郎が言う。

「これから言うことが聞こえていても、聞こえなかったことにしろ」

「えっ、どういうことだ」

「約束しろ」

「ああ、分かった。何も聞こえなかったことにする」

「よし」と言うや、文次郎は路上に誰もいないのを確かめると、大声で言った。

「卯乃さん、好きだった。決して忘れないぞ！」

それを聞いた一郎も、負けじと大声を張り上げる。

「わしも好いておった。子らのことは心配するな。あの世で福岡さんと幸せに暮らせよ！」

「行こう」と言うや文次郎が歩き出した。その瞳は涙で濡《ぬ》れている。

――文次郎、辛《つら》かったな。

二人は村の馬つなぎ場まで行くと、黙って馬に乗った。

――この世は不条理に満ちている。

清く正しい者たちが報われない世に、一郎は憤りを感じていた。

六

「糸、それでは外で待っている。がんばるのだぞ」

「はい。必ず丈夫な嬰児を産みます」

糸が笑みを浮かべてうなずく。

明治三年五月、いよいよ糸が産気づき、産婆が呼ばれた。

「文次郎さん、後は任せなさい」

大量の白布をもらってきた養母のヨネが言う。

「では、外で朗報を待っています」

家を出た文次郎は、長屋の菜園で待つ一郎のところに向かった。

「どうだ。生まれそうか」

「おう、もう半刻も待たずに赤子の顔が見られるはずだ」

赤子のために買い求めた「でんでん太鼓」を振りながら、文次郎が笑みを浮かべる。

「そうか。いよいよ、おぬしも人の親か。こんなものまで買いよって」

一郎が文次郎から「でんでん太鼓」を奪ったが、不器用なのでうまく叩けない。

「正直な話、子の顔を見るのが楽しみで仕方がない」

一郎から「でんでん太鼓」を奪い返した文次郎は、それを小器用に鳴らした。

「さすがにうまいな」

「ああ、腹の子に『早く出てこい』と言いながら、昨夜からずっと太鼓を聞かせていたからな」

「親馬鹿め」

「おぬしの方は、まだなのか」

「ああ、わしの方はまだだ。わしが大きな童子《わっぱ》だからな」

二人は天にも届けとばかりに笑った。

しばらく一郎と世間話をしていると、甲高い声が聞こえた。

「文次郎さん！」

隣に住むおかみさんが、血相を変えて走ってきた。

「おっ、生まれたようだぞ」

一郎が背を押す。

「そのようだな」

「男か女か。楽しみだな」

「丈夫であれば、どちらでもよい」

ところが、近づいてくるおかみさんの顔から血の気が引いているのが分かった。

「ど、どうしたのだ！」

「文次郎さん、たいへんだよ」

「何がたいへんなのだ」

「いいから、来ておくれよ」

おかみさんがその場に泣き崩れる。

それで異変を知った文次郎が走り出すと、一郎もそれに続いた。

家の前まで来ると、人だかりができていた。誰もが不安そうな顔で何事か話し合っている。

「わしは外で待つ。何か手伝えることがあったら大声で叫べ」

「すまぬ！」

一郎は生垣のところで立ち止まった。

玄関の戸を開けると、玄関の間にヨネが倒れ込んでいた。

「養母上、どうしたのです」

「あああ」

ヨネは言葉にならない声を上げている。

「糸、入るぞ！」

文次郎が居間に入ると、そこに敷き詰められた白布は血の海となっていた。

「糸、どうしたというのだ！」

糸の目は大きく見開かれ、天井を見つめている。

「ま、まさか——」

糸の腹は膨らんだままで、赤子は腹に収まったままのようだ。

「糸、しっかりせい！」

懸命に呼び掛けても返事はない。

——死んでいるのか。

文次郎にも、ようやく糸が息絶えていると分かった。

「ああ、糸、何ということだ」

両手を真っ赤に染めて、文次郎は茫然としていた。

「胞衣《えな》が——」

その時、部屋の片隅で震える産婆の声がした。

「胞衣が出口をふさいでいて、手の施しようがなかったんだよ。それで出血がひどくなって——」

堰《せき》を切ったように産婆が泣き出す。

「もうよい。外に出ていてくれ」

産婆が逃げるようにして出ていった。

——糸、どうして。

文次郎に言葉はなかった。


血だらけのまま外に出ると、近所の者たちが人垣を成していた。

その中から一郎が進み出る。

「糸さんはどうした」

文次郎が弱々しく首を左右に振る。

「もう助からぬのか」

「ああ、すでに息をしておらぬ」

「そうか」と言ってため息をついた一郎が続ける。

「事情は産婆から聞いた。養母上は卒倒し、医師のところに運ばれていった」

「そうか」

「何を言っても慰めにはならぬだろう。それゆえ何も言わん」

「分かっている」

文次郎は精根尽き果て、沓脱石《くつぬぎいし》の上に座り込んだ。

一郎が近所の者たちに告げる。

「皆、すまぬが残念なことになった。もう手の施しようもないので帰ってくれ」

それを聞いた近所の者たちが、重い足取りで散っていく。

その時、一郎の怒声が轟《とどろ》いた。

「おい、そこの。今、何と言った」

一郎は、その小者らしき男に歩み寄ると、襟を摑んで締め上げた。

「そなたは今、『義兄の嫁を奪った罰が当たった』と申したな」

「あぐう、うぐぐ」

一郎よりも大柄な男が、背伸びするように締め上げられている。

「もう一度、言ってみろ」

「ああ、お許しを――」

一郎は男を下ろすや、その尻を思い切り蹴り上げた。

「失《う》せろ！」

男は逃げるようにして走り去った。

家の周囲に人はいなくなり、とたんに静かになった。

「文次郎、葬儀の手配はわしがする。そなたは糸さんに寄り添っていろ」

「うむ」

文次郎は、まだ何が起こったのか正確に理解できていなかった。

――どうして、どうしてなんだ。

繰り返し、その言葉が浮かび、悲しみの感情も湧いてこない。

――とてつもなく悲しいことがあると、人は茫然とするだけだというのは本当だな。

文次郎は、つらつらとそんなことを思っていた。

「文次郎、しっかりせい！」

一郎が肩を叩く。

「分かっておる。分かっておるが――」

今の文次郎には何も考えられない。

――わしは、どうすればよいのだ。

様々なことが頭の中を駆けめぐる。

「一郎よ」

「何だ」

「糸は、そもそも義兄上の嫁だった」

「今更、それを言ってどうする！」

「あの男の言うように、わしが糸をもらったことで、天の義兄上が怒ったのだろうか」

「馬鹿野郎！」

怒声と共に唾《つば》が飛んできた。

「百さんは、そんなみみっちい男ではない！」

「では、どうしてこんなことに――」

「これも天命なのだ。われらは受け入れるしかない！」

「何事も天命か。われら下々は、どんなことだろうと受け入れねばならぬのか」

今度は一郎がたじろぐ。

「そういう意味で言ったのではない」

「われらは父祖代々、藩主様の言うことはすべて正しいと信じ、唯々諾々と従ってきた。何一つとして『それは嫌だ』とは言わなかった。その挙句、あらゆるものを取り上げられ、食うや食わずの境涯に落とされた」

「文次郎、それとこれとは話が違う。人の運命は藩主様が決めるのではない。天が決めるのだ。われらは、それは受け入れるしかないのだ」

「では、天がわしに国事に奔走せよと命じておるのではないか」

「何だと――」

一郎が絶句する。

「天はわしからすべてを奪い、この国のために命を捨てろと言っておるのではないか」

戸惑いつつも一郎が答える。

「それは分からぬが、おぬしがそう考えるなら、そうなのかもしれん」

「そうだ。きっとそうなのだ」

「そのことは、また話し合おう。それより、わしはすぐに葬儀の手配をする。おぬしは――」

一郎が唇を嚙みつつ言う。

「糸さんを恥ずかしくない姿で送り出せるように、身支度を整えてやれ」

「分かった。もう大丈夫だ」

文次郎が立ち上がる。

「文次郎、辛くとも耐えろ。いつでもおぬしの傍らには、わしがいる」

「おぬしは、ずっといてくれるのか」

「当たり前だ。われらは友ではないか」

「すまぬな」

文次郎はうなずくと、座敷に戻っていった。

その時、血に染まった「でんでん太鼓」が玄関に落ちているのに気づいた。

それを拾った文次郎は、何かを断ち切るかのように、それを外に向かって放り投げた。

七

明治三年八月、欧州外遊から戻ってきた山縣有朋と、小西郷こと西郷隆盛の弟の従道《つぐみち》が、徴兵制度によって兵制を統一しようと主張した。

山縣は「兵制を統一して国民軍を作る。そのためには早急に廃藩置県を行い、藩から軍事力を取り上げるべし」と唱えた。

山縣がよく勉強してきているのを知った大久保は、山縣を兵部大輔に就けようとするが、山縣は「荷が重い」と言って辞退し、逆に鹿児島から西郷隆盛を呼び戻すことを勧めた。大久保は従道を鹿児島に送り、大西郷に打診すると、政界復帰にまんざらでもないという。

十二月、大久保は勅使の岩倉具視を奉戴《ほうたい》し、鹿児島を訪れて西郷と折衝を重ねた。西郷は士族の反乱を危惧《きぐ》し、鹿児島・山口《やまぐち》・高知《こうち》三藩の兵で御親兵(後の近衛兵)を組織して有無を言わせず廃藩置県を断行するなら、自分が陣頭に立つと答えた。これにより廃藩置県は一気に具体化する。

明治四年(一八七一)二月、西郷は上京し、三藩から出された御親兵一万余の頂点に立った。

六月、西郷と木戸が参議に任命され、七月十四日、在京の知藩事五十六名を宮城大広間に招いた天皇は、廃藩置県の詔《みことのり》を示した。これにより、すべての藩は消滅し、三府三百二県が生まれた。

同時に知藩事は全員免職となり、九月中に東京に移住するよう命令が発せられる。

そんなことが起こっているとは全く知らない慶寧は七月三日、東京を出発し、十七日に国元に戻った。そこで廃藩置県のことを聞き、自分が蚊帳《かや》の外に置かれていたことを知った。

翌十八日、慶寧が政府から受け取ったのは、「知藩事免官辞令」だった。

八月十一日、金沢藩とのすべての縁を断ち切った慶寧は発駕《はつが》し、東京に向かった。沿道には家臣や領民が溢れ、誰もが緊張の面持ちで慶寧を見送った。つい四年半ほど前、藩主に就任した祝いを、藩を挙げて行ったのが嘘のようだった。

慶寧は屋敷を出ると、城のよく見える場所で駕籠《かご》を止めた。

皆が固唾《かたず》をのんで見守る中、駕籠から出た慶寧は、城に向かって深々と一礼した。

始祖の前田利家《としいえ》が加賀国に入府してから、三百年弱の歳月が流れていた。それも今日で終わる。沿道に鈴なりになった人々は、この光景を涙なくして見られなかった。

慶寧は顔を上げると、しばしの間、感慨深そうに城を見つめていたが、やがて吹っ切れたように駕籠に戻ると、二度と姿を現さなかった。


慶寧一行の最後尾が視界から消えると、沿道の人々も三々五々、散っていった。誰もが加賀百万石の終焉《しゅうえん》に立ち会ったことに感慨を催し、前田家を懐かしむ話をしていた。

「一郎、いつまでここにいるのだ」

文次郎の声で、われに返った一郎が振り向く。

「こんなことが許されてよいのか！」

「今更、何を言っているのだ」

「われらの藩主様は早くから尊王攘夷の志を貫き、天朝に忠節を尽くしてきた。それが身ぐるみ剝《は》がれて、自らの国から追い出される。かような不条理があってよいのか」

「それは、どの藩も同じだ。山口の毛利様も鹿児島の島津《しまづ》様も同じようにすべてを返上し、東京に住まねばならぬ」

「だが、彼奴《きやつ》らは政権の中枢に人材を送り込み、若者たちにも登用の道が開かれている。それに比べて、われらを見ろ。食うや食わずで働かされた挙句、すべての門戸は閉ざされている」

「一郎、時代の趨勢《すうせい》には誰も勝てぬ。あのまま幕藩体制が続いていれば、われらは挙国一致体制が取れず、清国のように外夷に国土を汚され、あらゆる富が持ち去られていたはずだ。そうならなかったのは、ひとえに御一新のおかげではないか」

「われらは百万石の大藩だったのだぞ。それがなぜ、かような目に遭わねばならぬ」

一郎が拳を固めたその時、背後から声が聞こえた。

「仰せの通りですね」

振り向くと、長連豪が立っていた。

「長君ではないか」

「ご無沙汰《ぶさた》しておりました。祖父が死んだので、財産を整理すべく穴水に戻っておりました」

長が疲れたような笑みを浮かべる。

「それはたいへんだったな」

「何ほどのこともありません。それより、政府も思いきったことをやりましたね」

「廃藩置県のことか」

「はい。本を正せば、御一新は武士によって成りました。そのため敵味方多くの武士が死にました。その戦費も諸大名が自腹を切りました。ところが蓋《ふた》を開けてみたら、殿様は領地を取り上げられ、家臣たちは失業し、何らよいことはありませんでした」

「その通りだ」と言って、一郎がうなずく。

「これで士族蜂起が起きないのは、不思議なくらいです。それでも、さすが西郷翁だ。不平士族の蜂起に備え、万余の御親兵を東京に置いておきました。これでは百万石の大藩だろうと、抵抗する術はありません」

　文次郎が苦々しげに問う。

「つまり、もう誰も政府に逆らえぬというのだな」

「そうです。政府は力ずくで物事を決しようとしています。むろん旧態依然としたものを一新しないと、近代国家などできるわけがありませんからね」

「そんな無法が許されるか」

　一郎が獣のうなるような声を上げる。

「許すも許さぬもありません。政府中枢に誰一人として送り込めなかったわれらは、指をくわえて見ているしかないのです。ただし――」

「ただし、何だ」

「政府の独走が過ぎれば、われらにもできることがあります」

「それは何だ」

　文次郎が長に挑むように問う。

「私に、それを言わせるのですか」

「よいか」と言いつつ、文次郎が長の胸倉を摑んだ。

「そなたはあの時、山辺さんや井口さんを挑発し、暴挙に走らせた。それをまた繰り返そうというのか」

「そんなことはありません。手を放して下さい」

「文次郎、よせ！」

一郎が文次郎の手を振り解《ほど》く。

「長君、もう行け」

長は文次郎をにらみ付けると、足早に去っていった。

「文次郎、わしも馬鹿ではない。かような若僧の言葉には踊らされぬ」

「本当だな」

「ああ、政府の高官を暗殺したところで、何も変わらない。また同じような奴原《やつばら》が出てきて、同じことを繰り返すだけだ」

「それが分かっているなら、もう何も言うまい」

文次郎は一郎を置いて、その場から立ち去った。

一郎は、持って行き場のない怒りと悲しみに茫然としていた。

九月五日、東京に着いた慶寧は、旧加賀藩上屋敷だった本郷邸に入った。ただし、すでにすべての藩邸は上知《あげち》していたため、政府に頼み込み、かつての十分の一の敷地を下賜してもらい、そこに住むことになった。

東京に居を定めた慶寧だったが、すぐに病魔に冒された。微熱が続き、ときに高熱に襲われ、結核の症状を示していたという。

明治六年（一八七三）の夏頃から病状は急速に進行し、翌七年（一八七四）、慶寧は危篤に陥り、帰らぬ人となる。享年は四十五だった。「性質謹厳で酒色を嗜《たしな》まず、品行方正、達眼博識」と称えられた名君も、病には勝てなかった。

八

廃藩置県によって全国三府三百二県は一斉に藩主（知藩事）を失った。本来なら、すぐに中央政府から各県へ大参事（後の県知事）を送り込まねばならないのだが、政府内では藩閥勢力のせめぎ合いが行われており、迅速に人事が進まない。とくに外様《とざま》最大藩だった金沢県大参事の人選は、遅々として進まなかった。

その頃、金沢県政の中心にいたのは、長州藩に近い権大参事の安井顕比だった。安井は政府に掛け合い、長州藩閥から大参事を派遣してもらおうとしていた。

しかし金沢県は北陸の中心で、長州藩閥が押さえるのは好ましくないと、その他の藩閥は思っていた。

この情報を摑んだ杉村寛正や陸義猶らは上京し、伝手《つて》を頼って旧土佐藩の板垣退助《いたがきたいすけ》や旧佐賀藩の江藤新平《えとうしんぺい》といった政府の要人と会い、旧薩摩藩から人を出してもらえるよう嘆願した。

この話は長州藩閥の間隙《かんげき》を突く形で進み、八月、旧薩摩藩の内田政風《うちだまさかぜ》が金沢県の初代大参事に決定した（大参事は権令そして県令へと名称を変えていく）。

内田は島津久光《ひさみつ》の側近として幕末から維新を通して活躍し、旧薩摩藩の参政まで務めた人物で、金沢県の若者を政府に登用してもらうには、これ以上はない人選だった。

金沢にやってきた内田は安井一派を解任し、自らの就任に尽力した杉村たちを要職に就けた。

不満分子にすぎなかった杉村や陸が、一夜にして県政を牛耳る体制側となったのだ。

杉村は自分たちのことを正義党《せいぎとう》と呼び、そうでない者たちとの違いを明確にした。この正義党が、後に設立される政治結社「忠告社《ちゅうこくしゃ》」の母体となる。

こうした政治体制の変化の中、旧加賀藩が組織していた歩兵隊と砲兵隊は解体され、県下隊として新たな出発をすることになった。

文次郎は軍曹の階級を与えられ、浅野《あさの》川河畔の神護《じんご》寺の屯所に通っていた。

いまだ警察組織が未成熟なため、県下隊はその代替機関として、主に金沢市内の治安維持に当たっていた。文次郎も日夜、兵を率いて市内を巡邏《じゅんら》していた。

一方の一郎は、杉村や陸と近い関係だったこともあり、文次郎に先駆けて少尉に昇進した。

九月のある日、文次郎はある決意を秘めて、一郎を浅野川河畔に呼び出した。

「すべてが変わっても、蜻蛉《とんぼ》の数だけは変わらんな」

一郎が独り言のように言う。

すでに季節は秋に入り、河畔に生える草も色あせてきている。

「変わるものは変わるが、変わらぬものもある」

文次郎がそう言うと、一郎が遠くそびえる白山《はくさん》を望みながら答えた。

「この山河は変わらずとも、あの加賀藩は、もうこの世にないのだな」

「ああ、跡形もなく消え去った」

加賀藩百万石は白山同様、そびえ立つ大山嶺《さんれい》だった。しかも戊辰戦争で勝者の側に立ったにもかかわらず、藩主一家は金沢から追い立てられ、藩組織は解体されて県となり、その主座には他県の者が就いているのだ。

「一郎よ、故郷の山河は何も変わらん。変わっていくのは人の営みだけだ」

「そうだな。藩という枠組みが取り払われたのだ。これからは旧加賀藩の人材も、政府中枢に登用されていくことだろう」

――それは分からぬ。

楽観的な一郎と違って、文次郎は何事も悲観的に考える。大参事が薩摩人になったくらいで、旧加賀藩出身者に新政府の門戸が開かれるとは思えない。だが、ここで否定的なことを言えば、一郎が反発するのは目に見えており、そんな仮定の議論に時間を費やしたくはなかった。

——わしも大人になったな。

文次郎は心中、自嘲《じちょう》しつつ話題を変えた。

「おぬしは、これからどうする」

「どうするって、どういうことだ」

「このまま、陸軍士官としての道を歩むのか」

「おぬしは、わしに別の道を歩めとでも言いたいのか」

「そんなことは言っておらぬ」

「もうわしも二十四だ。先のことを考えねばならぬ。実はな——」

申し訳なさそうに一郎が言う。

「杉村さんからは、上京して仏式兵学を学ばないかと言われている」

「よかったじゃないか」

「まあな」

一郎が恥ずかしげな笑みを浮かべる。

「で、どうするのだ」

「この話を受けようと思っている。東京にも行けるしな」

「そうか。それはよいことだ」

「すまぬ」

「何がすまぬだ。友の栄達を喜ばぬ男はいない」

「しかも、準中尉に昇進させてくれるという」

いかにもすまなそうに一郎が言う。

さすがの文次郎も内心、驚きを隠せなかった。自分は下士官の軍曹のままだが、杉村たちの覚えがめでたい一郎は、自分より数階級も上になるのだ。

――杉村さんたちは、ゆくゆくは県下隊を一郎に任せるつもりかもしれない。

この時、県下隊を掌握していたのは奸物《かんぶつ》党（安井派）出身者だったので、外されるのは時間の問題と見られていた。その後釜《あとがま》には、副官を務める正義党（杉村派）の長谷川準也が就く可能性が高いので、長谷川の副官として、一郎に白羽の矢が立ったというのは十分に考えられる。

むろんこうした見通しは、県が軍組織の管理権限を失うことで、すぐに雲散霧消してしまうのだが、この時の文次郎には、先のことなど洞察できない。

「実は、わしも話がある」

思いきるように文次郎が切り出した。

「何だ」

「わしは名古屋《なごや》に行くことになった」

「名古屋、だと」

一郎が啞然とする。

「ああ、名古屋だ。わしは、おぬしのように県政の中枢から見込まれているわけではないが、人伝《ひとづて》に陸軍に入らないかと誘われた」

「つまりおぬしは、陸軍軍人としての道を歩む覚悟をしたのだな」

「ああ、そのつもりだ」

妻の糸を失って間もなく、その衝撃から立ち直れぬうちに養母のヨネもこの世を去った。実家とさほど行き来のない文次郎は、これにより、どのような身の振り方をしようと自由になっていた。

「文次郎、名古屋と東京と、それぞれ生きる場所が初めて異なるのだな」

「ああ、それもまたよいではないか」

「その通りだ」

二人が高笑いしたので、近くにいた蜻蛉の群れが一斉に飛び立った。

笑い終わった後、二人の間に沈黙が訪れた。初めて別の道を行くことに、互いに寂しさや不安を感じていたのだ。

「文次郎、あの歌を覚えているか」

「歌、だと」

「小四郎さんの作った歌だ」

「ああ、あれか」

「われらは、まさに〝今度上りの天狗さん〟だな」

「ああ、そうだな」

一郎が突然、歌い出した。

「今度上りの天狗さん、尊王攘夷を元として関八州を通り抜け、官軍討手と聞くからにゃ、長い大小投げいだし、無腰でぶらぶら、加賀さんへ参りましょ、参りましょ」

一郎は泣きながら歌っていた。文次郎も立ち上がると、それに和した。気づくと二人は肩を組み、大声で歌っていた。あたかも二人の歌を聞くかのように、周囲には再び蜻蛉の群れが取り巻き始めていた。

――いよいよ一郎と別の道を行くのだな。

友との別れは誰もが経験することだ。しかしいざその時が来てみると、寂しさばかりが先に立つ。

――それでも新たな道に進まねばならぬ。

この年の十一月、二人は金沢を出て、それぞれの赴任地に向かった。

九

明治五年（一八七二）、東京での一郎の生活が始まった。妻のひらを金沢に置いてきたので、一人暮らしだ。

一郎は下谷《したや》の仲御徒町《なかおかちまち》にある斎藤正言《さいとうまさこと》の塾に通うべく、本郷四丁目の三河屋長助《みかわやちようすけ》方に下宿させてもらうことにした。

一郎の東京生活は、最初から壁にぶち当たった。優秀と謳《うた》われた一郎だが、あくまで加賀藩の足軽階級の中でのことで、東京という大海では一介の学生にすぎない。それだけならまだしも、一郎は学生としては高齢の二十五歳で、仏語の習得が遅々として進まないのだ。若い者たちがすらすら覚えていくのに比べ、一郎の習得速度は遅く、関心のある兵器や兵法の学習にも支障を来すほどだった。

――このままでは置いていかれる。

こうした塾は随時入塾可能なので、途中から授業に出ても何のことだか分からない。そのため懸命に追い付こうとするのだが、語学の壁がそれを阻む。それゆえ一郎は焦りばかりが募り、いっこうに授業内容を理解できないでいた。

幕末から維新にかけて青年期を迎えていた者たちは、落ち着いて物事を学ぶ機会がなかった。そのため維新後は、基礎的な学力を欠いたまま高度な西洋の学問に接しなければならず、それが大きな障害となっていた。それゆえ優秀だった者たちも、十代の若者たちにどんどん追い抜かされていく。

――わしのしたかったことは、これだったのか。

仏語を声に出して覚えつつ、一郎は疑問を感じていた。

――このまま何とか履修を終わらせて金沢に帰っても、県下隊の尉官か仏式兵法の教官になるだけだ。それでよいのか。

自問自答してみたところで、すべてを放り出すことなどできない。

杉村たちの期待を裏切るわけにはいかないからだ。

明治五年の三月末頃、三河屋に突然の来客があった。

主人に案内されてきたその男は、薩摩絣《がすり》に小倉袴《こくらばかま》をはき、黒色の羅紗《ラシヤ》帽子の縁《ふち》を下に曲げて目深にかぶっていた。

「どなたですか」

戸惑う一郎に、男は帽子を取って白い歯を見せた。

「おお、長君ではないか！」

「ご無沙汰しておりました」

長連豪が手にした船徳利《ふなどっくり》を、どんと置く。

「こいつはすまぬな。汚いところだが、まあ、上がってくれ」

一郎が汚れた座布団をひっくり返したが、どちらの面も同じように汚れている。

それを見た長が噴き出した。

「随分と使い込んでおりますね」

「これしか客用の座布団はないのだ」

照れる一郎に、長は部屋を見回して感嘆した。

「さすが、学問熱心な島田さんだな」

そこら中に積まれた書物や書付を見回した長は、ようやく座に着いた。

「いや、ただ眺めているだけだ。それより、いつこちらにやってきた」

「昨日です」

「そうだったのか」

長は一郎を頼って東京にやってきたのだ。

「こうなってしまったら、田舎にいるわけにもいきませんからね」

長は故郷穴水の高尾《たかお》村で、長一族の子弟たちに勉学を教えることで糧を得ながら、晴耕雨読の生活をしていた。だが一村夫子《そんぷうし》で生涯を終えるわけにはいかないと思い直し、何のあてもなく東京に出てきたのだ。

「君の気持ちは分かるが、こちらに出てきたからといって、すぐに何かできるものではないぞ」

「分かっています。それより島田さんは県の留学生だ。勉強が仕事というのは実に羨《うらや》ましい」

「とは申しても、県が出してくれるのは塾の束脩《そくしゅう》（入学金と授業料）と下宿代くらいだ。着物代や酒代は自分で稼がねばならぬ」

ひとしきり世間話に興じた後、長が切り出した。

「これからの世は、さらに大きく動きますよ」

「どういうことだ」

「昨年七月に廃藩置県を断行した政府は、日本全土を直接統治下に置くことに成功しました。これは画期的なことです」

長は船徳利の栓を抜くと、一郎の割れ茶碗《ちゃわん》に酒をなみなみと注いだ。

「安酒ですが召し上がって下さい」

長は自分の茶碗にも酒を注ぐ。

「君は、酒が飲めないはずでは――」

「さすがに酒の味を覚えました。穴水などに引き籠《こ》もってしまえば、それくらいしか楽しみはありませんからね」

「それもそうだ」

一郎が膝《ひざ》を叩いて笑うと、長が話題を戻した。

「政府首班の大久保利通は、武士たちの誇りと既得権益を奪った廃藩置県に対する反発が怖かった。そこで、武士たちが信奉する人物を参議に迎えたというわけです」

「大西郷か」

「仰せの通り。しかも西郷先生の手中には、鹿児島・山口・高知三藩から選抜された御親兵一万がいます。これでは不平士族も蜂起のしようがない」

「万全の態勢だな」

「はい。しかも大久保さんは、士族から憎まれがちな自分、木戸さん、岩倉さんと外遊に旅立ちました」

廃藩置県から四ヵ月後の十一月十二日（太陽暦だと十二月二十三日）、特命全権大使の岩倉具視を団長とした四十六名の使節団と五十九名の留学生が、横浜港を出発した。

「この使節団の目的は、新生日本の国民的悲願である条約改正問題にあります」

「うむ。かつて幕府が諸外国と不平等条約を結んだことで、明治政府は難儀している」

かつて幕府が諸外国と結んだ条約は、治外法権の容認や関税自主権の放棄といった諸外国に有利な条項ばかりで、それらを改正しないことには、日本は国際社会で台頭できない。

「まずは条約を改正し、列強に伍《ご》していける体制を築かねばなりません」

ただし岩倉たちは、そう簡単に条約改正が叶《かな》うとは考えておらず、今回の訪問は、「国際親善を図った上で、条約改正の予備交渉をする」という方針でいた。

「五十九名の留学生の中には、女子もおるというではないか」

「はい。女子は五人おります。時代は変わりました」

「旧加賀藩からは誰も行っていないのか」

「旧藩主様の息子の利嗣様が参加しました」

「利嗣様は、まだ若いだろう」

「はい。いまだ十五とか」

慶寧の嫡男利嗣は、幼少時から利発者として知られ、石川県士族の期待を一身に背負っていた。ちなみに、金沢県はすでに石川県となっていた。

「利嗣様は、そんなに若かったのか。政府内の重職に就くまで十五年から二十年はかかるな」

「そうなのです。その間に石川県士族の有為の材も年老いていき、政府の要職に就く道も閉ざされてしまいます」

「使節団の方には、誰もおらぬのか」

「はい。旧幕臣はもとより、尾張《おわり》や紀州《きしゅう》藩出身者まで入っているにもかかわらず、石川県士族からは誰も選ばれませんでした」

「なぜ、わが藩の出身者がおらぬ！」

一郎が茶碗を叩き付けるように置く。

旧加賀藩の御算用方は、「諸藩随一」と謳われるほどの財務の専門集団だった。その人的財産も今では雲散霧消し、わずかな人々が、政府や県の下級官吏として働いているにすぎない。人数が多い分、出頭競争が激しかった旧加賀藩では、御算用方に限らず優秀な人材が豊富で、かつては諸藩の垂涎《すいぜん》の的だった。

「われらは貧乏下宿で安酒を飲み、一方の使節団は洋上で高級な洋酒を傾けている。しかもその中には、負け組の旧幕臣や、本家を裏切った旧御三家の出身者までおるのだ」

「真にもって無念です」

長が口惜しげに盃《はい》をあおる。

「長君、われらはいち早く朝命を奉じ、薩長と共に戦ったではないか」

「仰せの通り」

「ではなぜ、これほど理不尽な仕打ちを受けねばならぬのだ。薩長人は、『加賀には人材がおらぬ』とでも言いたいのか」

一郎の瞳から大粒の涙がこぼれる。

「それが、われらの置かれている現実なのです。かつて本多執政が、尊攘派の要人を根絶やしにしたつけが今、回ってきているのです」

長が無念さをあらわにする。

「われらは、いつまで耐えねばならぬ。それとも、いくら待っても光明は見出せぬのか。われらは子々孫々まで、薩長ごときの門前に馬をつなぐことになるのか」

「門前に馬をつなぐ」とは「家臣になる」という意味になる。

「使節団に参加した者たちの未来は開けています。それに引き換え、われらは――」

長が唇を嚙む。

海外を見聞してきた経験は、本人が出世していく上で大きな財産になる。しかも旧幕臣や旧御三家の藩士たちにしても、一人が政府内で出頭すれば、それを突破口として、親類縁者や故郷にいる有為の材を登用できる。ところが旧加賀藩出身者には、蟻の一穴さえ開いていないのだ。

「無念です。無念の極みです。われらの中にも有為の材はおります。そうした者たちを海外に渡航させてやりたいのです」

長の無念は、自らがそれをできない無念だった。一郎とて、その気持ちは変わらない。

「このままでは、われらは生涯、愚痴をこぼしながら、下司《げす》の仕事をせねばならぬことになる」

「いかにも、このままではそうなります。しかし——」

「しかし、何だ——」

「留守政府の首班《しゅはん》は西郷先生です。西郷先生なら、われらのような士族の思いを汲《く》み取ってくれるのではないでしょうか」

「いや、そうとも限らぬ。西郷さんは、ことさら故郷の薩摩を大切に思っている。われらのことまで気が回るとは思えぬ」

「やはり——」と言って、長が嘆息する。

「島田さん、これからの世は、どうなっていくのでしょう」

一郎にも先のことは見当がつかない。今はまだ藩閥があり、それぞれが拠《よ》って立つ派閥もあるが、ゆくゆくは士族という枠組みさえも、取り払われる可能性がある。

「西郷さんとて政府の人間だ。政府は封建的社会制度を廃し、日本を欧米諸国に倣った近代国家に変貌《へんぼう》させようとしている。その考えは、西郷さんとて変わらぬ」

「残念ながら、その通りです。西郷先生は士族の旗頭のように思われていますが、実際は士族の権利を次々と取り上げています」

一郎と長は、日本が近代化していくことに反対ではない。時代の流れとして致し方ないのも分かる。ただ士族が困窮にあえいでいるにもかかわらず、政府が見て見ぬふりをしていることに耐えられないのだ。

「われらは、身勝手なことを言っているのだろうか」

「そんなことはありません。石川県に限らず、各地の士族はすべての特権を取り上げられ、路頭に迷ったり、娘を女衒《ぜげん》に売ったりする者まで出ている始末です」

「何ということだ。われらは何のために命を張って明治維新を成したのだ」

一郎の脳裏に、無念の戦死を遂げた百三郎の顔が浮かぶ。

――百さんは、こんな世を創るために死んでいったのではない。

「長君、われらにできることはないのか」

「われらにできること、ですか」

長が困った顔をした。

「そうだ。このまま座して老いていく前に、何かできぬだろうか」

「われらにも――」

長が思いきるように言う。

「できることはあります」

一郎の脳裏に「暗殺」の二文字が浮かんだ。

一郎の顔色からその考えを見抜いたのか、長が否定した。

「できることと言っても、政府要人を斬るのではありません。それは最後の手段です。まずは、われらの考えを組織的活動につなげていくことが肝要です」

「組織的活動だと」

「そうです。一人ではできることが限られていても、集団になれば政府を動かすことができるかもしれません」

——つまり政治結社ということか。

石川県には、杉村や陸が中心となっている正義党がある。一郎もその一員になってはいるが、杉村たちが体制派となったため反政府活動などしていない。

「われらが政治結社を組織すると言っても、人は集まらぬ」

「それでは、私を正義党に加盟させて下さい」

「加盟してどうする」

「軒を借りて母屋を奪う、とか」

長が白い歯を見せて笑った。

「そうか。正義党の中で急進的な者だけを引き連れ、ゆくゆくは分派するというのだな」

「ご明察」

——だが、それでは杉村さんや陸さんを裏切ることになる。

一郎にも、さすがに躊躇《ちゅうちょ》するところはある。その顔を見て察しをつけたのか、長が付け加える。

「これは裏切りでも何でもありませんよ。われらは同志です。同志の基本は自主性です。それゆえ分派した時に、考えを同じくする者だけを連れていけばよいのです」

「いかにも、その通りだ」

長は常に理路整然とした物言いをする。

——いずれにせよ、このままではだめだ。

一郎の胸内で、これまで眠っていた熱気が呼び覚まされてきた。

「長君、やろう」

「やりましょう」

二人は幕末の志士のように、闇雲な情熱に突き動かされていた。

十

岩倉使節団が日本を後にするや、西郷隆盛を実質的首班とする留守政府は、新たな政策を次々と打ち出していった。

もちろん大久保も、こうしたことを危惧し、自分たちが外遊している間、主要政策の決定や重要人事を留守政府が行ってはならないという「十二ヵ条の約定書」を、西郷ら留守組（大隈重信《おおくましげのぶ》、板垣退助、山縣有朋ら）との間で取り交わしていた。

だが西郷は、朝敵とされた大名や旧幕軍将兵の全員大赦、徴兵制の施行、地租改正、学制の制定、鉄道開業、太陽暦の採用などの重要政策を立て続けに決定し、後藤象二郎《ごとうしょうじろう》、大木喬任《おおきたかとう》、江藤新平を参議に就任させたため、約定などあってなきものとなっていた。

明治五年十一月、西郷は故郷鹿児島に帰り、主家筋の島津久光と面談し、これまでの無礼を詫《わ》び、遺恨を水に流してもらえるよう申し入れた。

東京への帰途、寄港した名古屋で船を下りた西郷は、名古屋分営に寄り、閲兵を行うことにした。

これを聞いた名古屋分営は、蜂の巣をついたような騒ぎになった。普段から厳しい調練はしているが、西郷の前で失敗は許されない。だが時間がないので、ぶっつけ本番でやるしかない。

連隊営所に迎え入れられた西郷は、分営の幹部と歓談した後、練兵場に姿を現した。それを兵たちが整列して迎える。

――思っていたより大きいな。

文次郎が西郷に対して抱いた第一印象だ。

西郷の背丈は五尺九寸（約179センチメートル）、体重は二十九貫（約109キログラム）だが、成人男子の平均身長が五尺三寸弱（約160センチメートル）に満たなかった当時としては、見上げるような大男だった。

文次郎は分営部隊の旗手を務めていたので最前列におり、西郷を間近に見る機会に恵まれた。

西郷はにこやかな顔で、兵の一人ひとりに慈愛の籠もった眼差《まなざ》しを向けていた。

幕末期のイギリスの外交官であるアーネスト・サトウは、「西郷は黒ダイヤのように大きな目玉をしていた」と書き残しており、その瞳に見詰められた者は一瞬で西郷の虜《とりこ》になり、「この人のために死のう」と思ったという。

西郷は隊長らと共に兵たちの前を歩き、やがて中央まで来ると、そこに立ち止まって訓示を垂れた。西郷は、昨今の国際情勢が予断を許さないものになってきており、日々の鍛錬を怠らず、有事に備えてほしいと述べ、続いて十一月に発布したばかりの「徴兵告諭」に触れ、「全国四民男児二十歳に達する者は、ことごとく兵籍に編入し、もって緩急の用に備うべし」と語った。平民からも兵を募ることに理解を求めたのだ。

訓示を終えた西郷は、最前列の兵たちに声をかけ始めた。もちろん全員ではなく、とびとびに立ち止まり、「どこん産ですか」「父上と母上に孝行しておいもすか」といった他愛のない質問をする。

やがて歩を進めた西郷が、連隊旗を持つ文次郎の前で止まった。

「おやっとさあ」

文次郎には、西郷が何を言ったのか分からない。

「こいはご無礼仕《つかまつ》った。お疲れ様でごさいもす」

西郷が軽く頭を下げたが、文次郎は風の吹く中で連隊旗を支えるのが精一杯で、答礼のしようがない。

「何もせんでよか。旗が倒れてしまいもす」

西郷が白い歯を見せた。

その気づかいが、文次郎にはうれしかった。

「貴殿は、どこん産ですか」

「はっ、石川県です」

「というと、加賀藩の出でおいもすな」

「仰せの通りです」

「金沢は、よかところですか」

西郷は金沢に行ったことがないので、そう問うただけかもしれない。だが故郷のことを突然、思い出した文次郎には、込み上げてくるものがあった。

「金沢は――」

そこまで言ったところで、これまでたまっていた思いが一気に噴き出した。

故郷の人々の顔が、次々と浮かんでは消えていく。

「金沢は――」

湧き上がる思いを懸命に堪え、言葉を口にしようとするが、どうしても続けられない。

「よか、よか。だいにも故郷はよかとこです」

「――」

「おはんは、よか兵にないもす」

西郷の言葉に、文次郎はどう答えてよいか分からない。

「その目を見れば、おいには分かりもす」

「あ、ありがとうございます」

「こいからは故郷のためだけでなく、この国のために励んでくんさい」

「はい！」

文次郎の目から涙が溢れた。

それを見た西郷は、「よか、よか」と言いながら、その場を後にした。

それだけのことだったが、文次郎は大きな衝撃と感動を受けた。

——この人のために死にたい。

生まれて初めて、文次郎はそう思った。


翌明治六年（一八七三）一月十日、前年の十一月に告諭が出されていた徴兵令が正式に公布された。これにより日本は、国民皆兵制に一気に突き進むことになる。

実はこの間、新旧暦の変更があり（旧暦の十二月三日が、新暦の一月一日となる）、この年から政府は、すべての公布物の日付を新暦で記録することになった。

一方、この頃の政府は朝鮮《ちょうせん》と台湾《たいわん》の問題で揺れていた。

台湾問題とは、明治四年（一八七一）十月、宮古《みやこ》島から首里《しゅり》に年貢を輸送した御用船が、台風によって漂流した末、台湾南部に漂着したことに始まる。この時、生蕃《せいばん》と呼ばれる先住民により、船員六十九人中五十四人が殺害されるという事件が起こった。日本政府は清国に賠償を求めたが、清国政府は「台湾は化外《けがい》の地」として支払いを拒否した。これにより世論は沸騰し、台湾出兵の気運が盛り上がる。

それと並行するようにして進んでいた朝鮮問題も、留守政府の懸案事項だった。

江戸時代の日本国と朝鮮国は、徳川将軍と朝鮮国王の交際という形を取った「通信関係」にあった。その仲介をしていたのが旧対馬藩で、明治政府は引き続き厳原《いずはら》県の知藩事に朝鮮外交を一任していた。ところが知藩事が日本の政権交代を告げると、攘夷鎖国主義を貫いていた朝鮮国は、これ幸いと日本との国交を断絶しようとした。

それならとばかりに明治六年、日本政府は潜商（密貿易）を見て見ぬふりをし、なし崩し的に開国に持ち込もうとした。これに対して朝鮮国は、日本公館への生活物資の供給及び同館に出入りする日本人商人の貿易活動を規制してきた。

朝鮮政府の言い分としては、貿易は対馬商人だけという江戸幕府との取り決めに、日本が違反したというのだ。しかしそれは建て前で、これまでは賄賂《わいろ》をもらって黙認してきたことを突如として禁じるのはおかしい。さらに日本を「無法之国」と罵《ののし》ったので、これは「朝威《ちょうい》を貶《おとし》め、国辱にかかわる問題」だとされた。

板垣退助ら強硬派は、「すぐにでも居留民保護の名目で軍隊を送るべし」と騒いだが、西郷は「陸海軍を送る前に、まずは使節を派遣し、公理公道をもって談判すべし」と説諭し、「派兵すれば必ず戦争になる。初めにそんなことでは、未来永劫《えいごう》、両国の関係にひびが入る。それゆえ、断じて出兵を先行させてはならぬ」と言い張った。

さらに西郷自ら使節となり、朝鮮に赴くと主張する。これにより岩倉使節団が帰ってくる前に、政府内では征韓論争が巻き起こった。

十一

明治六年八月二十五日、一郎は長を伴い、金沢に舞い戻った。

肉親や親類縁者に帰郷を知らせることもなく二人が向かったのは、金沢城下の安江《やすえ》町にある大谷《おおたに》派本願寺《ほんがんじ》別院だった。

ちょうど会合が行われているのか、本堂内では国事を論じる声が響きわたっていた。

二人は速足で石段を駆け上がると、「御免!」と言って観音扉を押し開いた。

男たちの顔が一斉に向く。

「島田一郎、ただ今、戻りました!」

「同じく長小次郎!」

正面に立ち、皆に向かって弁舌を振るっていた杉村寛正が驚いたように問う。

「島田君は、東京にいるはずではなかったのか」

「皆様のご配慮により、不肖島田一郎、東京で仏式兵法を学んでおりましたが、学業を放り出し、矢も楯《たて》もたまらず戻りました。どうかご容赦下さい」

一郎がその場に両手をつく。それに倣い、長も一郎の背後で同じ姿勢を取った。

「どういうことか。順を追って説明してくれ」

演説を中断された杉村が、不機嫌をあらわに問う。

「その前に、ここにいる長君を、正義党に加盟させていただけませんか」

「杉村さん、この長小次郎、微力ながら皆様のお役に立ちたく、ぜひ正義党に加盟させて下さい」

「待て」と言いつつ、幹部の一人である長谷川準也が前に進み出た。

「かつて君は、岡野さんたちが結成した尊王攘夷組の集会で持論を述べて挑発し、本多家老を討たせた上、組を瓦解に導いたではないか」

長が言葉に詰まる。

「お待ち下さい」

一郎がすかさず割って入る。

「あの一件は、長君に罪はありません。あくまで実行した者が、己の意志でやったことです」

「尤もだ」と、陸義猶が話を引き取る。

「長君は志のある若者だ。島田君の信頼も厚い。加盟させてもよいのではないか」

「まあ、いいだろう」

杉村が言うと、長谷川も不承不承うなずいた。

「ありがとうございます。かくなる上は素志を貫徹すべく粉骨砕身し――」

長のお礼の言葉が終わるや、堂内に座す正義党の者たちに一郎が向き直る。

「皆も知っての通り、朝野《ちょうや》では征韓論争が激しくなってきている。さる八月十七日、閣議において、西郷参議が正式に朝鮮派遣使節に任命された。これにより朝鮮国に対し、理を説いて開国を促すつもりだろう。だが朝鮮国が、そう容易に鎖国を解くとは思えぬ」

この頃、朝鮮国で権力を握っていた大院君《だいいんくん》は頑迷固陋《ころう》な老人で、西欧諸国と次々に国交を樹立させた日本を「夷狄《いてき》に化した国」「禽獣《きんじゅう》と変わらない」と罵倒《ばとう》し、「わが国人で日本人と交わらんとした者は死刑に処す」という布告まで出していた。

「そうなれば、使節として朝鮮に渡る西郷参議の身に危険が迫る。そこでだ――」

一郎は一拍置き、堂内を見回しつつ言った。

「われらも船を押し立てて朝鮮国に渡り、大西郷の護衛とならん！」

万雷の拍手が起こると思っていたが、意外にも堂内は静まりかえったままだ。

「島田君、それは、ちと無謀なのではないか」

杉村がたしなめる。

「いえ、少人数なら、釜山《プサン》で大西郷を待つことは難しくはありません」

いまだ釜山には三井《みつい》やその他の大商人の支店もあり、大西郷が渡海してくるまで、その中のどこかに潜り込んでしまえばよいと一郎は考えていた。

「長君も同じ意見か」

陸が長を促す。

「はい。初めは、私も無謀と思ったのですが、それくらい思い切ったことをしないと、われらの考えることは西郷参議に伝わりません」

杉村がため息をつく。

「西郷参議でさえ、命の危険があるのだ。われらも朝鮮の土となるぞ」

一郎が話を引き取る。

「もとより死は覚悟の上です。それでも、われらの死で軍隊派遣が成れば、それでよいではありませんか」

「犬死にだ」と、長谷川が吐き捨てる。

「誠を貫く武士に犬死になどない。それともあんたは、死ぬのが怖いのか！」

「何だと！」

元足軽の一郎に罵倒された元平士の長谷川は、屈辱で顔を真っ赤にし、刀袋の緒を解こうとする。

「やめろ！」

杉村が一喝する。

「島田君と長君の意見は分かった。だがわれらは同志だ。皆で議論し、征韓の儀をいかに起こすか一致させていきたい」

結局、話し合いは深夜まで及んだが、出た結論は「征韓軍に加えてほしいという建白書を政府に出す」という穏当なものになる。

それで会はお開きとなり、三日後に陸が起草した建白書に、一人ひとりが血判署名し、陸が上京の上、政府に提出することになった。

集会の帰途、二人は居酒屋で、それぞれの不満をぶちまけた。

「やはり、杉村さんたちでは駄目だ」

「そうですね。いざ征韓となっても、あの内容では、政府が受け入れるとは思えません」

「杉村さんたちは、この国のことよりも、石川県士族を台頭させたいという思いが強いのだ」

一郎とて石川県士族の前途を心配はしている。だがそれは二の次で、まずは無礼な朝鮮国に日本の武威を示し、外交関係を確立する。そして西郷の言うように、朝鮮国と一致団結して外夷の圧力を跳ね返していくべきだと思っていた。

「杉村さんたちには、俗物的野心があるのではないですか」

「つまり、自分たちが国政に参与したいということか」

「そうです」

「野心や欲心を持つ者を志士とは呼ばない」

一郎が吐き捨てるように言う。

「とは言っても、われらだけでは何もできません。杉村さんたちは県政を牛耳っています。つまり内田県令を通じて薩摩藩閥ともつながっています。それゆえ、当面は同志として歩調を合わせていった方がよいでしょう」

「士族がこれほど困窮し、各地で農民一揆《いっき》が頻発しているにもかかわらず、自分たちの出頭ばかりを考える連中に従わねばならぬのか」

「その通りです。まだ隠忍自重すべきです」

「なぜだ」

「正義党の大半は、いまだ杉村さんや陸さんの手腕に期待しています。ここで袂を分かったところで、付いてくる者は高が知れています」

確かに杉村や陸の手腕に期待する者も多い中、それに異論を唱えたところで付いてくる者は少ないはずだ。

結局、一郎と長は当面、金沢で杉村たちと行動を共にすることにした。

長は書生として、一族の有力者の子弟に学問を教えて日々の糧を得ることができたが、一郎は本来の仏式兵法の習得を放り出してきたので、糧を得る術がない。致し方なく杉村に相談すると、下役として雇ってもらうことができた。

ところがこの頃、東京では予想外の事態が起こっていた。

八月十七日の閣議において、西郷が正式に朝鮮派遣使節に任命された。それを受けて十九日、太政大臣の三条実美《さんじょうさねとみ》が西郷の使節決定を天皇に上奏すると、天皇は即座に了解した。ただし天皇は、「岩倉の帰国を待って最終決定すべし」と回答した。すでに木戸と大久保は帰国しており、岩倉からは一ヵ月以内に帰国するという一報が届いていたからだ。

九月十三日、岩倉が帰国し、それから一ヵ月後の十月十四日、再び閣議が開かれた。ところがこの席で、岩倉、大久保、木戸ら外遊組と、大隈重信と大木喬任が使節派遣に猛反対する。

大久保らは政府の財政が逼迫《ひっぱく》していることを挙げ、朝鮮国と開戦しても戦費の負担に耐え切れないと論じた。ところが西郷は、「使節派遣の目的は日朝両国の交誼《こうぎ》を厚くするためであり、開戦など考えていない」と反論する。これにより、ほかの参議も西郷を支持せざるを得なくなり、西郷使節の派遣は本決まりとなる。

ところが、これに怒った大久保が参議を辞すと、木戸、大隈、大木もこれに倣った。

この時、大久保らの辞意に驚いた三条が、心痛のため人事不省に陥ってしまい、太政大臣の職務である天皇への上奏ができなくなるという事態が起こる。

このままでは政務が滞るということで、次席の公家である岩倉が二十日、太政大臣代理に就いた。

しかし岩倉は、いつまで経っても上奏しない。

これに業を煮やした西郷、板垣、江藤、副島種臣《そえじまたねおみ》の四参議（後藤は欠席）は、岩倉邸に押しかけ、天皇への上奏を促した。ところが岩倉は、「自分は前任者とは別人なので、知らない」と言い張る。

岩倉の主張は太政官制違反だが、これに呆《あき》れた西郷は、抗議一つせず辞意を表明する。西郷に同心する四参議は、天皇の裁可が出るまで待つよう押しとどめるが、西郷の意思は変わらない。

西郷は十月二十三日、正式な辞表を提出して、鹿児島に帰郷した。

これに呼応するように、西郷を支持する旧薩摩藩系の陸軍少将・桐野利秋ら近衛士官二百九十名も辞職する。

二十五日、天皇の裁可を待つ四参議に対し、天皇は「十月十四日の閣議決定を支持しない」、つまり岩倉を支持する意思を明確にした。二十歳を過ぎたばかりの天皇は、岩倉に言いくるめられたのだ。これにより四参議も辞職し、大久保らが参議に復帰する。

かくして大久保による「有司専制」体制への道筋が開けてきた。

十二

明治六年十一月、文次郎は約二年ぶりに金沢に戻ってきた。

――ようやく帰ってきたな。

――糸、帰ってきたぞ。

養父と養母も含めた三人が眠る野田山に立ち寄った文次郎は、東北の斜面にある千田家の墓の前に立った。

――こんな小さな墓に、三人は納まっているのか。

それを思うと悲しみが込み上げてくる。

――いつかわしもここに入るからな。待っていてくれよ。

今回は公務による帰郷なので、墓前に長くとどまることはできない。

墓の周囲を清掃した後、文次郎は金沢城の二の丸に設けられた金沢分営に向かった。

この九月、それまでの営所が再編され、全国に十四の歩兵連隊が設置された。

名古屋鎮台は第三軍管となり、名古屋鎮台金沢営所は、第六連隊の分隊が置かれることになった。

第六連隊の給費掛に就任した文次郎は、将兵の給料支給を担当していた。軍隊組織が目まぐるしく変わることもあり、その度に制度や給与体系も変わる。そのため文次郎は、帳簿などの共通化を図るために金沢へと派遣されたのだ。

仕事が一段落した後、親類縁者や世話になった人々に挨拶《あいさつ》して回った文次郎は、寺町の長屋に行くことにした。長屋に誰も住まなくなって久しいので、掃除でもしようと思ったのだ。

寺町に着いた文次郎は、かつて子供たちが走り回り、おかみさんたちがそこかしこで井戸端会議をしていた足軽長屋が、廃墟と化しつつあるのを知った。

——それだけ生活が厳しいということか。

今は、足軽階級が所属していた卒族も士族として扱われているが、生活が苦しいことに変わりはない。とくに蓄えもなく、その日暮らしをしていた足軽階級の者たちは、恒産に就くのも難しく、致し方なく長屋を引き払い、糧を得られる場に移っていくしかないのだ。

——これも時の流れなのか。

時折、擦れ違うのは老人ばかりで、軍服姿ということもあり、文次郎に気づく者はいない。中には顔見知りもいたが、声を掛ければ話が長くなるので、ただ黙礼するだけでやり過ごした。

やがて文次郎の家が見えてきた。

「糸、今帰ったぞ」

建てつけの悪い戸を開けて中に入った文次郎は、慣れ親しんだ箪笥《たんす》や調度類が、文次郎を待っていたかのように佇《たたず》んでいるのに気づいた。養母のヨネが実家から嫁入りする時に持ってきたという桐の箪笥も、かつて使っていた時とは見違えるように、埃《ほこり》をかぶってくすんでいる。

積もった埃を払いつつ、雨戸を開け放つと光が差し込んできた。すでに日は西に傾いており、座敷の中が橙《だいだい》色に包まれる。

裸足《はだし》で庭に出て道具小屋から木刀を取り出すと、素振りをしてみた。

かつての日々が懐かしく思い出される。

その時、背後で「文次郎」と呼ぶ声がした。むろん振り向かずとも、それが誰かは分かる。

「一郎、久しぶりだな」

「ああ、二年ぶりだ」

二人は筆まめではないので文通もなく、この二年、ただ風の便りに互いの消息を知るだけだった。

「なぜ、わしが帰ってきたと分かった」

「おぬしの姿を見かけた近所の爺《じい》さんが、知らせてくれたのだ」

気づかぬふりをしながら擦れ違ったのは、文次郎だけではないようだ。

「おぬしがなぜここにいる。東京で仏式兵法を学んでいるのではなかったのか」

「それは、おいおい話す。まずは入れ」

「わしの家に『入れ』はよかったな」

「ははは、それもそうだ」

二人は、かつてのように笑い合った。

すでに周囲は暗くなり、二人は一郎の持ってきた濁酒《どぶろく》を傾けていた。

「千田登文陸軍曹長は二十七歳になりましたか」

「そう言う島田朝勇陸軍準中尉は二十六歳ですな」

「いや、もうわしは、ただの島田一郎だ」

「えっ、どういうことだ」

「除隊したのだ」

文次郎は絶句した。下士官の文次郎と違い、いち早く士官の道を歩み始めていた一郎が、すでに軍人をやめたというのだ。

「おぬしは準中尉として、東京に仏式兵法の修得に行ったのではなかったのか」

「ああ、そうだったが、政治活動に専念することにした。杉村さんも陸さんも承諾してくれた」

その時、雷鳴が聞こえ、続いて驟雨《しゅうう》が降り出した。

「雨か——。晴れてばかりではないのは、人生も同じだな」

一郎が皮肉な笑みを浮かべる。

「おぬしは人生を何だと思っている。せっかく士官になれたというのに何という馬鹿だ」

県政の主流派になった杉村や陸に認められ、うまく軍人として出世の階《きざはし》を上り始めた一郎を、文次郎は羨ましく思っていた。だが一郎は、すべてを放り出したというのだ。

「文次郎よ、人生は一度だけだ。悔いのないように生きたい」

「おぬしらしいな」

——やはり一郎は軍人ではないのだ。

文次郎は軍隊に入って、上官の命令が絶対だと知った。どんな理不尽なことだろうと、上官の命令であれば絶対に従わねばならない。それを知った時、一郎には到底、耐えられないと思った。

「しょせん人は、納まるべきところに納まる」

「おぬしにとっては、それが政治家だと言うのだな」

「分からん。ただわしは、この世の不正や理不尽を正していきたいだけだ」

「おぬしは政治家ではない。政治活動家なのだ」

一郎には政治家という建設的な仕事よりも、既存の政治家たちの悪政を正していく仕事の方が向いている。

「そうなのかもしれん。だが、明治維新がそうだったように、わしのような活動家がいてこそ、新たな時代が来るのではないか」

「おぬしは、それでよいのか」

「無私の心で捨て石になれるのが、志士というものだ」

二十六歳で家庭を持つ男が、いまだ「志士」にこだわっているとは思わなかった。

「一郎、このままでは、杉村さんたちに利用されるだけだぞ」

「そんなことはない。わしには――」

一郎が言葉に詰まる。

「長小次郎がいると言いたいのか」

「ああ、うむ」

「いまだ、あやつとつるんでおるのだな」

「そういうことではない！」

「あやつは悪い男ではない。それはわしにも分かる。だが、あやつがおぬしにとって、よき友とは思えぬのだ」

「友ではない。同志だ」

「どちらでもよい」

文次郎が一郎をいさめるように言う。

「おぬしには妻もいれば、継母上もいる。もう少し先々のことを考えた方がよい」

一郎は視線を外し、唇を真一文字に結んでいた。決まりが悪い時の癖だ。

「一郎よ、おぬしは正しい。正しすぎるほど正しい。だが、正しいだけでは食べてはいけぬ。それが世の中だ」

「ああ、その通りだ。だがわしは、食べていくために薩長政府の走狗として生きるのは嫌だ！」

「わしが走狗だと言いたいのか」

「そうだ。走狗以外の何物でもない！」

「では、おぬしに何ができる！」

その言葉を言ってしまってから、文次郎は悔いた。そう言われて誰かを斬った者が、幕末や維新には、いくらでもいたからだ。

「わしにできることは——」

「もうよい」

そう言うと、文次郎が酒をあおった。一郎も負けじと、それに倣う。

「一郎、せっかく会いに来てくれたのにすまなかった。だが短慮だけは起こすな」

「分かっている。おぬしは友だから苦言を呈してくれるのだ。それに感謝できなければ、わしは志士どころか男ではない」

「よかった。それが分かっているなら、もう何も申すまい。わしは明後日には名古屋に戻る」

「そうか。此度はもう会えぬのだな」

「ああ、多忙なので無理だ。今日も家の掃除のために、何とか時間を作ってきたのだ」

「分かった。では始めよう」

「何をだ」

「掃除に決まっている」

一郎は立ち上がると、「井戸の水を汲んでくる」と言って外に出ていった。

十三

明治七年（一八七四）一月、板垣、後藤、江藤、副島の前参議は、「民撰《みんせん》議院設立建白書」を左院に提出し、自由民権運動の口火を切った。

ところが版籍奉還以来、廃藩置県、国民皆兵を目指した徴兵制、散髪脱刀令など、士族の神経を逆撫《さかな》でするような政策が相次ぎ、士族たちの憤懣《ふんまん》を自由民権運動だけで吸収するのは困難だった。

そんな時、佐賀県士族の不穏な動きが、東京にいる江藤新平の許に伝わってきた。

佐賀県士族を慰撫《いぶ》すべく、江藤は佐賀に帰ることにした。ところが、帰国した江藤は不平士族を抑えきれず、その首領に祭り上げられてしまう。

二月十五日、四千五百の佐賀県士族が挙兵し、十八日には佐賀城から岩村高俊《いわむらたかとし》佐賀県権令《ごんれい》と熊本鎮台兵を追い払った。

一方、「佐賀県士族決起」の一報を受けた大久保は、司法と軍事の全権を自らに委《ゆだ》ねる決定を閣議で勝ち取り、十九日には各地の鎮台兵五千三百を率いて博多《はかた》に着いた。大久保は海陸の輸送力を総動員し、瞬く間に佐賀に向かって進撃を開始し、三方面から佐賀城を包囲攻撃した。

追い込まれた江藤は、落城寸前の佐賀城から脱出し、西郷を頼るべく鹿児島に向かった。ところが、やっとの思いで西郷と会えたものの色よい返事はもらえず、四国へと渡海し、高知の不平士族を頼ろうとするが、こちらも挙兵には至らず、さらに徳島《とくしま》方面に逃れようとしたところを逮捕される。佐賀に連れ戻された江藤は、斬罪梟首《ざんざいきょうしゅ》という最も重い刑に処された。

佐賀の乱の興奮がいまだ冷めやらぬ三月末、「台湾征討軍先鋒《せんぽう》の従軍願書」を携えた陸義猶は、一郎と長小次郎ら八名を引き連れて東京に向かった。その中には、正義党の主立つ者十九名の署名も添えられていた。

正義党が体制側ということもあり、杉村と陸は政府の意を迎えつつ、石川県士族の台頭を図るという方針でいた。そこが、佐賀県士族と根本的に異なる点だった。

内田政風の紹介状も効き目を発揮し、四月五日、陸は小西郷こと従道と面談し、「従軍願書」を提出した。

そこには、「かつて征韓論の儀が廟議《びょうぎ》で決定されたと聞き、石川県士族は先鋒を務めたいとの旨の願書を提出しましたが、征韓の儀は中止となり、一同で落胆していたところ、この度、台湾征討の儀が確定したと聞き、何卒《なにとぞ》、加えていただきたく、また先鋒として国家の御用に立つことは、積年の素願《そがん》なので、ぜひとも、われらの衷情をお汲み取りいただき、速やかにご許可を賜りたい」といった趣旨が書かれていた。

小西郷は返事を保留したが、石川県士族の意気を大いに評価した。むろん陸軍は、すでに組織的な軍事行動が取れるようになっていたので、こうした私設兵団は、足手まといになるだけだ。

それゆえ小西郷は、初めから参加を認めるつもりはなかった。

またこの時、陸は不平士族一般の感情を代弁した建白書と、佐賀の乱関係者の寛典を望む「建白書」を左院に提出した。

ちなみに正院、左院、右院の三院制度は、廃藩置県後に制定された太政官制の審議制度のことで、正院は左右院の上に位置し、この頃の政府の最高意思決定機関だった。


五月、石川県士族の命運を懸けての「従軍願書」と「建白書」の提出が成り、陸ら代表者九名は新橋《しんばし》の妓楼《ぎろう》で慰労の宴を張ることにした。

この日は自由行動としたので、東京に長期滞在したことのない者たちは上野方面に観光に行った。だが東京に慣れている一郎と陸は、長を交えて妓楼の二階で先に一献傾けていた。

「此度の依願と建白は実にうまくいった」

陸は得意満面だ。

「しかし陸さん、願書や建白書を受け取ってもらったとはいえ、それが実現するかどうかは、別ではありませんか」

一郎は小西郷らと会ってみて、決して先行きが明るくないと思っていた。

――彼らは、われらの意気を買っているだけだ。

政府としては、一大勢力である石川県士族に臍《へそ》を曲げられても困るので、色よい返事をして、やり過ごすつもりでいるに違いない。

「島田君の言う通りだ。それゆえこれからは、その実現を目指していかねばならない」

陸が煙草を煙管《キセル》に詰め始めた。煙草の銘柄は最高級品の「国分《こくぶ》」だ。

「国分」とは鹿児島県国分産の煙草の銘柄なので、石川県では滅多に手に入らない。

「それは、内田さんからもらったのですね」

「ああ、悪いか」

「いや、別に。ただ、あまりに鹿児島に傾倒するのもどうかと思いまして」

長が口を挟む。

「島田さん、鹿児島こそ、われらの理想郷ではありませんか」

「その通りだ」

陸が紫煙を吐きながら言う。

「鹿児島県士族は佐賀の乱とも距離を取ってきた。大西郷らは私学校を創設し、鹿児島の若者たちに軍事教練を施すかたわら、賞典学校と呼ばれる幼年学校や士族授産のための吉野《よしの》開墾社を開き、独立独歩の道を歩んでいる」

明治政府はかつての藩の壁を取り払い、すべての県に共通した制度を布《し》いていくという方針でいるが、鹿児島県だけは、そんなことにお構いなしだった。

長が話を引き取る。

「鹿児島では、西郷先生の『王を尊び、民を憐《あわ》れみ、正義を実行する』という理念を奉じ、十代から五十代までの男子が一丸となって一つの目標に向かって進んでいます」

「その目標とは何だ」

「一言で言えば、士族が士族としての誇りを持って生きられる国の創建です」

長の目は輝いていた。

実際に鹿児島県は、「士族軍事独裁」と言ってもよい状態に置かれていた。政府から派遣されている県令の大山綱良《おおやまつなよし》さえも、旧藩から県に引き継がれた積立金を私学校の経費として渡し、また区長などの地域の行政の中心を、西郷党で固めるなどしていた。

「つまり陸さんは、鹿児島のありかたこそ、われら石川県士族が目指すべきものだと言いたいのですね」

「その通りだ。鹿児島でやっていることを、われらもやる」

「それなら、すぐにでも鹿児島に行き、その諸制度を学びましょう」

「ああ、わしもそう思っている」

「百聞は一見に如《し》かずだ。行ってみるに越したことはない」

一郎は、すっかりその気になっていた。

「実は、すでに内田さんを通じ、桐野さんに話をつけてもらっておる」

かつて中村半次郎《なかむらはんじろう》と名乗っていた桐野利秋は、西郷党の重鎮の一人として名を馳《は》せている。

「そいつはいい!」

一郎が盃をあおる。

「だが先方からは、来るのは三人にしてくれと言ってきた」

「それはまた、なぜですか」

「諸事多難な折で、接待するにも大人数では困るとのことだが、われらの中に、政府の密偵が紛れ込むのを恐れているのだろう」

「三人なら三人で構わぬではありませんか」

一郎は、すっかり行く気になっていた。

「そうだな」

だが陸は煮え切らず、長も盃を持ったまま俯いている。

「今回の報告は残る六人に任せ、われら三人で東京から鹿児島に向かいましょう」

「そうするつもりだったのだが、実は杉村さんにも鹿児島を見聞してもらいたいと思い、誘ったところ、金沢から向かうという」

「なるほど、現地で落ち合うのですな」

「そういうことになる」

「ということは、長君は連れていけませんな」

「いや――」

一瞬、躊躇した後、陸が思いきるように言った。

「長君は連れていく。向こうに行けば、いろいろ手控えを取らねばならぬし、杉村さんの威厳を保たねばならぬので、長君には杉村さんの身の回りの世話もしてもらう」

――陸さんは仲介者として行かねばならん。ほかに杉村さんと長が行くとなると、それで三人ではないか。

いかに勘の悪い一郎でも、ようやく陸の言わんとしていることが分かった。

「つまりわしは、ここに残れと――」

「そういうことになる。だが考えてみてくれ。正義党の中核を成すわれらがそろって鹿児島に行ってしまえば、政府から何らかの回答があった際に困る。副使格の島田君が東京にいてくれれば、小西郷らに呼び出された際も、すぐに返答を受け取れる」

上京した九人の中で、一郎は陸に次いで序列二番目なので、副使と言ってもよい立場にある。

三人の間に気まずい沈黙が漂う。

――長の優秀さを、陸さんが認めたということか。

今回の出張でも、陸が長を見込んでいるのが、言葉の端々から感じられた。

――つまり、わしは見限られたというわけか。

一郎は落胆したが、それを表に出してしまっては男が廃る。

「分かりました。長君ほど有為の材はない。その方がよいでしょう」

「真にすまぬ。次の機会には――」

「そうしてくれるか」

「もう、この話はやめましょう。私は東京に残り、政府の回答を待ちます」

その時、階下が騒がしくなると、東京見物に行っていた連中が上がってきた。

「お待たせしました」

六人は座に着くと、「上野戦争の戦跡は生々しかった」などと語り合っている。

「そうだ。こんなものを配っていましたよ」

その中の一人が、写真のようなものを陸に差し出した。

それを見た陸の顔が青ざめる。

「これは梟首の写真ではないか」

――何だと！

芸妓の写真か何かだと思い、関心を示さなかった一郎だが、慌てて陸の手元をのぞき込んだ。

――これはいったい何だ。

一郎が絶句する。

「配っていた者の口上を聞いたのですが、何でも江藤新平さんの首だとか。まあ、偽物だとは思いますが、売っているのではなく道端で配っていたのでもらってきました」

陸の顔が険しくなる。

「これは、間違いなく江藤さんだ」

そこにいた者たちが一斉に口をつぐむ。

「わしは、江藤さんに会ったことがあるので間違いない」

「これを、ただで配っていたのか」

一郎の問いに六人がうなずく。

——どういうことだ。

その中の一人が答えた。

「配っていた者の話を小耳に挟んだのですが、江藤新平の梟首写真を大量に刷らせて江戸中にばらまけというのは、政府からのお達しだそうです。自分たちは雇われているだけとか」

写真を大量に焼き増しするには、多額の金がかかる。江藤の梟首写真を大量に焼き増しし、人を使ってそれを配らせるようなことは、政府以外にできない。

「どうして、こんなことをするのだ!」

陸と一郎は怒りをあらわにしたが、長は冷静な口調で言った。

「これは政府、つまり江藤さんに恨みのある者の仕業でしょう」

「ということは、大久保さんか」

一郎が天を仰ぐ。

大久保利通は外遊中、西郷によって新たに参議に指名された江藤が、新たな施策をどんどん打ち出していったことを不快に思っていた。大久保にとって、明治政府とは自分の作品であり、それを余人に汚されることが許せなかったのだ。

次の瞬間、胸底から怒りの焔《ほむら》が湧き上がってきた。

「いかに反乱を起こしたとはいえ、明治維新の功臣の一人であり、また維新後も顕著な業績を挙げた江藤氏に、こうした仕打ちをするとは許し難い！」

酒が入っているためか、一郎は次第に激してきた。

「大久保のような男が政府の頂点にいる限り、この国はよくならない！」

「島田君、口を慎め！」

陸がたしなめるが、一郎は聞く耳を持たない。

「自らが外遊している間、大西郷と江藤さんは政府の大改革を行い、新たな施策を次々と実行に移した。それを大久保さんは、自分の政府を奪われたと思い込み、策謀によって二人を下野させた。それでも飽き足らず、江藤さんを挙兵に追い込み、討伐軍を差し向けて佐賀を制圧した。敗れた者が死ぬのは致し方ないことだ。だが死んだ者の誇りを傷つけるのは許し難い！」

皆は沈黙し、一郎の長広舌を聞いていた。

それが一段落した時、陸が厳かな声で言った。

「島田君の言うことは正しい。だが、われらの眼目は政府と歩を一にし、少しでも多くの石川県士族を政府に登用してもらうことにある。そのためには、こうしたことにも目をつぶらねばならぬ」

「陸さん。そうした考えが武士を貶めたのではありませんか」

「何だと！」

立ち上がろうとする陸を、周囲が押しとどめる。

一方の一郎は、さらに声を荒らげた。

「いかにもわれらは、政府内に一人の顕官も送り込めないでいる。そのため石川県士族の有為の材も不遇をかこっている。だが武士としての誇りを失っては、何のために生きているのか分からないではないか！」

何人かがうなずく。

「島田君、だからと言って政府に盾突けば、江藤さんのようになる。君の梟首写真が、こうして流布されるのだぞ」

「武士として望むところだ！」

一郎は写真を手に取ると、穴の空くほど眺め回した。

——江藤さん、さぞや口惜しかろうな。

その時、一郎の頭にひらめくものがあった。

——かようなことをする輩が政府の首班なのだ。到底まともな政府ではない。つまり大久保を斃《たお》せば、少しはましな者が首班になるやもしれぬ。

写真を持つ一郎の手が震える。

――暗殺、か。

「これをもらうぞ」

一郎の言葉に、写真をもらってきた者がうなずく。

「皆は酒食を楽しんでくれ。わしは、これにてご無礼仕る！」

そう言うと一郎は立ち上がり、妓楼の階段を駆け下った。

背後から長の呼ぶ声が聞こえたが、それを無視した一郎は、湧き上がる熱情を持て余し、あてもなく夜の街を歩き回った。

十四

佐賀の乱の早期鎮圧によって政府の力を存分に見せつけたものの、各地の不平士族は不満をくすぶらせ、いつ暴発するか分からない状態が続いていた。

大久保は不平士族の不満をそらすためにも、目を外部に向けさせる必要性を感じていた。だが朝鮮出兵は自ら否定したこともあってできない。そこで急浮上してきたのが台湾出兵だった。

西郷従道を台湾蕃地事務都督に任命した大久保は、台湾への派兵を実現させようとしていた。

これに対して木戸孝允は、「征韓反対の舌の根も乾かぬうちに台湾出兵とは、筋が通らない」と言って反対したが、大久保は聞かない。そのため怒った木戸は参議を辞職してしまう。

それでも、日清間の衝突を憂慮したイギリスとアメリカの介入により、大久保の決意は揺らぎ始めた。ところが大久保が出兵中止に傾くと、今度は兵を率いて長崎まで行っていた西郷従道が承知しない。

五月、長崎に入った大久保は従道を説得しようとするが、従道の不退転の覚悟に負け、最終的に台湾への出兵を承認する。明治六年の政変で、従道は兄の隆盛と共に下野すると目されていた。しかし従道は政府に残る道を選んだ。これにより迷っていた鹿児島県士族の多くが、現職に留《とど》まる決断を下した。いわば大久保は従道に借りを作っており、強く出られない立場にあった。

二人の話し合いの結果、従道は三千六百の兵を率いて台湾へと上陸した。

ところが、これが惨憺《さんたん》たる失敗に終わる。

弓矢しか持たない生蕃が相手なので、制圧には難なく成功したものの、マラリアなどの熱病にやられ、五百六十一人もの精兵が命を落とした。しかも出兵経費は千二百六十万円、輸送船代金は七百七十万円にも上った。

九月、大久保は全権大使として清国に渡り、清国政府から賠償金五十万テールを勝ち取り、「古今稀有《けう》の事にして、生涯亦《また》無き所なり」と語って自らの功を誇ったが、五十万テールは日本円にして六十七万円にすぎず、収支は全く合っていない。

大久保としては台湾出兵を成功と強弁し、佐賀の乱の即時鎮圧と合わせた実績で周囲を黙らせ、「有司専制」を、さらに推し進めようとしていた。

明治八年（一八七五）三月、金沢分営が名古屋分営の管理下を離れ、新たに歩兵第七連隊が創設された。文次郎は第六連隊への転属を命じられ、金沢へと戻ることになる。

金沢城二の丸の兵舎に居を定めた文次郎は早速、一郎の消息を探った。

一郎はすでに東京から戻ってきていたが、杉村たちの正義党とは距離を置き、新たな政治活動を行っているという噂だった。その拠点とされるのが野町《のまち》にある三光寺《さんこうじ》だ。

文次郎は酒肴《しゅこう》を携え、三光寺に向かった。

「御免」と言いつつ本堂の観音扉を開けると、十代とおぼしき若者たちが、車座になって語らっていた。軍服姿の文次郎を見て皆、啞然としている。

「すまぬが島田君を呼んでくれるか」

「島田君とは、島田党首のことですか」

あばた顔の若者が問う。

「島田一郎君のことだ」

「あなた様は――」

「千田文次郎と言えば分かる」

若者は奥に走ると、一郎を連れてきた。

「文次郎ではないか！」

「おう、久しぶりだな」

一郎は文次郎の肩を叩いて再会を喜ぶと、執務室らしき間に案内した。

「尉官になったと聞いたぞ」

「まだ少尉試補だ。働きが悪ければ下士官に逆戻りさせられる」

明治七年十月、文次郎は日頃の働きが認められ、陸軍少尉試補に昇進した。徴兵制によって兵員が増えることもあり、将校の数が足りなくなったため、本来なら下士官止まりの文次郎にも、尉官への道が開けたのだ。

「杉村さんや陸さんとは、いろいろあったようだな」

「ああ、その通りだ」

一郎が疲れ切ったような顔をした。

――よほど意見が違うのだろうな。

「順を追って話してくれるか」

「もちろんだ」

一郎によると、鹿児島に行く陸や長と別れ、一郎は東京で政府の回答を待っていた。ところが「従軍願書」にも「建白書」にも返事はなく、催促しても無視された。

だが杉村と陸は、「こうした活動を地道に続けることで存在を認められ、登用の道が開ける」と言い張り、金沢での自由民権運動を認めてもらいたいという内容の「建白書」を用意し始めた。

高知県の板垣退助らが「民撰議院設立建白書」を提出し、自由民権運動の口火を切って以来、杉村と陸は感化され、正義党を自由民権運動の結社に様変わりさせるという。

彼らは、ここのところ盛り上がり始めている自由民権運動に活路を見出し、議会を開設させて石川県士族から議員を出そうという考えなのだ。

一郎はそうした活動を「生ぬるい」と罵倒したため、杉村たちと喧嘩別れし、別の結社を立ち上げることになったという。

「われらは、運動ではなく行動を第一義とする」

「陽明学だな」

「そうだ。『知行合一』こそ、われらの本分だ」

一郎が胸を張る。

「何という結社名だ」

「名など要らぬ」

一郎が首班となった一派は、第三者からは正義党の分派として見られており、一郎もとくに名を付けなかったため、三光寺派と呼ばれていた。

「つまり、杉村さんたちが穏健な道を歩んでいるというのに、おぬしは佐賀県士族と同じ道を歩むというのだな」

「そうではない。われらは自由民権運動とは別の方法で、政府に物申すのだ」

「それは長君の入れ知恵か」

「何を申すか。これはわしの考えだ。それに同調した者は四百に及ぶ」

石川県士族は他藩に比べて人数が多いこともあり、官途に就くこともできず、不遇をかこつ者が多くいた。その不満を杉村たちはうまく取り込み、正義党を結成して「有志二千」と豪語していたが、いつまで経っても成果が出ないため、一部の者の不満はたまっていた。

そこに一郎が「行動第一主義」「士族の権威復活」などを旨とした分派を立ち上げることになり、多くの不満分子が転じてきたのだ。

つまり「軒を借りて母屋を奪う」という長の戦術が見事、成功したことになる。

「その四百名で何をする。よもや江藤さんのように決起し、あたら若者を殺し、郷土を灰にするつもりではなかろうな」

「何を言うか。われらの目的は政府に反乱を起こすことではない！」

「では、何が目的だ。各地の不平士族の決起に呼応し、挙兵するつもりでいるのだろう」

その時、背後で若々しい声がした。

「われらは無闇に起《た》つことはありません」

「長君か」

長は文次郎に「ご無沙汰しておりました」と挨拶すると、「よろしいですか」と同席の許しを請うた後、その場に座った。

「黒幕とは聞き捨てならぬ言葉ですね」

長が高笑いする。

「文次郎、わしと長君は志を同じくしているだけだ。誰が党首で誰が黒幕などということはない」

一郎の言葉を無視して、文次郎が長に問う。

「君は先ほど『無闇に起つことはない』と申したが、無闇でなければ起つというのか」

「はい。そのつもりです」

長は余裕の笑みを浮かべている。

「おぬしらは、政府軍に勝てると思っているのか！」

忍耐強い文次郎も激してきた。

「勝てます」

長が確信を持って言う。

「鹿児島県士族が起つ時、われらも起ちます」

文次郎が息をのむ。

この時期、西郷の私学校軍は、政府軍と互角の戦力を有していると言われていた。

「それが君の狙いというわけか」

「狙いとは穏やかならぬ言い方ですな。われらは正義のために起ち、正義のために戦う

「君が黒幕か」

だけです」

昨年の六月、杉村や陸と共に鹿児島に渡った長は、独立独歩の姿勢を強める鹿児島の実態を目の当たりにし、大いに感化された。桐野利秋の案内で大西郷にも会い、その謦咳に接することもできた長は、大西郷を崇拝するようになっていた。

大西郷によると、私学校を設立して軍事教練に励むのは、ロシアの南下政策に備えるもので、朝鮮半島で一朝事あらば、鹿児島県士族が先鋒になってロシア軍と戦うという。

これに大いに打たれた三人だったが、杉村と陸は「士族独裁は石川県では無理」と断じ、現実路線を取ることにした。

一方の長は二人と意見を異にし、その場で二人と袂を分かって鹿児島に残り、私学校生たちと共に教練に励んでいたという。

「長君は、すっかり鹿児島に毒されたのだな」

「毒されたわけではありません。鹿児島県士族の考え方が、この国を最もよくすると思ったのです」

「私設の軍隊を持つことが、いかに危険か、君には分かっていない」

「私学校党は反乱軍ではありません。ロシアと戦うための軍隊です」

何を言っても長が聞く耳を持たないと思った文次郎は、二人のやりとりをじっと聞いていた一郎に水を向けた。

「おぬしの三光寺派とやらが起てば、わしと戦うことになるのだぞ。此度、金沢に第七連隊ができたのも、三千から四千ほどいる石川県士族を抑えるためだ。もしもおぬしらが起てば、たちどころに鎮圧してやる」

「文次郎、黙って聞いていればいい気になりおって！」

一郎が机を叩く。

「おぬしには正義の心がないのか。政府の走狗として同胞を討つつもりなのか！」

文次郎とて、今の政府を心の底から信じているわけではない。だが軍人として、職務に忠実であらねばならない。

「一郎、もうやめよう」

文次郎が矛を収めた。仮定の上に仮定を重ねて議論しても仕方がないからだ。

「おぬしの言う通りだ。激してしまい、すまなかった」

一郎も即座に納得した。だが傍らの長は不満げだ。

「一郎よ、もう互いに道を異にしてしまったのだ。それぞれの進む道に、あれこれ口を挟むのはよそう。長君──」

持ってきた徳利から茶碗に注いだ酒を、文次郎が長に渡す。

「君は天下の英才と聞いた。石川県士族が道を誤らぬよう、しっかり頼む」

「は、はい」

恐縮した長は、茶碗を受け取ると酒を一気に飲み干した。

「いい飲みっぷりだ。君も酒を飲むようになったのだな」

かつては紅顔の美少年だった長にも、無精髭《ひげ》が目立ってきている。

「嗜《たしな》む程度ですが、酒は好きです」

「そう言っているのは今のうちだ。そのうち大酒を食らうようになる」

一郎の言葉に、二人が笑った。

この後、半刻ほど酒を飲みつつ二人と世間話をした文次郎は、三光寺を後にした。

——明日のことは誰にも分からない。それぞれが今、正しいと思う道を進むだけだ。

明治維新から八年を経ても、日本国は揺れに揺れていた。そして遂に、大乱の黒雲が西南の方角から湧き出そうとしていた。

第四章　擲身報国《てきしんほうこく》

一

明治八年（一八七五）二月、忠告社の結社式が行われた。社長には杉村寛正が、副社長には陸義猶が就き、困窮する石川県士族一千人余が加盟した。

この結成式に招待されていた一郎は、三光寺派の同志百人余と共に大円寺《だいえんじ》を訪れるが、招待されていない者の入場を断られ、乱闘騒ぎを引き起こした。これを機に双方の関係は険悪になっていく。

忠告社は同年同月、大阪で板垣退助らによって結成された愛国社《あいこくしゃ》に刺激を受けたもので、愛国社同様、自由民権運動を主張する団体で、「士族民権」を標榜《ひょうぼう》し、士族による国会開設を目的とする穏健な団体だった。

ちょうど同じ頃、大久保利通、木戸孝允、板垣退助、伊藤博文《いとうひろぶみ》、井上馨《いのうえかおる》が大阪に集い、新たな政治体制を発足させた。木戸と板垣が参議に復帰し、大久保と権限を分かち合うという大阪会議体制である。これにより曲がりなりにも挙国一致に近い体制が築け、板垣の主張する帝国議会の開設にも一歩近づいた。しかし結社間もない愛国社は、板垣が参議に就任したことで指導者を失い、瞬く間に瓦解《がかい》の危機を迎えた。

こうしたことから、船出はしたものの忠告社の先行きにも不安が漂っていた。

そんな最中《さなか》の三月末、忠告社と蜜月関係にあった県令（県知事）の内田政風が、高齢を理由に辞職した。後任には岐阜県出身の桐山純孝《きりやまじゅんこう》が就く。桐山は薩長両派閥とは等距離にある人物と見られていたが、政治的には凡庸で、同時に権参事（副知事格）に就いた長州藩出身の熊野九郎《くまのくろう》に、県政の実権を握られてしまう。

四月末、熊野の手になる新人事が布告された。

これを見た忠告社社員は唖然《あぜん》とした。杉村や陸はもとより、社員の大半が県官の職を解かれていたのだ。忠告社の面々は、一夜にして与党体制派から野党反体制派に落とされたことになる。

一方、これに勢いを得たのは一郎率いる三光寺派だった。一郎と長は熊野に接近して誼《よしみ》を通じると、いまだ区長などに残っていた忠告社社員を弾劾し、辞職に追い込んでいった。忠告社の中からも、政府への根回しを怠り、熊野を権参事に就けてしまった杉村たちに愛想を尽かし、三光寺派に鞍替《くらが》えする者もあり、三光寺派は徐々に勢力を拡大しつつあった。


玄関を開けて、弟の治三郎が遠慮がちに入ってきた。

「治三郎、久しぶりだな」

新聞を読んでいた一郎は、それを横に放り投げ、治三郎に座布団を勧めた。

「ご無沙汰《ぶさた》しておりました」

一郎の家に呼ばれた治三郎は、いつになく緊張していた。

「まだ嫁をもらっていないと、継母上《ははうえ》から聞いたが――」

「嫁の来手がないのです」

一郎より二つ下の治三郎は、すでに二十六歳になるが、今に至るまで縁談の一つも来《こ》ていない。というのも治三郎には決まった仕事がなく、農事や土木工事の臨時雇いで糊口《こう》を凌《しの》いでいたからだ。

「そなたを呼んだのは、ほかでもない」

正座した一郎が威儀を正したので、治三郎も背筋を伸ばした。

「そなたに家督を譲りたいのだ」

その言葉に治三郎が啞然とする。お茶を運んできた妻のひらも、呆然《ぼうぜん》と立ち尽くしている。

「兄上が健在なのに、なぜ私が家督を継がねばならぬのです」

治三郎がおずおずと疑問を口にする。

「あくまで形式的なことだ。わしに万が一のことがあっては困るからな」

「もう明治の世です。家督など、どうでもよいではありませんか」

以前なら家督を継げば家禄《かろく》も付いてきたが、今は家督に就いても、仕事がなければ食べていけない。そんな当たり前の事実でさえ、不平士族たちは受け容《い》れられなかった。

「それは分かっている。だが継母上のために、はっきりさせておきたいのだ」

「あなた、突然どうしたというのです」

ひらが心配そうに隣に座った。

「お前には、これを――」

一郎が懐から取り出したのは、「離縁状」だった。

「何をお考えですか。もうこのお腹には、子がいるのですよ」

ひらは妊娠していた。

「お前には、本当にすまないと思っている」

「では、この子はどうするのです」

「わしは、この子らの時代をよくするために働いておる」

「あなたが一身を犠牲にし、尊いことをしようというのは分かります。ですが、この子にとって父親はあなただけです。この子のためにも自重して下さい」

「義姉上《あねうえ》の言う通り、兄上はもう人の親です。親としての務めを果たさねばなりません」

「まずは聞いてくれ」

一郎が二人を制する。

「すぐに何かをするわけではない。だがわしは、国事に奔走する身だ。先のことは分からぬ。それゆえ何かあった時、その咎《とが》が係累に及ばぬようにしておきたい。そのための家督放棄であり、離縁なのだ」

一郎は、これは形式上のことであり、これからも二人との関係は一切、変わらないと告げた。

「兄上は何を考えておられるのですか。まさか――」

「何も考えておらぬ。ただ後顧の憂いを取り除いておきたいのだ」

「嘘だ。何か大事を起こそうとしておるに違いない」

「そんなことはない！」

「あなた」

ひらの口調も熱を帯びる。

「何を言おうと、あなたの考えが変わらないのは分かっています。ですが誰かを害したり、迷惑を掛けたりしないと約束して下さい」

一郎が言葉に詰まる。

「お約束いただけるなら離縁状を受け取り、明日にも役所で離縁の手続きをいたします」

「兄上」と治三郎が膝《ひざ》を進める。

「私も同じ気持ちです。禄の付かない家督など、もはや紙くず同然。だが兄上が、それでも家督を譲ると言うなら、私は引き受けます。だが無茶だけはしないで下さい」

治三郎が涙ながらに訴える。

「すべては、わしの不徳のいたすところだ。許してくれ」

一郎が両手をついて頭《こうべ》を垂れる。

「わしは何も隠し立てするつもりはない。天地神明に誓って武装蜂起《ほうき》など企《たくら》んでおらぬ。だが、こうした運動をやっていると、いつ何時、手が後ろに回らぬとも限らぬし、そなたらに迷惑が掛かるかもしれぬ。それゆえ――」

一郎の言葉にかぶせるように、ひらが言う。

「この国をよくしたいというあなたのお気持ちは、私にも分かります。ですが、なぜあなたなのですか。もっと高禄を貪《むさぼ》っていた人たちがいるではありませんか。あの人たちは世の中が変われば変わったで、自分たちのことだけ考え、先祖の財産で食いつなぎながら、のほほんと暮らしているではありませんか」

一郎に返す言葉はない。

「兄上、私も同じ気持ちです。かつての加賀藩士たちは、それぞれの伝手《つて》を頼って、すでに新たな道に踏み出しています。誰しも己と妻子眷属《けんぞく》が大事だからです。杉村さんや陸さんだってそうです。二人は今、不遇をかこっておられるが、体制派の時は羽振りがよく、公金で紅灯緑酒《こうとうりょくしゅ》の日々を送っていたではありませんか。それをなぜ、一度もよい目を見たことのない兄上が、困窮士族のために一身をなげうつのですか」

一郎が搾り出すような声で言う。

「誰かが、やらねばならぬからだ」

「それがなぜ、あなたなのです」

ひらが涙をためて言う。

「どうか、わしのわがままを許してくれ」

再び一郎が両手をついた。

この後、二人は様々な言葉で翻意を促したが、一郎の決意は変わらなかった。

そのため根負けした治三郎は家督を継ぐことを了承し、ひらは子が生まれてから離縁すると約束した。ひらとしては、父《てて》なし子を産むことに耐えられず、名前を付け、お宮参りをしてからだったら離縁状を受け取ると言って譲らなかったので、一郎もそれを認めざるを得なかった。

二

金沢に本拠を定めた歩兵第七連隊は二大隊編制で、本部は金沢城本丸の藩主の居間に置かれ、初代連隊長の津田正芳《つだまさよし》の執務室も、その中に設けられていた。第一大隊は金沢城内に新築された兵営に、第二大隊は旧横山政和邸に駐屯することになった。

旧藩時代の金沢城の面影が、どんどん失われていくことに、昔を知る者たちは戸惑うばかりだった。だが時代は待ってくれない。金沢城は軍隊が駐屯する場所にふさわしいように、門が取り払われ、道が拡張されるなどして、大きな変貌《へんぼう》を遂げつつあった。

かつては、城内の中核部に入ることなど考えられなかった足軽出身の文次郎は、そこに設けられた兵営に住み、そこで日々の仕事をすることに、初めは畏《おそ》れさえ抱いた。しかし今ではそれにも慣れ、かつての藩主の生活空間に入ることさえ何の抵抗感もなくなっていた。

そんな日々を送るうち、文次郎は本部付きの連隊旗手に指名された。連隊旗手は、今後の出世が見込まれる連隊の花形だ。文次郎としては懸命に働いてきただけだが、そんな姿を津田連隊長は認めてくれたのだ。

八月、文次郎は津田に呼び出され、東京まで連隊旗を取りに行くよう命じられた。常の場合、連隊旗は連隊長が受け取るものだが、津田は名古屋鎮台で重大な会議があり、自らの代理を文次郎に託したのだ。

八月十七日、軍曹四名を率いた文次郎は金沢を発《た》ち、九月九日、東京の青山《あおやま》御所での連隊旗授与式に参列した。

――あれが天皇陛下か。

天皇が姿を現した時から、文次郎の膝はがくがくと震えていた。むろん式典には、天皇以外にも皇族や参議らが参列している。大久保利通や木戸孝允らしき顔も見える。末座で直立不動の姿勢を取る文次郎は、緊張の極みに達していた。

背筋を汗が伝う。額からも汗が流れて目に入る。それでも姿勢を崩せない。

しばらくすると、宮内省式部頭《しきぶのかみ》の高らかな声が響きわたった。

「歩兵第七連隊の連隊旗御授与式を始める。陸軍卿《きょう》、前へ！」

正面の椅子に座っていた天皇が立ち上がり、連隊旗を持つと、進み出た陸軍卿の山縣有朋に手渡した。

連隊旗は天皇陛下から直接、連隊長に手渡されるものだが、文次郎は代理なので、陸軍卿を経由するという手順が取られる。

連隊旗を手にした山縣は、天皇陛下に深く頭を下げると体を反転させた。

「歩兵第七連隊旗手、前へ！」

式部頭の声に応じ、文次郎は一歩踏み出した。緊張のあまり膝頭が震える。

徐々に山縣との距離が縮まる。その背後の一段高い場所に座す天皇の顔もはっきり見えてきた。

文次郎は顔色一つ変えず歩を進めたが、心中は、まるで雲の上を歩いているような気分だった。

やがて山縣の前まで来た。

「連隊旗授与！」

山縣が差し出す連隊旗を文次郎が受け取る。

その時、山縣が「頼むぞ」と、文次郎にだけ聞こえる声で言った。だが礼式として、それに答えるわけにはいかない。

深く頭を下げた文次郎は、体を反転させると元の位置に戻った。

これで授与式は終わった。一礼した文次郎は、強張《こわば》る手で連隊旗を掲げたまま式典の行われた間を後にした。それを天皇や参議たちが見送る。

部屋の外に出た文次郎は、大きく息をつくと緊張を解いた。

一介の足軽にすぎなかった文次郎が、こうした晴れがましい舞台に立ち、間接的とはいえ天皇陛下から連隊旗を授与されたのだ。

——これほどの栄誉はない。

感動に打ち震えつつ控室に入ると、軍曹たちが待っていた。

「千田少尉、旗を」

一緒に来た軍曹の言葉に応じて連隊旗を手渡そうとしたが、指先が強張り、旗竿《はたざお》を放せない。

「大丈夫ですか」

「しばし待て」

深呼吸して息を整えると、体の力が抜けてきた。それを見た軍曹の一人が、文次郎の指を一本ずつ剝《は》がし、連隊旗を受け取った。

軍曹たちは旗竿から旗を外し、丁寧に折り畳むと木箱に納めた。

「それでは行きましょう」

一瞬、放心したようになっていた文次郎だったが、連隊長に旗を渡すまでは、仕事が終わっていないことを思い出した。

「よし、行こう」

五人は青山御所を後にし、鎮台司令官や連隊長が待つ名古屋へと向かった。

翌日、名古屋に着いた文次郎たちは、諸隊が整列する中、鎮台司令官の四条隆謌《しじょうたかうた》少将に連隊旗を献上した。それをさらに津田連隊長が受け取り、名古屋での連隊旗授与式も終わった。

翌日、津田や文次郎は、金沢から率いてきていた一個中隊と共に金沢に戻ることになった。

大任を果たし、ようやく人心地ついた文次郎は、名古屋鎮台の兵営の一室で、ゆっくり休むことができた。

――思えば、わしは幸せ者だ。

兵営の天井を見つめながら、文次郎はこれまでの人生の様々な場面を思い浮かべた。

幕藩体制が崩壊しなければ、一介の足軽風情《ふぜい》が天皇に拝謁する機会など与えられるはずもなく、ただ父祖同様、足軽としての役割を全うするだけの人生を歩んでいたはずだ。ところが青年期に時代の激変期を迎えることで、いくつかの幸運が舞い込み、文次郎は少尉に任官した上、連隊旗手に抜擢《ばってき》され、天皇陛下への拝謁まで叶《かな》ったのだ。

――わしの受け取った連隊旗は、天皇陛下が手にしたものだ。

天皇の触れたものを文次郎が受け取るなど、以前では考えられないことだった。

――わしも時代の波に乗っているのか。

旧加賀藩士、すなわち石川県士族たちは、すでにそれぞれの道を歩み始めていた。だが大半は、恒産の道を見出《みいだ》せず困窮にあえぎ、かつての大身でも、屋敷や土地はもちろん、財産のすべてを処分して零落した者さえいる。

しかし文次郎は、ただ真面目に仕事をこなしてきたというだけで連隊旗手に抜擢され、これほどの栄誉に浴することができたのだ。

――わしは軍人しかできぬ男だ。

文次郎にも、ようやく己の本分が分かってきた。

ただ文次郎には、一つだけ残念なことがあった。西郷隆盛との再会が果たせなかったことだ。本来なら連隊旗は、陸軍大将の西郷隆盛から授与されるはずだった。

――西郷大将は、今頃どうしておられるのか。

風の便りでは、下野した西郷は、陸軍大将の身分のまま晴耕雨読の日々を送っているという。だが別の噂では、私学校を組織して独自の軍隊を作り、決起の機会をうかがっているともいう。

万が一、そのようなことが起きれば、第七連隊も鹿児島に派遣され、西郷の私兵と干《かん》戈《か》を交えることになる。

だが文次郎は、そんなことはありえないと思っていた。今は仲違《なかたが》いしているとはいえ、政府を牛耳る大久保利通と西郷は無二の親友で、手を取り合って維新を成し遂げた仲だからだ。

——無二の親友、か。

文次郎は一郎のことを思った。

それぞれ道を異にしたのは致し方ないことだが、本来なら軍人として、共に国家のために尽くしていたはずの一郎が、いまだ不穏な政治活動を続けていることが、文次郎には心残りだった。

——これまで彼奴《きゃっ》とわしは、互いに助け合って生きてきた。

文次郎は、一郎のおかげで様々な分野に知見を広げることができ、一方の一郎は、文次郎が近くにいたおかげで暴走しがちな行動を抑えられた。いわば二人は補完関係にあったと言える。

——だが、それぞれもう一人なのだ。

文次郎は強い孤独を感じていた。だが人生において友との別れは必然であり、それを避けていては何も進歩はない。

——一郎よ、己を大切にな。

北の空を望みつつ、文次郎は一郎の前途を案じた。

三

明治九年（一八七六）四月、長連豪が再び鹿児島へと旅立った。

鹿児島の私学校が軌道に乗り始めたと聞き、その運営方法を学ぼうというのだ。

一郎も行きたかったが、ここで領袖《りょうしゅう》の二人が不在となってしまえば、三光寺派の結束は崩れるかもしれない。それゆえ一郎は金沢にとどまり、次の機会を待つことにした。

長は九月に帰郷するが、これまで以上に西郷隆盛や桐野利秋に傾倒するところが大となり、帰ってくるや金沢にも私学校を作りたいと言い出した。

ところが、長が金沢に戻るのと入れ違うようにして、西国の不平士族が相次いで決起する。その原因は政府の強引な政策にあった。

この頃、政府は士族の怒りを煽《あお》るような政策を矢継ぎ早に発表していた。

同年三月、政府は廃刀令を発布する。これは、明治四年に発布された士族の脱刀を自由とする散髪脱刀令をさらに一歩進めたもので、軍人と警察官以外の帯刀を禁じるという厳しいものだった。士族の精神にも等しい帯刀を禁じることは、士族たちの誇りを著しく傷つけた。

さらに八月、政府は金禄公債証書発行条例を公布して、士族の家禄を公債証書として支給する代わりに、家禄制度を廃止することにした。秩禄《ちつろく》処分である。

この二つの改革により、士族は物心両面で打撃をこうむり、その憤懣《ふんまん》は限界に達した。さらに、かつての征韓論争での西郷たちの下野、千島《ちしま》・樺太《からふと》交換条約への不満、そして政府高官が政商と癒着して暴利を貪っていることなどが重なり、不平士族の怒りは天を衝《つ》くばかりになっていた。

十月二十四日、熊本で敬神党《けいしんとう》（神風連《じんぷうれん》）が決起する。

旧熊本藩は西国雄藩が中心となった倒幕運動に乗り遅れ、旧加賀藩同様、明治政府の顕官に名を連ねる者が少なかった。そのため士族の鬱憤《うっぷん》はたまっており、そこに廃刀令と秩禄処分が重なり、暴発に至ったのだ。

首魁《しゅかい》の太田《おおた》黒伴雄《ぐろともお》をはじめとした百九十人余の敬神党員は、その日の深夜、三隊に分かれて熊本鎮台要人宅、砲兵舎、歩兵舎への奇襲を敢行し、熊本鎮台司令長官の種田《たねだ》政明《まさあき》少将らを殺害した上、鎮台の奪取に成功した。

そこまではうまくいったが、敬神党は火器を嫌い、和装に甲冑《かっちゅう》を着て武器も刀槍《とうそう》だけだったため、鎮台の組織的反撃が始まると、瞬く間に鎮圧された。この結果、太田黒をはじめとする百十四人が戦死か自刃して果てた。

これに呼応する形で二十七日、福岡《ふくおか》黒田《くろだ》藩の支藩の旧秋月《あきづき》藩の士族二百三十人余が決起するが、こちらも三十一日には鎮圧された。旧秋月藩士族は、戦死十九人と自刃十三人を出して壊滅した。

同月二十八日、山口県の萩《はぎ》でも反乱の狼煙《のろし》が上がった。

その中心人物の前原一誠《まえばらいっせい》は吉田松陰《よしだしょういん》門下の俊秀として鳴らし、倒幕運動でも活躍し、明治新政府では参議兼兵部大輔《たいふ》まで上り詰めた逸材だ。ところが同郷の木戸孝允との仲が悪く、徴兵制をめぐって対立した末、下野していた。

敬神党の蜂起を聞いた前原は、同志三百三十人余を擁して山口県庁攻撃に向かった。だが、各鎮台から派遣された兵に瞬く間に包囲される。前原は脱出を図るが、すぐに捕らえられて斬首《ざんしゅ》された。残る者たちも、さしたる抵抗を示せずに鎮圧された。

西国雄藩の士族たちの不満は限界に達していたが、大久保利通を実質的首班とする政府は、士族に対して何ら具体的な救済策を打ち出さず、武装蜂起に対しては鎮圧という強硬手段を取り続けた。

この間、一郎と長が何もしなかったわけではない。一郎は「時節到来」と喜び、金沢でも挙兵しようと意気込んだ。だが長は、「鹿児島の動きを待つべし」と言って自重《じちょう》論を唱えた。

そのため今後の活動方針を総意で決めようと、百人余の人々を集めて三光寺派の大集会を行ったが、そうこうしている間に、三つの反乱すべてが鎮圧されてしまった。

これにより石川県士族が決起する機会は失われた。これは各地の不平士族も同様で、彼らが呼応する暇《いとま》もないほどの政府の手際のよさだった。

一郎と長は当面、隠忍自重し、鹿児島県士族の動向を見守ることにした。

そんな十一月のある日、杉村寛正が三光寺を訪ねてきた。

「久しぶりだな」

杉村の突然の来訪に、一郎と長は驚いた。

石川県権参事の熊野九郎によって、忠告社の面々が突然、辞職させられた後、忠告社は有名無実化の一途をたどっていた。かつて一千人余を数えた加盟者も、杉村と陸に失望して大半は去っていった。その責任を取った杉村は社長の座を退き、親の故郷の七尾に隠棲《いんせい》していた。

忠告社は、長谷川準也が社長代行となって続いていたが、往時の勢いはなく、この頃は三光寺派と肩を並べるほどの規模になっていた。

「杉村さんもご壮健のようで――」

そこまで言葉が出たところで、一郎は語尾を濁した。

杉村には、かつての凜《りん》とした面影はなく、髪の毛には白いものが多く交じり、無精髭《ひげ》は伸び放題で、頬がこけるほどやつれていたからだ。

「わしの顔を見て驚いたか」

「いえ、ああ、はい」

「見ての通りだ。多くを語るつもりはない。すべては、わしの不徳の致すところだ」

「そんなことはありません。杉村さんは石川県士族のためにやるだけのことをやりました。ただ運が悪かったのです」

「それが政治というものだ。致し方ない」

杉村が唇を嚙《か》む。

おそらく杉村も陸も、国政に参与するという野望があったはずだ。だが長州藩閥から派遣された熊野によって、その夢は打ち砕かれた。

「文一《ぶんいち》は息災にしておるか」

杉村が唐突に問うてきた。

「ええ、いろいろ手伝ってくれています」

寛正の末弟の文一は十六歳になる。当初、年の離れた兄に憧《あこが》れて忠告社に入り、使い走りのようなことをしていたが、寛正が忠告社社長の座を退いた後は、三光寺派に加わっていた。

「ちょうど今日は、文一が当番の日です。呼びましょう」

長はそう言うと、奥に向かって「文一、茶を三つ淹《い》れてこい」と命じた。

奥から弾むような声で、「分かりました」という返事があった。

「杉村さん、陸さんは東京におられるようですね」

長が話を転じる。

「おう、自由民権運動の活動家となり、充実した日々を送っておるそうだ」

一郎と文次郎同様、杉村と陸の二人も道を異にしていた。

「忠告社は、まだ健在のようですね」

「ああ、長谷川君に社長代行をやってもらっている」

杉村が寂しげに笑う。

忠告社の面々が県政から一掃された責任を取って退いた杉村だが、いまだ忠告社に望みを託しているようだ。

「杉村さんは、政治活動には、もうかかわらないのですか」

長が遠慮がちに問う。

「しばらくの間、晴耕雨読の日々を送るつもりだ。その先のことは考えておらん」

杉村がそこまで話したところで、文一が茶を運んできた。

「あっ」と言いつつ、杉村の顔を見た文一の動きが止まる。

「文一、達者そうだな」

「は、はい」

ぎこちない動作で、文一が三人の前に茶碗《ちゃわん》を置いた。

「島田君、長君、文一はもう大人だ。ここにいるのも此奴《こやつ》の意志による」

「分かっています」

「だがな、わしは此奴の父代わりだ。道を誤らぬよう、くれぐれも頼む」

杉村兄弟の父はすでに鬼籍に入っていたので、長兄の寛正が文一の面倒を見てきた。

「ご心配には及びません」

一郎と長が請け合う。

「文一、二人の言うことをよく聞き、正しい道を歩むのだぞ」

「はい」と答えつつ、文一は両手をついて頭を下げた。家父長制度が浸透している石川県士族の場合、父亡き後の長兄の言葉は絶対だった。

「もう行ってよい」

「ご無礼仕《つかまつ》ります」

武士のような言葉を使い、文一が三人の前を辞した。

文一が下がるのを見届けた杉村が威儀を正す。

「わしがこちらに参ったのはほかでもない。今般、世の中には不穏な動きがあり、西国では士族が決起し、政府に討伐されている。その度に多くの有為の材が失われている」

そこまで聞けば、杉村が何を言いに来たのかは明らかだった。

「杉村さん、われらは——」

「まあ、聞け」

反論しようとする一郎を、杉村が制する。

「そなたらが何をやろうとしているのかは、わしの与《あず》り知るところではない。だがな、江藤氏や前原氏のように、多くの若者を巻き込むことだけはやめてくれ」

「それは違います」

「聞け！」

杉村の顔が憤怒《ふんぬ》に歪《ゆが》む。

「考えてもみろ。両氏のような元参議ですら、挙兵に失敗したのだ。それを無名のそなたらが、いかに成功させるというのだ。かような暴挙に同意する者など十人もおらぬはずだ」

長が反論する。

「鹿児島県士族が起《た》てば、全国の不平士族が一斉に起ちます。われらも、それに呼応して起つつもりです」

「何を夢見ておる！」

杉村が一喝する。

「それで政府がひっくり返ったとして、どうなると思う。西郷氏とその与党が顕官の地位を独占し、またしても石川県士族の出番はない。同じことの繰り返しではないか。それゆえ政府に議会を開設させ、選挙によって代表を選び、国会に送り込む。さすれば石川県士族の有為の材にも、登用の道が開かれるというものだ」

石川県士族の頭数を考えれば、組織票によって多くの人材を国会に送り込むのは、さほど難しいことではない。杉村や陸はその利点を知り、国会の開設に力を注いできた。

一郎が机を叩《たた》いて反論する。

「杉村さん、そんな手ぬるいことだから何も進まないのだ。困窮した士族たちは今、日々の糧にも事欠く有様だ。つい先日のことだが、商人の手代になった武士の息子が、路上で主《あるじ》に怒鳴り散らされているのを見た老父が腹を切った。遺書には『もう、かような世は嫌だ』と書かれていた。われらは、こんな世を創るために御一新を成し遂げたわけではない！」

　だが杉村も引かない。

「そなたら同様、わしも今の政府に不満はある。だから政治活動に身を投じた。だが四民平等の世にして徴兵制を布《し》かなければ、諸外国の圧力に抗しきれないのも事実だ。現政府には問題も多い。だが大局的見地に立てば、この国が諸外国に伍《ご》していくためには、致し方ない政策もある」

　杉村の考えは政府を否定するのではなく、その体制や政策を認めつつ議会制を導入していこうというものだった。それは現政府を武力で倒し、「士族民権」を取り入れた政府を樹立しようとする一郎と長の考えとは相容れないものだった。

　双方の議論は平行線をたどった。

　杉村が、自由民権運動を通じて政府に物申すことを勧めに来たことは明らかだった。だが一郎と長は、いまだ武装蜂起の方針を捨てきれないでいた。

「どうやら、これ以上、話しても無駄のようだ」

　杉村がため息をつく。そこには、説得できなかったという徒労感が溢《あふ》れていた。

　座を立とうとする直前、杉村は言った。

「そなたらが、信念を持って活動していることは分かった。だが、若者を巻き込むな」

　何とも答えない二人を見て、杉村は無言で去ろうとした。山門まで見送ろうと、二人が後に付いていくと、門の前で文一が待っていた。

「兄上、見送りに参りました」

「そうか」と言って杉村が苦い笑みを浮かべる。

「文一、立派になったな」

杉村が、自分より背丈の高くなった文一の肩を叩く。

「そなたは有為の材だ。必ず国家の役に立つ」

「ありがとうございます」

「くれぐれも軽挙を慎むのだぞ。母上を悲しませることだけはしてはならん」

「は、はい」と、文一があいまいに答える。

「島田君、長君、文一を頼む」

「しかと承りました」

二人が力強くうなずく。

杉村はもう一度、文一の肩を叩くと、「達者でな」と言って去っていった。その後ろ姿には、かつての英気が消え失《う》せていた。

一郎とは意見を異にし、何度もぶつかり合った杉村だが、それは互いに志を持っていたからだ。

——杉村さん、後のことはお任せ下さい。

一郎は杉村の志をも背負っていくつもりでいた。

四

不平士族の決起は一段落したものの、明治十年（一八七七）に入ると、鹿児島の私学校は暴発してもおかしくない状態になっていた。政府に対する不満が、抜き差しならないところまで来ていたのだ。

そんな折、大久保利通は火に油を注ぐような挑発行為に出る。

明治十年一月、突如としてやってきた汽船から降り立った官吏たちが、草牟田《そうむた》の火薬庫の武器弾薬の積み込みを開始する。これらの武器弾薬は旧薩摩藩が備蓄しておいたもので、たとえ今は政府に移管されたものとはいえ、何の断りもなく持ち去るのは非礼極まりない。

これを聞いた私学校党の若者たちは怒り、積み込み作業をしている官吏たちを襲って武器弾薬を奪ってしまう。武器弾薬を運び出されてしまえば、私学校党は戦いたくとも戦えなくなり、政府の軍事的威圧によって解体させられるからだ。

さらに大久保は、鹿児島出身の警察官たち六十人余を密偵として帰郷させた上、私学校党の内情を探らせた。

だが、村社会同然の鹿児島でそんなことをすれば、私学校党にばれるのは当然だ。この時、私学校党に捕らえられて拷問を受けた中原尚雄《なかはらひさお》少警部は、「西郷大将と刺し違える覚悟で来た」と言ったため、私学校党の若者たちの怒りの火に油を注ぐことになる。

事態の鎮静化に努めていた私学校党の幹部たちも、大久保やその片腕の大警視・川路利良が、西郷暗殺を命じていると思い込んだ。

二月五日に開かれた私学校党の幹部集会において、桐野利秋が「軍事蜂起もやむなし」と主張すると、西郷も「おいの体は皆に預けもんそ」と言って決断を桐野らに託した。これにより鹿児島私学校党は西郷軍となり、武装蜂起に踏み切ることになる。

「西郷軍挙兵」の知らせを聞いた時、文次郎は虚報だと思った。あの大西郷が、配下の神輿《みこし》に乗るとは思えなかったのだ。だが二月中旬、西郷軍の北上が始まったという情報が届き、挙兵が事実と分かった。どうやら西郷軍は、熊本城にある熊本鎮台を目指しているらしい。

一方、政府は追討令を発し、各鎮台兵にも動員令を下した。

二十一日、西郷軍が熊本鎮台を攻撃することにより、西南戦争が始まる。だが西郷軍は熊本城を攻めあぐみ、攻防は膠着《こうちゃく》状態に陥る。

三月初旬、歩兵第七連隊にも動員令が下された。これにより文次郎の所属する連隊本部と第二大隊は二十五日、神戸《こうべ》を出港して福岡県の博多に上陸する。

ちなみに歩兵第七連隊の主力部隊の第一大隊は、後に勃発《ぼっぱつ》する田原坂《たばるざか》の戦いから人吉《ひとよし》の戦いに投入され、最も苛烈《かれつ》な戦闘を経験することになる。

いまだ西郷軍が熊本城への攻撃に掛かりきりになっていた四月初旬、第七連隊本部は、博多の治安維持と福岡県士族の鎮静化に努めていた。

そんな最中の二十六日、文次郎は連隊本部を離れ、第四旅団の伝令を命じられる。山縣有朋参軍（司令官）率いる陸軍本営には、成績優秀な将官に前線を経験させようという方針があり、その一人に選ばれたのだ。

五月二日、文次郎は熊本から海路で鹿児島に上陸し、第四旅団長の曾我祐準《そがすけのり》の連絡係となる。

七月に入ると西郷軍の反撃も激しくなり、文次郎は前線と旅団本部を頻繁に行き来していた。そうした中、中尉に昇進したばかりの文次郎は前線で負傷し、総督本営詰に転任させられる。

一方、西郷軍は政府軍に田原坂を突破されると次第に消耗し、最後の拠点としていた人吉が陥落してからは投降者も続出し、防戦一方になっていた。

それでも都城《みやこのじょう》、宮崎、延岡《のべおか》、和田越《わだごえ》と激戦を展開した西郷軍だったが、八月十六日、遂《つい》に大西郷は解軍を宣言し、ここに西郷軍の組織的戦闘は終わった。

その後、五百人余に減った西郷軍は死地を求めて可愛岳《えのたけ》を登攀《とうはん》して政府軍の包囲網を突破し、九月には鹿児島市内を占拠する。これに対して政府軍は、西郷軍が籠《こ》もった城山《しろやま》を四方から包囲封鎖し、九月二十四日、総攻撃を開始する。

四方から城山を登り、その最高所の岩崎《いわさき》尾根を制圧した後、西郷たちが籠もる岩崎谷《いわさきだに》に最後の攻撃を掛けるという作戦だ。
この時、負傷も癒《い》えて、佐竹義方《さたけよしかた》大尉率いる第四旅団配下の遊撃第二大隊に配属された文次郎は、いよいよ実戦に臨むことになった。
錦江湾《きんこう》に並んだ軍艦による激しい艦砲射撃が終わると、城山攻撃の合図となる三発の
空砲が轟《とどろ》いた。
佐竹大尉率いる遊撃第二大隊は、岩崎谷の北方にある城ヶ谷《じょうがたに》から、岩崎尾根と呼ばれ
る城山の頂を目指した。
第二中隊を率いた文次郎は、西郷軍の銃撃に晒《さら》されながら斜面を登った。だが慎重に
進みすぎると、ほかの部隊に一番乗りを譲ることになる。佐竹大尉は、何としても一番
乗りと西郷の首を取りたいと前夜、文次郎に語っていた。
「突撃！」
頂付近に達した文次郎は、岩崎尾根の突端にある城口の堡塁《ほうるい》にそっと近づき、銃剣突
撃を敢行した。銃を撃てば気づかれるので、文字通りの銃の先に剣を付けての突撃だ。
突然、姿を現した政府軍の兵に驚いた敵の多くは逃げ散ったが、残った者との間で白
兵戦が始まった。
文次郎が突きを入れると、敵は手にした銃を振り回してきた。よく見ると年端も行か
ない少年兵だ。

「やめろ！」

文次郎は殺さずに組み伏せようとしたが、少年兵は何事か叫びながら振り回すのをやめない。それをかわした文次郎は、少年兵を背後から抱きとめるようにして、その動きを制した。

「もう戦いは終わったのだ。そなたは立派に戦った」

「放せ！　放してくれ！」

少年兵は、大声で喚《わめ》きながら腕を振り解《ほど》こうとする。

「もうよい。もう終わったのだ！」

少年兵の身悶《みもだ》えは次第に弱まり、その場にへたり込んで泣き始めた。

「よくぞ聞き入れてくれた。西郷さんも――」

そこまで言ったところで、文次郎にも込み上げてくるものがあった。

「そなたが生き残れば、きっと喜ぶ」

泣き崩れる少年兵を後続する兵に託した文次郎が、その場に横たわる敵兵の中に息のある者がいないか確かめていると、佐竹大尉から岩崎谷に下りて様子を探ってくるよう命じられた。

自らの中隊から一小隊を率いた文次郎は、伏兵に気をつけながら尾根筋を進んだ。

遠方からは、敵味方の凄《すさ》まじい銃撃音が聞こえてくる。

城山の四方から一斉に攻め上った政府軍諸隊と西郷軍の堡塁の間で、最後の戦闘が繰り広げられているのだ。

しばらく行くと岩崎谷に下る坂を見つけた。慎重にその坂を下りていくと屋敷の裏手に出た。

どうやら旧薩摩藩の家老屋敷のようだ。

「散開して周囲の様子を探れ」

配下の兵にそう命じると、文次郎はその場にとどまった。

その間も銃声は絶え間なく聞こえてくる。どうやら敵は、岩崎口の堡塁で最後の抵抗を試みているらしい。

――西郷さん、どうして挙兵したんだ。

今更ながら、文次郎はそれを思った。

名古屋分営の閲兵式で見た西郷の黒い瞳《ひとみ》が思い出される。

――きっと何か誤解があるに違いない。

もしも西郷に出会えたら、文次郎は投降を促すつもりでいた。

やがて兵たちが戻り、敵兵が周囲にいないことを告げてきた。

「よし、敵の背後に回るぞ。いったん表通りに出よう」

屋敷の裏手から荒れ果てた庭を通り抜け、表通りをうかがうと、二十人余りが折り重なるようにして倒れているのが目に入った。

「あれは何だ」

「どうやら死体のようです」

兵卒の一人が答える。

「行ってみよう」

兵たちを散開させて周囲を警戒させつつ、屋敷と屋敷の間から表通りに出た文次郎は、慎重に死体に近づいていった。

――自害したのか。

そこには、切腹して前のめりに倒れている者や、刺し違えたのか、抱き合うようにして事切れている者がいた。中には死にきれず、いまだ胸を上下させている者もいる。

その中に、浅葱《あさぎ》縞《じま》の薩摩絣《がすり》を着た大柄な遺骸《いがい》があった。それだけは首がない。

心臓の鼓動が速まる。

恐る恐る近づいた文次郎は、その遺骸を確かめた。

――西郷元大将か。

文次郎は深呼吸すると、「ご無礼仕る」と声に出して、その着物の裾《すそ》をめくった。

――やはりそうだ。

その二つの陰嚢《いんのう》は、嬰児《えいじ》の頭ほどの大きさに膨らんでいた。陰嚢に水がたまって膨れ上がる陰嚢水腫だ。小隊長以上には、首のない大柄な遺骸を見つけたら、裾をめくって確かめるよう言い渡されていた。

兵たちに周囲を警戒させていたが、敵の気配はない。

「集まれ！」

兵を集めた文次郎は、直立不動の姿勢を取らせた。

「西郷元陸軍大将に敬礼！」

この時、すでに西郷は陸軍大将の肩書を剝奪《はくだつ》されていた。そのため正式には元陸軍大将になる。

皆で敬礼しているところに佐竹大尉が駆けつけてきた。佐竹は文次郎と同じように、首のない遺骸の裾をめくった。

「間違いない」

裾の中を確かめた佐竹が安堵《あんど》のため息を漏らす。

「いまだ敵の残党が残っているかもしれぬ。千田は一小隊を率いて岩崎谷の奥まで行き、確かめてこい」

「はっ」と言って飛び出そうとすると、佐竹に肩を押さえられた。

「西郷元大将の首を見つけるのだぞ」

「承知しました」

文次郎たちが岩崎谷の奥の方に進んでいくと、戦場にはそぐわない奇妙な音が聞こえてきた。

――何かの楽器を弾いているのか。

兵たちを散開させ、左右の屋敷の陰に隠すと、文次郎は合図を送りつつ物陰を伝って前進した。

やがて岩崎谷の最奥部が見えてきた。そこは広場になっており、中央に焚火《たきび》の跡がある。前夜に宴会でもやったのか、周囲には焼酎《しょうちゅう》の甕《かめ》や食いかけの薩摩芋などが散らばっていた。

焚火の横に転がされた丸太の上で、男が一人こちらを向いて座り、何かを演奏している。男が手にしている楽器は、手風琴《てふうきん》と呼ばれる西洋の楽器だった。

周囲に人気《ひとけ》はなく、どうやら生きているのは、その男だけのようだ。

「行くぞ」

すでに西郷が死した今、どこかから狙撃《そげき》手が狙っているとは考え難い。

文次郎は男の前に進み出た。

「ご無礼仕る！」

男から三間（約五メートル）ほど離れ、直立不動の姿勢を取った文次郎は言った。

「西郷軍の幹部の方とお見受けします。投降のご意思がおありなら、それを置いて立ち上がって下さい」

男は文次郎の言葉が聞こえないかのように、手風琴を弾き続けている。

「もう一度、申し上げます。投降のご意思がおありなら、すぐにそれを置いて立ち上がって下さい」

二回目の勧告を行っても、男は文次郎を無視している。

「これが最後となります。投降のご意思がおありか」

それでも男は反応しない。

――そうか。殺してほしいのだな。

男は明らかに死を望んでいた。

「整列！」

文次郎の命に応じ、兵たちが整列した。

その時、男は顔を上げると、眩《まぶ》しそうに空を見上げた。

髯《ひげ》に覆われたその顔は穏やかで、これから死にゆく者のようには見えない。

――何を考えているのか。

その澄んだ瞳が何を見ているのか、文次郎には見当もつかない。

「投降しないのであれば撃ちます」

最後の念押しである。

それでも男は、文次郎の言葉を無視して手風琴を弾き続けていた。

文次郎はゆっくりと敬礼すると、「構え！」と命じた。

――わしにできることは、この人物に武士としての最期を遂げさせてやることだけだ。

文次郎は、大きく息を吸うと命じた。

「撃て！」

銃撃音が轟く。

男の手から手風琴が落ち、男はゆっくりとくずおれた。

その髯面で長身の男が何者かを確かめるべく、文次郎はその懐を探った。すると西洋のものらしき革製の札入れが出てきた。その間には、封筒に入れられた書簡がいくつか挟まれていた。遺書である。

――村田新八《むらたしんぱち》殿だったか。

そこに書かれた名から、その男が西郷軍幹部の村田新八と分かった。村田は文官として岩倉使節団に加わって洋行していた。そのため欧米の思想に触れる機会があり、こうした死に方を選んだに違いない。

「もう一度、整列！」

周囲を警戒していた兵が再び集まる。

「村田元宮内大丞《だいじょう》に敬礼！」

その後、周囲にいくつもうがたれた横穴を探索させたが、残っている者はおらず、西郷の首らしきものも見つからない。

そこに佐竹がやってきた。

気づくと、先ほどまで聞こえていた銃撃音も途絶えている。

「戦闘は終わった。岩崎口で桐野殿の死が確認された」

「そうでしたか」

西郷軍の実質的司令官である桐野利秋が死んだというのだ。

「だが西郷元大将の首が、まだ見つかっていない。君は味方の者たちがやってくる前に、この辺りの屋敷をしらみつぶしに当たり、何としても首を見つけるのだ」

「分かりました。やってみます」

「わしは一番乗りの報告をすべく、いったん山縣参軍の許《もと》に行ってくる」

「では大隊は――」

「君に任せる。遺骸に名札を付けて浄光明《じょうこうみょう》寺に運ばせろ。敵とはいえ勇猛果敢に戦った男たちだ。敬意を払い、丁重に取り扱うのだぞ」

それだけ言うと、数人の従兵を引き連れて佐竹は走り去った。

「よし、集まれ」

文次郎は、その場で死体検案書を書かせると、それが誰の遺骸か特定し、その後に浄光明寺に運ぶよう指示した。その場で死体検案書を書かないと、後で間違いが生じるからだ。

「遺骸は丁重に扱い、名前だけは取り違えるな」

何人かの下士官に指示すると、文次郎は一部の兵を率い、西郷の首を探しに行った。

――おそらく首は、幹部の誰かが兵か従僕に託したはずだ。

城山は幾重にも包囲封鎖されており、首を持って市街地に出るのは不可能に近い。尾根筋も政府軍が占拠しているので、山深くにも逃げ込めない。

――となれば、屋敷群のどこかにあるはずだ。

文次郎は三十人余の下士官や兵と共に、左右に並ぶ屋敷群をしらみつぶしに探した。

どの屋敷も人が住まなくなって久しいのか、廃屋になる一歩手前の状態になっている。

そのため勝手に上がり込み、床板や天井板を剥がし、家を解体するほどの勢いで探した。

だが三軒ほど解体したところで、文次郎は方針を変更した。

――家の中に隠しても見つかるだけだ。きっと埋めたに違いない。

「集まれ」と言って招集をかけた文次郎は、屋敷群の庭を回り、新たに掘られたとおぼしき場所を掘り返すよう命じた。

文次郎自身も各屋敷の庭を見て回ったが、それらしき痕跡《こんせき》はない。

――ここのどこかに、絶対にあるはずだ。

だが日が中天に達しても、首は見つからない。

もしも首が見つからない、ないしは腐ってしまって西郷のものと特定できない場合、「西郷はどこかで生きている」といった生存説が流布されるのは必然であり、それを反政府勢力に利用されることも十分に考えられる。

午後になり、昼食が運ばれてきた。

文次郎はいったん大休止を命じ、捜索に携わる兵たちに握り飯を食わせることにした。

家老屋敷の一つである折田庄助《おりたしょうすけ》邸《てい》の庭石に座り、文次郎も握り飯を頬張った。

その時、目の端に白いものが捉えられた。それは背後の山が崩れぬよう、土留め代わりに造られている石垣の一部から、わずかにのぞいていた。

――待てよ。土中に埋められているとばかり思い込んでいたが、西郷元大将を尊崇する者なら、土中に首を埋めることなどしない。

ふらふらと布切れに近づいた文次郎は、それが真新しいものだと確信した。

「おい、手を貸せ」

兵たちと一緒に石を動かしてみると、拍子抜けするくらい簡単に石が落ちた。

その奥には、真新しい白布に包まれたものがあった。

それを引き出させた文次郎は、その白布を自ら開いた。

――間違いない。西郷元大将だ。

その首は常の人の一・五倍くらいの大きさで、頭を法界坊（五分刈り）にしていた。

――お疲れ様でした。

西郷と言葉を交わしたのが、昨日のことのように思い出される。

――西郷さん、運命というのは皮肉ですな。

たった一度だけの出会いだったが、まさかあの時、分営の旗手を務めていた男が己の首を見つけることになるとは、西郷は考えもしなかったに違いない。

だが、もしも西郷の霊魂がいたとしたら、折田邸の庭で飯を食う将兵の中に、かつて話をしたことのある男を見出し、自らの所在を伝えたのかもしれない。

こんな形でしか再会できなかったことが、文次郎には口惜しかった。

――だがわしは軍人だ。軍人は政府の命に従うだけだ。

思うところは多々あれど、下士官から中尉へと異例の出頭を遂げさせてもらった文次郎にとって、政府の大恩に報いる以外に道はない。

折田邸の広縁に首を運んだ文次郎は、あらかじめ用意していた三方の上に首を置いた。

「整列！」

文次郎の命に応じ、そこにいた者たちが横一列に並ぶ。

「西郷元陸軍大将に敬礼！」

そこに佐竹が駆け込んできた。

「見つかったか」

「はい。間違いなく西郷元大将の首です」

「わしは近くで接したことはないが、君はあるのか」

「はい。一度だけ」

「よし、すぐに山縣参軍の許まで持っていけ」

「はっ」と答え、首の上に真新しい白布をかぶせた文次郎は、それを兵に持たせると、浄光明寺に向かった。

すでに山縣は浄光明寺に詰めており、そこで西郷軍幹部の遺骸を確認することになっていた。

——一つの時代が終わったのだ。

西郷の死と共に、何かが終わった気がした。

――もう武士の時代には戻れぬのだ。

西郷の首を見つけたことで、文次郎は、己が武士の時代の死に水を取る役割を果たしたことに気づいた。

五

「あの西郷さんが死んだのか」

三光寺の本堂で新聞を食い入るように見ていた一郎が、ため息をつく。

「あの鹿児島私学校が、こんなに早く潰《つい》えるとは――」

長が頭を抱える。

一郎よりも鹿児島県士族への思い入れが強い長にとって、西郷軍の壊滅と西郷の死は、喩《たと》えようもない衝撃に違いない。

「なぜなんだ」

西郷軍の旗色が悪いと言われ始めた五月頃から、一郎はその言葉を繰り返していた。

西郷軍の挙兵を聞いた時、一郎と長はそれに呼応して決起しようと同志に呼び掛けたが、武装蜂起となると同意する者は激減し、金沢で兵乱を起こすことは困難となった。

敬神党の乱、秋月の乱、萩の乱などの失敗が、各地の不平士族に、二の足を踏ませる原因になっていたのだ。

だが一郎と長は、西郷軍が退勢を挽回《ばんかい》すれば同志も増えると信じ、武装蜂起の線をあきらめていなかった。だが西郷が死んでしまった今、すべては水泡に帰した。

「もう政府に抗《あらが》う術《すべ》はありません」

長が口惜しげに言う。

「では、これからどうするのだ。このまま大久保たちのやりたい放題を許すのか」

一郎が肺腑《はいふ》を絞り出すような声で言う。

「あっ、これは――」

その時、新聞を見つめていた長が啞然とした。

「島田さん、誰が西郷先生の首を見つけたかご存じですか」

「誰だというのだ」

長が指し示す記事を見ると、すぐに「千田登文」という名が飛び込んできた。

「まさか、文次郎が討ち取ったのか」

「いや、そこまでは分かりませんが、首を見つけたのは文次郎さんのようです」

「おのれ！」

一郎は穴の開くほど新聞を見つめたが、そこには間違いなく「西郷元陸軍大将の首を見つけたのは、第四旅団遊撃第二大隊の千田登文中尉」と書かれていた。

「おそらく、城山での最後の戦いに参加したのでしょう」

「あの恥知らずが！」

立ち上がった一郎が新聞を丸めて踏みつける。

「おやめなさい。文次郎さんは軍人です。彼を責めることはできません」

「だが西郷さんの首を見つけたのが、どうして文次郎なのだ。どうして文次郎でなければならなかったのだ！」

一郎が、本堂の柱に拳《こぶし》を打ち付ける。

「それは運命のいたずらとしか言えませんな」

怒りと悲しみが同時に押し寄せてきた。

「長君、われらは、これからどうすればよいのだ」

しばし考えた末、無精鬚《ひげ》をしごきながら長が問うた。

「島田さんは、杉本乙菊《すぎもとおとぎく》という男をご存じですか」

「おとぎく、とな」

一郎が記憶をまさぐると、同年代の男の顔が脳裏に浮かんだ。

「ああ、知っている。わしより一つ年下だが、さほど行き来はない」

杉本乙菊は五百石取りの平士の出で、嘉永二年（一八四九）の生まれで二十九歳になっていた。その人となりは「白皙短小《はくせきたんしょう》、資性沈着《しせいちんちゃく》にして敏捷《びんしょう》、遊説《ゆうぜい》に巧みなり」と言われ、石川県士族の間では小柄ながら巧みな論客として知られていた。

「その乙菊から聞いた話ですが、やつは松田克之《まつだかつゆき》や脇田巧一《わきだこういち》と共に、政府の顕官暗殺を企んでいるようです」

「顕官暗殺だと」

それは一郎の全く与り知らない話だった。

「松田と脇田も一緒にか」

「はい。そのようです」

松田家は旧幕時代には三百石取りの平士だったが、明治維新後に零落していた。松田は二十三歳だが、少年の頃から優秀で、周囲からも一目置かれていた。

二十八歳の脇田は松田と同じ三百石取りの平士の出で、維新後は官立中学校の教師をしていた。その人となりは、「体軀《たいく》雄偉、容貌古怪、沈勇にして思慮周密なり」と言われ、石川県士族の間では、無口な豪傑として知られていた。

「聞くところによると、脇田と松田は、すでに上京しています」

「ということは、暗殺を決行するのか」

「いや、それは分かりません。ただ脇田は上京にあたり、一族に累が及ぶのを避けるべく、本屋を始めると言って実家と縁を切ったそうです」

脇田は開業資金として長兄から三十円もらい、それを三人の活動資金に充てていた。

「本屋だと。つまり士族から平民になったというのか」

「そうなのです。すでに不退転の覚悟なのでしょう」

一郎は、自分たち以上に覚悟を決めている者たちがいることに衝撃を受けた。

——元平士なら、なおさらだ。

何も財産を持たないに等しい旧足軽階級とは異なり、平士たちが明治維新後の諸改革によって失ったものは大きい。彼らは恒産の道を見つけられないと、財産を売り払って零落を待つだけになる。とくにこの三人は、新しい時代の生き方を見つけられず、行き場を失っているに違いない。

「で、君は何が言いたいのだ」

「もはや武装蜂起しても、政府軍に鎮圧されるだけです。つまり力ずくで政府に対抗する術は、もうありません。それならいっそのこと——」

「暗殺か」

「はい。それ以外に世を変えていくことはできません」

「だが、暗殺で政府は転覆しない。つまり、われらは捨て石となるのだぞ」

「私はそれでも構いません。一つでも悪の根源を絶てば、いくらかはましな世が来るのではないでしょうか」

長が開き直ったかのように言う。

「君ほどの才ある男が、それでよいのか」

「その言葉は、そのまま島田さんにお返ししましょう」

二人の間に沈黙が漂う。

その時、本尊の阿弥陀《あみだ》如来《にょらい》の裏で音がした。

「誰だ！」と言って一郎が身構える。

「お寺の方ですか」

長が冷静に問う。

「まさか物の怪《け》ではあるまい。出てこい！」

「申し訳ありません」

「何だ、文一か」

二人の前に現れたのは、杉村寛正の末弟の文一だった。

島田は緊張を解いたが、長は険しい顔付きのまま詰問した。

「文一、そこで何をしていた」

「朝の掃除をしようと思って出てきたのですが、お二人が話を始めたので、ここで聞かせていただきました」

文一は家を出たので、今は三光寺に寝泊まりさせてもらっている。

「そなたは、われらの話を盗み聞きしていたのだな」

文一に近づいた一郎が、その襟首を摑《つか》む。

「申し訳ありません。私はただ、お二人が何らかの行動を起こすと察し、少しでもお手伝いできればと思い――」

「それが盗み聞きと、どうつながる」

「私も一挙に加えて下さい」

文一がその場に正座し、懇願する。

「こうまでしなければ、私のような若輩者は一挙に加えていただけないはずです。おそらく兄も、私のことをお二人に託していったのでしょう。だとすれば、お二人は私に危ない橋を渡らせせないはずです」

「その通りだ」

一郎がため息をつく。

「それゆえ、こうするしかなかったのです」

長が突き放すように言う。

「われらは何かするつもりはない」

「では、脇田さんたちの計画に合流しないのですか」

「すべて聞いていたのだな」

あきれたように長が天を仰ぐ。

「ただの噂話だ。参加など考えておらぬ」

一郎が即座に否定したが、文一は聞く耳を持たない。

「それならば、私を乙菊さんに紹介して下さい」

杉本乙菊はいまだ金沢にいた。

「この馬鹿野郎！」

一郎の平手が飛ぶ。

「貴様は兄上の言葉を忘れたのか。母上を悲しませるつもりなのか！」

文一が開き直ったように横を向く。

「文一よ、われらは合法的な手段で世の中を変えていく。脇田たちとは考えが違うのだ」

長が文一を抱き起こしながら言う。

「分かりました。それなら脇田さんたちを止めましょう。先ほどのお話では、すでに脇田さんと松田さんは上京しているとか。もはや猶予がないのでは」

「政府の顕官は厳重に守られている。暗殺などできるはずがない」

自分でしゃべっていて、一郎もそのことに気づいた。

――暗殺など、無理なのではないか。

だが現地に行ってみないことには、正確な状況は摑めない。おそらく脇田たちも、そう思って東京に行ったに違いない。

「一挙に参加しないなら、脇田さんたちを通報すべきではありませんか。下手に動かれれば、石川県士族のさらなる地位低下につながります」

ようやく一郎にも、文一の真意が摑めてきた。

「貴様は通報したいのか」

長の声が上ずる。どうやら長も文一を侮れないと察したらしい。

「お二人が何もしないのなら、私が代わりに通報します」

「何だと」

一郎が胸倉を摑んだが、文一は屈しない。

「私を乙菊さんに紹介していただけないのなら、警察に駆け込みます」

「そんなことをすれば、われらは裏切り者になるのだぞ！」

一郎が鉄拳《てっけん》をお見舞いすると、文一が吹き飛んだ。

「島田さん、もうよい」

長が一郎を制する。

「此奴は賢い。今のわれらの話を人質に取っている」

「そうか、その通りだな。なんという小僧だ！」

怒りに震えて拳を固める一郎の足に、文一がすがりつく。

「どうか、この杉村文一をお仲間に加えて下さい」

「今度は泣き落としか」

長の顔に笑みが浮かぶ。

「島田さん、此奴は何かの役に立つかもしれぬ」

「駄目だ。杉村さんとの約束がある」

「だが東京に行けば、同志の間の使いが必要になる。それほど重大な役割の者を、東京で雇うわけにはいかぬ」

しばし考えた末、一郎がため息交じりに言った。

「使い走りしかやらせぬぞ」

「それで結構です」

——使い走りだけなら、大した罪にはならぬ。

一郎は、文一を一挙に加えるつもりなどなかった。罪にならない程度の使いをさせ、早々に旅費を持たせて金沢に追い帰せばよいと思っていた。

「仕方ないな」

一郎は苦笑いを浮かべつつ、再び文一の胸倉を摑んだ。

「わしの言うことを聞くのだぞ。何一つ口答えはならぬ」

「分かりました」

「よし、それなら連れていってやる」

花が咲いたように文一の顔がほころぶ。

「ありがとうございます」

一郎は一抹の不安を抱きつつも、文一を計画に加えることにした。

十一月十五日、金沢で計画資金の調達を行うことになった一郎を残し、長は一足先に上京し、東京の形勢を探ることにした。

長は一郎と別れの盃《さかずき》を交わす際、次のような歌を詠んだ。

諸《もろ》ともに契《ちぎり》し約は死出の山　越てぞ後に人や知るらん

「一緒に死出の山に登ると約束したが、越えてこそ後世の人に真意が伝わるものだ」という意味だ。

何かをやるなら必ず成し遂げたいという長の覚悟が、一郎にもひしひしと伝わってきた。その後、長は石川県を出る時、国境の峠から石川県の山野を望みつつ、次の歌を詠んだ。

古里《ふるさと》の山路はるかに眺むれば　霞《かすみ》ぞ母の思いなるらん

長には、これが最後の旅になり、母とも二度と会えないことが分かっていた。

その後、東京に着いた長は、脇田と松田が止宿する三河屋長助方を訪れ、計画への参加を打診する。むろん同志を増やしたい二人は大歓迎だ。

三人で同志の誓いを立てた後、長は三人の総意として、陸義猶の許を訪れ、同志に加わるよう勧めてみた。

これに驚いた陸は計画の中止を求めたが、長は頑として聞かず、「参加できないなら斬奸状《ざんかんじょう》を執筆して下さい」と依頼した。根負けした陸は「それだけなら」と言って、長から決起の趣旨を聞いた上、「斬姦状《ざんかんじょう》」を書いてやった。

ちなみに陸は、「奸」ではなく「姦」の字を使う。意味は大して変わらないが、相手に対して、いっそう見下した含意《がんい》がある。

長を追うように、十二月には杉村文一も金沢を後にした。文一は愛宕下の勧学義塾に入ると言って兄の寛正から資金をもらい、上京を果たした。東京には司法省に勤める次兄の虎一《こいち》がおり、そこに厄介になるつもりでいた。

六

金沢が白一色に包まれ始めた十二月、歩兵第七連隊の兵舎の会議室で、文次郎は一枚の名札を見ていた。

――石川県七等警部の沢野《さわの》一兵《いっぺい》だと。

「同郷ながら、お名前を存じ上げませんでした」

沢野は丸眼鏡を掛け、頭には油を塗り、真ん中から分けていた。だが洋服ではなく角《かく》袖《そで》を着ているので、妙に不釣り合いに感じられる。

「私の祖先は長らく七尾在勤だったもので、ご存じないのは当然です」

「そうでしたか」

旧加賀藩の本拠は金沢だが、第二の中心が能登国の七尾で、父祖代々そこで暮らす者も多い。旧加賀藩士の数は多く、身分が違えば互いに知らないことはよくあった。

互いの過去や共通の知人の話題などを語り合った後、文次郎が切り出した。

「で、今日は何の御用ですか」

「はい。つかぬことをお尋ねしますが――」

文次郎が中尉だからか、沢野はやけに丁重だ。

「島田一郎というお方をご存じですか」

「ご存じも何も、幼い頃からの友人です」

「やはり、そうでしたか」

沢野が嫌みったらしくうなずく。

「一郎が何か仕出かしたのですか」

「いや、まだ何もしていません」

「では、私に何を聞きたいのですか」

文次郎にも軍人としての誇りがある。何の罪も犯していない友のことで、警察に何かを聞かれること自体、気持ちのよいものではない。

「その島田さんが何かよからぬ企みをしているらしく、しきりに金策に走り回っているらしいのです」

その意味するところが、文次郎には分からない。

「親類縁者から大商人に至るまで、これまで不義理をしていた者にも無心しているようなのです」

「『無心』という言葉に、文次郎は鼻白んだ。

「それで、私にどうしろと――」

「千田中尉のところにも、声が掛かりませんでしたか」

「いえ、いっこうに。私は軍人ですから、人に金を貸すほど懐に余裕はありません」

「そうでしたか」

沢野は丸眼鏡を外すと、しきりに拭《ふ》き始めた。

「では、長小次郎という男をご存じですか」

「もちろん知っています。長君が何かしましたか」

「どうやら先月の中頃、東京に向かったようです」

沢野が上目遣いに文次郎を見つめる。

「それがどうしたというのです」

「何の用で東京に向かったか、ご存じかと思いまして」

「知りません」

「そうでしたか。では――」

沢野が鋭い口調で問う。

「脇田巧一、杉本乙菊、松田克之という名は、ご存じですか」

「脇田君とは言葉を交わしたことはありますが、ほかの二人は顔と名を見知っているくらいで、話をした記憶はありません」

「そうでしたか」

「その三人と島田君に、どんなつながりがあるというのです」

脇田らは三光寺派に属しているわけではないので、一郎とのつながりは薄いはずだ。

「実はですね」

沢野がもったいぶった仕草で眼鏡を掛けた。

「島田氏が金の無心に行った相手の中には、島田氏との関係が薄い方もいました。その際、島田氏は紹介者として三人の名を出したというのです」

――そういうことか。

一郎は自分の伝手だけでは足らず、東京にいる脇田らの知り合いを聞き出し、金策していたのだ。

「それで、五人で何かを企んでいると仰せですか」

「それを探っているのです」

「脇田君は自由民権論者です。五人で東京に本拠を移し、民権運動をしようというのではありませんか」

「それも可能性としてはあります」

沢野が思わせぶりな言い方をした。

「沢野警部、捜査に協力したいのは山々ですが、私は見ての通りの軍人です。彼らのような政治活動家とは一線を画しています。島田君とも、ずっと会っていません」

文次郎が軍人特有の居丈高な口調で言うと、沢野もたじたじとなった。

「分かりました。ご無礼の段、平にお許し下さい」

沢野は一礼し、ハンチングをかぶると、逃げるようにして部屋から出ていった。

――これは何かある。

文次郎の直感がそれを教えた。


夜空からは、際限なく雪が降っていた。

――こいつは本降《ちょうか》りになるな。

積もった雪を長靴で踏みしめつつコートの襟を立てた文次郎は、祇陀寺の境内に足を踏み入れた。

文次郎の姿を認めたのか、閉め切られた本堂の前に座していた一つの影が立ち上がる。

「文次郎、待っていたぞ」

「一郎、久しぶりだな」

二人の間には、これまでにないほどの緊張が漂っていた。

「かようなところに呼び出しよって、果たし合いでもする気か」

近づくと、一郎が両刀を手挟《たばさ》んでいるのが見える。

――相変わらずだな。

文次郎はため息をつきたい気分だった。

「おぬしは廃刀令というものを知らぬのか」

階段の下で文次郎が立ち止まる。

「知っておる。だから普段は帯刀していない」

「では、なぜ今日は帯刀しているのだ」

「事と次第によっては、おぬしを斬るつもりだからだ」

「そんなことだろうと思った」

文次郎が鼻で笑うように言ったので、一郎の顔色が変わった。

「西郷さんと戦った裏切り者が何を言うか！」

「何だと――」

文次郎は、己の顔が怒りで紅潮するのを感じた。

「おぬしは政府の走狗《そうく》と化し、志ある鹿児島県士族の若者を殺したのだ」

「それは違う。わしは軍人だ。軍人とは己の考えを捨て、政府に忠節を尽くすのが本分だ」

「政府とは笑止千万。大久保も岩倉も、私利私欲を満たすために権力を握る餓狼《がろう》ではないか」

「たとえそうであろうと、政府は天皇陛下の信任を得ている。われらは皇軍であり、天皇陛下の命によって賊軍と戦っただけだ」

「はははは」

一郎の高笑いが、深々と降る雪の中に響く。

「詭弁《きべん》もそこまで来ると滑稽《こっけい》だな。では聞く！」

一郎は階段を下り、賽銭箱《さいせん》を挟んで文次郎と対峙《たいじ》した。

「おぬしは西郷さんを賊だと申すか。西郷さんは私利私欲で起ったと思っておるのか！」

「それは――」

文次郎が言葉に詰まると、一郎が畳み掛けた。

「やむにやまれぬ思いから起ったのだろう。それをおぬしら政府の犬どもは、功を挙げて出世したいがために討ったのだ。これほどの非道があろうか」

「それは違う！」

「違わない。しかもおぬしは、鼻をクンクンさせて西郷さんの首を見つけ、山縣などという賊魁に渡したというではないか」

山縣有朋は山城屋《やましろや》事件などにより、不平士族から貪官汚吏《どんかんおり》の代表と見られていた。

「何という言い草だ。それが友に対して言う言葉か」

「もう友ではない」

「そうか。それならわしも覚悟ができた」

「何だと」

「おぬしは何を企んでいる」

文次郎の言葉の刃《やいば》が、一郎の意表を突いた。

「企むとは、どういうことだ」

「先日、わしの兵舎に警察がやってきた。もう、おぬしらの企みは露見している」

一郎の顔が青ざめる。

「おぬしは派手に金策しただろう。県令たちの目は節穴ではない。密告した者もいたそうだ」

「それは誰だ！」

「わしは知らぬ。おぬしが金を持っていそうなやつに、片っ端から声を掛けるからだ」

「知らぬ。濡《ぬ》れ衣《ぎぬ》だ！」

「それは本当か。武士として、男として誓えるか」

一郎が言葉に詰まる。

「一郎よ、もういいだろう。おぬしはやるだけのことはやった。西郷元大将と鹿児島県士族が壊滅したのを機に、多くの政治活動家は足を洗い、新たな身の振り方を考え始めている」

一郎に返す言葉はない。

事実はその通りだった。もはや政府に逆らうことはできず、大半の者が抵抗をあきらめて恒産の道を探り、その中のごく一部の者だけが政治活動に身を投じた。

「一郎、何事にも潮時というものがある。せめて陸さんのように、自由民権運動に身を投じたらどうだ」

「わしは嫌だ！」

「いつまで童子のようなことを言っているのだ。おぬしには妻子がいるではないか」

一郎の長子の太郎《たろう》は、西南戦争の直前に生まれていた。

「ひらとは離縁する」

「何と馬鹿なことを。ということはやはり――」

そこまで聞けば、企みが事実なのは明らかだった。

「文次郎、もうよい。互いに異なる道を歩み出したのだ。詮索《せんさく》はやめろ」

「いや、そうはいかぬ。これは石川県士族の名誉と将来にかかわることだ」

「何だと。わしは大義のために起つのだ」

「それは間違っている。おぬしのやろうとしていることは、石川県士族にとって百害あって一利なしだ！」

文次郎が決めつけると、一郎の面がみるみる紅潮していった。

「何を言われようが、やるべきことはやる！」

「わしがやめろと言ってもか」

「やると言ったらやる」

「では、この場で斬る」

「このわしを、おぬしが斬るというのか！」

「斬る！」

「よし、分かった！」

一郎が太刀袋の紐《ひも》を解いたが、文次郎はサーベルを抜かない。

「文次郎、そんなやわなもので、わしを殺せると思っておるのか」

「おぬしを殺すには、これで十分だ！」

「何だと！」

逆上した一郎が太刀を上段に振りかぶるや、気合を入れながら打ち掛かってきた。

だが足元には二寸から三寸ほどの雪が積もり、思うように踏み込めない。一郎の太刀が空を切る。

「腕が鈍《なま》ったな」

「此奴！」

一郎は太刀を振り回すが、文次郎はサーベルを使わずに巧みによけていく。

やがて一郎が肩で息をし始めた。

「一郎、計画をやめると言ってくれ」

「やめるか！」

鈍くなった一郎の太刀を鞘《さや》に入ったままのサーベルで払うと、太刀は宙を飛んで雪に突き刺さった。

次の瞬間、文次郎はサーベルを抜き放ち、片膝をついた一郎の首筋に当てた。

「一郎、冷静になれ。無謀なことを企んだところで、今の政府には誰も敵《かな》わぬ。捨て石どころか無駄死《むだじ》にだぞ」

「殺したければ殺せ」

「おぬしを殺したところで、何になるというのだ。それよりも昔のように――」

何かが突然、込み上げてきた。

「昔のように、皆で楽しく暮らそうではないか」

「もう昔には戻れぬ。すべては今の政府によって壊されたのだ」

「それは違う。有司専制という政治体制を取らぬ限り、外夷《がいい》には対抗できないのだ。今この国は、さらに生まれ変わるために苦しんでいる。その犠牲となった一人が西郷先生だ。これ以上、犠牲者を増やしてはならぬ。天の西郷先生も、きっとそれを望んでおられるはずだ」

「そんなことはない。今の体制を一新しなければ、このまま士族たちの苦しみが続くだけだ」

「一郎よ」と呼び掛けつつ、文次郎がサーベルを引っ込めた。

「もう、これ以上は何も言わぬ。だが故郷のことを思うなら、暴挙は慎んでくれ」

「斬らんでもよいのか」

「わしはおぬしを信じている」

一郎がきまり悪そうに俯《うつむ》く。

「一郎、友はずっと友だ。それだけは忘れるな」

文次郎はそう言い残すと、コートの襟を立てて祇陀寺を後にした。

七

明治十一年(一八七八)が明けた。

前年に最後の抵抗勢力である鹿児島県士族を壊滅させた大久保利通は、無人の野を行くがごとく有司専制の道を突き進んでいた。西南戦争の最中に木戸孝允も病死し、板垣退助も再び下野したため、政府内で大久保に反対する者は、一人もいなくなっていた。

大久保は長州藩閥の伊藤博文、佐賀藩閥の大隈重信、そして同郷で大警視の川路利良を腹心に据え、自らの描く国家像の完成に邁進《まいしん》していた。

大久保は維新から十年は「創業」の時代で、これからの十年は「内治を整え、民産を殖する」時代と定義し、「利通不肖と雖《いえど》も、十分に内務の職を尽さんことを決心せり」と、側近たちに決意を披瀝《ひれき》している。

一方、武力によって政府を打倒することが困難と覚《さと》った反体制派は、言論と大衆運動によって政治体制を刷新していこうとしていた。

三月二十四日、一郎は自宅での最後の夜を迎えていた。

先ほどまで屋根を叩いていた雨は、随分と収まってきている。うるさいだけだったその音が、今となっては愛《いと》おしい。

——この家とも、今宵《こよい》が最後になるのだな。

一郎が生まれ育った家は継母のときと弟の治三郎が暮らしており、この家は妻のひらと一緒になってから移ったものだが、間取りも同じ足軽長屋の一つなので、やはり愛着がある。

——そうした未練が、志士を志士でなくすのだ。

一郎は、死を覚悟して西上の途に就いた天狗党のことを思い出していた。

——小四郎さん、あんたに生への未練や執着はなかったのか。

藤田小四郎にも様々な未練や執着があったはずだ。だが小四郎は素志を貫徹するために、すべてを捨て去った。

——わしも、そうあらねばならぬ。

一郎は未練や執着を振り捨てようとした。

——もはや賽は投げられており、引き返すことはできぬのだ。

いくつかの書状を座敷で書き終えた一郎が、寝室にしている納戸に入ると、ひらが長男の太郎に添い寝し、子守歌を口ずさんでいた。

ねんねこうこ
ねんねの守りはどこ行った
あの山越えて里行った

ひらの少し舌足らずな声が、耳に心地よい。

そう言えば一郎も、継母のときから、この歌をよく聞かされた記憶がある。

「もう寝たのか」

「はい。少し前に」

一郎が太郎の頭を撫《な》でる。

「いい子だ」

「あなた」

さすがに気丈なひらも涙ぐんでいる。

「この子と私を置いて、どうしても行かれるのですね」

その言葉には答えず、一郎が言った。

「父や継母から聞いた話だが、わしの爺《じい》さんは暇さえあればわしの頭を撫で、『よき男《お》子《のこ》になれ』と言っていたという」

「それでは、あなたは『よき男子』になれたのですか」

「それは分からぬが、そうあらねばならぬと、ずっと思ってきた」

そう言うと一郎は、「燗《かん》をつけてくれ」と言って、座敷に戻った。

書き終えたばかりの十にも上る書状を封筒に入れ、封をしていると、ひらが熱燗を運んできた。

「お前も飲め」

一郎が盃に酒を注ぐと、ひらが口を付けた。

「今宵が最後なのですね」

「そういうことになる」

「もう何を言っても、翻意なさらぬのですね」

それには何も答えず、一郎が懐から書状を取り出した。

「離縁状ですね」

「そうだ。お宮参りの後に書こうと思っていたが、今日まで書けなかった。だが勇を鼓して先ほど書いた。明日にも県庁に行って手続きをしてくれ」

「ああ、そんな――」

ひらが口に手を当てて嗚咽《おえつ》を堪《こら》える。

「お前は強い女子《おなご》だ。わしがいなくてもやっていける。お前のことを考えれば、子がいなかった方がよかったかもしれない。だが弟の治三郎は独り身だ。このまま跡継ぎがおらぬままでは、ご先祖様に申し訳が立たぬ。それゆえ、お前には悪いが子を産んでもらった」

「そんなことはありません。一郎さんの子が産めて、私はよかったと思っています」

「そう言ってくれると、少しは肩の荷が下りる。わしと離縁した後は、何の気兼ねもせずに再嫁してくれ。もしも――」

一郎が感極まる。

「太郎を育てられなければ、寺にでも商家にでも入れてくれ」

「何を仰せですか。私は何があっても、この子を育てます」

「すまぬ」

一郎が頭を下げる。

――わしは、よき女房をもらった。

今となっては、それ以外に言葉はない。

「お酒が冷めますよ」

「ああ、分かっておる」

一郎が盃をあおると、ひらは立ち上がって戸を半分ほど開けた。

「どうやら雨も上がったようです」

「そのようだな。これで峠道を越えるのが幾分か楽になる」

ここ数日降り続いていた雨が、ようやく上がったようだ。

「わしの消息が金沢に伝わった翌日、これらの書状を宛名の者たちに届けてくれ」

一郎がひらに書状の束を渡す。

その意味に気づいたひらは何かを言おうとしたが、思い直したかのように口をつぐむと、別のことを問うてきた。

「分かりました。でも継母上と治三郎さんに、お会いにならなくてもよろしいのですか」

「ああ、会わずともよい。二人に問われたら、旅に出たとでも言っておいてくれ」

「ということは、明日はこのまま――」

ひらが語尾を震わせる。

「ああ、それがわしらしいと思う」

「せめて朝餉《あさげ》だけでも用意させて下さい」

「すまぬ」

「妻として当然のことです」

酒がなくなったのに気づいたひらが、台所に立とうとする。

「もう酒はよい。それより夜明けには、まだ間があるな」

「はい」

「では、こちらに来い」

一郎が、ひらの手首を摑んで抱き寄せた。

ひらが一郎の厚い胸に顔を埋《うず》めた。

「短い間だったが、そなたと夫婦《めおと》になれてよかった」

「ああ、旦那様《だんなさま》」

一郎はひらを強く抱きしめた。

翌朝、太郎の泣き声で目覚めた一郎は、蒲団《ふとん》を抜け出すと台所に行った。

そこでは太郎を背負ったひらが、すすり上げながら包丁を使っていた。朝日が格子窓越しに差し、竈《かまど》から立つ湯気を照らしている。

——いつもと変わらぬ朝だ。

一郎には特別な朝でも、多くの人々にとっては平凡な一日の始まりだった。

一郎はひらを背後から優しく抱いた。その間には太郎がいる。

「ひら、すまぬ」

「もういいのです。あなたは、そういう人だと分かっていましたから。どうかお国のために、素志を貫徹して下さい」

「ありがとう。その言葉で未練が吹っ切れた」

いつしか泣きやんだ太郎が、不思議そうな顔で一郎を見ている。

「よく見ておくのだぞ。そなたの父の顔はこれで見納めだ」

その言葉に、ひらの嗚咽が高まる。

「この子は、きっと立派になる」

一郎が確信を持って言う。

「どうして分かるのです」

「そんな気がするのだ」

そう言うと一郎は、座敷に戻って筆を執り、さらさらと歌を書いた。

かねてより今日のある日を知りながら　今は別れとなるぞ悲しき

ちょうど朝餉を運んできたひらに、歌が書かれた紙片を渡すと、ひらが泣き崩れた。

「なぜ旦那様が――」

「もうよい。誰かがやらねばならぬのだ。それならわしがやる」

「それが旦那様なのですね」

「そうだ。友からも、ずっとそう言われてきた」

一郎の脳裏に文次郎の面影が浮かんだ。

――さらばだ。友よ。

朝餉を残さず食べた後、裏の井戸で水を浴び、旅装に着替えた一郎は、何かを吹っ切るように玄関に向かった。

すでに己の顔が志士になっていることに、一郎は気づいていた。

それを見たひらは慌てて立ち上がると、玄関の式台に座った一郎の草鞋《わらじ》の紐を結んだ。

足の甲にぽたぽたと涙が落ちる。

「これが、旦那様にしてあげられる最後のことなのですね」

「わしのことはもうよい。これからは太郎のことを頼む」

「よし」と言って立ち上がった一郎が、草鞋の履き心地を確かめた。

「これなら万里の道でも踏破できる」

「よかった」

「ひら、男の門出だ。笑って見送ってくれ」

「は、はい」

玄関を出て振り向くと、ひらが式台の上で、太郎の手を持って「さよなら」をさせていた。

ひらが笑っているためか、太郎も楽しそうに笑っている。

「あっ」と言って、ひらが驚いた顔をした。

「どうした」

「今、太郎が『さよなら』と言いましたよ」

「何だと」

一郎が玄関まで戻り、太郎の口に耳を近づけると、太郎は「さよなら」と繰り返していた。

「初めて口を利いたのだな」

「そうです。ああ、旦那様――」

ひらが身を寄せてきたが、一郎は優しく二人から身を離した。

「ひら、太郎、わしのことを忘れないでくれ」

「決して――、決して忘れません」

太郎を抱いたまま、ひらが式台にくずおれた。

「では行く。さ、よ、う、な、ら」

一郎は未練を振り捨てるようにして、朝日差す道を走り出した。

――これで思い残すことはない。

そう心の中で呟《つぶや》きつつ、一郎は背後から絡みつく未練を懸命に振り払った。

朝靄《あさもや》煙る金沢の街並みを走り抜けた一郎は、一路東京を目指した。

八

「一郎が出奔しただと！」

「はい。私も、おひらさんから聞いたばかりで詳しいことは分かりませんが、まずはご報告すべきと思い、こちらに駆けつけてきました」

三月二十五日、治三郎から知らせを受けた文次郎は、あまりのことに愕然《がくぜん》とした。

――あれほど「暴挙は慎め」と申したのに。わしは唯一の友に裏切られたのか。

だが、坂道を転がり始めた石を止めるのは容易でない。すでに一味とおぼしき者たちは、東京に行っているのだ。

――やはり、何かを企んでいるということか。

嫌な予感が頭をもたげる。

「私はこの足で東京に行き、兄を連れ戻してきます」

治三郎は脚絆《きゃはん》を着け、風呂敷《ふろしき》を一つ持ってきている。つまり東京まで徒歩で行こうというのだ。

――治三郎に一郎は止められぬ。しかも下手をすると巻き込まれる。

それは、火を見るより明らかなことだった。

「そなたは金沢に残れ」

「何を仰せで。行かなければ、たいへんなことになります」

「それは分かっている」

「では、どうしろと言うのです」

「わしが行く」

治三郎が唖然とする。

「わしに任せてくれぬか」

文次郎は治三郎を帰宅させると、連隊長室へと向かった。


この頃、歩兵第七連隊長は三代目の平岡芋作《ひらおかこうさく》中佐に替わっている。

入室を許された文次郎が、「失礼します」と言って連隊長室に入ると、机に顔を伏せて書き物をしていた平岡が、「何の用だ」と言って顔を上げた。

どちらかと言えば文官肌だった初代の津田正芳少佐や二代目の竹下弥三郎《たけしたやさぶろう》中佐と違い、坊主頭に濃い髭を蓄えた平岡は、軍人を絵に描いたような男だ。

一連の事情を説明した文次郎が「休暇をいただきたいのです」と言うと、「馬鹿野郎！」という怒声が轟いた。

「君は軍人だぞ。軍人の本分は何か」

「はい。天皇陛下と国家に忠誠を誓い、命を懸けて国土と国民を守ることです」

「君は、そうした軍人の本分を忘れたのか」

「いいえ」

「それでは、なぜ東京に行くのだ。この国には警察組織というものがある。また大久保内務卿に注意を促すためには、それなりの連絡経路がある」

「はい。知っています」

「では、こうした場合の手順を踏め」

そこまで理詰めで言われてしまえば、反論の余地はない。

「よし、この一件を担当しているのは――」

「沢野一兵警部です」

「すぐに呼べ」

平岡の命令を受けた当番兵が、目と鼻の先にある警察署に走り、すぐに沢野を連れてきた。

連隊長に呼ばれたことで、沢野は緊張していた。

「よし、経緯を話せ」

治三郎から聞いた話を、文次郎は沢野にも語った。

「やはりそうでしたか」

沢野は眼鏡を取って、ため息をついた。

「沢野警部」という平岡の声に、沢野は背筋を伸ばした。

「すぐに大久保卿に、このことを知らせるのだ」

「分かりました。まずは熊野権参事に報告し、桐山縣令から内務省に連絡を入れてもらいます」

この頃、警視庁は東京警視本署という名称で、内務省警視局内に置かれていた。つまり内務省から東京警視本署の長の川路利良大警視に事の次第が告げられ、川路が何らかの手段を講じることになる。

「川路大警視に任せておけば間違いない」

――川路とは、あの時の男のことか。

文次郎の脳裏に、かつて寛永寺の境内で出会った長身痩軀《そうく》の薩摩人の姿が浮かんだ。

「沢野警部は東京に行ってくれるか」

「はい。上長の熊野権参事の了解が取れ次第、東京に向かいます」

「よし、連中の首根っこを摑んででも連れてこい」

「はっ」と言って直立不動の姿勢を取って一礼すると、沢野は足早に出ていった。

「これでよい」

そう言うと平岡は立ち上がり、窓から見える練兵場を見下ろした。

「千田君、君は将来を嘱望《しょくぼう》されている」

「私が、ですか」

「そうだ。君は軍人としての能力が高いだけでなく、兵や下士官からも慕われている」

「そんなことはありません。私はただ一生懸命なだけです」

「それが大切なのだ。何事にも懸命に取り組むことこそ、軍人の本分だ」

元々、出世など考えていない文次郎である。だが歩兵第七連隊ができた頃から徐々に重用され始め、連隊長が替わっても、それが続いている。

「それゆえ君は、この一件にはかかわるな」

確かに平岡の言うことにも一理ある。陸軍士官の文次郎が、警察の管轄に首を突っ込めば、桐山や熊野ら石川県関係者と第七連隊の関係も悪くなる。

――軍人をやめるか。

その考えが脳裏をよぎったが、文次郎には軍隊の水が合っており、この仕事を全うしたいと思っていた。

――すでに、わしは勝手に動けぬ立場にあるのだ。

文次郎は陸軍という大組織の中で生きる公人であり、一郎のような自由の身ではないことを思い知らされた。

「実はな」と言いつつ、平岡がにやりとする。

「君に縁談がある」

「縁談、ですか」

「そうだ。わしは武骨者ゆえ気づかなかったが、君は独身だというではないか」

「は、はい」

「先日、名古屋鎮台の四条司令官から話があった」

陸軍少将の四条隆謌は、文次郎にとって雲の上の人だ。四条が文次郎の存在を認識していたことさえ驚きだが、縁談まで世話してくれるというのだ。

「相手は旧加賀藩士の長瀬家の一人娘だという」

長瀬家と言えば人持組六十八家のうちの一つで、かつては一千石の家禄をもらっていた由緒ある家柄だ。

——そういえば、あそこには娘がいたな。

文次郎は少年時代、その屋敷の前を通った時、輿《こし》に乗り込む少女の姿を見たことがある。その時の花のような少女の面影を、今でもはっきりと覚えていた。

「私は三十三俵取りの足軽の家の出です。何かの間違いではないでしょうか」

電話や電信が十分に普及していないこの頃、人を経由していくうちに、誤解や間違いが生じることがある。

「これほど大切なことを、司令官やわしが間違えるか」

「申し訳ありません」

「だいいち、もはや平士だ足軽だと言っている時代ではない」

「は、はい」

「これほどの良縁はない。友のことを心配する気持ちは分かるが、己の将来を考え、この場は自重するのだ」

「分かりました。ありがとうございます」

文次郎は、四条や平岡から目を掛けてもらっていることに感激した。

――わしは期待に応《こた》えねばならぬ。

そう思う反面、一郎のことも心配でならない。

――だが、もう一郎とは道を異にしたのだ。

文次郎は己に言い聞かせた。

この後、治三郎宅を訪問した文次郎は、一郎の継母、ひら、治三郎を前にして、自分は東京に行けないこと、沢野という警部が東京に向かうことを告げ、とにかく警察に任せるようにと言って三人を安心させた。

九

三月二十六日、琵琶湖北岸の塩津《しおつ》に止宿した一郎は、黒々と蓄えてきた美髯《びぜん》を剃《そ》ると、神戸へと向かった。東京への便船は大阪からも出ているが、神戸まで行ったのは、湊川《みなとがわ》神社に詣《もう》でて勤皇の象徴である楠木正成《くすのきまさしげ》公に誓いを立てるためだった。

それを終わらせた後、神戸から便船に乗って東京に着いた一郎は、長が滞在している四谷尾張町《よつやおわりちょう》の林屋佐平《はやしやさへい》方を訪れた。

この頃、松田は三河屋長助方に、脇田は勧学義塾の宿舎に、文一は兄の虎一の許に止宿していた。別々の場所に止宿するのは、周囲に疑いを抱かせないためだ。

約四ヵ月半ぶりに再会した二人は、その間の互いの状況を語り合った。

六人が二ヵ月ほどは滞在できる資金を持ってきたことを一郎が告げると、長からは、杉本乙菊がまだ来ていないこと、松田が乙菊を呼びに金沢まで戻ること、そして浅井寿篤《あさいじゅとく》という島根県士族が一挙に参加することを語った。

これを聞いた一郎は怒り、「他県の者を加えるなど言語道断」と言ったが、長は「すでに脇田と松田が浅井を加えてしまったので、いかんともし難い」と答えた。

早速、二人は三河屋へ赴くことにした。

三河屋には脇田も来ていた。脇田と松田の傍らには、見知らぬ男が手枕で横になっている。

一郎は皆への挨拶もそこそこに、男に向かって言った。

「君が浅井君か」

「ああ、そうだ」

起き上がった浅井が傲然《ごうぜん》と胸を反らせる。

嘉永五年（一八五二）、鳥取藩士の次男として生まれた浅井寿篤は、維新後に警察に入り、川路利良率いる別働第三旅団に配属されて西南戦争にも従軍した。ところが凱旋《がいせん》後、慰労休暇中に禁止されていた遊興をして免官となった。そのため浅井は、川路とその上長の大久保に深い恨みを抱いていた。

浅井は「身材長大、精力絶倫、剛愎《ごうふく》にして容易に人に屈せず」と伝わるほど、肝の据わった男だった。

「浅井君、われらの一挙を誰から聞いた」

「風の便りだ」

「なめるな！」

一郎が浅井の胸倉を摑もうとしたが、浅井はその手首を摑み、畳に叩き付けた。

浅井は柔術の高段者で、この頃、最強と言われた戸塚《とつか》という師範に勝負を挑み、さんざんにやられて顎《あご》の骨まで折られたが、三日後には弟子入りし、平然と稽古《けいこ》をつけてもらったという逸話がある。

「此奴！」

暴れる一郎を押さえ込みつつ、浅井が言う。

「あんたは、わしと勝負しに来たわけではあるまい」

「そうだ。放せ！」

皆の前で恥をかかされた一郎が、虚勢を張るように言う。

「他県の者を一挙に加えるのは、まかりならん」

「島田君——」と、脇田がため息をつきつつ言う。

「そうは言っても、われらには手が足りない。その上、ここぞという時、浅井君は頼りになる」

残念ながら、脇田の言う通りだった。

「では、まず血盟していただく」

先ほどのされてしまった手前、一郎も強気には出られない。

「よかろう」

互いの盃に酒を注ぎ、そこに指先を切って血を加え、相手の血の入った酒を飲むのだ。

一郎と浅井が仲直りの意味で、相手の血の入った盃を飲み干した。

「聞いてくれ」と、長が皆に傾聴を促す。

「島田さんと文一、そしてわしの三人は、君たちの一挙に加わらせていただくことになった。だが何事にも、首班は必要だ。図々《ずうずう》しいようだが、わしは首班として島田さんを推したい」

「長君、待ってくれ。それでは——」

全く予期しない一言に、一郎が戸惑う。

「それは困る」と、松田が難色を示す。

「われらは脇田さんを首班にしている」

「待て」と脇田が松田を制する。

「われらは同志だ。誰が上で誰が下などという関係ではない。だが、迅速に物事を決せねばならないこともある。それには、わしよりも決断力のある島田さんの方がよいと思う」

脇田自ら、一郎が首班とすることに賛同した。学者肌の脇田は、確かに首班に向いているとは言い難い。

「乙菊さんには何と言うのです」

松田が脇田に問う。

「ここにいない者に発言権はない」

「それではよろしいか」

長が浅井に視線を据える。

「よそ者のわしに異存はない」

浅井も承知した。

「では、島田さんに首班となってもらう」

「分かった」

一郎が大きく息を吸うと言った。

「不肖島田一郎、皆から大任を仰せつかったからには、何としても大願を成就させる！」

「おう！」と皆が同意を示す。

「まず、今後のことからだ」

一郎が松田の方を見る。

「松田君は金沢に戻り、乙菊を連れてくると聞いたが」

「おそらく奴は旅費が捻出《ねんしゅつ》できず、東京に来られないのでしょう」

「では、これを持っていけ」

懐に入れてきた銭袋を松田に放ると、一郎が脇田に問うた。

「それでは、君らの考える計画を聞かせていただこう」

「分かった」と言いつつ、脇田が絵地図を広げる。

「大久保は、何事にも緻密《ちみつ》で用心深い人間だ。しかも酒も女も好まない上、一人で街をぶらつくこともない」

「警護の者は」

「常に付いているわけではないが、その分、危うい場所には行かないようにしている」

「しかも」と松田が話を引き取る。

「大久保は毎日、太政官に出仕しているわけではありません。つまり、その日の予定が摑めないのです」

「では、家の前で待って跡を付ければよい」

「それは無理です。邸宅には門衛や書生もいますし、大久保は人気のないところを通りません。馬車の後をつけて、ばっさりやるなど不可能です」

「では、どうする」

一郎が焦慮をあらわにする。

「われらも大久保の隙のなさにあきれました。ただ太政官に必ず出仕する日があるのを、知り合いの近衛兵から聞き出しました」

「それはいつだ」

「毎月、四と九の付く日の朝、参議たちは太政官に出仕します」

「つまり四日、九日、十四日、十九日、二十四日、二十九日ということか」

「そうです。その日の朝、太政官のある赤坂仮御所で、参議の定例会議が行われるからです」

松田が自信を持って言う。

「次は四月九日だな。それが事実かどうか確かめる必要がある」

「すでに確かめました。何回か太政官の近くで見張っていたのですが、大久保は定時に出勤しています」

「そうか。馬車の特徴は摑んでいるのか」

「もちろんです」と言いつつ、松田が大久保の馬車の特徴を皆に伝えた。

「だが、一つ問題があるのだ」

脇田が顔をしかめる。

「どういう問題だ」

「大久保が自宅から太政官に出仕するには、こういう経路になる」

脇田が地図上の三年町《さんねんちょう》三番地に人差し指を置く。

「ここが大久保の邸宅だ。まずここを出て清国公使館前を右折し、西郷従道邸を右手に見つつ突き当たりのドイツ公使館を左折し、ダラダラ坂を下り、三平坂《さんべざか》を上り、赤坂喰違坂《あかさかくいちがいざか》を少し下れば赤坂御門に着く」

赤坂御門は別名赤坂見附《あかさかみつけ》と呼ばれ、かつては江戸城外と城内を区分していた。

「大久保邸から赤坂御門までは各国の公使館もあり、いつも巡査がうろついている。いまだ攘夷《じょうい》を唱える馬鹿者が、公使館を襲うかもしれないからな」

脇田が笑みを浮かべたが、一同は真剣な目付きで地図に見入っている。

「赤坂御門から太政官のある赤坂仮御所の東門に至るには、四つの経路がある。距離が近い順に挙げれば、まず赤坂御門を直進して紀ノ国坂《きのくにざか》を上っていく経路。二番目は赤坂御門をくぐらずに右折し、すぐ左折して清水谷《しみずだに》から紀尾井坂《きおいざか》を通る経路。三番目は赤坂御門をくぐらずに右折し、直進する達磨坂《だるまざか》を通る経路。四番目は赤坂御門の方に向かわず、三平坂を直進するという経路だ」

「それで大久保は、どの経路を使っているのだ」

「言わずもがなだ。赤坂御門を直進して紀ノ国坂を上っていく経路だ。これが距離的にも近い上、警備の点で最も安全だ」

「つまり、人目が多いということですね」

長が確かめる。

「そうだ。それだけでなく赤坂御門を出れば、通りを隔ててはいるものの警視庁分署（警視庁第三方面二分署）があり、その視野に収まりながら紀ノ国坂を上っていける」

「分署には、昼夜を問わず門衛がいます」

松田が付け加えると、長が身を乗り出した。

「別の道を使うということはないのですか」

「ない」と脇田が断言する。

「達磨坂や三平坂を通る経路は遠回りだし、最も人気がなく昼でも寂しい清水谷から紀尾井坂に抜ける道とて、紀ノ国坂を通る道に比べれば、近道とは言えない」

すなわち大久保は、紀ノ国坂を上っていく経路しか取らないというのだ。

一郎が問う。

「つまり、最も襲撃に適しているという清水谷から紀尾井坂に抜ける道は、絶対に使わないのだな」

「そうです」と松田がうなずく。

「われわれは四と九の付く日に、それとなく何度もあの辺を歩きましたが、大久保の馬車は必ず紀ノ国坂を上っていきます」

「紀ノ国坂で襲えばどうなる」

一郎の問いに脇田が答える。

「赤坂御門を出てすぐだと、分署の門衛や詰めている巡査が駆けつける。その先は御所前なので門衛がいる。しかも待ち伏せできるような場所はない。通行人を装ってうろうろしていれば、すぐに尋問される」

「刀を隠す場所はあるか」

五人の男が長刀を携えて歩けば、すぐに御用となる。一郎は襲撃場所が確定したら、前夜のうちに凶器となる長刀を、近くに隠しておくつもりでいた。

「そんなものを隠す場所などない」

浅井が確信を持って言う。

「うーん」と言って、一郎は考え込んでしまった。

「つまり紀ノ国坂で襲えば、失敗する確率が極めて高いということですね」

長の問いに三人がうなずく。

「ここで、こうしていても仕方がない。まずは実地検分に行こう」

一郎が立ち上がった。

「だが警戒は厳重だ。男が五人でうろつくわけにはいかぬ」

「では松田とわし、脇田と長で連れ立っていこう。浅井君は待機していてくれ」

「そうだな。わしは巡査をしていた頃、何度もあの辺りに行っているから、見なくても分かる」

そう言うと、再び浅井は寝ころんだ。

「これからも浅井君は、あの辺りを歩かぬ方がよい」

一郎が断じる。

「分かっている。知り合いに出くわしたらたいへんだからな」

浅井の顔は、警察関係者に割れている可能性が高い。何と言っても浅井は西南戦争の時、警察官だけで編制された川路利良率いる別働第三旅団に所属していたのだ。

四人は二組に分かれて赤坂に向かった。


――全く隙がない。

松田と共に世間話をしながら、赤坂御門から仮御所東門を通り過ぎて四谷御門まで歩いてみたが、思っていた以上に巡査や門衛の数が多い。しかも凶器の隠し場所となり得る藪《やぶ》などなく、堀側には芝生の張られた斜面が水面まで続き、逆に御所側には塀が続いているだけだ。

「島田さん、見ての通りです」

四谷御門まで来たところで、松田が言った。

「そのようだな。では念のため、紀尾井坂から清水谷の方を歩いてみるか」

二人は反転する形で、今度は四谷御門から赤坂御門に向かって堀際の道を歩いた。

しばらく行くと、右に行けば仮御所の東門、左に行けば紀尾井坂という交差点に着いた。二人はそこを左に折れて紀尾井坂を下り、清水谷の交差点を右に折れて寂しい道に入った。

北から南に向かって歩いたので、左手に北白川宮能久親王《きたしらかわのみやよしひさ》邸、右手に公家《くげ》の壬生基修《みぶもとなが》邸が見えてきた。つまり清水谷の東側に北白川宮邸、西側に壬生邸という位置になる。

左右の邸宅は一段高い場所にあり、下から見上げると小高い土堤の上にあるように見える。壬生邸の堤の斜面から上は茶畑になっており、北白川宮邸の方は、人が住んでいないのか手入れも悪く、鬱蒼《うっそう》とした叢林《そうりん》になっている。

――まさに谷底道だな。

一郎は、この道こそ襲撃に理想的だと思った。

――ここで前後をふさいでしまえば、馬車は逃げることはできない。

馬車には、馬丁と馭者《ぎょしゃ》役の書生が乗っていることが考えられる。それでも、よほどの剣の達人でもない限り、二人で大久保を守り抜くことは困難なはずだ。

――それも護身用の太刀を馬車に積んでいればの話だがな。

廃刀令を出した手前、大久保が太刀を馬車に隠しているとは思えない。

やがて道の上に石橋が見えてきた。左右の邸《やしき》の連絡橋のようだ。その下を通った時、一郎は「これだ」と思った。

その石橋の下側は、強度を補強するためか棚のようになっており、長刀を隠すには絶好だった。

さらに進むと、道が左に折れる場所に共同便所があった。

――この陰に隠れて、馬車をやり過ごせばよい。

しかもその裏は藪になっており、堀の外側からは何も見えない。その藪がなければ、ちょうど分署の裏手から丸見えなのだが、藪のおかげで恰好《かっこう》の隠れ場所となっている。

――この道に誘い込む方法はないものか。

一郎は頭をひねったが、にわかに良策は思い浮かばない。


やがて三河屋に戻った二人が、浅井も交えて侃々諤々《かんかんがくがく》の議論をしていると、長と脇田が戻ってきた。彼らも清水谷を通ってきており、一郎たちの見解と同じだった。

「だが、いかなる方法で、かような道に大久保の馬車を誘い込むのだ」

「紀ノ国坂で騒ぎを起こし、通行させないようにしたらいかがでしょう」

長が知恵者らしい陽動策を出した。

「駄目だな」と浅井が言う。

「分署には、門衛や夜勤の巡査が二十人余は詰めている。御所の門衛も十人はいる。そいつらが駆けつけてくるのだ。騒ぎを起こしても瞬く間に鎮圧される。つまり大久保の馬車は、それを待ってから紀ノ国坂を上るだろう」

それに対して、反論できる者はいない。

「何か方法はないのか」

一郎が頭をかきむしる。

「あきらめるのは早い」

脇田が落ち着いた口調で言う。

「皆、これから毎日、ばらばらにあの辺りを歩いてみよう。名案が浮かぶかもしれない」

それに皆が同意した時だった。「ご無礼仕る！」と言う声が、部屋の外で聞こえた。

「誰だ」

五人に緊張が走ったが、続く「文一です」という言葉を聞き、そろって安堵のため息をついた。

「何用だ。そなたは勧学義塾に通っているのではなかったのか」

一郎が咎めるように言う。

「私も皆様の謀議に加えて下さい」

「何を言うか！」

長が一郎を制すと言った。

「文一、用がある時は、こちらから呼ぶ」

「嫌です。私も同志ではなかったのですか」

一郎が諭すような口調で言う。

「事が成っても、われらは間違いなく死罪になる。だが誰かが、われらの赤心を後世に伝えねばならぬ。こうした壮挙を行う際は、そうした役割を担う者が必ずいる。そなたは赤穂《あこう》浪士を知っているか」

「ええ、まあ」

「その中に寺坂吉右衛門《てらさかきちえもん》という男がいた。その男は首魁の大石内蔵助《おおいしくらのすけ》から諭され、事が成った後、その場を離れて浅野《あさの》家の親類衆に報告に行った」

「私は、寺坂などになりたくありません」

「文一！」

一郎は座を立つと、土間に立つ文一の胸倉を摑んだ。

「わしの言うことが聞けぬのか」

文一が顔を背ける。

「聞けぬなら金沢に帰れ」

「嫌です」

「そなたが、わしの言うことを聞くと約束したから同志に加えた。聞けなければ同志ではない」

文一は不貞腐《ふてくさ》れたように唇を嚙んでいる。

「そなたが武士であるなら、約束は守れ」

一郎が文一の襟をさらに締め上げたので、文一は遂に観念した。

「分かりました」

「それでよい。すぐに虎一の家に戻れ」

一郎が手を離すと、文一は唇を嚙みつつ三河屋から出ていった。

文一が去ったのを見届けると、一郎が皆に言った。

「松田君は金沢に戻り、乙菊を連れてこい。残る皆は、怪しまれぬよう十分に気をつけながら、現場を見て回ることにしよう」

皆がうなずく。どの顔にも必死の色が浮かんでいた。

十

西郷の首を見つけたことで、文次郎は一躍、脚光を浴びることになった。

この日も、北陸毎日新聞《ほくりくまいにちしんぶん》の記者が取材を申し入れてきたので、兵営の応接室で会うことにした。

記者は小柄で青白い顔をしているが、頭の働きは速そうで、次から次へと質問を浴びせてくる。

「では千田中尉は、小野派一刀流の達人として、幕末には京洛《けいらく》の地で勇名を馳《は》せていたのですね」

「いや、達人は大袈裟《おおげさ》です。私は町道場で剣術を習っていただけで、たまたまその流儀が、小野派一刀流だっただけです。だいいち私は、京洛の地で誰とも刃を合わせていません」

「新聞というのは、じっくり読むものではありません。千田中尉が古武士の風格をたたえている方だと表現するのに、小野派一刀流の達人というのはもってこいなのです。しかもあの幕末から維新にかけての混乱の最中に、京洛の地に足を踏み入れていたのですから、これでいいんです」

「そういうものですか」

確かに免許皆伝や目録ではなく達人なら、履歴詐称《さしょう》にはならない。

「その点はお任せ下さい。それで岩崎谷でのことですが——」

文次郎は、あの時のことをありのままに語った。

「西郷先生の首を見つけることで、一つの時代が終わったことを痛感しました」

あの時の「西郷の首を見つけた」という喜びと、西郷が死んだという無念が脳裏によみがえる。

「なるほど、よく分かりました。そうした経緯で西郷さんの首級《みしるし》を挙げた、というわけですね」

「お待ち下さい。私は西郷先生を討ち取ったわけではありません。あくまで首を見つけただけです」

「それはそうですが、新聞というのは分かりやすさが大切ですから——」

「いや、首級を挙げたというのはまずいです」

西郷信奉者から、あらぬ恨みを受けるのは真っ平だ。

「分かりました。では西郷さんの首を見つけた、としておきます」

記者が苦笑する。それが見下されているように感じられ、文次郎は鼻白んだ。

「これで、ご用はお済みですね」

「はい。ありがとうございました。千田中尉は郷土の誇りです」

「やめて下さい。私は大事を成したわけではありません。職務に忠実だっただけです」

「分かっています。軍隊では、それが何より大切ですから」

記者は立ち上がると、何かを思い出したように問うてきた。

「そう言えば、中尉は島田一郎氏とお知り合いとか」

「一郎、いや島田君が何か仕出かしましたか」

文次郎は上げかけた腰を下ろした。

「いや、まだ何かを仕出かしたわけではありませんが、東京に移られたと聞きました」

「移ったというか――、今は東京に行っているようです」

一郎の動きは記者にまで知られていた。

――それなら当然、政府も把握しているはずだ。

文次郎は安堵した。

「その島田さんですが、何か聞いておられませんか」

「何かと言うと」

「何を企てているかです」

「知りませんね。私は軍人です。島田君の行動までは把握していません」

「それはそうですが――」

記者の顔に戸惑いの色が表れた。

「島田君とは友人ですが、私は彼の政治活動にはかかわっていません。だいいち島田君を追って、沢野警部が東京に向かいました。これで島田君は何もできないでしょう」

「今、さ、わ、のと仰せになりましたか」

「はい。沢野一兵七等警部です」

記憶をまさぐるかのように、記者が首をひねる。

「確か沢野警部は、三光寺派に近かったのでは」

「えっ」

突然、心臓が鼓動を打つ。

「間違いありません。沢野警部は三光寺派の集会に出ています。その取材に行った折、警察関係者として見知った沢野警部が来ているのを見て、不思議に思ったのです」

「それは本当ですか」

「はい。沢野警部が熊野権参事あたりの意を受け、三光寺派に潜入していたのなら別ですが」

文次郎は愕然とした。

不平士族の中には官憲に勤めている者もいる。とくに警察関係者に多く、沢野が一郎の考えに共鳴していることも十分に考えられる。とくに三光寺派に加盟、ないしは集会に参加する警察関係者は少なくない。

——沢野に一郎を見張らせることは、泥棒に宝物蔵《ほうもつぐら》を見張らせるも同然ではないか。沢野が三光寺派の思想に共鳴しているとすれば、その計画に協力しないまでも、追跡や捜査が、おざなりに行われる可能性がある。

「では、失礼します。記事は四月の半ばには掲載されると思います」

そう言い残すと、記者は去っていった。

——何ということだ。

文次郎は庶務課に飛んでいくと、体調不良を理由に午後の勤務を休むと告げた。

三光寺に駆け込むと、寺内は閑散としていた。それでも三光寺派の事務所はまだあり、そこには留守番らしき男が一人いた。

男は軍服姿の文次郎を見て驚き、「どうぞ、お入り下さい」と言って中に招き入れた。

「加盟者の名簿はあるか」

「こちらにありますが——」

加盟者の名は、いろは順ではなく加盟順なので、見ていくのに手間がかかる。だが加盟者は、三光寺派が豪語する一千名もおらず、五百にも満たない数だった。

文次郎は小半刻《こはんとき》（約三十分）ほど名簿を精査したが、沢野の名はなかった。

「集会参加者の名簿はあるか」

「は、はい」

集会は何度も行われており、参加者全員の名があるとは限らない。それでもさらに半刻ほど費やし、ようやく探している名に突き当たった。

「沢野一兵、か」

何度確かめても、その名がそこに書かれていた。

「君は沢野一兵という男を知っているか」

「存じません。私は留守番を頼まれただけなので――」

「だが、君は三光寺派に加盟しておるのだろう」

「はい。いちおうは名を連ねております」

男が少し誇らしげに言った。

「では、沢野という男を知らないか」

文次郎が、そこに書かれた名を指し示す。

「知りません」

「こんな年恰好だ」

文次郎は沢野の特徴を語った。

「ああ、その男なら、よく眼鏡を拭きながら島田さんの話を聞いているのを見ました」

――間違いない。

沢野は眼鏡が少しでも汚れるのを気にして、よく拭いていた。

――どうする。

たとえ沢野が三光寺派の集会に出ていたとしても、正規の加盟者ではない。その点を考えれば、憂慮すべきことではないのかもしれない。

――冷静になれ。

このことを警察に告げるべきか、文次郎は迷っていた。集会に出ていただけの者を指弾するのも気が引ける。

――わしは軍人なのだ。行動一つにも慎重を期さねば。

文次郎は、ひとまず様子を見ることにした。

十一

四月十九日の朝、大久保の乗る馬車は経路を変えることなく紀ノ国坂を上り、仮御所の東門に吸い込まれていった。

それを横目で見送った一郎は、小さなため息をつくと坂を上り始めた。

擦れ違うのは、警察官の制服を着た者ばかりだ。

――不穏な情勢が続くので、赤坂仮御所の周囲を巡邏《じゅんら》する警察官も増員されたらしい。

一郎はこの日、長と連れ立って歩いていた。二人は書生風の身なりをして、どこかの塾か学校に通っているように見せかけるべく、複数の書物を脇に抱えていた。

あと三十間（約五十五メートル）ほどで、仮御所東門前の喰違に達しようとする時だった。

どこかで見たことのある男が、そこに佇《たたず》んでいた。

——あれは誰だったか。

男の方は一郎に視線を合わせず、左手にある御所の東門を眺めている。

そのまま男の前を通り過ぎた一郎は、数歩行ってからぎくりとした。

——まさか、今のは江藤さんでは！

たった今、擦れ違った男が間違いなく江藤新平であることを、一郎は確信した。

——生きていたのか。だが生きていたとしても、こんなところにいるわけがない。だとしたら物の怪の類《たぐい》か。

「どうしました」

不審そうな顔で長が問う。

「擦れ違った男は、まだ立っているか」

「男って——、ああ、立っていますよ」

長が背後を振り向く。

「姿ははっきりしているか」

一郎の質問の意味が分からなかったのか、長が首をかしげる。

——こんな真っ昼間に物の怪など出るものか。

自らの背筋に寒気が走ったことに怒りを感じた一郎は、決然として踵《きびす》を返すと、男の前に立った。

一郎が「もし」と声を掛けると、男は「はあ」と気の抜けた返事をした。

「江藤さんではありませんか」

「ええ、そうですが」

一郎はたじろぎ、二歩ほど下がった。

「やはり、そうでしたか」

「どうしたのです」

長が一郎に追いついてきた。

「長君、こちらにおわすのは江藤さんだ」

「江藤さんて、まさかあの——」

驚く長を無視して一郎が語り掛ける。

「江藤さん、大久保に対して恨みを抱いているのは分かります。しかし後はわれらに任せ、どうか成仏して下さい」

「成仏、ですか」

男が驚いたように目を見開く。その時、一郎は少し違和感を抱いた。

「江藤さんですよね」

「はい。江藤ですが――、ああ、仰せの意味が分かりました。兄と間違われたのですね」

「というと――」

「江藤新平の弟の源作《げんさく》です」

男の顔に笑みが浮かんだ。

「そうだったのですか」

一郎と長が止宿している林屋で、三人は酒を飲んでいた。

「私は幼い頃から兄に瓜《うり》二つと言われてきました」

「本当によく似ている」

「今となっては、それが誇りです」

「佐賀の乱は無念でしたね」

長が慰めるように言う。

「はい。兄は大久保にはめられました。兄は佐賀藩の不平士族の首魁に祭り上げられ、佐賀城を占拠しました。それは兄の過ちです。だが兄は戦うつもりなどなかった。抗議のつもりで城を占拠し、大久保の政府と話し合うつもりでいました。ところが大久保は無情にも――」

源作が口惜しそうに盃を干す。

「それで一目、大久保を見ようと上京したのですね」

「そうなのです。私は商人です。此度《こたび》はたまたま所用で上京したのですが、一度でいいから大久保をにらみつけてやろうと思い、散歩がてら毎朝、あの場所に来ていました。ところが大久保は、なかなか現れないのです」

「大久保が仮御所に出仕するのは、四と九の付く日ですから」

長が教える。

「そうだったのですね。知りませんでした。しかし一度だけでも、にらみつけられてよかった」

「それで大久保は、源作さんを見たのですか」

「はい」とうなずき、源作がうれしそうに言う。

「大久保は、私を見て目を見開いていました。馬車が通り過ぎた後も、首をひねって横の窓越しに、じっとこちらを見ていました」

「ということは、大久保は間違いなく気づいたのですね」

長が源作の盃を満たす。

「もちろんです。人が、あれほど驚く顔をするとは知りませんでした。それで東京にいる間、毎朝、あそこに立ち続けてやろうと思っていたところです」

「大久保も、肝を冷やしたでしょうな」

三人が声を上げて笑う。

「これで溜飲《りゆういん》が下がりました。兄も少しは喜んでくれるでしょう」

「で、いつまでこちらに」

「はい。五月十日までです。四と九の付く日だけ出仕すると聞きましたので、これからは、その日だけ立つことにします」

「ぜひ、そうして下さい。大久保も少しは反省するでしょう」

三人はそう言って笑うと、盃を干した。

十二

――島田治三郎、と。

四月二十三日、面談に来た相手の名を聞いた文次郎は、すぐに応接に通すよう当番兵に命じた。

文次郎が入室すると、治三郎が不安そうな顔で立ち上がった。

「文次郎さん、お忙しいところ申し訳ありません」

「どうした」

「友の一人から聞いたのですが、一昨夜、乙菊さんが送別の宴《うたげ》を開いたようです」

「何だと」

「私も今朝、聞いたばかりで定かではありませんが、これから乙菊さんの家に行き、真偽を確かめようと思っています」

「待て」と、文次郎が治三郎を制する。

——これ以上、この件に深入りすれば抜け出せなくなる。それで経歴に傷が付けば、軍人としての栄達も止まる。

文次郎の冷静な一面が、そう囁《ささや》く。

——だが男としてそれでよいのか。道を踏み外しそうになっている友を救うのが、男ではないのか。

「治三郎、わしも行く」

「よろしいので」

「当たり前だ」

文次郎は実家に急病人が出たと偽り、治三郎と一緒に杉本乙菊邸を目指した。


長町にある杉本邸の塀は、そこかしこで崩れかけており、その隙間から見える庭は、雑草が伸び放題になっていた。

——これが五百石取りの平士の家か。

加賀藩ありし頃、朝ともなれば、平士たちは供を従えて悠然と城に向かった。文次郎たち足軽は、そうした平士たちに道を譲りながら、足早に己の役所（勤務場所）に出仕したものだった。だが今、平士の家はどこもひっそりとしており、わずかに住む者たちは、人目を憚《はばか》るように出入りしている。

――これが時代の流れなのか。

手に何の職も持たない武士たちは新たな時代に対応できず、過去に先祖が築いた財を切り売りして暮らしている。しかも政府は、武士から剝ぎ取れるだけのものを剝ぎ取り、何の救済策も講じない。

――そんな不条理が、まかり通っておるのだ。

だが文次郎は、それに不平を言う立場にない。

――軍人が政府を批判してどうする！

文次郎は、いつしか一郎たちの思想に同調し始めている己を叱咤《しった》した。

「ここです」

治三郎は杉本邸の門の前に立つと、中に向かって声をかけた。

「使いの者ですが、乙菊様はおられますか」

しばらくすると、中から下男のような老人が顔を出した。

「何かご用で」

「こちらにおられる方が、乙菊様が金沢を後にすると聞き、ぜひ別れを告げたいと仰せです」

「歩兵第七連隊中尉の千田登文です。ぜひお取り次ぎいただきたい」

軍服姿の文次郎を見て、「へっ」と言って驚いた下男は、あたふたと中に入っていった。

しばらくすると、邸内から五十の坂を越えたとおぼしき女性が現れた。乙菊の母に違いない。

「軍人さんが、うちの乙菊に何のご用で」

文次郎は丁寧に挨拶すると、「別れを言いたいのです」と告げた。

「あいにく乙菊は昨日、東京に向かいました」

——間に合わなかったか。

文次郎は心中、舌打ちした。

「乙菊さんは、何のために東京に行かれたのですか」

「私もよくは分かりませんが、働きながら学ぶと申しておりました」

乙菊は家族に東京へ遊学すると言っているのだ。

「私は乙菊さんとは旧知だったのですが、書き置きなどを残していませんか」

「親しいご友人たちは一昨日に集まり、送別の宴を開きましたから、書き置きなどは残していません」

母親は何も知らないようだ。

「では、乙菊さんの部屋に何かありませんでしたか」

「珍しく本人が部屋の掃除をし、不要なものはすべて焼いていきました」

文次郎は落胆した。

「そうでしたか。つまり部屋には何も残っていないのですね」

「はい。乙菊のものは一切残っていません」

乙菊が死を決意したのは明らかだった。

その時、角を曲がってこちらに向かってくる者に気づいた。書生風だが、旅姿の上、脚絆がひどく汚れているので、遠くからやってきたと分かる。

男は玄関前を見ると驚いたような顔をし、何事もなかったかのように踵を返した。

――あれは松田ではないか。

乙菊の母に「これにて失礼します」と言うと、文次郎は松田の後を追った。

それに気づいたのか、松田の足が速まる。治三郎は「どうしたので」と問うてくるが、それに答えず、文次郎は足を速めた。

遂に松田は、走るようにして次の角を曲がった。文次郎はそれを見届けると、「長町の出入口で待ち伏せていろ。分かるな」と治三郎に命じた。

「承知しました」

ようやく治三郎にも、事態がのみ込めたようだ。

「おい、待ってくれ。松田君ではないか！」

文次郎の声を聞いた松田は、振り向くと言った。

「人違いです」

「そんなことはない。待ってくれ」

突然、松田が全力で駆け出した。

武家屋敷の間を縫うようにして松田が走る。それを文次郎が追う。

前方に橋が見えてきた。武家屋敷群のある長町は、犀川から引いた用水路に囲まれているので、出入口は限られている。

その時、治三郎が現れ、両手を広げて橋の前に立ちはだかった。

松田は走るのを止め、肩で息をしながら左右を見回している。その顔に血の気はない。

「松田君、乙菊を呼びに来たのだな」

松田は何も答えない。

ゆっくりと歩を進めた文次郎は、松田の前に立った。

「君らは何を企んでおる！」

不貞腐れるように横を向いていた松田は、顔を上げると喚いた。

「政府の犬め！」

「犬ではない。われわれ軍人は自らの意志でこの国を守っている」

「いいや、犬だ。そなたは、かつて足軽だったではないか。わしが父に手を引かれて道を歩いていると、そなたは道の端に控えて頭を垂れていた。それが今は薩長政府の犬となり、われら平士を居丈高に叱り飛ばす。われらは――」

松田の瞳から大粒の涙がこぼれる。

「同じ加賀藩士ではないか」

――加賀藩士、か。

だが時計の針は、もう誰にも巻き戻せないのだ。

「松田君、この世には、もう加賀藩はないのだ。いつまでも過去に囚《とら》われていては生きていけぬぞ」

「足軽の分際で、何を申すか！」

松田が掛かってきた。

「文次郎さん！」

治三郎が二人を引き剝がそうとするが、松田に蹴《け》られて側溝まで飛ばされた。

「松田君、目を覚ませ！」

「あんたこそ、目を覚ませ！」

くんずほぐれつの格闘となった。

いつの間にか、周囲には黒山の人だかりができていた。それを見た松田の顔に焦りが浮かぶ。

「放せ！」

「放すか！」

文次郎の腕を振り解こうとする松田だが、文次郎は放さない。

しばらくすると、けたたましい笛の音を響かせつつ、巡査たちがやってきた。

「しまった」

「松田君、観念しろ。これはそなたのためなのだ」

「駄目だ。ここで捕まれば卑怯者《ひきよう》になる。放してくれ」

松田が急に哀願口調になったが、文次郎は放さなかった。

やがて人ごみをかき分けてやってきた巡査に、二人は取り押さえられた。

「放せ。歩兵第七連隊の千田中尉だ」

「失礼しました」

尉官と聞き、巡査は文次郎から一歩引いた。

「この男は何者ですか」

「旧加賀藩士の松田克之だ」

「ま、まさか――」

巡査たちは松田のことを知っていた。

数人の巡査に取り押さえられ、松田は観念したようだ。

「松田君」と呼び掛けつつ、文次郎は松田の襟を摑んで立たせた。

「そなたらは何を企んでおる。正直に話せ」

しかし松田は口をつぐみ、瞑目《めいもく》した。

「中尉、後はわれらにお任せ下さい」

巡査長らしき中年の男が畏《かしこ》まって言う。その態度は軍人への敬意に満ちているが、自分たちの縄張りには一歩も入れないという強い意志も感じられる。

「分かった」

「よし、連れていけ」

後ろ手に縛られた松田は、巡査たちに引っ立てられていった。

「中尉、かの男とはどのような関係で――」

「何でもない」

「しかし、ここで格闘に及んだということは、何がしかの理由がおありでは」

「軍人に物を尋ねたかったら、連隊の庶務を通せ！」

「はっ」と答えるや、巡査長が敬礼した。

文次郎は治三郎を従え、いち早くその場から立ち去った。


しばらく行くと、人の気配がなくなった。

「治三郎、わしは東京に行く」

「お勤めはどうするのです」

「軍人はやめる」

その一言を聞いた治三郎は絶句した。

「わしは、西郷先生の首を見つけた時に気づいたのだ。失ってしまえば、二度と取り戻せないものがあるということをな」

「それが友情だと――」

文次郎は強くうなずくと言った。

「わしは東京に行き、一郎たちの企てを阻止する」

「私も連れていって下さい」

「駄目だ」

「なぜですか。これまでの私は兄に助けられてばかりでした。今度こそ、私が兄を助ける番です」

「わしに任せてくれぬか」

文次郎は、この一件に治三郎を巻き込みたくなかった。

「しかし——」

「わし以外、一郎を止められないのは分かっているだろう」

「は、はい」

「そなたは母上を守っているのだ。必ず一郎を連れ戻す」

しばらくの間、何か言いかけては唇を噛んでいた治三郎が言った。

「分かりました。お任せします」

「よし、それでよい」

文次郎が治三郎の肩に手を置くと、治三郎は嗚咽を漏らしつつ哀願した。

「何としても兄を救って下さい」

「分かっておる。わしにも責任の一端はあるからな」

——わしが西郷先生の首を見つけてしまったことで、士族たちの夢は潰えた。もし、わしが首を見つけられなかったら、皆、『西郷先生はどこかで生きている』と信じ、これほど絶望しなかったかもしれない。一郎も同じだ。武士の世にとどめを刺してしまったわしは、その責めを負わねばならぬ。

もはや文次郎に迷いはなかった。

その後、兵舎に戻った文次郎は、連隊長あてに辞職届をしたためて身辺を整理すると、翌朝、何食わぬ顔で兵舎を出て寺町の自宅に戻った。そこでは治三郎が、民間人の服と旅の支度を用意して待っていた。

立て襟の洋シャツに袷《あわせ》と袴《はかま》という記者のような服装に着替えた文次郎は、風呂敷に包まれた旅支度を小脇に抱えると、外に飛び出した。

玄関口では、治三郎が今にも泣き出さんばかりの顔で、「兄を救って下さい」と言って頭を下げている。

それに力強くうなずくと、文次郎は疾風のように金沢を後にした。

十三

四月二十四日も二十九日も、江藤源作は紀ノ国坂に立ち、大久保の馬車を見送っていた。通りを隔ててその様子を見ていた一郎たちは、源作に軽く会釈するとその場を後にした。

した。

五月四日のことだった。その日は、いつまで待っても大久保の馬車が来なかった。急用ができたのかと思っていると、突然、紀尾井坂方面から馬車が現れ、東門に入っていった。

「どういうことだ」

通りの向こうにいる源作も啞然としている。

「島田さん、大久保は出仕する経路を変えたのではありませんか」

長の瞳が輝く。

「ということは、大久保は源作さんを、江藤さんと思い込んでおるのか」

「そこまでは分かりませんが、幾多の修羅場を潜り抜けてきた大久保とて、江藤さんに似た者に何度も出くわすのは、気味が悪いはずです」

一郎の胸底から、幾度となく武者震いが突き上げてきた。

――天祐《てんゆう》とはこのことだ。

まさに天が、大久保を殺せと一郎たちに命じているような気がした。

二人が林屋に戻ると、見慣れぬ客が待っていた。その男は縁に腰掛け、眼鏡に息を吹き掛けながら拭いていた。

「君は――」

「沢野ですよ。お忘れですか」

沢野と名乗った男が笑みを浮かべる。

「ああ、沢野さんか」

長がすぐに思い出した。

「島田さん、集会に何度かいらしていた沢野一兵さんですよ」

記憶がよみがえってきた。

「その節は加盟せずに失礼しました」

「いや、いいのだ。それよりも何用だ」

「お二人は何かを企んでおられるようですね」

「何を言う。われらは何も企んでおらぬ」

一郎が色をなす。

「狭い金沢で金策などすれば、ばれるのは当たり前です。皆さんが何かを企てて上京したことは、すでに金沢中に知れわたっていますよ」

一郎と長が顔を見合わせる。

「誰を狙っているのかは想像できますが、警戒は厳重ですよ」

——此奴は、われらを捕まえに来たのではないのか。

一郎の頭に疑念が浮かぶ。

「そなたは、何のためにここに来た」

一郎が沢野の横に腰を下ろす。

「いろいろと、お知らせしようと思いましてね」

「お願いします」

すぐに沢野の意図を察した長も、その隣に座す。

「皆さんが不穏な動きをされていることは、熊野権参事から桐山縣令を経て内務省に入り、さらに川路大警視に伝わりました」

「やはり、そうだったか」

一郎が天を仰ぐ。

「ご存じの通り、川路大警視は大久保内務卿の懐刀。ただし大警視も人の子です。私が金沢から派遣され、挨拶に参上すると、『石川県人ごときに何ができるか』と言って鼻で笑っていました」

「何だと！」と言って一郎が拳を固める。

「待って下さい。私も石川県人です。ただし、われらを見下しているにしても川路さんの役目柄、何らかの手を打たねばならないはず。つまり政府要人の警護態勢は、いっそう厳しくなるに違いありません」

もったいぶったように沢野が続ける。

「ここのところ斬奸状なるものが、新聞社などから毎日のように警視庁に回されてくるようです。そうしたものに、いちいち取り合っていては、警察もたまったものではありません」

「どういう意味だ」

「それはお二人でお考え下さい。では――」

そう言うと沢野は立ち上がった。

「私がここに来たことはご内密に。火の粉をかぶるところまでは、お付き合いしかねますからね」

「分かっています」

長が深く頭を下げる。

「では、ご健闘をお祈りしています」

「沢野君、ありがとう」

一郎がそう言って頭を下げると、それまで斜に構えていた沢野が直立不動の姿勢を取った。

「皆のために、ぜひとも成功させて下さい」

一礼した沢野は、長の案内に従って裏口から出ていった。

――斬奸状、か。

すぐに戻ってきた長が言う。

「島田さん、沢野さんの言っている意味が分かりました」

「どういうことだ」

「裏をかけということです。つまり斬奸状を政府に出せということです」

一郎は唖然とした。

「つまり斬奸状を出せば、警察は『またか』と思います」

「そういうことか」

「さすがに斬奸状を書くのは、私の手にも余ります。陸さんに頼みましょう」

「陸さんか」

一郎は、自由民権運動の闘士となった陸を巻き込みたくはなかった。

――だが斬奸状は、後世に残さねばならぬものだ。斬奸の趣旨が明確でないものを残すわけにはいかない。

「致し方ない。そうしよう」

一郎は同意した。

翌日、本郷金助町《ほんごうきんすけちょう》にある陸義猶の下宿を訪ねた二人は、あらためて斬奸状の起草を陸に依頼した。最初に書いてもらった「斬姦状」は簡易なものだった上、万が一の捕縛を恐れて、すでに焼き捨てていたので、あらためての依頼となった。

はじめ陸はこれを断ったが、二人に拝み倒され、最後には承諾した。

書道も見事な腕の陸である。一枚の和紙の表紙に大きく「斬姦状」と記した。

前文は斬奸の大意を示したもので、「政治が要路の大官に壟断《ろうだん》されていること」「大官たちが一身の栄達と富を求めていること」「彼らの政治は天皇の聖断をないがしろにし、民意を無視するもので、国家に千載の民害を及ぼしている」という主旨だった。

「千載の民害」とは、一部大官の専制の結果、西南戦争をはじめとする士族決起が連続して起こったことを指している。

さらに前文では、大久保、木戸孝允、岩倉具視を「許すべからざる者」とし、それに次ぐ者として、大隈重信、伊藤博文、黒田清隆、川路利良の四人の名を挙げている。

本文では、「政治の私物化」「官吏の登用に情実がある」「官吏が法律を勝手に作っている」「外交政策の失敗」などといった各論で、いちいち例を挙げて指弾した。

また国家の功臣である大西郷を陥れて殺したのは、「法治国家の理念に反する」とし、政府の存在意義を自ら否定するものだと主張する。

徹夜で談議した末、ようやく朝になり、「斬姦状」の内容を吟味し終わった。これを陸が清書した上、二人に一通ずつ渡すことになった。

談議が終わった後、三人は朝靄漂う本郷近辺を散歩した。

この時の別れ際の風景が、陸にとって印象深かったらしく、後年こう書き残している。

「(『斬姦状』の内容を吟味し終わり) 金助町の宿で島田、長と祝杯を挙げた後、春木町《はるきちょう》の劇場の前で二人と別れた。しばらく歩いて振り返ると、(二人もこちらを見ていて) 手を挙げてくれた」

陸にとって、これが二人との永の別れになった。

数日後、陸の起草した「斬姦状」を携えて三河屋を訪れた二人は、脇田、浅井、そして上京した杉本乙菊を前にして、これを投函《とうかん》するつもりであると伝えた。

初めはこれに反対した三人だったが、「武士らしく正々堂々と行おう」という一郎の言葉に、最後には同意する。さらにこの時、事が成った後は無様に逃げ回らず、すぐに自首しようという一郎の意見に、皆も賛意を示した。

何通かの「斬姦状」の複製を作った面々は、そこに血判署名した上、朝野新聞《ちょうやしんぶん》や東京日日新聞《とうきょうにちにちしんぶん》に送り付けた。

陸が記した二通は、一郎と長が懐に入れておき、逮捕された後、太政官と警察に直接、提出することにした。

まだ決行日も決まっていない中、投函は大きな賭《か》けだったが、「斬姦状」を出すことで、五人は晴れ晴れとした気分になっていた。

残る問題は、文一をどうするかだけだった。

十四

五月九日、一郎は林屋の一室に文一を呼び出した。

「ということだ。分かってくれるな」

一郎の言に、文一は首を左右に振った。

「承服できません」

「そなたの気持ちは分かっている。だが、『斬姦状』を金沢の桐山県令に届けるのも大切な仕事だ」

「郵送すれば、よいではありませんか」

「君の使命は、それだけではない。この一挙を中心になって進めていた松田君が、いまだ金沢にいる。おそらく決行はまだ先だと思い込み、同志集めや金策に励んでいるのだろう。君には、乙菊と入れ違ってしまった松田君を連れてきてもらいたいのだ」

文一が口を真一文字に結んで横を向いたのを見て、一郎の背後にいた長が叱りつけた。

「文一、これは重大な仕事だ。なぜ、そんなことも分からん！」

「ここまで来て、私を一挙に加えないつもりですね」

「文一、聞け」

一郎が論そうとするが、文一は聞かない。

「お願いです。私も皆さんと一緒に大義に殉じさせて下さい」

「それは分かっている。『斬姦状』を金沢に届けるのも、大義に殉じることではないか」

議論は平行線をたどったが、根負けしたのは一郎の方だった。

「仕方がない。しばし東京にいろ。だが、わしの言うことを聞くのだぞ」

「分かりました」と言って、文一が威儀を正した。その顔には、してやったりという笑みが浮かんでいる。

そこに乙菊が駆け込んできた。

「島田さん、思った通りだ」

「乙菊、静かにしろ。文一、戸を閉めろ」

いまだ肩で息をしている乙菊を招き入れると、一郎が問うた。

「どうだった」

「大久保は今日も紀尾井坂を通りました」

一郎と長が視線を交わす。

「江藤源作氏はどうした」

「憤然として馬車の方を眺めていましたが、馬車が門内に吸い込まれていくのを見て去っていきました」

「源作氏には感謝してもしきれぬ」

「これも天のお導きです」

長が感慨深そうに言う。

そこに脇田と浅井もやってきた。

林屋にそろった六人は、肩を叩き合わんばかりに喜び合った。

「それでは、決行は五月十四日。それでよいな」

一郎の言葉に五人がうなずく。

「これを見て下さい」

続いて長が図面を広げた。

「大久保は夜明けとともに起き出して朝餉を取ると、八時頃、馬車で三年町の自宅を出ます。馬車は二頭立ての箱馬車です」

長が地図上の大久保邸を指し示す。

「馬車に乗っているのは」

一郎が問う。

「これまでの参朝は、馭者と馬丁だけだった」と脇田が答えると、乙菊が「今日もそうだった」と言い添えた。

「武器は持っているのか」という浅井の問いには、誰も答えられない。

「おそらく」と前置きした上、一郎が言う。

「大久保は短銃を持っているだろう」

「馭者はどうだ」

「馭者の座を見たところ、銃や刀剣の類は置かれていなかった」

視力のいい乙菊が答える。

「となると、最初に行く者は撃たれるな」

浅井が不敵な笑みを浮かべる。

「役割は後で決めよう」と言うと、一郎は「続けてくれ」と長を促した。

「自邸を出た大久保は、大木喬任邸のところで右折し、右手に西郷従道邸を見ながら進み、ドイツ公使館に突き当たったところで左折してダラダラ坂を下り、三平坂に出ます。だが三平坂を上るのは一瞬で、すぐに左折して赤坂喰違坂を少し下り、赤坂御門に至ります。これまでは御門をくぐって紀ノ国坂を上ったのですが、今は御門をくぐらず、右側の清水谷に出ます。清水谷の道は共同便所のあるところで右に屈曲し、北白川宮邸と壬生邸の間の隘路《あいろ》に入ります」

一郎が身を乗り出すと指で一点を叩いた。

「ここを襲撃場所にしよう」

そこは、谷をまたぐように架かる石橋を過ぎて、十間（約十八メートル）ほど行った辺りだった。

「ああ、そこがよい」と浅井が言う。

長が話を替わる。

「武器は長刀を使います。それは前夜、孟宗竹《もうそうちく》に入れて石橋の下にある棚に隠しておきます。次に役割分担ですが、まず馬車を止めねばなりません。つまり馬の脚を払う役が二名要ります。次に襲撃者は三名。そして大久保の馬車が通り過ぎた後、赤坂御門に立って、この道に入ってくる馬車を遮る者が一名となります」

むろん早朝に、大久保と同じ道を通る馬車があるとは思えないが、万が一の備えは必要だ。

「人員配置はどうする」

浅井の問いに長が答える。

「北白川宮邸側の斜面は雑草で鬱蒼としていますが、花も咲いています。北白川宮邸の書生が花を摘んでいるように見せかけ、斜面に二人配置します」

「馬の脚斬り役だな」

脇田の問いに長がうなずく。

「襲撃役の三人は共同便所の裏に隠れます。そこには草木が生い茂っているので、分署からは見えません」

「それで誰が何をする」という浅井の問いには、一郎が答えた。

「馬の脚斬り役は、長君と脇田君にお願いしたい」

二人がうなずく。

「襲撃役は、西の壬生邸側からわしが掛かる。東の北白川宮邸側からは浅井君にお願いしたい」

「よかろう」と言って浅井がにやりとする。

「さしずめわしは有村次左衛門《ありむらじざえもん》というところだな」

桜田門外の変の折、全員が元水戸藩士の中、唯一、元薩摩藩士として参加した有村次左衛門は、井伊大老の乗る駕籠《かご》に白刃を差し入れ、大老に致命傷を与えると、駕籠から引きずり出して、その首を落とした。浅井は自らを有村次左衛門になぞらえているのだ。

この中で実戦経験があるのは一郎と浅井だけなので、一郎としては当然の配置だった。

「われらが撃たれた場合、長君は壬生邸側から、脇田君は北白川宮邸側から続いてくれ」

「承知しました」

二人が声を合わせる。

「わしはどうする」

乙菊が問う。

「乙菊には馭者と馬丁を押さえてもらう。馬車の後方に控え、馭者や馬丁が赤坂御門方面に逃げようとしたら、それを阻んでくれ。あちらに走られると分署に通報される。まあ、巡査が駆けつける前に事は終わっていると思うが、堂々と自首するつもりのところを銃撃されてはたまらぬからな。むろん――」

一郎が乙菊をぎろりとにらむ。

「馭者と馬丁は斬ってはならぬ」

乙菊が首肯する。

「島田さん」

文一である。

「まさか私は――」

「そなたは赤坂御門の見張り役だ。大久保の馬車が清水谷に入った後、後続する馬車や人を入れてはならぬ。それでも押し通ろうとしたら、馬車の前に身を投げ出せ」

「ということは、私には刀剣を持たせてくれないのですか」

「当たり前だ。乙菊には持たせるが、馭者と馬丁を脅すためのものだ」

文一が落胆をあらわにする。

「事が成った後、乙菊を走らせて便所の角から合図を送る。それを見たら、そなたは一目散に金沢まで走れ」

「承服しかねます！」

文一が憤然として立ち上がる。

「役割は承知しましたが、私は皆さんと一緒に自首します」

「馬鹿野郎！」

長が立ち上がる。

「そなたが生き残らなければ、誰がわれらの志を語り継ぐのだ」

一郎も立ち上がり、文一の両肩を押さえた。

「文一よ、そなたは、われらのために生き残るのだ」

しばらく唇を嚙んだ後、文一が言った。

「分かりました」

「それでよい。後に逮捕されても、『知らぬ存ぜぬ』で押し通せ。それは卑怯ではない」

文一がうなずく。

「では、これで決定だ。当日がどのような天候でも決行する。もちろん何かの都合で、大久保が清水谷を通らなければ、計画は延期とする」

「異議なし！」

これですべての手順と分担が決まった。

――後は、実行あるのみ。

一郎は、幾度となく押し寄せる武者震いを抑えるのに懸命だった。

十五

五月十四日は小雨交じりの風の強い日だった。

三河屋に止宿する者たちは朝の五時に起き、六時二十分頃、三々五々林屋に向かった。すでに文一は前日から林屋に泊まっている。

七時には六人全員が林屋にそろい、最後の盃を交わすと、七時三十分、二人ずつ三組に分かれて清水谷に向かった。

この時、一郎は無地の黒羽織を、長は銭九曜紋の家紋が五カ所にちりばめられた黒羽織を着て、兵児帯《へこおび》を締めていた。六人全員が、この日のために用意したおろしたての羽織を着ていた。

四谷御門を右折して堀側を通行した一同は、喰違で左折して紀尾井坂を下ると、清水谷に入り、それぞれの配置に就いた。

この時、前後に人がいないことを確かめると、小柄な乙菊を大柄な浅井が肩車し、前夜のうちに隠しておいた孟宗竹を取り出した。中には、二尺五寸（約七十六センチメートル）ほどの長さの長刀が五本と、とどめ用の短刀が数本入っている。

長と脇田は素早く北白川宮邸の土堤を駆け上がり、雑草の中に長刀を隠した。

一方、長刀を携えた一郎たち三人は、共同便所の陰に身を隠す。

ここまで一郎たちと一緒だった文一は、一郎に背を押されるようにして、赤坂御門の方に駆け去った。これで六人全員が所定の位置に就いた。

――いよいよだな。

浅井は肚《はら》を決めるように瞑目し、大きく息を吸っては吐き、吐いては吸うを繰り返している。

乙菊は落ち着かないのか、さかんにため息をつきつつ、朝靄の中、わずかに見える分署の方を警戒していた。

一郎の脳裏に、かつての日々がよみがえってきた。

――わしの人生には、様々なことがあったな。

思い出の中に出てくる人々は、なぜか皆、笑顔だった。

――文次郎、後のことを頼んだぞ。

あんな別れ方をしてしまったが、心の奥底では、寸分たりとも気持ちが離れていないことを、互いに分かっていた。

――わしは死しても、文次郎は生きる。つまり、わしの一部は彼奴の中で生き続ける。
そう思った時、最後の最後に残っていた生への未練がなくなった。
――わしはやる。
気づくと口の中で血の味がした。あまりに強く唇を嚙んでいたので切れたのだ。
その時、赤坂御門の方から、ごとごとという音が聞こえてきた。
――馬車だ。
一郎は深呼吸すると、大久保を殺す以外のことを念頭から消した。
その時、口をついて『竹生島』の一節が出た。

頃は弥生《やよい》の中端《なかば》なれば
浪もうららに海のおも
霞《かす》みわたれる朝ぼらけ
静かに通ふ船の道
げに面白き時とかや

浅井がにやりとした。だがその微笑みは、すぐに頰に凍り付いた。朝靄の中から、黒く大きな馬車が姿を現したからだ。
「来た」

乙菊が呟く。その手に握る長刀の切っ先が震えている。

いまだ馬車の姿ははっきりとしないが、その影から、それが政府高官の乗る大型の馬車なのは明らかだった。後は、その馬車が大久保のものかどうかを確かめるだけだ。

――間違いない。大久保の馬車だ。

朝靄の中から姿を現したその馬車は、何度も見てきた大久保のものだった。

大久保の馬車は何も気づかず、一郎たちの前を通り過ぎていった。

この日の朝六時、大久保は地方官会議のために上京していた福島県権令の山吉盛典《やまよしもりすけ》と面談し、三十年計画について熱く語った。

すなわち大久保は、明治元年から三十年までを三期に分け、まず不平士族を平らげて政府の体制を固める創業の十年が終わり、いよいよ殖産興業と富国強兵に力を入れる次の十年がやってきた。さらに最後の十年で、大久保が創り上げた土台を次の世代が完成に導くという構想だ。とくに第二期の十年こそ大久保の仕事の集大成であり、皆の協力を仰ぎたいと述べた。

山吉を送り出した後の八時頃、玄関で満寿子《ますこ》夫人と書生たちの見送りを受けた大久保は、仮御所へと出発した。大久保は山高帽にフロックコートといういでたちで馬車に乗り込み、馭者の中村太郎《なかむらたろう》と馬丁の小高芳吉《こだかよしきち》（通称芳松《よしまつ》）が、馭者台と伴乗台《ともの り》に座った。

手綱を取るのは中村だ。

中村太郎は苗字も名前も分からぬ捨て子で、大阪で大久保に拾われて駆者にしてもらった。この逸話から、薩摩人らしい情けに厚い大久保の一面がうかがえる。

大久保にとって不幸だったのは、この日の夜、清国公使から夕食に招かれており、馬車に常備していた短銃を自邸に置いてきたことだ。相手に不快な思いをさせたくないという配慮からだった。

朝靄煙る中、赤坂御門前を右折した馬車は、共同便所の角を曲がり清水谷に入った。前方右手の北白川宮邸の斜面で、花摘みをしている二人の男が視界に入ってきた。だが馬車は構わず進んだ。

ところが馬車が石橋をくぐった辺りで、二人の男は花を捨てると、土堤を下りて馬車の前に立ちはだかった。

中村が何の用かと馬車を止めると、芳松は馬車を飛び降り、二人にどくよう告げた。

その時、二人の男がさりげなく背後に隠していた長刀が、中村と芳松の目に入った。

共同便所の陰から、一郎たちは固唾《かたず》をのんで馬車の行く手を見つめていた。

朝靄が煙っているので、よく見えないが、長と脇田は土堤から路上に下りたようだ。

——いよいよだな。

一郎の心臓が早鐘を打つ。

次の瞬間、「狼藉者《ろうぜきもの》！」という叫び声が聞こえた。

「行くぞ！」

一郎が便所の陰から飛び出すと、浅井と乙菊が後に続く。

やがて前方から馬のいななきが聞こえ、馬が横倒しになるのが見えた。

馬丁らしき男が、慌てて馬に駆け寄ろうとしている。

——馬を起こされては、馬車に走り去られるかもしれない。

脱兎《だっと》のごとく馬丁の背後に駆け寄った一郎は、咄嗟《とっさ》の判断で、背後から馬丁に峰打ちを浴びせた。

「うっ」と言って倒れた馬丁は、即座に立ち上がると、泡を食って北白川宮邸の土堤を上っていく。

この時、馬丁の芳松は命が惜しくて主人を見捨てたのではなく、変事があった際に注進に走る役を担っていたのを思い出したのだ。

一方、馭者の中村は、変事があった際には馬車を全力で走らせることになっていたが、馬が倒れてはどうしようもない。

「狼藉者だ！」

中村の不運は、浅井の前に立ちふさがったことだった。浅井は腰を落として丸腰の中村を袈裟に斬り下げた。だが厚い生地の洋服だったためか致命傷にはならず、中村は赤坂御門に向かってよろよろと歩き出した。

「馭者は見逃せ！」という一郎の言葉に、中村を追おうとしていた浅井と乙菊が、戻ってきて馬車を取り囲む。

次の瞬間、一郎の目の前の扉が開くと大久保が飛び出してきた。

「無礼者！」

大久保の一喝で一郎は一瞬たじろいだが、気合と共に一太刀浴びせた。

この一刀は眉間《みけん》から目まで斬り下げ、たちどころに大久保の顔が朱《あけ》に染まる。さらに腰を落として突きを入れたが、これは外した。

この時、大久保と目が合った。

「此奴、何をするのだ！」

大久保が憤怒に歪んだ顔を一郎に向ける。

一郎は、これほど恐ろしい顔を見たことがなかった。

馬丁を追っていこうとした長と脇田も駆けつけ、大久保は五人に囲まれた。

「貴様ら――」

大久保が五人を見回す。

一郎が手を出しかねていると、次の瞬間、凄まじい気合が聞こえ、浅井の一撃が大久保の肩から背を斬り下げた。鮮血が噴き出して大久保の体が傾く。

それを見た一郎、長、脇田、浅井は、大久保を滅多やたらと斬りつけた。

それでも大久保は倒れず、紀尾井坂方面に向かって、よろよろと歩いていく。

深手を負いながらも、大久保は何かに向かっていた。

「わしは、生きねばならぬ」

大久保は喘《あえ》ぎながらも何事かを呟いていた。その意味が分かった時、一郎は気づいた。

――大久保さんは単なる権力の亡者ではなく、大久保さんなりの大義があったのだ。

大久保の凄まじい気魄《きはく》に圧倒され、しばしの間、一郎たちは大久保を取り囲んでいるだけだった。

だが大久保は、すでに瀕死《ひんし》の状態になっており、このまま放置しても命を長らえることはできないと思われた。

――だとしたら、苦しみは短いに越したことはない。

「天誅《てんちゅう》！」

われに返った一郎が大久保に斬りつける。この一太刀は大久保の肩から腹にかけて斬り下げられ、後に致命傷になったと判明する。

たまらず大久保が片膝をつく。

「大久保さん、これが民意だ！」

一郎が首筋に斬りつけると、動脈を断ったのか凄まじい勢いで血が噴き出した。

大久保が傷口を押さえながら、その場に横倒しになる。

すかさず浅井が首を落とそうとするのを、一郎が制止した。

「武士の情けだ。五体そろえて遺族に返してやろう」

大久保はいまだ肩で息をしていた。

とどめのために一郎が近づくと、大久保の片眼がぎょろりと動き、一郎をにらみつけた。

「御免！」

一郎が、とどめ用に持ってきた短刀を大久保の喉《のど》に当てる。

大久保は一郎から視線を外し、紀尾井坂の方を見た。

その瞳は穏やかで、この世で見る最後の光景を記憶にとどめておこうとするかのようだった。

一瞬、躊躇《ちゅうちょ》した一郎だったが、「うお——！」という気合と共に大久保の喉を突き通した。

大久保は驚いたように目を見開き、口から大量の吐血をすると息絶えた。

——終わった。

一郎は、その場にくずおれそうになるほどの疲労を覚えていた。

——だが、ここからが男としての真価を問われるのだ。

一郎は気持ちを奮い立たせると言った。

「大久保さんに一礼！」

これが私怨《しえん》ではないことの証《あかし》として、一郎たちは頭を垂れて大久保の死を悼んだ。

その時だった。赤坂御門方面を見ると、片手に短刀を持ち、血だらけになった文一がやってくるではないか。

「文一、どうしてここに」

一郎は、その後の言葉をのみ込んだ。

文一の背後には、馭者が倒れていたからだ。

「文一、まさかそなた――」

「私が斬りました。咄嗟のことで大久保さんかと思い――」

「何と馬鹿なことをしたのだ！」

一郎が天を仰ぐ。

文一は激しく返り血を浴びており、今から金沢に向けて逃がしても、途中で捕まるのは明らかだった。

「分かった。もうよい。まずは喉を潤そう」

一郎たちは、十間ほど先にある清水谷の湧水まで行き、水をたらふく飲んだ。

「島田さん、やったな！」

長が一郎の肩を叩く。

「ああ、やり遂げた。われらはやり遂げたのだ！」

胸底から、素志を貫徹したという達成感が込み上げてくる。

「これで、よき世が来る」

「そうだ。きっとそうなる」

われに返った男たちは互いに肩を叩き、健闘をたたえ合った。

「よし、申し合わせ通り、武器はここに捨てていこう」

刃が欠けて折れ曲がった長刀や、とどめ用の短刀が一所に集められた。

文一も手にしていた短刀を置く。

「文一、なぜ、かようなものを持っていたのだ」

「皆さんが討ち漏らした時のために備えていました」

「そなたは、それほど死にたいのか」

「いいえ、皆さんと同志になりたかったのです」

一郎にも、ようやく文一の真意が分かった。文一は大久保の暗殺に参加したかったわけではなく、皆と同志でいたかったのだ。

一郎には言葉もなかった。

「行こう」

一郎たちは大久保が通るはずだった道をたどり、仮御所の東門を目指した。

実行前に取り決めた通り、自首するのだ。

幕末から明治維新にかけて起こった襲撃事件で、事が成った後、犯人が自首した例は、この一件を除いてない。

やがて仮御所の東門が見えてきた。まだ第一報は入っていないのか、いつもと変わらず門衛が立っている。

一郎たちは門前まで至ると、「拙者どもは、ただいま紀尾井町において大久保参議を参朝の途中に襲い、殺害に及びました」と堂々と述べた。

これを聞いた門衛は、返り血を浴びた一郎たちの姿を見て慌てふためき、「まずは中へ」と六人を門内にある詰所に招き入れた。警戒を厳にせねばならない仮御所であるにもかかわらず刺客たちを入れたのは、門衛がいかに動転していたかを表している。

一郎は門衛に「斬姦状」を手渡し、取り次ぎを依頼した。

その頃になると、一件が仮御所にも伝わり、人の動きが慌ただしくなってきた。

やがて門衛長らしき人物が現れ、一郎たちに簡単な尋問をした。

この時、「ほかに同志の者がおるか」という問いに対し、一郎は後世にまで残る名言を吐く。

「国民三千万のうち、官吏を除いたほかは皆、同志に候」

門衛の詰所で、こんなやりとりをしている最中、そうとは知らない参議たちの馬車が、次々と東門に入っていった。その中に大隈重信のものもあったので、後の取り調べで、一郎は武器を捨ててきたことを悔やんだと告白した。

やがて、どやどやと警察関係者がやってきて事実関係を確かめると、六人を捕縛の上、続いてやってきた人力車に乗せ、鍛冶橋《かじばし》の東京警視本署まで送った。

鍛冶橋監獄署に収容された六人は、この日から川路利良大警視をはじめとする警視庁幹部の取り調べを受けることになる。

十六

――遅かったか。

五月十五日、東京に着いた文次郎は、事が終わったことを知った。

――一郎よ、何と大それたことを仕出かしたのだ。

文次郎は悔やんでも悔やみきれなかった。もう一日早く着いていれば、事件を未然に防ぐことができたかもしれない。

――無念だ。

通りを隔て、鍛冶橋監獄署を望みつつ文次郎は一人、途方に暮れていた。

「やはり、来たか」

その時、背後で聞き慣れた声がした。

「陸さん」

「そんなものを着ているから誰かと思ったぞ。もう、軍人はやめたのか」

陸は文次郎の姿を見て驚いている。

「やめてきました」

「そうだったのか。出世していたのに惜しいことをした」

「どうでもよいことです」

陸はうなずくと、苦笑交じりに言った。

「わしは彼奴らのために『斬姦状』を書いてやった。ほどなくして捕まる」

「そうだったのですか」

「彼奴らは、自分たちで書いたと言い張るだろうが、端々に自由民権運動への思いを込めた。わしが書いたと、すぐにばれるだろう」

陸は「斬姦状」の中で持論を展開していた。

一挙には参加しなかったものの、陸も肚をくっていた。

「陸さん、一郎たちは、なぜこんな大それたことを仕出かしたのですか」

「それを聞きたいなら、わしの宿に来い」

二人は本郷金助町にある陸の宿に向かった。


陸は座布団を勧めると、徳利に入っていた酒を茶碗に注いだ。

全く飲む気はしなかったが、断るのも悪いので、文次郎は少しだけ口を付けた。

「わしも当分、酒とはお別れだ」

しばし茶碗を見つめていたかと思うと、陸は一気に飲み干した。

陸は「斬姦状」を書くまでの経緯を話してくれた。

「陸さんは最初、止めたのですね」

「当たり前だ。こんな暴挙をしても、世の中は変わらん」

「だが、一郎たちの企てについては黙っていたのですね」

「君は、わしにも罪があるというのか」

文次郎は首を左右に振ったが、陸はそう思い込んでいる。

「何かやろうとしているのは分かったが、わしは具体的なことまで聞いていなかった。だいいち、政府や警察に訴え出たところで取り合ってはくれまい」

こうした一挙は、行動に出る前に「疑い」だけで拘束するのは難しい。しかも石川県から一郎たちのことを警戒するよう、内務省に伝えられていた。陸が訴え出たところで、状況は変わらないのだ。

――つまり、桐山縣令から一報を受けた時点で、大久保さんは守りを固めるしかなかったのだ。

だが、その情報が大久保の許に届いていたとは思えない。こうした情報は川路大警視の許に集められているはずで、大久保の警護態勢を整えるのは、川路の役割だからだ。

「一つだけ妙なのは、なぜ大久保が、あんな道を通ったのかだ」

陸が首をひねる。

「何を好き好んで大久保が、あれほど襲われやすい場所を通ったのかは見当もつかぬ」

そこに何があったのかは、文次郎にも分からない。だが一郎たちは知恵を絞り、あの場所に大久保を引き込んだに違いない。

「いずれにせよ、これで石川県士族の道は閉ざされた」

陸がため息をつく。

これまで政府に対し、石川県士族は反抗的態度を取る者が少なかった。現に杉村寛正や陸は、体制派として政府と歩を一にしていた時期もあった。

――「斬姦状」を書いた手前、陸さんにも罪がないとは言えない。

文次郎はその言葉をのみ込んだ。これ以上、陸を責めても仕方がないからだ。

「わしは彼奴らを侮っていた。同じように政府や警察を買いかぶっていた」

――それが、すべての答えなのだ。

陸としては、一郎たちに頼まれて「斬姦状」を書くには書いたが、それは脅しとして送付されるだけだと思い込んでいた。現に多くの斬奸状がそうなっている。よしんば一郎たちが実行に及んでも、万全の警護態勢によって、事は成就しないと思っていた。

「これで、わしもしまいだ」

陸が悄然《しょうぜん》と首を垂れた。その姿は七十の坂を越えた老翁のように見える。

陸が一味として逮捕されるのは間違いなく、民権運動家としての命脈は絶たれたも同然だった。

――陸さんは陸さんで一郎たちの熱意にほだされて、一生の不覚を取ってしまったわけか。

その時、玄関の戸を叩く音が聞こえた。

「警察だ。開けろ」

陸の顔色が変わる。

「やけに早いな。まあ、わしも民権運動家として、警察からは目を付けられていたからな。殺害犯が石川県士族と聞いて、わしもかかわっていると思ったのだろう。まあ、その通りなのだがな」

陸は唇を嚙むと玄関に向かおうとしたが、振り向いて文次郎に告げた。

「あんたは関係ない。裏口から逃げろ」

「陸さん――」

「警察は事情を聞きに来ただけだ。裏口までは固めておるまい」

「すみません」

文次郎は陸に一礼すると、裏口から外に出て、何食わぬ顔で裏通りを歩いていった。

この後、陸は「斬姦状」を書いた罪に問われ、除族の上、終身禁獄刑を宣告された。それでも特赦で懲役十年に減刑され、事件から十年後の明治二十一年（一八八八）、満期出獄を果たす。

しかし時代は、すでに陸の頭上を通り過ぎていた。お情けで前田侯爵家に雇い入れられた陸は、旧藩時代の歴史編纂《へんさん》事業に携わり、その長い晩年を過ごすことになる。

十七

頑丈そうな顎にカイゼル髭を生やしたその男は、長身を折り曲げるようにして取調室に入ると、後ろ手に縛られた一郎の対面に座った。

「川路利良だ」

「大警視が取り調べとは驚いた」

一郎の自尊心がくすぐられる。

「よくも警察の顔に泥を塗ってくれたな」

「ははは、それはよかった。あんたは大恩ある西郷先生を裏切り、大久保の走狗と化して有司専制を裏から支えた。あんたを殺せなかったのは実に残念だ」

「さすがだな。それだけ減らず口が叩ければ、地獄の辛苦にも耐えられるだろう」

「地獄に落ちるのは大久保やあんただ」

「何だと！」

川路が二人の間を隔てる机を叩く。

「大久保さんと私は、この国を諸外国に伍していけるものにするため、日夜、努力をしてきた。そんなことも知らずに、そなたらは、この国になくてはならない大久保さんを殺したのだ」

「何が、この国になくてはならないだ！」

一郎も負けてはいない。

「大久保の死は当然の報いだ。明治政府が発足してから十年。士族は困窮にあえぎ、娘を人買いに売る者までいる。あんたらはそうした実態に目をつぶり、権力を振りかざし、自分たちのやりたい放題をしてきた。大久保の死は天誅であり、官吏以外の全国民の総意だ」

「それは違う。社会の仕組みをすべて変えていかねば、近代国家は完成しない。そのためには痛みを伴う。それに耐えてこそ、日本は一等国になれるのだ」

「いいや、有司専制で日本は一等国になれない。もっと国民の声に耳を傾けるべきだ」

「われわれは耳を傾けている。だが誰もが満足できる政治などできるはずない。有司専制によって富国強兵と殖産興業を成し遂げ、基盤ができたら、議会制の政体に切り替えればよい」

議論は平行線をたどった。

川路は一郎と激論を戦わせることで、一郎を興奮させ、その政治的背景を探ろうとしていた。それによって裏で糸を引く者を見つけ出し、連座責任を問おうというのだ。

「どうやら君の背後には、誰もおらぬようだな」

川路がため息をつく。

「当たり前だ。島田一郎は己の意志によって天誅を加えた。それだけのことだ」

一郎が皮肉交じりに笑う。

「君は西郷さんたちのように、過去すなわち武士の世が忘れられぬのだな」

「そうではない。恒産の道が閉ざされた武士たちのことを、政府に考えてほしかっただけだ」

「それでは幕藩体制と何ら変わらぬ」

「そんなことはない。皆が満足する世を創ることが、政治家の務めではないか」

「その通りだ。だが、それは夢物語だ。西郷さんは理想が高すぎた。すべての者が満足する世を創ろうとした。そんなものなどできっこないのだ」

沈黙が訪れた。頃合いと見た川路が席を立とうとする。

「川路さん、一つだけ聞いてほしいことがある」

「何だ」

「杉村文一のことだ。かの者は単なる使い走りだ。罪はない」

「ではなぜ、あれほど激しい返り血を浴びていたのだ」

一郎に言葉はない。

「われらは取り調べを行うだけだ。その事実を法廷に告げ、判決は法廷が下す」

この事件は国事犯扱いとなるので、太政官の判断によって臨時裁判所が開設される。

国事犯は明治初期の刑法「新律綱領《しんりつこうりょう》」にも触れられておらず、量刑規定もない。そのため、佐賀の乱や西南戦争といった大事件の際は、臨時裁判所によって裁かれる形が取られていた。

「あんたは覚えているか」

「何をだ」

「かつて上野の寛永寺で、あんたに声をかけたろう」

「寛永寺だと」

川路は首をかしげると、すぐに記憶を呼び覚ました。

「そうか。私が与太者たちを追い払った時、声を掛けてきたのは君だったのか」

「うむ。あの時のあんたは立派だった。だが今のあんたは何だ。権力の犬ではないか」

川路の顔色が変わる。だが川路は、何も言わず取調室を後にした。

――もはや、すべては終わったのだ。

大久保という支柱を失った今、薩摩閥が急速に衰えていくのは明らかで、川路の前途は閉ざされたも同じだった。

鍛冶橋監獄署の日々は淡々と過ぎていった。もちろん六人は完全に隔離されており、それぞれの動向は一切、伝わらない。面会も禁止されているので、外部との連絡も絶たれていた。

六月中は、資金援助をした廉《かど》で連累者が捕まる度に呼び出され、その役割を問われることもあったが、七月になると取り調べの回数も少なくなり、一郎たちは判決を待つだけになった。

一郎たちは与り知らぬことだが、五日には取り調べが終わり、六日には口供書《こうきょうしょ》が作成されていた。

一郎は立志社事件で捕まった大江《おおえ》卓《たく》らと同じ監房に入れられていたが、大江は一郎のことを「愉快な男で自分の秘密（内心）を隠すところがなかった」と、『大江天也《てんや》伝』で述べている。

大江によると一郎は、事が成就したこともあってか終始、機嫌がよく、「和気あいあいと妻子と食事をする夢をよく見る。だが夢が醒《さ》めれば、一人で独房に入れられている。こんなことなら、一日も早く処刑してほしい」と言ったという。

こうした弱音を吐かないのが、この時代の男たちだが、大江は、「(一郎が) 鉄腸男児にあらざれば、容易に語り得ざるところのものである」と、逆に本音を吐露したことを褒めている。

一方、長は静かに読書し、短歌や漢詩の創作に励んでいた。後に長の作品は『卵木集』という遺詠集にまとめられる。この題名は、筆と墨がないため木片を削って筆とし、卵の黄身を墨代わりにしたことに由来する。

暗殺時のこと、鹿児島の思い出、母に不孝を詫《わ》びるなど、遺詠の内容は多岐にわたるが、処刑を待つ囚人の暗さは微塵《みじん》もなく、事を成し遂げた充足感に満ちたものばかりだった。

死するとも我真心は生《いき》るかに　思ふが如く事遂げにけり

（たとえわが身は死しても、われらの志は生きていくかと思えるほど、事はうまくいった）

六人は同情的な看守たちにより、規定に反することでも大目に見てもらい、また様々な便宜を図ってもらった。だが、そうした日々も長くは続かない。

七月二十七日の朝、臨時裁判所で判決を言い渡されることになった一郎は、同じ監房に入れられていた大江たちに、「諸君、お先に失敬」と言って皆の独房の前を通った後、最後に大声で「愛国の諸君さらば！」と言って頭を下げた。

六人は別々に駕籠に乗せられ、鍛治橋監獄署から太政官にある臨時裁判所に連れていかれた。

この時、それぞれ目隠しをされたが、一郎は「東京も見納めなので外してほしい」と頼み、特別に許された。

臨時裁判所の判決を待つ間、六人は待合室で一緒になった。約二カ月ぶりの再会となり、皆、肩を叩き合って喜んだ。

午前十時、判決が言い渡された。

これにより六人全員が「除族の上 斬罪申付《ざんざいもうしつけ》 候事《そうろうこと》」となった。だが脇田だけは先んじて士籍を脱しているので、「斬罪申付候事」だけだった。

一郎は文一だけ禁獄刑にならないものかと密《ひそ》かに期待していたが、文一自ら罪を正直に告げて死罪を望んだため、いかんともし難かった。

判決が出たことにより、罪人となった六人は、アミダ駕籠と呼ばれる粗末な罪人駕籠で市谷《いちがや》監獄署に送られ、処刑を待つことになる。

ここでも数日は勾留されるかと思っていたが、着いてすぐ処刑が行われるという通達があった。

呼び出しを受けた一郎は、「堂々と死ぬ」ことを心に期し、処刑場への第一歩を踏み出した。

一郎に続いて五人も、それぞれの監房から引き出されてきた。

——皆、志士として死ぬのだ。

一郎が肩越しに振り返って黙礼すると、皆もそれに倣った。文一は顔をやや紅潮させ、唇を嚙んでいたが、さほど緊張しているようには見えない。一方、長に至っては笑みさえ浮かべている。

——皆、大したものだ。

一郎は、彼らと一緒に死ねることが何よりもうれしかった。

六人が処刑場に向かっていると、途次に杉村虎一の姿が見えた。虎一は末弟文一の最期を看取りに来たのだ。

——そう言えば、虎一の勤める司法省は隣だったな。

虎一は監獄署に便宜を図ってもらったようだ。

一郎が通り過ぎると、虎一は文一を見つけたらしく、背後で嗚咽が聞こえた。だがそれは、虎一のもので文一のものではなかった。

一郎は、虎一から少し離れて立つハンチングを目深にかぶった人物に目を移した。

——まさか。

その男は涙を堪えるかのように、顔をしかめ唇を噛んでいた。

——文次郎、か。

その場で立ち止まった一郎は、深々と頭を下げた。

——文次郎、さらばだ。わしの分まで生きろ。

永訣《えいけつ》の言葉を心の中で言った一郎は、獄吏に背を押されるまで、文次郎の瞳を見つめていた。

「獄吏、すまぬが遺書を託したい人物が来ている」

背後で手を縛られた一郎は、懐に半ばまで見えている書状を顎で示した。

獄吏は黙ってそれを取ると、文次郎に渡してくれた。

「すまない。恩に着る」

一郎は息子あての遺書を胸に忍ばせていたが、最後の最後に獄吏に託すつもりでいたが、息子の手に渡る可能性は低いと見ていた。だが文次郎に渡せたことで、望みは叶った。

「よろしく頼む」と心の中で言うと、一郎は文次郎の視線を振り切るようにして刑場に向かった。

そこには荒筵《あらむしろ》が敷かれ、その前に一坪ほどの穴が六つ掘られていた。首を落とすだけの穴なので、深さは一尺（約三十センチメートル）ほどしかない。その前には、頬かむりした二名の下人が立っている。処刑の介添役だ。

刑場の上空は青く澄み渡り、けたたましいほどの蝉の声が聞こえている。

――あの空に向かっていくのだな。

一郎は死後の世界など信じていない。だが魂だけが、空の果てまで高く高く飛んでいくような気がした。

「杉村文一！」

まず文一が呼ばれた。

「おう！」

文一は大きく息を吸うと、獄吏に導かれるままに穴の一つの前に座した。

すると剣道の師範のような老人が現れ、太刀に柄杓《ひしゃく》で水を掛けると、文一の背後に立った。

――山田浅右衛門だな。

旧幕時代から斬首役を務めてきた「首斬り浅右衛門」に違いない。

獄吏が文一に近づく。

「何か言い残すことはあるか」

「ない」

それを聞いた二人の下人は、左右から文一の背を押し、前かがみにさせた。

——文一、すまなかった。

一郎にとって、文一を救えなかったことだけが心残りだった。

「やあっ!」

老人の凄まじい気合と共に文一の体がくずおれる。

「浅井寿篤!」

「おう!」

浅井が堂々とした態度で前に出る。

「何か言い残すことはあるか」

「ただ皇天后土の、わが心を知るのみ!」

さらに何か言おうとした浅井だったが、無理に前かがみにさせられると、あっさりと首を落とされた。

「杉本乙菊」

乙菊は返事をせず、獄吏に背を押されても前に進めないでいた。

——乙菊、しっかりせい!

一郎が心中で乙菊を叱咤した。しかし乙菊は、足が震えて歩み出すことができない。

――致し方ない。

「乙菊、そなたは加賀藩士だ！」

「静かにしろ！」

一郎の声に、すぐさま獄吏が反応する。

だが、それだけで一郎が口をつぐんだので、獄吏はそれ以上、何も言わなかった。

一郎の一言によって、乙菊の顔付きが変わった。乙菊は加賀藩士の名誉を一身に背負っているかのように胸を張って歩き、穴の前に座した。

すかさず山田浅右衛門が背後の位置に就く。

次の瞬間、言い残す言葉も問われず、乙菊は首を打たれた。

「脇田巧一！」

脇田は一郎と長を見てうなずくと、軽い足取りで進んだ。

「何か言い残すことはあるか」

「満願成就した者に、言い残す言葉などない」

脇田もあっさりと首を打たれた。

「長連豪！」

「おう！」

長が胸を張って前に出る。

「島田さん、あの世で会おうな」

「うむ、早く酒を酌み交わしたいな」

二人が最後に交わした言葉は、それだけだった。

「何か言い残すことはあるか」

「北の方角はどちらか」

「あっちだ」

獄吏が指し示すと、そちらを向いて威儀を正した長は、三拝九拝し「母上、いつまでもお達者で。わが死を嘆かず、国家のために死したものと思い、誉れとして下さい。先立つ不孝をお許し下さい」と言って頭を下げた。

長はその姿勢のまま背を押さえ付けられ、首を打たれた。

「島田一郎！」

「うおおっ！」

一郎が前に出る。その迫力に、山田浅右衛門でさえ、たじろぐかのように一歩、身を引いた。

「何か言い残すことはあるか」

「この期に及んで何もない。ただ、ここまでわしを育ててくれたこの国に、礼が言いたい」

そう言うと一郎は、皇居のある方角に顔を向け、大声で「ありがとうございました」

と言った。

背を押す下人の手を振り払うように進み出た一郎は、自ら首を差し伸べた。

――皆、息災でな。

妻のひらと太郎の顔が脳裏に浮かぶと、続いて文次郎と過ごした日々がよみがえってきた。

――あの日々に帰るのだ。

頭上で凄まじい気合が聞こえた。

次の瞬間、うるさいほどだった蟬の声が途絶え、永劫《えいごう》の静寂が訪れた。

十八

「刑の執行が終わりました」

待合室にいた文次郎と虎一に、獄吏が告げる。

「行きますか」

虎一に促され、文次郎が重い腰を上げた。

獄吏に案内されて刑場に入ると、生々しい血の臭いが漂ってきた。戊辰戦争の折、病院などでかいだあの臭いだ。

六人は、穴に突っ伏すような姿勢で倒れていた。

唖然としてそれを見る二人の背後から、獄吏が恐る恐る声を掛けてきた。

「遺骸は、首と胴を竹の棒でつなぎ合わせてから下げ渡すことになりますが、それでよろしいでしょうか」

両端が尖《とが》った竹を獄吏が示す。

「いや、待ってくれ」

文次郎は前に進み出て穴から一人ひとりの首を拾うと、それぞれの瞼《まぶた》に手を当てて閉じた。それを見た虎一が手伝う。

「虎一さん、皆を座らせよう」

「えっ、座らせる――」

文次郎は最初の遺骸を座らせると、両手を膝の上で組ませ、その首を抱かせた。だが遺骸は、自ら体を支えられないので、どうしても崩れてしまう。そのため二人は何度もやり直し、ようやく最初の遺骸に首を抱かせることができた。

やがて文一の番になった。

虎一は、文一の首を抱えて髪を撫でながら「辛《つら》かったか、痛かったか」と声を掛けていた。

だが文一の顔は、これほど穏やかな死があるのかと思えるほど平静を保っていた。

最後は一郎の番だ。

――一郎よ、今は何も考えず、ゆっくりと休んでくれ。

一郎の首は瞑目して何も語らないが、文次郎は、そこに一郎がいるような気がしてならなかった。

――文次郎、すまない。

一郎の首が口を開き、今にもそう言い出しそうに思える。

やがて事が終わった。二人は血みどろになっていた。

「これで、武士の最期にふさわしい姿になりました」

文次郎の言葉に、虎一がうなずく。

作業が終わるのを待っていた獄吏が問う。

「墓地はお決まりですか」

「谷中天王寺《やなかてんのうじ》の霊園に葬ってもらえるよう、話をつけています」

虎一が答える。

「では、どうやって運びますか」

「首をつなげてから棺《ひつぎ》に入れ、大八車で運びます」

横を見ると、すでに座棺が運び込まれてきている。

「分かりました。首と胴はどうします」

「お願いします」

獄吏の合図により、下人たちが遺骸に近づき、首と胴をつなげていく。

それを棺に入れてもらうまでの間、文次郎と虎一は、体に付いた血を洗い流し、こうした場合に備え、用意してきた衣服に着替えた。

刑場を出ると、すでに二台の大八車が用意され、六つの座棺が載せられていた。

獄吏に礼を言った二人は、人力車に乗って大八車の後を追った。


谷中墓地への埋葬が終わり、文次郎は宿に戻った。

そこで、ようやく一郎の遺書に気づいた。

息子あてなので読まずにおいたが、封筒に入っているわけでもないので、字がちらりと見えた。

そこには、「国恩に報謝せよ」「母に孝養を尽くせ」「文武の道を忘れるな」などと書かれている。

——あやつも人の親なのだな。

子が成長した時のために、一郎は自らの言葉を残しておきたかったに違いない。そうすれば父親の人となりを、多少なりとも知ることができる。

——一郎よ、悔いはなかったのか。

繰り返し出てくるのは、その言葉だけだった。

——幕末から維新を経て、われらは大切なものを失ってきた。

文次郎は、失われたものの大きさを思い出していた。それは、西郷の首のように重く大きなものだった。

――だが、もう後戻りはできないのだ。生きている者は、どんなに辛くとも前に進まねばならぬ。

文次郎の脳裏には、様々な思いが渦巻いていた。


この後、文次郎は金沢に戻った。

出迎えてくれた治三郎には、「間に合わず、すまなかった」としか言えなかった。

だが治三郎は、やるだけのことをやってくれたと文次郎に深く感謝した。

金沢に戻ったからには、平岡連隊長に謝罪に行かねばならない。

文次郎は民間人として連隊本部に赴き、突然の辞職を心から詫びた。

ところが平岡は「何のことだ」と言い、文次郎の「辞職届」を返してきた。

「千田中尉、休暇が終わったら、すぐに仕事に戻れ」

それだけ言うと、何事もなかったかのように平岡は執務を続けた。

文次郎は「ありがとうございます」と言って、連隊の自室に戻った。自室は去った時と何ら変わらず、掃除だけがなされていた。

自室の窓からは金沢城二の丸が見える。そこでは、どこかの部隊が調練をしていた。

それを眺めながら文次郎は、ここが自分の居場所なのだと痛感した。

――軍人としてこの国を守ること。それが西郷先生の首を見つけた者の責務だ。

文次郎が西郷の首を見つけたことで、時代は大きな区切りを迎えた。一部の者はそれに抗ったが、大半の者は武士の時代の終わりを覚り、新たな道を模索し始めた。
文次郎は西郷の作った軍隊に身を置き、この国を守っていかねばならないと思った。

エピローグ

波風しきりに鳴動して
下界の竜神現れ出《い》で
光も輝く金銀珠玉を
かのまれ人に捧《ささ》ぐるけしき
有難かりける奇特かな

野田山から金沢の街を見下ろしていると、『竹生島』の一節が口をついて出てきた。文次郎は垂れた頰を震わせて微笑んだ。一郎がよく吟じていたのを思い出したからだ。

――みんな、どこへ行ってしまったのだ。

一郎はもとより、文次郎が親しくしていた人々は、次々とこの世から去っていった。

――もう、あの日々は戻ってこない。

文次郎は、胸に穴が開いたかのような喪失感に襲われていた。

――一郎よ、そなたはそなたの選んだ人生を歩んだ。おそらく悔いはないだろう。そしてわしは、わしなりの人生を歩んだ。もちろん、わしも悔いはない。

文次郎は志に殉じた一郎の生き方と、軍人としても家庭人としても、極めて恵まれた生涯を送ることのできた己の生き方を対比してみた。

だが、水と油のように相容《あいい》れないそれぞれの生き方が、なぜかどこかで、つながっているような気がしてならなかった。

――われらは二人で一人だったからな。互いに別の生き方を選び、精一杯生きた。だが心はいつも一つだった。おぬしは、わしがこうした生き方をすると予期して志に殉じたのだな。それが今、ようやく分かった。

空は澄み渡り、まばゆいばかりの朝日が金沢の街を照らしている。

――この地は何も変わらぬ。変わるのは人だけだ。

文次郎の脳裏に、これまでに出会った人々の顔が、次々と浮かんでは消えていった。

――もうすぐ、わしもそちらに行く。皆、待っていてくれよ。

文次郎は重い足を引きずり、ゆっくりと坂を下っていった。

紀尾井坂事件からほどなくして、文次郎は長瀬七左衛門の娘のきんと結婚する。

結婚から約一年後、長男の登太郎《とうたろう》が生まれた。その後、二人は四男五女を授かり、千田家の血脈は大きく広がっていく。

家庭人としての幸せもさることながら、文次郎は陸軍での出世街道もひた走った。

明治二十七年（一八九四）に勃発《ぼっぱつ》した日清戦争に、陸軍大尉として従軍した時のことだ。威海衛《いかいえい》市街地の戦場で置き去りにされた赤子を見つけた文次郎は、雨のような銃弾の中を走って赤子を救い出した。この様子を見ていた記者により、このことが新聞で取り上げられたので、文次郎は一躍、時の人となった。

文次郎は勲章を二つもらい、少佐に昇進する。だが五十歳という年齢では、戦場を駆け回るのは厳しく、文次郎は後備役に回される。

それでも五十八歳になった文次郎に再び召集が掛かった。日露戦争である。この時は台湾の警備に就いただけで帰還することになった。

こうした活躍により、文次郎は正六位に叙任される。足軽階級の出身者にとって破格の出世だった。

以後、戦場に立つことのなかった文次郎だが、戊辰、西南、日清、日露の戦役に従軍した数少ない一人として、半ば伝説の人物となっていった。

昭和四年（一九二九）四月十六日、文次郎は長町の自宅で眠りながら息を引き取った。この日も晩酌をしたと記録にあるので急死だろう。

翌朝の北陸毎日新聞には、「大西郷首斬りの　千田翁逝く　線香の代りに徳利をと剣道と酒の八十三年」という見出しで追悼記事が掲載された。そして文次郎は望み通り、野田山に葬られた。

幕末から明治を走り抜けた一人の男は、今でも野田山から金沢の街を見守っている。

【主要参考文献】

『利通暗殺　紀尾井町事件の基礎的研究』　遠矢浩規　行人社
『西郷隆盛の首を発見した男』　大野敏明　文藝春秋
『加賀藩士族島田一良の反乱』　野村昭子　北國新聞社
『前田慶寧と幕末維新　最後の加賀藩主の「正義」』　徳田寿秋　北國新聞社
『加賀百万石』　田中喜男　教育社
『武士の家計簿　「加賀藩御算用者」の幕末維新』　磯田道史　新潮社

【その他の参考文献】

『幕末史』　半藤一利　新潮社
『写真紀行　天狗党追録　西上の軌跡をたどる』　室伏勇　暁印書館
『水戸幕末風雲録』　財団法人常陽明治記念会　常野文献社
『水戸浪士西上録』　石川県図書館協会
『戦争の日本史18　戊辰戦争』　保谷徹　吉川弘文館
『ドキュメント幕末維新戦争』　藤井尚夫　河出書房新社
『江藤新平　急進的改革者の悲劇　増訂版』　毛利敏彦　中央公論新社
『江藤新平と明治維新』　鈴木鶴子　朝日新聞社
『大久保利通　維新前夜の群像5』　毛利敏彦　中央公論新社
『明治六年政変』　毛利敏彦　中央公論新社

『鳥羽伏見の戦い　幕府の命運を決した四日間』　野口武彦　中央公論新社
『西南戦争　西郷隆盛と日本最後の内戦』　小川原正道　中央公論新社
『敗者の日本史18　西南戦争と西郷隆盛』　落合弘樹　吉川弘文館
『城山陥落　西郷死して光芒を増す』　伊牟田比呂多　海鳥社
『歴史群像シリーズ21　西南戦争　最強薩摩軍団崩壊の軌跡』　学習研究社
『歴史群像シリーズ【決定版】図説・幕末戊辰西南戦争』学習研究社
『その時、幕末二百八十二諸藩は？　戊辰戦争年表帖　鳥羽伏見戦～箱館戦争の同時進行・多発戦を追う』　ユニプラン
『京都時代MAP 幕末・維新編』　新創社　光村推古書院

各都道府県の自治体史、論文・論説、事典類等の記載は、省略させていただきます。


【本文地図】

『利通暗殺　紀尾井町事件の基礎的研究』（遠矢浩規　行人社）所収の地図を参考に一部修正しました。

地図製作　Ｏｆｆｉｃｅ　ｓｔｒａｄａ

伊東潤公式サイト　http://itojun.corkagency.com/
ツイッターアカウント　@jun_ito_info

解説

大野《おおの》敏明《としあき》（ジャーナリスト）

武家屋敷が残る金沢《かなざわ》市長町《ながまち》に千田《せんだ》家がある。昭和4年4月、千田登文《のりふみ》が81歳で息を引き取ったところである。部屋もそのままだ。その庭は日本三大名園のひとつ、兼六園《けんろくえん》を模して造られており、市内を流れる大野庄《おおのしょう》用水を引き込んだ珍しいもので、市の指定文化財とされている。

千田登文は弘化《こうか》4年加賀《かが》藩の下級藩士、笠松《かさまつ》家に生まれた。幼名は文次郎《ぶんじろう》、後に新三郎《しんざぶろう》、元服して登文と名乗った。15歳で千田家の養子となり、慶応《けいおう》3年には前田慶寧《まえだよしやす》に供奉《ぐぶ》して上洛《じょうらく》している。翌明治元年には官軍として長岡《ながおか》方面に出陣し、北越《ほくえつ》戦争に従軍した。その後、陸軍に入り、金沢の歩兵第7聯隊《れんたい》の初代聯隊旗手となり、同10年には西南《せいなん》戦争に従軍して、鹿児島の城山《しろやま》で自刃した西郷隆盛《さいごうたかもり》の首を発見するという偉勲をたてた。さらに日清《にっしん》戦争、日露《にちろ》戦争にも従軍して功績を重ねた。

その千田登文が晩年、陸軍に提出した履歴書の下書きが千田家に遺《のこ》されているのを知り、平成24年秋、私は千田家を訪ねて、履歴書を手に取った。そして遺族の同意を得て、履歴書を読み解いて世に問うたのが拙著『西郷隆盛の首を発見した男』（文春新書、平成26年刊）である。

拙著は履歴書を解説して戊辰《ぼしん》、西南、日清、日露の戦役を戦った武人とその家族のファミリーヒストリーであるが、本書『西郷の首』は千田と彼の竹馬の友で、大久保利通《おおくぼとしみち》を暗殺した島田一郎《しまだいちろう》の物語である。

主人公の文次郎（千田登文）と島田一郎は竹馬の友だが、そこにはもう1組の竹馬の友が登場する。西郷隆盛と大久保利通である。

千田と島田は、ともに北越戦争に従軍した。その千田が西南戦争で自刃した西郷の首を発見し、島田は西郷の竹馬の友であり、明治維新を成し遂げた同志である大久保を暗殺したのである。そして島田は斬刑《ざんけい》に処された。本書はこの4人の不思議な糸を軸に組み立てられている。

明治4年、廃藩置県となり、藩は消滅した。千田は自由民権運動を行う金沢の忠告社《ちゅうこくしゃ》に参加したが、そこを辞めて、陸軍の教導団（下士官養成学校）を受験して合格し、軍人の道を歩むことになる。履歴書には島田一郎が1カ所だけ登場する。

「此時、嶋《ママ》田一郎（大臣大久保利通ヲ暗殺セシ人ナリ）等、竹馬ノ友タルヲ以テ登文ニ県下ニ在テ忠告社ノタメ、国益ヲ計リ、儔《とも》ニ民権ヲ主張シ、旧藩士ノ基礎タラン事ヲ勧告ス」。

千田は「竹馬ノ友」である島田から、ともに自由民権運動をやり、困窮する旧藩士の生活の基礎を築こうと誘われるのである。この時期、士族たちの生活は窮乏をきわめていた。島田は新政府の厳しい措置に義憤を感じており、親友の千田に、ともに新政府に立ち向かうことを呼びかけたのである。「竹馬ノ友」と書いたということは、これ以上の親しさはないということであろう。しかも、同志として、島田は千田を誘った。しかし、千田は首を縦に振らなかった。島田は意外であったかもしれない。

履歴書には「(私は)性質、文官ニ適セズ、加ウルニ文学ニ乏シ」いので、陸軍に入った、と記されているが、それは謙遜《けんそん》、あるいは言い訳で、島田らの行動にある種の危うさを感じていたのではあるまいか。この辺の深謀遠慮の千田と猪突《ちょとつ》猛進の島田の性格の書き分けも本書のモチーフのひとつになっている。

もし、このとき、「竹馬ノ友」の誘いに乗っていたならば、千田も大久保暗殺に加わったのであろうか。

明治10年、西郷が挙兵したとの報が金沢にもたらされると、西郷軍に合流するべく旧藩士の一団が鹿児島に向かおうとした。それを聞きつけた最後の藩主、前田慶寧は懸命な説得を行って鹿児島行きを断念させている。おそらくはこの中に島田や、後に大久保暗殺に加わる長連豪《ちょうつらひで》、杉村文一《すぎむらぶんいち》らもいたであろう。

反政府運動に走る島田、新政府軍の幹部として秩序を重んじる千田、ここにきて2人の仲は決定的なものとなっていく。

新政府に「物申す」として鹿児島で挙兵した西郷、新政府の代表として断乎《だんこ》討伐を指揮する大久保。この2人も「竹馬ノ友」であり、幕末から明治維新にかけて、同志として行動を共にしたものの、その後、袂《たもと》を分かって、大きく運命を転換させていく。

本書に登場する澤田百三郎《さわだひゃくさぶろう》（履歴書では銆三郎）、藤懸庫太《ふじかけくらた》、宮崎栄五郎《みやざきえいごろう》、小川仙之《おがわせんの》助《すけ》らは履歴書に書かれている実際に存在した人々である。歴史上はまったく無名だが、著者の手によって自在に動き出す。

北越戦争について、履歴書は淡々と記すのみだが、本書では激しい戦闘の様子が20ページにわたって記述されている。その詳細さはあたかも戦史を読むがごときである。著者は「加賀藩北越戦史」を丹念に読み解き、戦闘の再現に成功している。

履歴書では「姉聟《むこ》、澤田銆三郎打死《うちじに》（ママ）ス」とあるだけだが、著者の手にかかると、百三郎、千田、島田は3人で長岡藩兵と戦い、百三郎は敵の銃弾を腹に受け、千田に抱えられながら死んでいくことになっている。まことに躍動的で、著者によって命を吹き込まれている。

本書には前田斉泰《なりやす》、前田慶寧、武田耕雲斎《たけだこううんさい》、藤田小四郎《ふじたこしろう》といった歴史に名をとどめた人物も多く登場するが、これら有名、無名の人々がなんのわだかまりもなく、ともに呼吸して時代を形作っていく。履歴書では平面的な存在が、立体性を帯びてくるのである。それが歴史小説の醍醐味《だいごみ》であろう。歴史は著名人だけで構成されるものではない、ことが納得させられる。

本書のクライマックスは大久保暗殺だろう。その描写もリアルで詳細だが、本書では文次郎が一郎らを止めに上京する。しかし、間に合わない。そして一郎ら6人は暗殺に成功する。

　大久保暗殺事件について、多くの小説、論評は、島田らを不逞《ふてい》のテロリスト、あるいは不平士族のごろつきのように描いてきた。しかし、現実の島田らにはしっかりとした思想、意思があり、単なるテロリストではない。島田は情に厚い人物であり、正義漢であり、没落していく士族たちを見捨てられない心優しい男でもあった。

　犯行後の自首、取り調べに対する堂々とした態度、そして従容として死を受け入れる。本書では文次郎を処刑場の待合室に座らせている。

　2組4人の男のうち、こうして3人がこの世を去り、文次郎は昭和の時代まで生き続ける。

　私には、もし千田が西郷の首を発見しなかったならば、西郷生存という都市伝説が生まれ、島田らは大久保を殺すことはなかったのではないかという思いがある。それだけ西郷の首発見の意味は大きかったということだ。

　金沢市中心部から東南に約4・5キロの犀川《さいがわ》の左岸にある標高175メートルの野田《のだ》山《やま》は頂上付近には藩祖、前田利家《としいえ》をはじめとして歴代藩主とその家族の墓所があり、その下には身分に応じて藩士の墓が並ぶ。全山が墓で埋め尽くされている。千田の墓は野田山の約500メートルほど西北の古刹《こさつ》、大乗寺《だいじょうじ》にある。そして島田の墓は野田山墓地の入り口の前に他の5人の同志とともに建てられている。犯罪者であるから、野田山墓地には入れないのだが、6基の墓は大きく立派で、そこには何と、「明治志士の墓」と刻まれている。

金沢の人々は、犯罪者である島田らを野田山の墓域に葬ることは遠慮したが、堂々たる墓石をもって、彼らの死に応《こた》えたのであろう。

千田と島田の墓は距離にしてわずか400メートル。維新後の行動は正反対だが、2人には共有される情熱があったに違いない。400メートルはその近さを表しているようにも思える。かたや鹿児島の南洲《なんしゅう》墓地の西郷の墓と東京・青山《あおやま》霊園の大久保の墓の遠さはどうであろう。2組の「竹馬ノ友」の墓の距離は雄弁である。

本書は、二〇一七年九月に小社より刊行された
単行本を加筆修正のうえ、文庫化したものです。

西《さい》郷《ごう》の首《くび》

伊《い》東《とう》潤《じゅん》

令和２年 11月25日　初版発行
令和６年 12月10日　再版発行

発行者●山下直久

発行●株式会社KADOKAWA
〒102-8177　東京都千代田区富士見2-13-3
電話　0570-002-301（ナビダイヤル）

角川文庫 22429

印刷所●株式会社KADOKAWA
製本所●株式会社KADOKAWA

表紙画●和田三造

ISBN 978-4-04-109974-2　C0193

角川文庫発刊に際して

角川源義

第二次世界大戦の敗北は、軍事力の敗北であった以上に、私たちの若い文化力の敗退であった。私たちの文化が戦争に対して如何に無力であり、単なるあだ花に過ぎなかったかを、私たちは身を以て体験し痛感した。西洋近代文化の摂取にとって、明治以後八十年の歳月は決して短かすぎたとは言えない。にもかかわらず、近代文化の伝統を確立し、自由な批判と柔軟な良識に富む文化層として自らを形成することに私たちは失敗して来た。そしてこれは、各層への文化の普及滲透を任務とする出版人の責任でもあった。

一九四五年以来、私たちは再び振出しに戻り、第一歩から踏み出すことを余儀なくされた。これは大きな不幸ではあるが、反面、これまでの混沌・未熟・歪曲の中にあった我が国の文化に秩序と確たる基礎を齎らすためには絶好の機会でもある。角川書店は、このような祖国の文化的危機にあたり、微力をも顧みず再建の礎石たるべき抱負と決意とをもって出発したが、ここに創立以来の念願を果すべく角川文庫を発刊する。これまで刊行されたあらゆる全集叢書文庫類の長所と短所とを検討し、古今東西の不朽の典籍を、良心的編集のもとに、廉価に、そして書架にふさわしい美本として、多くのひとびとに提供しようとする。しかし私たちは徒らに百科全書的な知識のジレッタントを作ることを目的とせず、あくまで祖国の文化に秩序と再建への道を示し、この文庫を角川書店の栄ある事業として、今後永久に継続発展せしめ、学芸と教養との殿堂として大成せんことを期したい。多くの読書子の愛情ある忠言と支持とによって、この希望と抱負とを完遂せしめられんことを願う。

一九四九年五月三日